民國文化與文學研究文叢

十四編

李怡 主編

第14冊

抗戰文學的歷史還原

王學振 著

國家圖書館出版品預行編目資料

抗戰文學的歷史還原／王學振 著 -- 初版 -- 新北市：花木蘭
文化事業有限公司，2021〔民110〕
目 2+290 面；19×26 公分
（民國文化與文學研究文叢 十四編；第 14 冊）
ISBN 978-986-518-525-1（精裝）
1. 中國文學 2. 抗戰文藝 3. 文學評論
820.9 110011215

特邀編委（以姓氏筆畫為序）：

ISBN-978-986-518-525-1

9 789865 185251

丁　帆	王德威	宋如珊
岩佐昌暲	奚　密	張中良
張堂錡	張福貴	須文蔚
馮　鐵	劉秀美	

民國文化與文學研究文叢
十四編 第十四冊 ISBN：978-986-518-525-1

抗戰文學的歷史還原

作　　者	王學振
主　　編	李　怡
企　　劃	四川大學中國詩歌研究院
總 編 輯	杜潔祥
副總編輯	楊嘉樂
編　　輯	許郁翎、張雅淋、潘玟靜　美術編輯　陳逸婷
出　　版	花木蘭文化事業有限公司
發 行 人	高小娟
聯絡地址	235 新北市中和區中安街七二號十三樓
	電話：02-2923-1455／傳真：02-2923-1452
網　　址	http://www.huamulan.tw 信箱 service@huamulans.com
印　　刷	普羅文化出版廣告事業
初　　版	2021 年 9 月
全書字數	254541 字
定　　價	十四編 26 冊（精裝）台幣 70,000 元

抗戰文學的歷史還原

王學振 著

作者簡介

王學振，男，教授、編審，博士生導師、博士後合作導師。現任海南師範大學文學院院長、中國語言文學省級重點學科責任教授、博士點及博士後科研流動站負責人。主要從事抗戰文學等方面的研究，主持國家社科基金項目 1 項、教育部 2 項、省級項目 4 項；在《文學評論》《中國現代文學研究叢刊》《民族文學研究》《文藝理論研究》等重要期刊發表論文近百篇，出版著作 4 部；獲省部級科研獎 5 項。入選海南省「515 人才工程」第一層次、海南省有突出貢獻優秀專家、海南省南海名家、國務院特殊津貼專家。

提　　要

　　經過八十多年的研究，抗戰文學的基本輪廓已經比較清晰，但還不能說我們對抗戰文學已經有了充分的瞭解，也不能說我們對抗戰文學所下的結論已經無可置疑，盡可能地還原抗戰文學的歷史面貌，是深化抗戰文學研究的基本路徑。本書是有限逼近抗戰文學歷史真實的一個嘗試，分為三編：上編「抗戰文學題材論」選取一些在抗戰時期形成創作潮流而後來少被關注的題材類型進行研究，包括兵役題材、內遷題材、中國空軍題材、「慰安婦」題材，試圖從宏觀上呈現抗戰文學的豐富性、多樣性；中編「抗戰時期軍中文藝論」既從宏觀上提出「軍中文藝」的論題，認為「文章入伍」不能僅僅理解為對文藝創作的大眾化、通俗化要求，大眾化、通俗化只是為「文章入伍」提供了一個可能的前提，文藝界直接為官兵輸送精神食糧也只是「文章入伍」的外力，軍隊自身開展的文藝活動才是「文章入伍」的內因，才是「文章入伍」的主要路徑，又從微觀上對神鷹劇團這一軍中文藝活動的典型標本進行個案解析。下編「抗戰文學作家作品論」則是對抗戰文學具體作家、作品的微觀研究，涉及到老舍、端木蕻良、徐盈、陶雄、徐中玉、林同濟、陳銓等作家和《新都花絮》《戰時邊疆的故事》《寄語中國藝術人》《野玫瑰》等作品。

研治文學史的方法與心態——代序

李　怡

　　我曾經以「作為方法的民國」為題討論過中國現代文學研究的「方法」問題，最近幾年，「作為方法」的討論連同這樣的竹內好－溝口雄三式的表述都流行一時，這在客觀上容易讓我們誤解：莫非又是一種學術術語的時髦？屬於「各領風騷三五年」的概念遊戲？

　　但「方法」的確重要，儘管人們對它也可能誤解重重。

　　在漢語傳統中，「方」與「法」都是指行事的辦法和技術，《康熙字典》釋義：「術也，法也。《易‧繫辭》：方以類聚。《疏》：方謂法術性行。《左傳‧昭二十九年》：官修其方。《注》：方，法術。」「法」字在漢語中多用來表示「法律」「刑法」等義，它的含義古今變化不大。後來由「法律」義引申出「標準」「方法」等義。這與拉丁語系 method 或 way 的來源含義大同小異——據說古希臘文中有「沿著」和「道路」的意思，表示人們活動所選擇的正確途徑或道路。在我們後來熟悉的馬克思主義哲學中，「世界觀」與「方法論」的相互關係更得到了反覆的闡述：人們關於世界是什麼、怎麼樣的根本觀點是「世界觀」，而借助這種觀點作指導去認識世界和改造世界的具體理論表述，就是所謂的「方法論」。

　　在我們的傳統認知中，關於世界之「觀」是基礎，是指導，方法之「論」則是這一基本觀念的運用和落實。因而雖然它們緊密結合，但是究竟還是以「世界觀」為依託，所以在「改造世界觀」的社會主潮中，我們對於「世界觀」的闡述和強調遠遠多於對「方法」的討論，在新中國改革開放前的國家思想主流中，「方法」常常被擱置在一邊，滿眼皆是「世界觀」應當如何端正的問題。這到新時期之初，終於有了反彈，史稱「1985 方法論熱」，

一時間，文藝方法論迭出，西方文藝社會學、心理學、語言學、原型批評、接受美學、結構主義、解構主義、新批評、現象學、存在主義、解釋學、以及借鑒的自然科學方法（系統論、控制論、信息論、模糊數學、耗散結構、熵定律、測不準原理等等），這些令人眼花繚亂的「新方法」衝破了單一的庸俗社會學的「舊方法」，開闢了新的文學研究的空間。不過，在今天看來，卻又因為沒有進一步推動「世界觀」的深入變革而常常流於批評概念的僵硬引入，以致令有的理論家頗感遺憾：「僅僅強調『方法論革命』，這主要是針對『感悟式印象式批評』和過去的『庸俗社會學』而來的，主要是針對我們把握世界的『方式』而言的。『方法論革命』沒有也不能夠關注到『批評主體自身素質』的革命。」〔註1〕

平心而論，這也怪不得 1985，在那個剛剛「解凍」的年代，所有的探索都還在悄悄進行，關於世界和人的整體認知——更深的「觀念」——尚是禁區處處，一切的新論都還在小心翼翼中展開，就包括對「反映論」的質疑都還在躲躲閃閃、欲言又止中進行，遑論其他？〔註2〕

1960 年 1 月 25 日，日本的中國研究專家竹內好發表演講《作為方法的亞洲》。數十年後，他已經不在人世，但思想的影響卻日益擴大，2011 年 7 月，溝口雄三《作為方法的中國》在三聯書店出版。〔註3〕 此前，中文譯本已經在臺灣推出，題為《做為「方法」的中國》。〔註4〕而有的中國學者（如孫歌、李冬木、汪暉、陳光興、葛兆光等）也早在 1990 年代就注意到了《方法としての中國》，並陸續加以介紹和評述。最近 10 年的中國思想文化與文學批評界，則可以說出現了一股「作為方法」的表述潮流，「作為方法的日本」、「作為方法的竹內好」、「亞洲」作為方法，以及「作為方法的 80 年代」等等都在我們學術話語中流行開來，從 1985 年至 1990 年直到 2011 年，「方法」再次引人注目，進入了學界的視野。

這裡的變化當然是顯著的。

雖然名為「方法」，但是竹內好、溝口雄三思考的起點卻是研究者的立場和研究對象的特殊性。中國何以值得成為日本學者的「方法」總結？歸

〔註1〕吳炫：《批評科學化與方法論崇拜》，《文藝理論研究》，1990 年 5 期。

〔註2〕參見夏中義：《反映論與「1985」方法論年》，《社會科學輯刊》，2015 年 3 期。

〔註3〕溝口雄三：《作為方法的中國》，孫軍悅譯，北京：三聯書店，2011 年。

〔註4〕林右崇譯，國立編譯館，1999 年。

根結底，是竹內好、溝口雄三這樣的日本學者在反思他們自己的學術立場，中國恰好可以充當這種反省的參照和借鏡。日本學人通過中國這樣一個「他者」的來參照進行自我的批判，實現從「西方」話語突圍，重新確立自己的主體性。竹內好所謂中國「迴心型」近現代化歷程，迥異於日本式的近代化「轉向型」，比較中被審判的是日本文化自己。溝口雄三批評那種「沒有中國的中國學」，其實也是通過這樣一個案例來反駁歐洲中心的觀念，尋找和包括日本在內的建立非歐洲區域的學術主體性，換句話說，無論是竹內好還是溝口雄三都試圖借助「中國」獨特性這一問題突破歐洲觀念中心的束縛，重建自身的思想主體性。如果套用我們多年來習慣的說法，那就是竹內好－溝口雄三的「方法之論」既是「方法論」，又是「世界觀」，是「世界觀」與「方法論」有機結合下的對世界與人的整體認知。

事實上，這也是「作為方法」之所以成為「思潮」的重要原因。在告別了1980年代浮躁的「方法熱」之後，在歷經了1990年代波詭雲譎的「現代－後現代」翻轉之後，中國學術也步入了一個反省自我、定義自我的時期，日本學人作為先行者的反省姿態當然格外引人注目。

如果我們承認中國當代學術需要重新釐定的立場和觀念實在很多，那麼「作為方法」的思潮就還會在一定時期內延續下去，並由「方法」的檢討深入到對一系列人與世界基本問題的探索。

在中國現當代文學的領域中，我堅持認為考察具體的國家社會形態是清理文學之根的必要，在這個意義上，「民國作為方法」或「共和國作為方法」比來自日本的「中國作為方法」更為切實和有效。同時，「民國作為方法」與「共和國作為方法」本身也不是一勞永逸的學術概念，它們都只是提醒我們一種尊重歷史事實的基本學術態度，至於在這樣一個態度的前提下我們究竟可以獲得哪些主要認知，又以何種角度進入文學史的闡述，則是一些需要具體處理、不斷回答的問題，比如具體國家體制下形成的文學機制問題，國家觀念與民族意識的互動與衝突，適應於民國與共和國語境的文學闡述方法，以及具體歷史環境中現代中國作家的文學選擇等等，嚴格說來，繼續沿用過去一些大而無當的概念已經不能令人滿意了，因為它沒有辦法抵近這些具體歷史真相，撫摸這些歷史的細節。

「民國作為方法」是對陳舊的庸俗社會學理論及時髦無根的西方批評理論的整體突破，而突破之後的我們則需要更自覺更主動地沉入歷史，進

入事實，在具體的事實解讀的基礎上發現更多的「方法」，完成連續不斷的觀念與技術的突破。如此一來，「民國作為方法」就是一個需要持續展開的未竟的工程。

對文學史「方法」的追問，能夠對自己近些年來的思考有所總結，這不是為了指導別人，而是為自我反省、自我提高。自我的總結，我首先想起的也是「方法」的問題，如上所述，方法並不只是操作的技術，它同樣是對世界的一種認知，是對我們精神世界的清理。在這一意義上，所有的關於方法的概括歸根到底又可以說是一種關於自我的追問，所以又可以稱作「自我作為方法」。

那麼，在今天的自我追問當中，什麼是繞不開的話題呢？我認為是虛無。

在心理學上，「虛無」在一種無法把捉的空洞狀態，在思想史上，「虛無」卻是豐富而複雜的存在，可能是為零，也可能是無限，可能是什麼也沒有，但也可能是人類認知的至高點。是一個複雜的概念。在今天，討論思想史意義的「虛無」可能有點奢侈，至少應該同時進入古希臘哲學與中國哲學的儒道兩家，東西方思想的比較才可能幫助我們稍微一窺前往的門徑。但是，作為心理狀態的空洞感卻可能如影隨形，揮之不去，成為我們無可迴避的現實。這裡的原因比較多樣，有個人理想與社會現實感的斷裂，有學術理念與學術環境的衝突，有人生的無奈與執著夢想的矛盾……當然，這種內與外的不和諧本來就是人生的常態，對於凡俗的人生而言，也就是一種生活的調節問題，並不值得誇大其詞，也無須糾纏不休。但對於一位以實現為志業的人來說，卻恐怕是另外一種情形。既然我們選擇了將思想作為人生的第一現實，那麼關乎思想的問題就不那麼輕而易舉就被生活的煙雲所蕩滌出去，它會執拗地拽住你，纏繞你，刺激你，逼迫你作出解釋，完成回答，更要命的是，我們自己一方面企圖「逃避痛苦」，規避選擇，另一方面，卻又情不自禁地為思想本身所吸引，不斷嘗試著挑戰虛無，圓滿自我。

這或許就是每一位真誠的思想者的宿命。

在魯迅眼中，虛無是一種無所不在的「真實」，「當我沉默著的時候，我覺得充實；我將開口，同時感到空虛」（《野草》題辭）「絕望之為虛妄，正與希望相同」（《希望》）「於浩歌狂熱之際中寒；於天上看見深淵。於一

切眼中看見無所有；於無所希望中得救。」(《墓碣文》)所以，他實際上是穿透了虛無，抵達了絕望。對於魯迅而言，已經沒有必要與虛無相糾纏，他反抗的是更深刻的黑暗──絕望。

虛無與絕望還是有所不同的。在現實的世界上，盼望有所把捉又陡然失落，或自以為理所當然實際無可奈何，這才是虛無感，但虛無感的不斷浮現卻也說明在大多數的時候，我們還浸泡在現實的各自期待當中，較之於魯迅，我們都更加牢固地被焊接在這一張制度化生存的網絡上，以它為據，以它為食，以它為夢想，儘管它無情，它強硬，它狡黠。但是，只要我們還不能如魯迅一般自由撰稿，獨自謀生，那就，就注定了必須付出一生與之糾纏，與之往返。在這個時候，反抗虛無總比順從虛無更值得我們去追求。

於是，我也願意自己的每一本文集都是自己挑戰虛無、反抗虛無的一種總結和記錄。

在我的想像之中，每一個學術命題的提出就是一次祛除虛無的嘗試，而每一次探入思想荒原的嘗試都是生命的不屈的抗爭。

回首這些年來思想歷程，我發現，自己最願意分享的幾個主題包括：現代性、國與族、地方與文獻。

「現代性」是我們無法拒絕卻又並不心甘情願的現實。

「國與族」的認同與疏離可能會糾結我們一生。

「地方」是我們最可能遺忘又最不該遺忘的土地與空間。

「文獻」在事實上絕不像它看上去那麼僵硬和呆板，發現了文獻的靈性我們才真的有可能跳出「虛無」的魔障。

如果仔細勘察，以上的主題之中或許就包含著若干反抗虛無的「方法」。

2021 年 6 月於長灘一號

目 次

引言　歷史還原：深化抗戰文學研究的根本路徑

　　對抗戰文學的否定性評價，在抗戰時期就已經出現，戰後更甚。

　　全面抗戰初期，就有人對抗戰文學的公式化不滿，稱其為「抗戰八股」。比較有名的是「與抗戰無關」的論爭。梁實秋接編重慶《中央日報》副刊《平明》後，於 1938 年 12 月 1 日發表《編者的話》，其中說道：「現在抗戰高於一切，所以有人一下筆就忘不了抗戰。我的意見稍為不同。於抗戰有關的材料，我們最為歡迎，但是與抗戰無關的材料，只要真實流暢，也是好的，不必勉強把抗戰截搭上去。至於空洞的『抗戰八股』，那是對誰都沒有益處的。」〔註 1〕梁實秋的話引起一場論爭，論爭中宋之的、姚蓬子等人曾專門撰文討論「抗戰八股」問題。其實「抗戰八股」這一名稱並非梁實秋的首創，此前就有人談論這一問題，如 1938 年 4 月 27 日《立報》就曾發表一篇題為《抗戰文章八股化》的讀者來信：「在那麼多的刊物上，那麼多的文章，在內容的論調上固然都是一致的，但形式和格局上似乎有了過分的相似處，竟然有一點『八股』的氣味了。」〔註 2〕

　　抗戰中期，施蟄存曾於 1941 年 9 月撰文反思抗戰文學，批評其「貧困」。文章首先將古今文學觀念進行比照，指出抗戰文學的第一個層面的「貧困」（文學觀念侷限於「純文學」以及作家修養的不足、作品社會功能的欠缺）：「而現在呢？我們的文學家所能寫的只是小說，詩歌，戲劇，散文，上焉者兼有四長，便為全才，下焉者僅得一技，亦復沾沾自喜，儼然自以為鳳毛麟

〔註 1〕梁實秋：《編者的話》，載 1938 年 12 月 1 日重慶《中央日報》副刊《平明》。
〔註 2〕望水：《抗戰文章八股化》，載 1938 年 4 月 27 日《立報》第四版。

角。歷史，哲學，政治以及其他一切人文科學全不知道。因此文學家僅僅是個架空的文學家。生活浪漫，意氣飛揚，語言乏味，面目可憎，全不像一個有優越修養的樣子。就其個人而言，則上不能恢宏學術，下不堪為參軍記室；就其與社會之關係而言，亦既不能裨益政教，又不能表率人倫。至多是能製造幾本印刷物出來，在三年五載之中，為有閒階級之書齋清玩，或為無產階級發洩牢騷之具而已。」進而從藝術成就方面指出抗戰文學第二個層面的「貧困」（作為「純文學」的抗戰文學量雖不少而質不高）：「不過，說到這裡，不禁又慨想到我們的文學界，即使在這個貧困的純文學圈子裏，也還顯現着一種貧困之貧困的現象。抗戰以來，我們到底有了多少純文學作品？你也許會說：我們至少有了不少的詩歌和劇本。是的，我也讀過不少的詩歌和劇本，但是如果我們把田間先生式的詩歌和文明戲式的話劇算作是抗戰文學的收穫，縱然數量不少，也還是貧困得可憐的。」〔註3〕

抗戰結束後，茅盾、馮雪峰等對抗戰文學進行回顧、總結，他們運用左翼文學的價值尺度來考量抗戰文學特別是大後方文學，得出大後方文學「右傾」「右退」的結論。1945年，馮雪峰遵循毛澤東《新民主主義論》的思路，對「五四」以來的文藝運動進行審視，指出抗戰文學思想上的「右退」：「至於抗戰開始以後及整個抗戰時期中，我們檢查它的錯誤和弱點的時候，我以為思想上的右退還可說是比別的錯誤都更為顯著，也更為重要的。」具體表現為「否定了階級的觀點和立場」而代以「超階級的，沒有社會生活和鬥爭內容的民族立場」「將思想鬥爭和統一戰線對立起來，而有避免思想鬥爭和一般批評的趨勢」「注重所謂上層工作，或止於上層工作」「文藝作品上思想力的貧弱和戰鬥力的低落，甚至有種種脫離戰鬥的傾向」。〔註4〕同年底，茅盾作為當事人，也對抗戰八年內文藝工作的成果、傾向進行總結，他從「充分反映人民大眾的民主要求」的高度，對抗戰文學的「右傾」有所批評：「由於客觀阻礙者半，而由於主觀努力之未充分者亦半，思想鬥爭的進程中缺點很多。在那時的情勢之下，鬥爭時或不得不迂迴曲折，甚至遷就事實，但取捨之間分寸稍一失當，即易流為無原則的妥協，在題材上迴避現實，在立場上表示動搖。這也是不必諱言的事實，八年來的文藝工作中隨處可見，固不待一一

〔註3〕施蟄存：《文學之貧困》，載1942年11月10日《文藝先鋒》第一卷第三期。
〔註4〕馮雪峰：《論民主革命的文藝運動（中）》，載1946年1月20日《中原　文藝雜誌　希望　文哨聯合特刊》第一卷第二期。

舉例的。前面也已提到過，武漢撤退以前，我們的文藝作品歌頌了人民的英勇，但是沒有喊出人民的民主要求，因而不能視為善盡任務；現在我們又可以說，武漢撤退以後的抗戰文藝即使能夠更多地暴露政治上社會上的黑暗（這是事實上沒有做到的），但若不能充分反映人民大眾的民主要求，則依然不能不被譏為迴避現實與立場動搖。試虛心自問，八年來我們的作品有多少是反映了廣大人民的民主要求？不幸是既少而又微弱。倘從這一點來看，我們即使說過去八年來的文藝工作主要毛病是右傾，大概也不算過分吧？」〔註5〕

　　20世紀60、70年代，海外學者夏志清、司馬長風等或懷政治偏見，或把握失度，斥抗戰文學為「開倒車」「凋零」。1961年，美籍華裔學者夏志清出版他後來在中國影響很大的著作《中國現代小說史》，書中對抗戰文學進行了徹底的否定：「抗日戰爭給共產黨玩弄文學的機會。共產黨以愛國為名，使文學替自己的目標服務。因此，中國現代文學在抗戰的幾年間，開了倒車。」〔註6〕1978年，香港文學史家司馬長風出版三卷本《中國新文學史》，儘管司馬長風承認「單從作家的人數、作品的數量和質量來說」，抗戰文學「與收穫期相比實各有千秋」，但他在「煞費思量」之後，還是「把1938年到1949年這一階段的新文學史，稱之為凋零期」。〔註7〕

　　時至新世紀，在一些人心目中抗戰文學依然是價值不高。著名抗戰文學研究專家張中良教授曾經在《中國現代文學研究叢刊》的編後記中談到這個問題：「幾年前就想編一個抗戰文學研究的欄目，無奈抗戰文學方面的論文不多，有新意的更少。不知從何時起，從哪裏來，一種習見影響了很多人，就是說『抗戰文學，只有抗戰，少有文學』，以致現有的現代文學史著述中，最薄弱的環節就是抗戰時期。本期推出兩篇抗戰文學論文，一是探討夏季大轟炸與大後方文學轉型的關係問題，一是大後方抗戰文學的兵役問題。兩篇論文均非倉促之作，而是打磨了相當長的時間，都能夠從歷史出發，從文本出發，不囿於成見。我們希望這樣言之有物、言之有據的論文逐漸多起來，也希望

〔註5〕茅盾：《八年內文藝工作的成果及傾向》，載1946年1月5日《文聯》第一卷第一期。

〔註6〕夏志清：《中國現代小說史》，轉引自張泉《綜論美國學者的「孤島」話劇研究》，北京市社會科學院《京華文苑》編委會編《京華文苑》，文化藝術出版社1988年版，第327頁。蘇光文著《大後方文學論稿》，西南師範大學出版社1994年版，第50頁。

〔註7〕司馬長風：《中國新文學史》下冊，（香港）昭明出版社1978年版，第1頁。

抗戰文學的研究有助於復原那段血火交迸的歷史。」〔註8〕

　　之所以產生上述對抗戰文學的否定性評價，原因當然是多方面的，其中最為關鍵的恐怕是一些研究者對抗戰文學的歷史不甚熟悉，對抗戰文學的實際狀況缺乏真正全面、深入的瞭解。

　　經過八十多年的研究，抗戰文學的基本輪廓已經比較清晰，但還不能說我們對抗戰文學已經有了足夠的瞭解，也不能說我們對抗戰文學所下的結論已經無可置疑。首先，抗戰文學的文獻搜集、整理主要完成於上世紀80、90年代，由於客觀上對原始文獻的掌握不夠十分充分和主觀上受意識形態的制約而有意濾除等多種因素，在文獻的選擇上難免帶有一定程度的片面性、偏狹性，後來的抗戰文學研究主要是依據這些文獻展開，在文獻發掘方面的力度不大，因此抗戰文學的歷史面貌未能完整、全面地呈現在我們眼前，而是有所遮蔽。其次，現有的抗戰文學文獻，也沒有得到特別合理、充分的利用，抗戰文學研究中存在著文學運動、文學思潮、文學論爭等方面的研究相對集中而作家作品方面的研究不夠以及作家作品研究中名家的代表性作品相對集中而其他作家、作品的研究不夠等不平衡現象，這種不平衡使得作為文學史構成因素的大量作家、作品被忽視，這進一步加劇了抗戰文學歷史面貌的被遮蔽。這種被遮蔽導致了對抗戰文學的豐富性、多樣性缺乏認識，也是「開倒車」「凋零」「有抗戰而無文學」等論調仍有一定影響的原因所在。因此，一方面開展鉤沉輯佚的工作，充實、完善抗戰文學的文獻資料庫，一方面利用好現有文獻，加強對現有文獻的利用，雙管齊下，盡可能地還原抗戰文學的歷史面貌，在此基礎上對抗戰文學進行準確定位和深度研究，是抗戰文學研究的當務之急，也是抗戰文學研究創新與深化的基本路徑。

　　對抗戰文學進行歷史還原的方式無疑是多種多樣的，本書只是一個粗淺的嘗試，大體涉及三個方面的問題，因此分為三編。

　　上編「抗戰文學題材論」選取一些在抗戰時期形成創作潮流而後來研究者少有關注的題材類型進行研究，試圖從一個側面還原抗戰文學的歷史，呈現其豐富性、多樣性。張中良先生曾撰文指出抗戰文學研究存在的主要問題之一是「對正面戰場題材關注不夠」〔註9〕。鑒於這種狀況，他發表《抗戰文

〔註8〕張中良：《編後記》，載《中國現代文學研究叢刊》2011年第7期。
〔註9〕秦弓（張中良）：《抗戰文學研究的概況與問題》，載《抗日戰爭研究》2007年
　　　第4期。

學與正面戰場》《抗戰文學對正面戰場的表現》《關於抗日正面戰場文學的問題》等文章，提出了對抗戰文學正面戰場題材進行研究的構想，並且身體力行，發掘大批材料，撰寫了《抗戰時期作家與正面戰場的關係》《臧克家與正面戰場》《抗戰文學中的武漢會戰》《抗戰文學與崑崙關戰役》《抗戰文學與衡陽保衛戰》等一系列讓人耳目一新的論文，在此基礎上，他出版了《抗戰文學與正面戰場》一書。近年，張中良先生又發表《抗戰時期敵後戰場文學初論》《中國抗日戰場文學論》等文章，將抗日戰場文學的研究對象由正面戰場題材延伸到敵後戰場題材和東北戰場題材。張中良先生從戰場題材的視角研究抗戰文學，拓展了抗戰文學研究的領域，一定程度上還原抗戰文學的歷史，獲得學界高度肯定。其實不僅僅只是正面戰場題材被漠視，抗戰時期盛行的不少文學題材尚未引起學界足夠的關注，有的甚至因此而很少為人所知，值得我們花費大力氣去研究。近年來本書作者主持國家社會科學基金項目「抗戰文學稀見題材資料整理與研究」〔註10〕，陸續推出一些階段性成果，本編擇取了其中的一部分內容，包括兵役題材、內遷題材、中國空軍題材、「慰安婦」題材四章。

　　中編「抗戰時期軍中文藝論」提出「軍中文藝」的論題，倡導研究抗戰時期軍隊中的文藝活動，從另一側面對抗戰文學的歷史進行還原。「文章入伍」是大家耳熟能詳的一個口號，但「文章」究竟如何「入伍」卻很少有人進行探究。本書作者認為，「文章入伍」不能僅僅理解為對文藝創作的大眾化、通俗化要求，大眾化、通俗化只是為「文章入伍」提供了一個可能的前提，文藝作家、文藝團體通過戰地服務、訪問、慰勞等形式直接為官兵輸送精神食糧也只是「文章入伍」的外力，使得「文章入伍」部分地成為現實，而軍隊自身開展的文藝活動才是「文章入伍」的內因，才是「文章入伍」的主要路徑，因此軍中文藝是一個亟待研究的領域，必須引起足夠的重視。航空委員會政治部下屬的神鷹劇團，是軍中文藝的一個比較典型的標本，本書作者從抗戰時期的各種報刊中搜集關於神鷹劇團的零散資料，還原了神鷹劇團的基本面貌。

　　下編「抗戰文學作家作品論」則是對抗戰文學具體作家、作品的研究，分為七章，涉及到老舍、端木蕻良、徐盈、陶雄、徐中玉、林同濟、陳銓等作

〔註10〕以「稀見題材」而非「稀有題材」命名是考慮到這些題材當時的盛行和後來的湮沒——「稀有」言其本身就少有；「稀見」言其本身並不少有，只是後來少被發現。

家和《新都花絮》《野玫瑰》《戰時邊疆的故事》等作品。如果說上編「抗戰文學題材論」側重於宏觀研究，中編「抗戰時期軍中文藝論」是宏觀研究與微觀研究的結合，既有綜合論述（《抗戰時期的「文章入伍」》），也有個案解析（《抗戰時期的神鷹劇團》），本編則側重於微觀研究，各章或提出新的話題（如對名記者徐盈抗戰時期小說創作的述論、對《新都花絮》在端木蕻良創作歷程和文學史上獨特意義的揭示），或發掘新的材料（如對陶雄抗戰時期文學活動的考論），或作出新的判斷（如對林同濟文藝思想的解讀、對陳銓「民族文學運動」的評判），或兼而有之，目的仍是對抗戰文學的歷史還原。

　　對抗戰文學的歷史進行絕對的還原是無論如何也不可能的，研究者所能做的只能是對抗戰文學歷史的有限還原和對抗戰文學歷史真實的無限逼近，這是一個累積的過程並且永遠不可能有終點。本書以「還原」作為書名，著重的是目標和路徑，而不是結果和成效，這是必須特別作出說明的。如果本書能夠增進讀者諸君對抗戰文學豐富性、多樣性的認識，能夠有助於讀者諸君消除上述對抗戰文學的各種否定性評價進而認識抗戰文學的歷史文獻價值和藝術價值，作者的初衷即已達到。

上編　抗戰文學題材論

第一章　抗戰文學的兵役題材

　　兵役，是指「公民依照國家法律規定在軍隊裏服役和後備兵員隨時準備應召入伍服役」〔註1〕。抗日戰爭期間，中國軍隊損耗巨大，兵員的補充直接關係到國家的存亡。正如蔣介石所言：「在抗戰期間，兵員就是我們國家的命脈。」〔註2〕「軍事第一勝利第一，抗戰建國首重兵役。」〔註3〕為解決兵源問題以應對日本帝國主義的侵略，國民政府制定《兵役法》等一系列法律法規，頒布徵兵令，進行大規模的徵兵，服兵役成為國民不可推卸的一項義務，當兵打仗由此與千家萬戶發生了直接的聯繫。作為一個與抗戰大局和民眾切身利益緊密相關的重大問題，兵役成為抗戰文學重要的表現對象和題材類型。戰爭結束不久，田仲濟在其文學史著中，就曾設置「兵役問題的提出」一個小節，用兩百字左右的篇幅提及沙汀的《在其香居茶館裏》、周而復的《雪地》、張潮的《獨眼馬》三篇作品，〔註4〕可惜此後幾十年間學界未曾對這一論題作進一步的研究。本章擬對抗戰文學的兵役題材進行較為全面的論說。

一、抗戰文學兵役題材概觀

　　兵役是一種很早就存在的軍事活動，兵役制度在中國迭有變遷。夏、商、周時代寓兵於農，兵民不分，平時務農，戰時出征。此後歷朝歷代，兵役制度的具體情況都有不同，但大體上形成了徵兵、募兵、世兵三種主要制度。徵兵制、世兵制帶有強制性，屬於義務兵役制；募兵制則帶有某種「自由」性，

〔註1〕楊慶旺、哈鏵主編：《中國軍事知識辭典》，華夏出版社1987年版，第447頁。
〔註2〕據1940年《東陽縣政公報》第19期第48頁所載蔣介石談話。
〔註3〕蔣介石給《兵役月刊》的題詞，多次刊載在該刊。
〔註4〕藍海（田仲濟）：《中國抗戰文藝史》，現代出版社1947年版，第114頁。

屬於志願兵役制。清代始設八旗和綠營，不僅旗人世代當兵，明朝降軍和新招募的漢人一旦列入兵籍，也是終身不易，世代以兵為業，屬於「強制部分人民成為固定服兵役」〔註5〕的士家（或稱「軍戶」）的世兵制。清代後期，八旗、綠營戰鬥力下降，難以應付紛至沓來的內亂外患，於是又採用募兵制，湘勇、淮勇以及後來編練的新軍，均由招募組建。民國建立之後，試圖實行徵兵制，《中華民國臨時約法》曾規定「人民依法律有服兵之義務」〔註6〕，但在北洋政府時期和國民政府初期，仍然沿襲著清末的募兵制。1924年國民黨第一次全國代表大會決定「將現時募兵制度漸改為徵兵制度」〔註7〕，1933年6月17日《兵役法》由國民政府公布〔註8〕。該法是中國第一部兵役法，明確規定兵役分國民兵役和常備兵役二種、「男子年滿十八歲至四十五歲在不服本法所定之常備兵役時服國民兵役平時受規定之軍事教育戰時以國民政府之命令徵集之」〔註9〕等條款，確立了《兵役法》實施後徵召義務兵的法律基礎。1935年秋，軍政部軍務司設兵役科〔註10〕，「掌理全國兵役計劃與實施事務，並釐訂全國兵役管區劃分，分案分期實施」〔註11〕。1936年3月1日，國民政府明令施行兵役法。同年9月8日、次年8月30日，國民政府兩次頒布徵兵令，軍政部也於1936年11月13日發布了徵兵告示。與此同時，各種兵役法規法令也陸續出爐，服務於徵兵工作的管區也次第設置。這樣，大規模徵召義務兵就成為抗戰時期的一種常態。

由於戰爭規模空前，持續時間又長，軍隊補給的壓力很大，對兵員有著巨額的需求。以常備兵役而言，全面抗戰八年期間，全國徵兵配賦額為16072080名，實徵13922859人，實際補充到各部隊的新兵人數為12232973名。〔註12〕國民兵役沒有完整的統計數字，以大後方十餘省1944、1945年的

〔註5〕隋東升：《兵役制度概論》，軍事科學出版社1996年版，第23頁。
〔註6〕《中華民國臨時約法》，商務印書館1916年版，第3頁。
〔註7〕劉永青：《兵役概要》，四川訓練團抗戰時期印行（具體年份不詳），第12頁。
〔註8〕同時確定自1936年3月1日起施行。
〔註9〕《兵役法規》，訓練總監部國民軍事教育處1936年編印，第1頁。
〔註10〕後來擴充為兵役署、兵役部。
〔註11〕國防部戰史編纂委員會：《抗戰時期兵員及兵役改進概況史稿》，轉引自童玉汝：《抗戰時期兵員補充及兵役改進概況史稿節選》，載《民國檔案》2019年第3期。
〔註12〕《抗戰八年來兵役行政工作總報告》，國民政府兵役部役政月刊社1945年11月編印，第47頁、第53頁。

情況而論，「計川、黔、湘、鄂、粵、桂、閩、浙、皖、豫、甘、陝、晉、康等省，於三十四年時，除未報者未統計外，計共有自衛隊二千四百零四隊，預備隊六萬九千九百零二隊，服役人數最多時在三十三年，達四百四十七萬九千五百八十九人」〔註 13〕。抗戰時期大片國土淪陷，國民政府控制的主要是西南、西北地區和華南、華中的部分地區，人口銳減，可徵壯丁數目劇降，徵兵工作的難度異常之大。國民政府甚至不得不制訂《戰時監犯調服軍役辦法》《非常時期監犯調服軍役條例》，在 1939 年至 1944 年間將監犯 32179 名調服軍役〔註 14〕。

　　兵役負擔如此沉重，抗戰時期實施的又主要是屬於義務兵役制的徵兵制，每個適齡男子都有服兵役的義務，兵役問題就牽扯到每個家庭的神經。相當多的民眾勇敢地承擔保家衛國的神聖義務，也有一些忠於職守的官吏積極推動役政的正常開展，但難免也有人想方設法躲避兵役，更有一些貪官污吏公然違反國民政府制定的兵役法規法令，貪贓枉法，中飽私囊。兵役引發了種種社會現象，也催生了大量的兵役題材作品。

　　作家們感時憂國，是兵役題材文學作品創作的主力。茅盾有《報施》《「戰時景氣」的寵兒——寶雞》，老舍有《丈夫去當兵》《從軍樂》《兄妹從軍》《敵與友》《小小子》《王小趕驢》，吳組緗有《鴨嘴澇》，孫犁有《荷花澱》，沙汀有《在其香居茶館裏》《替身》《堪察加小景》《出征》，艾蕪有《意外》《遙遠的後方》《反抗》《回家後》《兩個逃兵》《苦悶》《荒地》，魯彥有《陳老奶》，徐盈有《徵兵委員》，蔣牧良有《父與女》，白朗有《清償》，羅烽有《遺憾》，萬迪鶴有《自由射手之歌》，司馬文森有《吹號手》，草明有《梁五底煩惱》，歐陽山有《流血紀念章》，田苗有《互替的兩船夫》，寒波有《鹽兵唐忠寶》，田青有《阿三張飛》，洪深有《包得行》，宋之的有《上前線去》《出征》《刑》，胡紹軒有《當兵去》，舒非有《壯丁》，蘇怡有《還我晴空》，韓北屏有《狙擊手方華田》，周文有《雨中送出征》，李喬有《飢寒襤褸的一群》，梅行有《船夫》，唐其羅有《沙喉嚨的故事》，臧克家有《從軍行》，田漢有《征夫別》《送出征勇士歌》，高蘭有《咱們去當兵》《送出征》，蔡若虹

<hr />

〔註 13〕國防部戰史編纂委員會：《抗戰時期兵員及兵役改進概況史稿》，轉引自童玉汝：《抗戰時期兵員補充及兵役改進概況史稿節選》，載《民國檔案》2019 年第 3 期。

〔註 14〕據國民政府兵役部役政月刊社 1945 年 11 月所編《抗戰八年來兵役行政工作總報告》第 9 頁相關數據匯總所得。

有《母親》，蕭揚（楊山）有《他是一個中國人》，令狐令得有《在勞軍大會》，祝實明有《月下歌》，方冰有《三月的夜──動員參軍工作中的一個故事》，沙鷗有《這裡的日子莫有亮》，穆木天有《馬秀才訓子》，荊有麟有《平安寨壯丁當兵》《代爹出征》……〔註15〕

　　不以創作為業的社會各界人士也加入到兵役題材作品的寫作隊伍之中。如浙東中學就曾以「好男要當兵」為題舉行作文競賽，很多同學積極參與，後來蔣君遐、楊蔭槐、史美銘等十位同學獲獎，其獲獎作品組成「作文比賽特輯」，刊登於該校《浙東校刊》第三卷第十三、十四期合刊。甚至馮玉祥、白崇禧等高級將領也忙裏偷閒，創作了具有一定文藝性的兵役題材作品。副總參謀長白崇禧將軍親自執筆，化用民歌來「勸夫從軍」：「桃樹開花葉又青，莫說好子不當兵！／當兵才算是好子，好鐵才打好鐵釘。／／提起當兵莫要愁，喝杯甜酒醉心頭！／甜酒解得心頭苦，當兵才會報國仇。／／月季開花朵朵香，好馬要有好鞍裝，／好女要配英雄漢，拿槍回去打強梁。／／從前有個木蘭姐，也曾代父去從軍，／今朝也有英雄女，勸哥莫枉做男人！／／月到初三月又彎，曾記當年打龍潭，／一到北伐成功日，鋼軍盛名天下傳。／／口水講乾舌講困，／千言萬語你不聽，／你不當兵不嫁你，讓你一世打單身。」〔註16〕軍事委員會副委員長馮玉祥將軍更是寫作了《兵役》《當兵》《好男要當兵》《花木蘭》等多首兵役題材的詩作，其中《花木蘭》一詩以花木蘭代父從軍事蹟激勵男女青年投軍報國：「好女子花木蘭／從軍救國難／而今日本來侵略／女子更應上陣前／／花木蘭　敢從軍／男兒更應獻己身／如果當兵不願去／自問還成什麼人／／國家要存在／民族要復興／老少均需有覺悟／男女都要去當兵／／要當兵　真犧牲／自己不要命／子孫得作自由民／世世代代方算人」〔註17〕。

　　出版界對兵役題材的作品也是大力提倡，優先刊登。比如1944年政府發動知識青年從軍運動之時，《寧夏民國日報》《西京日報》等報刊都刊登徵文啟事，徵求兵役題材的作品：「本報為響應『十萬青年十萬軍』運動，特徵求

〔註15〕這些作品大多主要寫兵役（如《在其香居茶館裏》），少數只有部分內容涉及兵役（如《荷花澱》），以寬泛的標準來看，均可歸屬於兵役題材。

〔註16〕白崇禧：《勸夫從軍》，載1938年12月15日《傷兵之友》第一期。收入《抗戰詩歌選》（正中書局1941年版）更名《好男要當兵》，省去最後一節，其他文字略有出入。

〔註17〕馮玉祥：《花木蘭》，載1938年《江西地方教育》第一一四、一一五期合刊。

有關知識青年踴躍從軍文字，體裁不拘論著詩歌文言語體一律歡迎，並優盡先刊登，希各界人士廣賜大作此啟。」〔註18〕「本刊徵求知識青年從軍運動文稿，凡屬文藝性之創作，不論小說，詩歌，散文，雜文等均可，惟字數不得超過兩千。」〔註19〕獨立出版社迅速組織出版了「全國知識青年從軍戲劇叢刊」，包括陶雄的《壯志凌雲》、黃谷柳的《碧血丹心》、尹笠的《踏上征途》（又名《茜麗》）、周尚文的《鋼盔》等多種。作為「抗戰時期最有影響、也最重要的刊物之一」〔註20〕的《時代精神》，也對知識青年從軍給與了高度的關注，其第十一卷第五、六期合刊為「知識青年從軍專號」，分為「訓誥」（蔣介石《告知識青年從軍書》）、闡論（錢穆《知識青年從軍的歷史先例》等）、「函勉」（陳鳳韶《致全國知識青年書》、祝修塵《換一個戰鬥的新生活》等）、「呼喚」（王玉璽《苗族青年從軍去》、吳淨明《抗戰需要我們》等）、「歌頌」（于右任《滿江紅·十萬英雄》、穆濟波《從軍樂》等）五個部分，從不同角度宣傳知識青年從軍。其中第五部分「歌頌」刊載了新舊詩詞 100 餘首（如易君左《勉軍文班同學》、盧前〔註21〕《水龍吟》、穆濟波《從軍行》、張西曼《勗遠征軍中彭馭乾甥》、吳景洲《送女》、鄧志強《青年遠征軍歌》、張元群《知識青年從軍歌》、俞壽頤《祖國在呼喚》等），均為兵役題材的文藝作品。這些詩詞都有一定的文藝水準，白壘的《知識青年從軍歌》是其中普通的一首，卻因電視劇《我的團長我的團》的譜曲傳唱而廣為人知：「君不見，漢終軍，弱冠繫虜請長纓；君不見，班定遠，絕域輕騎服鄯善！男兒應是重危行，豈讓儒冠誤此生？況乃國危若累卵，羽檄爭馳無少停！棄我昔時筆，著我戰時衿，一呼同志逾十萬，高唱戰歌齊從軍。齊從軍，淨胡塵，誓掃倭奴不顧身！忍情斬斷思家念，慷慨捧出報國心！昂然含笑赴沙場，大旗招展日無光，氣吹太白入昂月，力挽長矢射天狼。採石一戰復金陵，冀魯吉黑次第平，破浪樓船出遼海，蔽天鐵鳥撲東京！一夜搗碎倭奴穴，太平洋水盡赤色，富士山頭揚漢旗，櫻花樹下醉胡姬。歸來夾道萬人迎，朵朵鮮花擲馬前，門楣生輝笑白髮，堂內騰歡驕紅顏。國史標明第一功，中華從此號長雄，尚留餘威懲

〔註18〕《徵文》，載 1944 年 11 月 6 日《寧夏民國日報》。

〔註19〕《徵文》，載 1944 年 11 月 7 日《西京日報》。

〔註20〕丁守和、馬勇、左玉河、劉麗主編：《抗戰時期期刊介紹》，社會科學文獻出版社 2009 年版，第 916 頁。

〔註21〕即盧冀野，著名元曲研究專家，抗戰時期曾任中央大學教授、國民參政會參政員，主編《民族詩壇》。

不義，要使環球人類共沐大漢風！」〔註22〕

兵役題材的作品多，文體也十分豐富，既有小說、散文、詩詞、報告文學等純文學體裁，也有與表演、攝影、音樂等其他藝術形式結合的戲劇、電影、歌曲，還有相當數量的童謠、說唱、故事等通俗文學。〔註23〕就形式的多樣和對普通受眾影響的廣泛而言，下列門類值得進一步探究。

其一是詩詞。兵役題材的詩詞種類繁多，可謂諸體兼備。前述臧克家的《從軍行》、蔡若虹的《母親》、蕭揚的《他是一個中國人》、令狐令得的《在勞軍大會》、祝實明的《月下歌》、方冰的《三月的夜——動員參軍工作中的一個故事》、沙鷗的《這裡的日子莫有亮》、俞壽頤的《祖國在呼喚》等都是新體的自由詩。舊體詩詞也很不少：有古風，四古如王宣的《餞別壯士紀念》之四《分贈陳君》、五古如黃右昌的《新從軍行》組詩、七古如晦之的《送胡文慧》、雜言如邰爽秋的《青年從軍歌》；有格律詩，五律如李紀昌的《送征人》、七律如閔錫如的《送傅琳弟從軍》；有詞，如盧冀野的《減字木蘭花·雜述今從軍樂》、龍冠軍的《望海潮·傷時感事勗從軍十萬青年》、李拓之的《金縷曲·贈從軍友人》。舊體詩詞中，陳禪心用集句詩的形式表現兵役，別具一格。如其《征夫別征婦》《征婦送征夫》集合唐人詩句為詩：「平沙日未沒（王昌齡），許國無淹留（柳宗元）。揮手自茲去（李白），敢辭微命休（杜甫）！」〔註24〕「君子事行役（沈仕期），女子安可留（孟郊）？應須持報國（張友正），好去莫回頭（白居易）！」〔註25〕《壯丁入營歌》則全部選取杜甫的詩句而成：「干戈尚縱橫（《太子張舍人遺織成褥段》），閭里送我行（《後出塞五首》之一）。越羅與楚練（《後出塞五首》之四），艱難愧深情（《羌村三首》之一）。我本良家子（《後出塞五首》之五），朝進東門營（《後出塞五首》之二）。告別

〔註22〕白壘：《知識青年從軍歌》，載 1945 年 3 月《時代精神》第十一卷第五、六期合刊。2009 年熱播的電視劇《我的團長我的團》第八集中，龍文章率領的遠征軍殘部一路苦戰，撤退至國境南天門，卻在怒江邊因身份不明被阻，阿譯少校急中生智，指揮眾人唱起了這首《知識青年從軍歌》，以證明己方的中國軍隊身份。按：該劇展現的是中國遠征軍第一次入緬作戰失利後的大撤退，時間是 1942 年至 1943 年，而《知識青年從軍歌》問世的時間是 1944 年。

〔註23〕這裡的分類並不嚴謹，只是為了言說方便而進行的粗略劃分。

〔註24〕陳禪心：《征夫別征婦》，《抗倭集》，海峽文藝出版社 1986 年版，第 24 頁。《抗倭集》抗戰時期已編就，郭沫若、柳亞子都曾於 1939 年為該書作序。《征夫別征婦》《征婦送征夫》均於 1937 年秋作於漢口。

〔註25〕陳禪心：《征婦送征夫》，《抗倭集》，海峽文藝出版社 1986 年版，第 24～25 頁。

無淹晷（《送率府程錄事還鄉》），欲奪天邊城（《揚旗》）。回首肝肺熱（《鐵堂峽》），浮雲暮南征（《前出塞九首》之七）！」〔註26〕兵役題材的詩歌還與朗誦、歌唱相結合，在民眾中傳播。抗戰時期詩歌朗誦十分熱烈，著名的朗誦詩人高蘭就曾創作兵役題材的朗誦詩《咱們去當兵》：「走吧！／張大個子！／李二愣！／再聯合起／咱們村莊裏的一群弟兄／咱們去當兵！／打死日本鬼，／收回東四省！」〔註27〕當時兵役題材的詩歌譜曲傳唱的就更多了，前述老舍的《丈夫去當兵》就曾由張曙譜曲、徐煒演唱，不久傳播到全國各地。〔註28〕關於歌曲，後文再論。

其二是戲劇。話劇自19世紀末20世紀初傳入中國以後，在戲劇舞臺佔據重要地位，兵役題材的戲劇大多採用話劇的形式。前述全國知識青年志願從軍戲劇叢刊中的《鋼盔》（四幕話劇）、《碧血丹心》（三幕六場話劇）等今天已難以尋覓劇本，演出情況也不得而知。四幕話劇《包得行》（洪深）、《刑》（宋之的）卻都有多次演出並取得很好舞臺效果的文獻記載〔註29〕。獨幕話劇有宋之的的《上前線去》和《出征》、胡紹軒的《當兵去》、舒非的《壯丁》、滄楣的《當兵去》等，大多獲得了演出的機會，宋之的的《上前線去》、胡紹軒的《當兵去》等作為街頭劇不受舞臺、燈光、布景、音樂等方面的限制，又能與觀眾融為一體，在宣傳徵兵方面發揮了很好的作用。話劇異軍突起，傳統戲劇也沒有退出舞臺，兵役題材的戲劇也有採用傳統戲劇形式的。田漢就曾將講述薛平貴故事的平（京）劇《投軍別窯》改編為兵役題材的《投軍別妻》，由演員穿著時裝表演。〔註30〕《前線日報》等報刊也曾刊載徐笑林「仿平劇投軍別窯」而創作的《出征別妻》：「（生）（引子）頭戴青天白日帽，身穿中山裝一套，武裝皮帶腰中掛，抱定宗旨把國保，（白）俺，姓雪名恥字復仇，自從在家抽到壯丁，入營以來，多蒙長官臺（抬）愛，說我工作努力，提升我

〔註26〕陳禪心：《壯丁入營歌》，載1939年1月16日《兵役月刊》第一卷第九期。

〔註27〕高蘭：《咱們去當兵》，載1938年1月1日《救中國》第十一期。

〔註28〕劉東方：《老舍〈丈夫去當兵〉與抗戰歌詩》，載《中國現代文學研究叢刊》2012年第7期。

〔註29〕《包得行》演出後戲劇春秋社專門召開過該劇與《國家至上》的演出座談會；關於《刑》的演出評論有劉念渠的《〈刑〉之我見》（載1940年12月29日重慶《新蜀報》）、新土的《〈刑〉》（載1941年7月20日《前線日報》第七版）、李楠的《看了〈刑〉以後的所感》（載1941年3月1日《今日戲劇》創刊號）等。

〔註30〕叔：《投軍別妻》，載1940年4月20日《現世報》第一〇一期，亦載1940年4月11日《社會日報》第三版（無署名）。

一名少尉排長，只因戰事吃緊，將隊伍開拔前方，今晚就要出發，因此回家分別我妻，天哪！天哪！我不殺敵人，誓不為人也。（唱）（西皮倒板）心中只把日本恨，（轉原板）害得我夫婦兩下離分，急急忙忙往前進，叫聲我妻快開門……」〔註31〕署名菊隱〔註32〕者，也「仿武家坡調」創作了《當兵去》：「（西皮倒板）一簽抽了當兵去。（原板）不由人、一聲聲、笑開胸懷。長是槍、短是刀、背上皮帶。睡熟的、東方獅、如今醒來。那日本、在我國、行為兇殘。他把我、中國人、當做小孩。恨只恨、那漢奸、把國來賣、賣祖宗、害子孫、所為何來？把子彈、上槍膛、對你腦袋。（搖版）叫一聲、眾同胞、齊把敵摧。」〔註33〕戲劇中還有個別作品採用了現代歌劇的形式，如《拴不住》（韓塞、牧虹編劇，陳地、王薪作曲）。

其三是電影。中國電影製片廠 1939 年曾攝製兵役題材的宣傳片《好丈夫》，該片由史東山編導、舒繡文等主演，講述鄉村婦女二嫂等因鄉紳、保長破壞役政而反對丈夫從軍，後來受到縣長禮遇而轉變的故事。該片在藝術性和教育性上「達到較好的統一，給觀眾以真實與親切之感」，「加上作者有意利用默片的形式，以克服各地農民因方言而造成的語言障礙，使影片攝成後，受到後方各地民眾包括少數民族人民的普遍歡迎」〔註34〕。軍事委員會政治部曾嘉獎這部影片，並發給獎金一千元。蘇怡編劇的電影劇本《還我晴空》講述了一個滿門從軍的故事，也屬於兵役題材，該劇 1942 年由中國電影製片廠開拍，可惜似乎沒有完成攝製〔註35〕，劇本後來發表於《天下文章》。

其四是歌曲。抗戰歌曲中兵役題材的不少，前述老舍新詩《丈夫去當兵》就曾譜曲傳唱。這些兵役題材的歌曲，大體可以分為文人原創和採錄、改編民歌兩種類型。文人原創的有《征夫別》（田漢詞、張曙曲）、《送出征勇士歌》

〔註31〕徐笑林：《出征別妻》，載 1939 年 12 月 6 日《前線日報》第八版，亦載 1939 年 12 月 11 日《前線旬刊》第二卷第三十、卅一期合刊。

〔註32〕疑即著名戲劇家焦菊隱，待考。

〔註33〕菊隱：《當兵去》（仿武家坡調），載 1937 年 11 月 1 日《兵役月刊》第三期。1939 年《傷兵之友》第五十期亦載有無署名的《當兵去》（西皮倒板原板），文字略有出入：「一簽抽了當兵去，不由人，一聲聲，笑開胸懷，長是槍，短是刀，背上雙肩，睡熟的，東方獅，如今醒來，那日本，在我國，行為兇殘。他把我中國人不放在眼前，恨只恨，那小大的漢奸，害子孫，賣祖宗，所為何來？把子彈，上槍膛，對你腦袋！叫一聲，眾同胞，齊上前線！」

〔註34〕周曉明：《中國現代電影文學史》下冊，高等教育出版社 1987 年版，第 75 頁。

〔註35〕郝明工：《抗戰時期的重慶文化》，商務印書館 2016 年版，第 203～204 頁。

（田漢詞、張曙曲）、《丈夫去當兵》（老舍詞、張曙曲）、《從軍樂》（老舍詞、沙梅曲）、《送出征將士》（塞克詞、綠汀曲）、《畢業上前線》（成仿吾詞、呂驥曲）、《參加八路軍》（崔巍詞、呂驥曲）、《從軍》（吳夢菲詞、關仲瑤曲）、《國民兵歌》（駱一羽詞、呂驥曲）、《上前線》（秋竹詞、陳洪曲）、《徵兵歌》（滿謙之詞曲）、《從軍樂》（盧冀野詞、林淼曲）、《知識青年從軍歌》（陸華柏詞曲）、《當兵去》（胡紹軒詞、馬絲白曲）、《當兵去》（創恒詞曲）、《壯丁隊歌》（麥新詞、孟波曲）、《壯丁上前線》（常任俠詞、張曙曲）等，其歌詞或文雅，或通俗，或兼而有之，內容不外乎是鼓動國民當兵打仗，如滿謙之作詞的《徵兵歌》寫道：「徵兵，徵兵，徵兵，徵兵之道古盛行，莫說好男不當兵，當兵才是好國民，國勢已危，山河將傾，大家快把義務盡，報仇雪恨，救國救民，此時正好獻身心，同胞們快猛醒，國土淪亡家怎興？同胞們莫戀家庭，快快奮勇來從軍，快從軍，快來從軍，隨著大眾向前進，我們的前途有無限的光明，我們的前途，有無限的光明！」〔註36〕胡紹軒作詞的《當兵去》歌詞寫道：「當兵去，去當兵。拿我們的熱血去和鬼子拼。大家一條心，大家一條心，國家亡了活不了命。當兵去，去當兵。當兵去，去當兵，拿我們的頭顱去和鬼子拼。好鐵要打釘，好鐵要打釘，炸彈來了逃不了命。當兵去，去當兵。」〔註37〕採錄、改編的有《你要娶她嗎？》（新疆吐魯番民歌，洛賓採錄）、《去當兵》（涼州小調菠菜根，史仲記譜、炳林配詞）、《送出征》（江西民歌，凌鶴配詞）、《送郎去當兵》（江西民歌，何茵配詞）、《扛起槍桿去當兵》（四貝上工調，何容詞）等，基本上是在民歌原曲調的基礎上配上兵役方面的新詞，頗有韻味，如何容作詞的《扛起槍桿去當兵》寫道：「正月裏／正月正／扛起槍桿去當兵／當兵要去打日本／呀咦喲／打完了日本好享太平／咦呀咦喲／／二月裏／龍抬頭／官長對我講根由／日本鬼子欺負我／呀咦喲／我們要趕快就去報仇／咦呀咦喲／／三月裏／三月三／日本無端犯野蠻／大家齊心不怕死／呀咦喲／不打倒日本誓不回還／咦呀咦喲／／……」〔註38〕這種改編的時代性很典型地體現在《你要娶她嗎？》中。《你要娶她嗎？》與後來頗為流行的《大阪城的姑娘》應是同一源頭的不同版本，但內容略有不同，《大阪城的姑娘》結尾是

〔註36〕滿謙之詞曲：《徵兵歌》，關仲瑤編：《抗戰歌曲選》，抗建出版社1939年版，第53頁。

〔註37〕胡紹軒、馬絲白曲：《當兵去》，載1937年11月1日《文藝戰線》創刊號。該歌後被一些中小學選作抗戰歌曲教材。

〔註38〕何容詞：《扛起槍桿去當兵》，載1938年3月1日《抗到底》第五期。

讓姑娘「帶著你的嫁妝，帶著你的妹妹，趕著那馬車來」，《你要娶她嗎？》的結尾卻是動員小夥服兵役打鬼子：「大阪城石路硬又平，西瓜呀大又甜。那裡住的姑娘辮子長，兩隻眼睛真漂亮；你要娶她嗎，先要去當兵呵，趕走日本強盜；帶著你的乾糧，背上你的快槍，騎著那大馬來。」〔註39〕令人驚奇的是，在採錄、改編的歌曲中，有一首竟然是來自丹麥民歌，配上的歌詞也略有異域色彩：「我現在去當兵，馬上就要啟程，我愛人要同行，唉！我愛人要同行。你同行是不成，我現在去當兵。我若是打不死，我總會轉回來看您，倘敵人不來欺負，我怎會離開您？但我國個個同胞，都要靠我保護，我所以要當兵，就死了也甘心，海（兒）啦海（兒）啦海（兒）啦！」〔註40〕

其五是童謠、說唱文學等通俗文藝。童謠、說唱文學等通俗文學，在兵役題材的作品中也佔有一點份額。童謠有《爬山豆》《去打日本兵》等，如《爬山豆》寫道：「爬山豆，葉子長，／爬山爬嶺到戰場。／日本鬼，壞心腸，／搶了田地搶房廊。／／九一八，占瀋陽，／搶去中國好地方。／好弟弟，拿起槍，／打倒日本免遭殃。」〔註41〕老舍對「哭著喊著要媳婦兒」的北平童謠《小小子》加以改造，使其成為宣傳當兵的佳構：「小小子，坐門椿，哭著喊著要刀槍。要刀槍幹什麼呀？練刀，抵抗！練槍，好放！明兒個早早起來打勝仗！」〔註42〕兵役題材的作品也採用了說唱文學的多種形式，有大鼓詞，如老舍的《王小趕驢》、穆木天的《馬秀才訓子》；有金錢板，如水草平的《王白混從軍記》；有竹板書，如方白的《金雞嶺》；有牌子曲，如王澤民〔註43〕的《王大娘辭活》；有彈詞，如松谷的《徵服兵役歌》。這些說唱文學形式不一、內容多樣，但主題都是鼓勵國民當兵衛國，如彈詞體的《徵服兵役歌》唱道：「國家是大家所共有，我們權利全藉國家維持，當然也著對國家盡義務，當兵責任義不容辭。國家若凡被人欺負，受傷不止少數人。全體民眾都受痛苦，保家衛國就是保衛全體人員。故此當兵的義務，個個民眾都著向前，當兵既然是全體民眾的義務，徵兵制度最算合宜……現在國難非常嚴重，民族

〔註39〕洛賓：《你要娶她嗎？》，載1941年1月《新西北月刊》第三卷第五、六期合刊。

〔註40〕文超配詞：《我現在去當兵》（丹麥民歌），載1939年3月3日《傷兵之友》第十六期。

〔註41〕《爬山豆》，載1938年1月18日《大聲》復刊第十號。

〔註42〕老舍：《小小子》，載1939年4月4日重慶《中央日報》。

〔註43〕方白原名王國恩，字澤民，疑王澤民即方白，待考。

生死已到關頭，若凡大家不當兵衛國，國若亡汝命也亡。」〔註44〕

二、抗戰文學兵役題材作品的表現內容

國難當頭，兵役題材的作品當然要以鼓舞民眾當兵抗敵的熱情為首要任務，但並未侷限於此，而是比較忠實、全面地記錄了役政實施過程中滋生的種種社會現象，並對徵兵制度的多方面影響作了比較深入的思考。

（一）鼓舞和表現民眾當兵抗敵的熱情

在募兵制源遠流長的中國，「好男不當兵」是民眾公認的準則。實行徵兵制後，一方面是不少人出於愛國激情踴躍應徵，一方面是不願當兵的傳統觀念並沒有得到徹底清除，因此鼓舞和表現民眾當兵抗敵的熱情成為抗戰文學兵役題材的一個重點。

對於民眾踴躍應徵的英雄事蹟，兵役題材的作品不遺餘力地進行熱情洋溢的謳歌。周文的速寫《雨中送出征——六月十日記實》中，在成都民眾熱烈歡送出征將士的時候，一位養路工人當場提出當兵的請求。〔註45〕荆有麟的長詩《勸服兵役歌》講述河北磁縣平安寨選拔壯丁，大家爭先恐後，三百多壯男全部報名的動人故事。〔註46〕草明的小說《梁五底煩惱》中，當鄉紳們還在討論花多大價錢去買壯丁時，從死屍堆中爬出來的上等兵梁五已經帶著族中的五個壯丁奔赴前線。〔註47〕孫犁的小說《荷花澱》中，水生帶著游擊戰士加入了大部隊，很小的一個葦莊，一下子就有七個青年人入伍。〔註48〕茅盾的小說《報施》中，跑運輸的陳海清丟下老母妻兒，帶著一個夥計和四匹馱馬投效了後方勤務，被編入運輸隊，四匹馱馬或被炸，或生病，一匹也沒有留下。「這一來，陳海清該可以回來了麼？可是不！他的硬勁兒給這一下挺上來了，他要給他的馱馬報仇，他硬是當了兵，不把鬼子打出中國去，他說他不回家！」〔註49〕

〔註44〕 松谷：《征服兵役歌》，載 1938 年 11 月 15 日《戰地通訊》第十、十一期合刊。

〔註45〕 周文：《雨中送出征——六月十日記實》，載 1938 年 10 月 1 日《文藝陣地》第一卷第十二期。

〔註46〕 荆有麟：《勸服兵役歌》，載 1939 年 2 月 25 日《雲南縣政半月刊》第四卷第三、四期合刊。又以《平安寨壯丁當兵》為題，載 1939 年 4 月 25 日《老百姓》第三十二期。

〔註47〕 草明：《梁五底煩惱》，載 1938 年 5 月 1 日《文藝陣地》第一卷第二期。

〔註48〕 孫犁：《荷花澱》，載 1945 年 5 月 15 日《解放日報》。

〔註49〕 茅盾：《報施》，載 1943 年 11 月文藝陣地社《文陣新輯》之一《去國》。

沙汀的小說《出征》中，歡送義勇隊出征的雄壯場面、熱烈氛圍深深感染了幾年前從舊軍隊裏跑回家的老兵王湯元，他不顧老父親的阻攔，「大步跨向壯丁隊裏去了」。〔註50〕艾蕪的小說《反抗》中，一向仰慕薛平貴的陳發生，抽中了籤歡天喜地，但想到兄長亡故，老母、寡嫂和年幼的侄兒侄女無依無靠，又黯然神傷，後來是「滴了幾滴眼淚水」，硬著心腸走了；另一個已經買好了替身的富家子弟陳家保，在受了各種刺激後，也反抗他的父親，當兵去了。〔註51〕蘇怡的電影劇本《還我晴空》中，重慶市民楊明生一家幾乎是滿門從軍：三個小兒子分別參加了空軍和高射炮部隊，大兒子因為要留下來照顧年邁的父母，就近參加了防衛空襲的防護團，女兒也參加了救護隊。〔註52〕舒非的獨幕劇《壯丁》中，被日軍飛機炸傷的蕭忠義不僅把兒子蕭尚清送上了火線，而且表示若是傷好了也要到前線去為自己報仇。〔註53〕洪深的四幕劇《包得行》中，村民陳宇庭為了兒子不被抽壯丁，給周保長送了三百元，可他的兒子自己卻堅決要求去當兵。〔註54〕白朗的小說《清償》講述的當兵故事更為悲壯。竇連長在「一二八」戰事中失去了雙腿，卻覺得自己欠了犧牲戰友的債。全面抗戰爆發後，他讓大兒子去替自己還債；大兒子陣亡後，他又將二兒子送上了前線；二兒子在戰鬥中致殘，他又希望女兒從軍，女兒因為要照顧傷殘的父親，一時不能成行，為解除女兒的後顧之憂，竇連長含笑自殺，留下遺書讓女兒去「清償」所有的債務。〔註55〕

有的作品還從婦女和兒童的角度，巧妙地表現了民眾當兵殺敵的強烈願望。荊有麟的民歌體詩歌《代爹出征》中，一個在傳統觀念中「只好屋裏縫鞋襪」的女孩瞞著父母「代爹出征」，「等到爹爹全知曉，入隊手續已辦好」。〔註56〕彭慧的小說《巧鳳家媽》中，女主人公四十多歲了，還想去當兵，為被日本飛機炸死的女兒報仇。〔註57〕司馬文森的小說《吹號手》中，一位在南京犧牲的戰士的遺孀，立願再嫁一位大兵，好替丈夫報仇。〔註58〕張兆和的小

〔註50〕沙汀：《出征》，載1937年12月5日《戰旗》創刊號。
〔註51〕艾蕪：《反抗》，艾蕪：《萌芽》，烽火社1939年版，第40～56頁。
〔註52〕蘇怡：《還我晴空》，載1944年11月《天下文章》第二卷第四期。
〔註53〕舒非：《壯丁》，新演劇社1938年7月初版。
〔註54〕洪深：《包得行》，（重慶）上海雜誌公司1939年初版。
〔註55〕白朗：《清償》，載1938年3月20日《戰地》第一卷第一期。
〔註56〕荊有麟：《代爹出征》，載1939年6月1日《雜誌》第四卷第六號。
〔註57〕彭慧：《巧鳳家媽》，載1942年11月15日《文藝生活》第三卷第二期。
〔註58〕司馬文森：《吹號手》，載1939年9月1日《文藝陣地》第三卷第十期。

說《招弟和她的馬》中，小女孩招弟與哥哥相約帶著自己的馬，一起上前線，後來哥哥當兵去了，馬也因為生活的壓力而賣掉，招弟夢牽魂縈的是哥哥在前線搶一匹鬼子的好馬回來，自己到隊伍裏去當馬夫。〔註59〕

　　軍人上前線殺敵，離不開家屬的大力支持，兵役題材的作品講述了不少戀人、妻子、父母支持親人服兵役的故事。田漢的歌詞《征夫別》中，即將上戰場的征夫唱出了「抗強敵，救危亡，不凱旋，不還鄉」的時代強音，送別情郎的姑娘雖然淚珠兒不停地流，卻也深明大義地表示「千百萬愛自由人都做你們的後盾」。〔註60〕方冰的詩作《三月的夜》中，一位姑娘支持自己的愛人報名入伍，溫馨的愛情故事也與兵役發生了關聯：「月亮是多麼亮呵，／照著三月的夜，山裏的夜，／照著睡了的村子。／杏花開著，／在夜裏鬧哄哄地開著；／像年輕人的夢。／／他們倆走著，／在散了會的路上，／肩並肩地走著，／低聲地說著；／——我報了名，要走了，你想我嗎？／——我想你！／——你想我？／——你要是老守在家裏，我就討厭你！／／三月的夜，／你是多麼香呵，／你是多麼健康而甜蜜地在呼吸著呵！／子弟兵快要人伍了。」〔註61〕老舍的通俗小說《兄妹從軍》中，王金樹有意投軍，年邁的雙親加以阻攔，新婚燕爾的妻子路秀蘭卻深明大義，勇敢地承擔了照顧二老的責任，支持兄妹二人離家從軍。〔註62〕孫犁的小說《荷花澱》中，水生參加大部隊，水生嫂沒有拖後腿，老父親也很支持：「水生，你幹的是光榮事情，我不攔你，你放心走吧。大人孩子我給你照顧，什麼也不用惦記。」〔註63〕穆木天的大鼓詞《馬秀才訓子》，講唱馬秀才「教子殺敵上疆場，千古美名揚」的故事。兒子不願當兵，馬秀才循循善誘，激發兒子的國家觀念和抗敵意識。兒子說：「好人不當兵，俗話說得好！」馬秀才答：「為國殺敵，才是好兒郎！」兒子說：「打仗陣亡，爸爸何人養？」馬秀才答：「作了亡國奴，看你那裏藏？」兒子說：「誰作皇上，給誰封草納糧。」馬秀才答：「兒呀！就是日本鬼子逼死

〔註59〕叔文（張兆和）：《招弟和她的馬》，載 1940 年 5 月 15、16、18、20 日香港《大公報》。後收入作者的小說集《湖畔》，文化生活出版社 1941 年 6 月版。

〔註60〕田漢：《征夫別》，《新歌手冊》，新光音樂研究社 1942 年版。

〔註61〕方冰：《三月的夜——動員參軍工作中的一個故事》，《中國四十年代詩選》，重慶出版社 1985 年，第 177～178 頁。該詩作於 1943 年 3 月 10 日。

〔註62〕老舍：《兄妹從軍》，載 1938 年 5 月 15 日《文藝》第五卷第四期。後收入作者的通俗文藝作品集《三四一》，獨立出版社 1938 年版。

〔註63〕孫犁：《荷花澱》，載 1945 年 5 月 15 日《解放日報》。

你的娘！」〔註64〕周而復的小說《雪地》中，戰士賈玉珍吃不了軍隊的苦，在風雪之夜開小差回到家中，遭到父親一頓打罵。六十多歲的母親雖然心疼兒子，卻也支持父親的意見，催兒子趕緊歸隊，她連夜給兒子趕製了一雙襪子，第二天清早就拖著病體，拐著小腳，在雪地裏艱難行進好幾十里路，親自把兒子送到隊伍上，臨別告誡兒子：「那天把鬼子打出中國去，你那天回來，打不走鬼子，再也不准回來。」〔註65〕

兵役題材的作品並不是簡單地鼓舞和表現民眾當兵抗敵的熱情，還對這種熱情產生的深層原因進行了形象的說明、深入的分析。

其一是日寇的獸行。安分守己的中國老百姓習慣於逆來順受，但是當他們想做奴隸而不得的時候，也會迸發出抗爭的力量。日寇入侵之時，不少國家意識不強的普通民眾對其本性缺乏深刻認識，採取了如《四世同堂》中祁老太爺一樣的忍讓態度，但是日寇殘暴的獸行打破了他們當順民的夢想，使之最終走向抵抗。兵役題材的作品藝術地再現了日寇獸行導致的從軍熱情。在梅行的速寫《船夫》中，與世無爭的老船夫無辜地被鬼子殺害，激起了老船夫兒子的反抗怒火，在家哭了一夜之後，第二天清早「就去參加了隊伍，打日本鬼子去了」。〔註66〕在胡紹軒的街頭劇《當兵去》中，一個十三歲的少年，因父母、兄長被敵機炸死，決心上前線當兵去，給親人們報仇。劇中一個老翁，為了避免兒子服役當兵，讓其逃到城裏，結果兒子在日機空襲時也被炸死了。老翁的遭遇讓大家明白了「國家亡了活不了命」的道理，出現了母送子、妻送夫去從軍入伍的感人情景。〔註67〕在水草平的唱本《王白混從軍記》中，日本鬼子打來時，市民王白混聽信漢奸劉麻臉掛一張膏藥旗（日本國旗）就可以保一家平安的謊言，拒絕了鄰人當兵保家園的邀請，也沒有接受老婆搬家躲藏的建議，結果老母和妻兒都慘遭鬼子的毒手。僥倖逃脫的王白混終於覺悟，他手刃劉麻臉，加入了從軍抗戰的行列。〔註68〕穆木天的大鼓詞《馬秀才訓子》中的馬秀才之所以送兩個兒子去從軍，也與他盤纏被鬼子搶走、老兩口行乞才得以從關外回到老家的經歷有關，妻子因此亡故，馬

〔註64〕穆木天：《馬秀才訓子》，夢甘編：《金難嶺》，國民出版社1940年版，第1～10頁。

〔註65〕周而復：《雪地》，載1940年10月《七月》第五集第四期。

〔註66〕梅行：《船夫》，載1941年1月10日《文藝陣地》第六卷第一期。

〔註67〕胡紹軒：《當兵去》，載1937年11月1日《文藝戰線》創刊號。

〔註68〕水草平：《王白混從軍記》，載1938年7月20日《文藝後防》第二期。

秀才「恨不能捉住日本鬼刮骨搜腸」。〔註69〕艾蕪的小說《兩個逃兵》中的曾長發、張保森當了逃兵，歷盡千辛萬苦，從安徽前線逃回千里之外的家鄉，可是到達家鄉時，乘坐兵船溯江而上的日本鬼子已經佔領了他們的家鄉，正在大開殺戒，兩個逃兵重新拿起了打擊敵人的武器。〔註70〕

其二是反侵略戰爭的正義性。近代以來，中國戰亂頻仍，民眾深受其苦，普遍形成了厭戰心理，但是對於那些正義的戰爭，民眾還是大力支持的。抗日戰爭具有反侵略戰爭的正義性，因此能夠贏得最廣大民眾的積極支持和參與。兵役題材的作品對反侵略戰爭的正義性所產生的從軍熱情也作了很好的表現。萬迪鶴的小說《自由射手之歌》中，宋彬、張至連在軍閥部隊當兵多年，對為之賣命的不義戰爭產生了深深的厭惡，僥倖弄到一筆錢後，二人從軍中逃出，改名換姓，蓋了幾間草房，開起一家酒店，「勤勤懇懇地在那裡做安居樂業的夢」，但是抗戰爆發之後，他們又主動拿起了槍桿，從昔日的「營混子」一變為替民族革命「拼命」的戰士。小說深刻揭示了他們再度從軍的原因：「他們現在找出要去拼命的理由，而這種理由在過去是尋不出的，也不存在的，過去是自家人打自家人而現在是在打國仗，這樣的道理，農民出身的張至連也是十分理解的，而且也講得出許多道理來的。」〔註71〕蔡若虹的詩作《母親》敘寫了這樣一個故事：母親身前害怕兩種事物，一種是臭蟲，另一種就是兵，當兒子穿了軍服回來時，母親就像捉住了一個臭蟲似的，命令兒子脫下這衣服。可是在母親死後的第五年，抗戰的烽煙燃起，曾經聽從母親命令脫下了軍服的兒子又義無反顧地再一次地穿上軍服。詩人深情而又充滿信心地祈禱：「母親啊　你不用恐怖／犧牲者的血也不會白流／總有一天勝利到來後的一天／如果不死　我將回到你的棺前／脫下你曾不喜悅的軍服／（而人類也都將脫下它）／將這醜惡的人類的蛻殼／焚化在你的面前祭奠／／母親啊／你會相信有這一天／母親啊／我們在爭取這一天。」〔註72〕

其三是對征屬的優撫。部分民眾不願當兵，原因之一在於成年男丁是家

〔註69〕穆木天：《馬秀才訓子》，夢甘編：《金雞嶺》，國民出版社1940年版，第1～10頁。

〔註70〕艾蕪：《兩個逃兵》，連載於1939年5月5日、5月20日《中學生》復刊號、復刊第二期。

〔註71〕萬迪鶴：《自由射手之歌》，載1942年11月25日《抗戰文藝》第八卷第一、二期合刊。

〔註72〕雷蒙（蔡若虹）：《母親》，載1940年3月《七月》第五集第二期。

庭的支柱，一人當兵往往會造成全家人衣食無著。為了解決這一問題，國民政府制訂了一系列對出征軍人家屬的優待政策，就安家費和優待穀（金）之發放、田地義務代耕、疾病治療、家屬就業、子女入學、精神慰問等事項作出了相應規定。這些條文在執行過程中自然會大打折扣，但在某些情況下也會得到部分的實施，艾蕪的小說《秋收》就曾以部隊傷兵幫助駐地征屬搶收稻穀為素材。〔註73〕對征屬的優撫一定程度上解除了出征將士的後顧之憂，提高了民眾當兵的積極性，兵役題材的作品對此也有表現。李建章創作的「抗戰歌謠」述說了義務代耕對前方將士的激勵作用：「張三去當兵，家中有田沒人耕，老劉出隻牛，老彭出升種，李四出力耕又種。收穫時，盡着他，運的往回運，打的場中打。張三曉得了，歡喜的蹦蹦跳，噯喲喲！鄰里這樣好，死也值得了。」〔註74〕韓北屏的報告文學《狙擊手方華田》中，狙擊手方華田多次想逃亡，原因是留在家裏的親人受欺負，政治指導員瞭解情況後，准了方華田回家的假，並請團裏發公函知會當地政府，後來方華田家裏的問題得到縣裏的妥善解決，方華田又高高興興地歸隊了。〔註75〕寒波的通俗小說《鹽兵唐忠寶》中，鹽兵（稅警）油子唐忠寶老是算計著撈點錢去安頓家裏，結果發現儘管他離開了家，女人還是穿得乾乾淨淨，兒子更加吃得胖了。老婆告訴他：「興隆村上大大小小都待我們很好，幫我找了一個裁縫鋪子去做活，說我是什麼『出征軍人家屬』，一村上人都看得起我。後來村子上抄鬼子的東洋貨，拿去賣了錢又分給我三十塊。」老婆的話使唐忠寶大受感動，安安心心地上前線打仗了。〔註76〕王澤民的牌子曲《王大娘辭活》中，丈夫為躲抽丁出門在外，王大娘在家飢寒交迫，不得不給人幫工，後來丈夫認識到「男子漢就應該上前線，打跑了日本才能平安」，準備「當兵入營盤」，王大娘也高高興興地辭掉了並不喜歡的活路，「抗屬工廠裏把身安」。〔註77〕

（二）記錄役政實施過程中的弊端

為保證徵兵工作的正常展開，國民政府制訂了徵兵的「三平」原則：平

〔註73〕艾蕪：《秋收》，載1940年3月30日《抗戰文藝》第六卷第一期。
〔註74〕李建章：《抗戰歌謠·張三去當兵》，載1939年1月1日《特教通訊》第一卷第六期。
〔註75〕韓北屏：《狙擊手方華田》，載1940年1月16日《筆部隊》創刊號。
〔註76〕寒波：《鹽兵唐忠寶》，載1939年11月1日《文藝陣地》第四卷第一期。
〔註77〕王澤民：《王大娘辭活》，收入《民眾文庫》，教育部民眾讀物編審委員會1942年編印。

等，即不問階級，不論貧富，凡適齡男子，均有服任兵役之義務；平均，即按徵兵數目，依地方人口比例分配應徵人數；平允，即適齡男子，依兵役法實施細則應予免役緩役者，即免緩其兵役，其不當免役緩役者，雖富貴子弟，亦不能除外。

在徵兵過程中，也有部分廉明的官吏能夠依法秉公辦理。史東山導演、中國電影製片廠 1939 年攝製的電影《好丈夫》中的縣長，就對在徵兵過程中狼狽為奸的保長、鄉紳進行了懲處，對二嫂等征屬進行了優撫。〔註 78〕宋之的的四幕劇《刑》中的縣長衛大成，打擊以劣紳顧榮軒為首的操縱役政的惡勢力，推動抽籤大會的召開，也是一個盡力革除役政弊端的正面形象。洪深的四幕話劇《包得行》中，兵役科的張科員不徇私情，李國瑞為兒子李大遠免役的事已經給保長送錢，又請熟悉官府的潘知事前來說情，張科員卻不為所動，還是將李大遠抽了丁。〔註 79〕徐盈的小說《徵兵委員》中，徵兵委員吳克家頂住區長和鄉紳們的壓力，堅持「按戶抽丁，不許頂替」，想方設法推動了兵役工作的展開。〔註 80〕方白的竹板書《金雞嶺》中，主持徵兵工作的保長為人也很公正，應該徵召的人「想花錢買弄也不成」。〔註 81〕

但由於國民政府吏治的腐敗，在很多情況下「三平」原則是被視如兒戲的，兵役舞弊因此層出不窮。僅據兵役部督察處統計，1942 年 10 月 15 日至 1944 年 11 月間，兵役舞弊案就達 11380 件，其中應徵壯丁舞弊 1703 件，各級兵役機構舞弊 4542 件，各級地方行政機構舞弊 3695 件，接兵部隊舞弊 1440 件；1944 年 10 月 15 日至 1945 年 8 月間，兵役舞弊案共計 2719 件，其中應徵壯丁舞弊案件 71 件，各級兵役機構舞弊案件 761 件，各級地方行政機構舞弊案件 1726 件，接兵部隊舞弊案件 174 件，其他機關法團舞弊案件 24 件。〔註 82〕

〔註 78〕史東山：《好丈夫》，其本事載 1939 年 12 月 24 日重慶《國民公報》。

〔註 79〕洪深：《包得行》，（重慶）上海雜誌公司 1939 年初版。

〔註 80〕徐盈：《徵兵委員》，載 1938 年 7 月 1 日《文藝陣地》第一卷第六期。

〔註 81〕方白：《金雞嶺》，連載於 1940 年 3 月 1 日、4 月 1 日、5 月 1 日《戰時民眾》第四期、第五期、第六期。收入夢甘編：《金雞嶺》，國民出版社 1940 年版，第 30～41 頁。又見《抗戰通俗韻文選》，中國國民黨中央執行委員會宣傳部編，該部秘書處文化驛站總管理處 1939 年印。

〔註 82〕參見《抗戰八年來兵役行政工作總報告》之《兵役部督察處三十一年十月十五日起至三十三年十一月止兵役舞弊案件統計表》《兵役部督察處三十三年十月十五日起至三十四個年八月止兵役舞弊案件統計表》，國民政府兵役部役政月刊社 1945 年 11 月編印。

　　對役政實施過程中的弊端，抗戰文學兵役題材的作品給予了忠實全面的記錄。就其要者而言，主要有以下幾種情形。

　　（1）包庇兵役。按照徵兵的平允原則，不當免役緩役者，即便是富貴子弟，也不能免緩。但是一些地方豪強和惡劣士紳往往與保甲長、區鄉長甚至更高一級的官吏相勾結，操縱役政，或者以種種藉口或者公然為其子弟逃避兵役。沙汀的小說《在其香居茶館》中，邢麼吵吵的大哥是本地的耆宿，舅子又是縣裏的財政委員，所以其二兒子就被無故緩役了四次。在新任縣長整頓兵役的風聲中，聯保主任方治國才不得不將此情況上報，結果還因此與邢麼吵吵結下了很深的仇怨。〔註83〕宋之的的四幕話劇《刑》中，二十歲的青年施策應服兵役，可是他的父親施景雲活動了操縱役政的劣紳顧榮軒，就安然無事了。〔註84〕相比之下，蔣牧良的小說《父與女》中坐過一任縣正堂的何老太爺手法更為「高明」：他有六個兒子，除了一個跟著姐夫在師部裏幹差使，一個在讀初中，一個年齡尚小外，其他三個都在可徵之列。為避免抽丁，何老太爺給一個兒子弄來了鄉村郵政代辦所的幌子，使其成了公務人員，又給另外兩個兒子弄來現役證明書，讓他們當上了呆在家裏的不穿軍服的「副官」。〔註85〕署名安安的小說《「壯丁」》中「有權兼有勢的大紳糧」李二爺為兒子躲避兵役的手法，同何老太爺有「異曲同工」之妙。李二爺二十歲的三兒子李世榮閒在家裏，「天天抄起兩手，徜徉在Ｆ鎮」，按照「三丁一五丁二」的原則，名字應該寫到壯丁登記冊上去，可是李二爺「有上千畝的上好良田和一二十家臣服的佃戶」，有的是田地銀錢，不願意兒子去當兵。李二爺送給聯保主任兩百塊錢，聯保主任給想出了免役的好辦法——進學校。二十歲的李世榮拿著聯保主任的推薦信，交了幾百元學費，進了城裏的私立Ｎ中學，穿上草綠色的童子軍服，戴上私立Ｎ中學的校章，於是「李世榮是化了裝，安全的在學校蔭影下了」。Ｎ中學像李世榮這樣來尋求「蔭影」的還有幾十個，他們不好好讀書，經常出入於茶鋪、酒館、劇場、戲院，雖然是留了級，可是並不介意，願意繼續呆在「安全而舒服」的學校。〔註86〕

　　（2）違法徵丁。為了公平起見，也為了不使征屬失去生活依靠，國民政

〔註83〕沙汀：《在其香居茶館》，載1940年12月1日《抗戰文藝》第六卷第四期。
〔註84〕宋之的：《刑》，大東書局1940年版。
〔註85〕蔣牧良：《父與女》，載1941年9月15日《文化雜誌》第一卷第二期。
〔註86〕安安：《「壯丁」》，載1940年11月7日《揮戈》第一集第五期。

府規定五丁抽二、三丁抽一、獨子免徵。但是既然有那麼多當抽的沒有抽，就一定會有許多不該抽的也被抽了。兵役題材的作品描繪了不少違法徵丁的慘劇。唐其羅的皖北通訊《沙喉嚨的故事》中，鐵匠的大兒子是個瘋癲，二兒子是家裏的頂樑柱，卻被抓了壯丁。〔註 87〕林蒲的報告文學《徵壯丁》記載了和壯丁們的談話，不少壯丁都是不該服役而被「拿來」（捉來）的，「他媽的區長吃錢，攤不出人，一語不發，拴起我來」，「保長，聯保主任，鄉長開會，悄悄的說，不說那家著兵，到時他們拿鞭子來拴」，有的家庭已經有人「自動出來」（志願從軍）了，照樣得出丁，因為「自動出來不算數」「不承認」。〔註 88〕田苗的小說《互替的兩船夫》中，重慶船夫王和尚本是獨子，不在應徵之列，卻因為保長企圖霸佔他的航船而被陷害，有了漢奸和「什麼黨」〔註 89〕的嫌疑，只得聽從安排，前往兵營避禍。〔註 90〕蕭揚的詩作《他是一個中國人》中，那個衣衫襤褸的壯丁也是一個獨子，上有老母，下有幼子，卻被保長強行捉來，稍有反抗，即被打得遍體鱗傷。〔註 91〕穆木天的大鼓詞《馬秀才訓子》中，保長活閻王馬福祥聲稱「有錢的拿錢我給你們雇人替，沒錢的，一個兒子，也要上前方」，鬧出了人命，自己也被政府處死〔註 92〕

（3）估拉行旅。在壯丁數目不足時，一些不法役政人員往往攔街截路，強拉行旅充數，甘肅靜寧甚至發生以唱戲為名引誘民眾，然後派自衛隊包圍，強抓看戲青年當兵的惡性事件。〔註 93〕沙汀的《替身》、艾蕪的《意外》這兩篇小說是表現估拉行旅的代表之作。在《替身》裏，保長李天心為欠一名丁而煩心，儘管「按照本保適齡壯丁的比數，就是多抽一個也容易」，但是「沒有一個他好下手」，「他們不是他的親戚，就是他的親戚的親戚，有的還同那些地位比他高得多的人有瓜葛」，他無計可施，最後抓了一個過路住店的老鹽

〔註 87〕唐其羅：《沙喉嚨的故事》，載 1937 年 12 月 1 日《七月》第一集第四期。
〔註 88〕林蒲：《徵壯丁》，載 1941 年 10 月 6 日、8 日香港《大公報・文藝》第一一九八、一一九九期。
〔註 89〕指共產黨。
〔註 90〕田苗：《互替的兩船夫》，載 1946 年 6 月 10 日《文聯》第一卷第七期。
〔註 91〕蕭揚（楊山）：《他是一個中國人》，載 1945 年 7 月 17 日《新華日報・新華副刊》。
〔註 92〕穆木天：《馬秀才訓子》，夢甘編：《金雞嶺》，國民出版社 1940 年版，第 1～10 頁。
〔註 93〕靜寧縣地方志編纂委員會編：《靜寧縣志》，甘肅文化出版社 2008 年版，第 203 頁。

客，鏟去頭髮鬍子，冒充年輕力壯的壯丁送去充數。〔註94〕在《意外》裏，老李、老張去挑鹽，在路上出了意外，被解送壯丁的大兵抓起來，補了兩個「逃跑」壯丁的缺。〔註95〕

（4）買賣壯丁。在徵兵中，頂替、販賣等買賣壯丁現象也很嚴重，個別地方甚至有專門買賣壯丁的公司，形成了交易市場。這一現象從《鴨嘴澇》《「戰時景氣」的寵兒——寶雞》《荒地》《阿三張飛》《遺憾》《上前線去》等作品中可見一斑。吳組緗的長篇小說《鴨嘴澇》中，章三官等村民因抽丁的事而煩躁，而躲避，後來的辦法是全保攤錢買壯丁。〔註96〕茅盾的散文《「戰時景氣」的寵兒——寶雞》中，人們「不懂得什麼兵役法，保長嘴裏說的，就是王法」，一戶「以前很可以過得去」的人家，現在已是負債累累，瀕於破產：六個月前，保長要「抽」那丈夫去當兵，他們只得籌措了四百多塊錢交給保長，請他代找一個替身，這戶人家因此而負債，此刻「免役費」的半數還著落在省下嘴裏的包穀來養著的那口豬身上。〔註97〕艾蕪的小說《荒地》中，租種刑太爺荒地的綽號岑家窩窩的雇農，欠了刑太爺兩年地租，刑太爺以免除這兩年地租、另給五十元錢為條件，讓岑家窩窩頂了刑二少爺的名去當兵。〔註98〕田青的通俗小說《阿三張飛》中，保長黃忠泰的兒子黃阿大中了簽，要抽去當兵，黃忠泰送給村長八十洋鈿，村長接受賄賂後，準備用阿三張飛代替。〔註99〕羅烽的小說《遺憾》中，葛金聲更是以每次五十元的價格，反覆做著頂替別人當兵的交易，每次到了部隊後都設法逃跑，這樣在幾個月的時間裏就以不同的名字入了九次伍，終於在第九次逃跑時被抓獲，執行了槍決，臨死時他遺憾的是沒有幹成功十次，獲得整整五百元的財產。〔註100〕宋之的的街頭劇《上前線去》中，鄉民甲家裏本該出人服役當

〔註94〕沙汀：《替身》，載1945年10月1日《文哨》第1卷3期，又以《勝利在望年即景》為題，發表於《華西晚報》1945年5月24～26日的「文壇」第五二六至五二八號。

〔註95〕艾蕪：《意外》，載1940年7月25日《現代文藝》第一卷第四期。

〔註96〕吳組緗：《鴨嘴澇》，文藝獎助金管理委員會1943年版。

〔註97〕茅盾：《「戰時景氣」的寵兒——寶雞》，《見聞雜記》，（桂林）文光書局1943年版。

〔註98〕艾蕪：《荒地》，載1941年8月15日桂林《大公報》第4版「文藝」第三十六期。

〔註99〕田青：《阿三張飛》，載1940年2月16日《文藝陣地》第四卷第八期。

〔註100〕羅烽：《遺憾》，載1941年9月1日《自由中國》新一卷第三期。

兵，他花三百元錢請鄉民乙幫忙，鄉民乙收了他的錢，拿出其中的五十塊錢給自己家裏的長工吳大傻，讓他頂替了鄉民甲的家人，後來又設法逃跑。〔註101〕宋之的的四幕話劇《刑》中，紳士施景雲的兒子施策沒有當壯丁，鄉村老婦相依為命、不該服役的獨孫王大才卻在半夜被綁走了，並且下落不明，原來顧榮軒受了施景雲的好處，派人綁走王大才，讓他頂了施策的名，因而其祖母連王大才究竟送到哪裏去了都查不到。〔註102〕舒非的獨幕劇《壯丁》中，保長朱四爺拿了那些應服兵役的壯丁的好處費後，「一次再次的買了那些老弱殘兵去代替」，蕭大媽給了朱四爺四十元錢，朱四爺就給蕭大媽出主意讓她兒子蕭尚清躲起來，在壯丁隊開拔前線之前千萬不能出來。〔註103〕洪深的四幕劇《包得行》中，為李大遠免役的事，周保長向其父李國瑞索要四百元，李國瑞送給周保長二百元，周保長只花八十元就買定了包占雲、王海青兩個自願壯丁。〔註104〕

（5）賂放壯丁。壯丁被徵召後，還要經過集中、體檢、解送等環節，才能正式補充到各部隊。在每一個環節中，都有因為收受賄賂而故意放走壯丁的事情發生。沙汀的小說《在其香居茶館》中，新任縣長揚言要整頓兵役，卻是雷聲大雨點小，「很好說話」，邢大老爺請客，他「很早就到了」，請過客之後，邢麼吵吵的二兒子就因為點名時報錯了數而失去了「打國仗」的資格，被「開革」了。〔註105〕艾蕪的小說《意外》中，老李、老張頂替的宋生富、朱流泗兩個壯丁，名義上是在解送途中逃跑了，其實卻是花了錢之後被解送人員故意放走的。〔註106〕

（6）籍故勒索。在徵兵過程中，一些品行不良的役政人員往往以抽丁為藉口，恐嚇民眾，敲詐勒索，釀成不少慘劇。在王西彥的小說《彌月禮》中，榮林爺只有一個名叫豬欄的獨子，本來可以免役，保長子良卻以抽丁為由，使榮林爺欠下「緩役費」二十五元。又因保長兒子做滿月，攤派彌月禮二元。

〔註101〕宋之的：《上前線去》，載 1938 年 5 月 5 日《新演劇》新一卷第一期。後更名《壯丁》，收入「每月文庫」之《轉形期》，（桂林）上海雜誌公司 1939 年 8 月初版。
〔註102〕宋之的：《刑》，大東書局 1940 年版。
〔註103〕舒非：《壯丁》，新演劇社 1938 年 7 月初版。
〔註104〕洪深：《包得行》，（重慶）上海雜誌公司 1939 年初版。
〔註105〕沙汀：《在其香居茶館》，載 1940 年 12 月 1 日《抗戰文藝》第六卷第四期。
〔註106〕艾蕪：《意外》，載 1940 年 7 月 25 日《現代文藝》第一卷第四期。

榮林爺不得已賣掉了同孫女一樣視為心頭肉的小黃牛，豬欄得知後找保長算帳，被抓進城裏。在保長兒子「彌月禮」的熱鬧中，榮林爺自縊而死。〔註107〕在田苗的《互替的兩船夫》中，保長李海臣聲稱船工木生被抽了壯丁，他和鄉長同情木生，可以找人幫他代，條件是木生拿出十萬塊錢。木生沒有錢，保長、鄉長又好心地替他「墊」。在另一船夫王和尚代替木生入伍後，木生就成了保長家裏永遠拿不到工錢的船夫。〔註108〕吳雪執筆的話劇《抓壯丁》中，李老栓身為有一定權勢的「土肥鱉」，尚且要因為抽丁受到王保長的敲詐。〔註109〕丁行的小說《抽籤》中，聯保主任敲詐的手段更為奇特。某地要出二十五名壯丁，幾百個適齡男子抽籤決定，幾個惡棍提出代人抽籤，二十元一次，抽中代為服役，抽不中也不退款，聯保主任欣然同意：「誰找誰替都行。反正是一個人頂一個人，瞞官不瞞私的，只要把公事交待下去就行了。」結果代抽的一個也沒有中，抽中的全是老實巴交的窮人，原來是聯保主任同這幾個惡棍合作，欺瞞眾人，賺了五百二十元。大夥發現貓膩，鬧了起來，聯保主任一面答應重新抽籤，一面安排人以前線戰事吃緊、上面急著要人的名義，將抽中的二十五人連夜抓走。〔註110〕

（7）虐待壯丁。壯丁應徵入伍，即將效命疆場，可以說是民族的功臣，應當受到各種禮遇，但有的役政人員卻視他們如草芥，在肉體和精神上都進行殘酷的折磨。楊山的詩作《他是一個中國人》中的那個壯丁，「衣服襤褸得象一張濫污紙」，頭上流著殷紅的血，當他走在中國城市的街道上時，他的手是被反縛著的，「他的後面／還跟著兩個拿槍的／趕著他，像趕著一頭羊似的」。詩人見到此情此景，不禁憤激地寫道：「他是一個中國人／他就這樣活在中國的土地上。」〔註111〕林蒲的報告文學《徵壯丁》中，壯丁訓練時遭受教官的毒打，開拔時被用繩子拴著，即便是「自動出來」（志願從軍）的也不能幸免。作者憤激地稱這些壯丁為「這些沒犯法的犯人，這些被

〔註107〕王西彥：《彌月禮》，王西彥：《報復》，改進出版社1940年9月版。

〔註108〕田苗：《互替的兩船夫》，載1946年6月10日《文聯》第七期。

〔註109〕該劇原為四川旅外劇人抗敵演劇隊於1938年根據四川一個宣傳識字的劇本《亮眼瞎子》改編而成的幕表戲，1943年吳雪等人在延安對其作重大修改。該劇後收入胡可主編的《中國解放區文學書系·戲劇編（二）》（重慶出版社1992年版）。

〔註110〕丁行：《抽籤》，載1938年7月23日《抗戰文藝》第二卷第二期。

〔註111〕蕭揚（楊山）：《他是一個中國人》，載1945年7月17日《新華日報·新華副刊》。

捨起來的老百姓，這些未來的我們衛國的士兵」。〔註112〕李喬的報告文學《飢寒襤褸的一群》中，來自景東、普洱的三百多壯丁遭遇了難以忍受的飢餓和寒冷，「護送」壯丁經昆明到路南某團的張隊長貪污了壯丁的伙食費販賣鴉片發財，壯丁們每天只能喝兩碗清得像米湯似的稀飯，又無禦寒的衣被，三百多人在路上就倒斃了七十多，二百五十五個壯丁到達路南之後，負責接收壯丁的軍官因這些「壯丁」過於病弱，只肯接收七十三人，剩下的一百多壯丁，拿著雲南大學附中和路南中學學生捐來的一點錢（每人一元八角），又要返回昆明，生死未卜。作品開頭以生動形象的筆調，描寫將死的壯丁到客棧外曬太陽取暖的慘狀，令人不寒而慄。〔註113〕艾蕪的小說《意外》中的老張和老李不僅被抓了丁，而且被強迫改了名，從此老張就叫宋生富，老李就叫朱流泗。老李不服：「長官，不是我不願意！你叫我當兵，我就當兵！你叫我打日本，我就打日本！我不敢說半個不字。只是我姓李，我父母祖宗老子都姓李，我叫李長發，我不能跟他姓朱的一塊姓，我媽嫁給姓朱的，我都不能跟他姓，還要叫什麼豬牛屎！」結果他的聲辯遭致毒打，伙夫的話解釋了其中的原因：「當兵還講什麼道理？服從第一！」〔註114〕盛靜霞的舊體詩《壯丁行》中，四川合川的幾千名壯丁竟然被用繩子一串串捆著，結果在遭遇空襲時因繩索捆綁過緊而無法躲避，幾千名壯丁被活活炸死。〔註115〕

（8）妨害優撫。國民政府規定了對征屬的各種優撫政策，一些土豪劣紳為了滿足自己貪婪的私欲，往往會不擇手段地侵吞優撫穀、優待金，甚至霸佔征屬原有的資產，優撫政策難以落實。魯彥的小說《陳老奶》裏，陳老奶的二兒子志願從軍，家裏卻沒有得到絲毫優待，反而在大兒子不幸病故後，被大兒子的老闆夥同鎮長榨乾了僅有的一點財產。〔註116〕沙汀的小說《堪察加小景》中的崔三詎，以招工的名義將征屬筱桂芬騙離家鄉，使這個十幾歲的姑娘淪為流娼。〔註117〕艾蕪的小說《荒地》中，岑家窩窩當兵去了，妻子帶

〔註112〕林蒲：《徵壯丁》，載1941年10月6日、8日香港《大公報》「文藝」第一一九八、一一九九期。
〔註113〕李喬：《飢寒襤褸的一群》，載1940年《文藝陣地》第四卷第七期。
〔註114〕艾蕪：《意外》，載1940年7月25日《現代文藝》第一卷第四期。
〔註115〕此詩約作於1939年春，見陳漢平編注：《抗戰詩史》，團結出版社1995年版，第302頁。
〔註116〕魯彥：《陳老奶》，載1942年1月15日《文藝雜誌》第一卷第一期。
〔註117〕沙汀：《堪察加小景》，載1945年2月25日《青年文藝》新一卷第六期。

著小孩靠租種荒地艱難度日，她很希望上面派人來幫忙挖地，可是丈夫是頂了刑二少爺的名去當兵，在刑太爺的威脅她只能說丈夫是出遠門去了，優待自然是一點也得不到。〔註118〕在優撫沒有得到真正落實的地方，征屬的生活是困苦不堪的。詩人令狐令得在勞軍大會上，為「肩旗子的抗屬的小兒女」「菜色的雙頰」深深震動〔註119〕；祝實明則借明月之眼，將權貴們的紙醉金迷與烈士遺屬的苦難進行了尖銳對比：「月兒在酒店旁竊視著人們的風流，／也在孀婦的窗上偷窺著煩憂；／它照著得意人們的洋樓別墅，／也照著曠野裏烈士的墳頭。」〔註120〕

役政實施過程中存在的這些弊端加重了徵兵工作的困難，在個別地方還導致了暴力抗徵。吳雪執筆的話劇《抓壯丁》中盧隊長、王保長們連跛子、駝子、老頭子、獨生子也一概不放過，結果釀成民變，當他們還在做著陞官發財的美夢時，壯丁們已經起來暴動了。沙鷗的詩作《這裡的日子莫有亮》中，袁海廷正在舉辦新婚酒筵，和他結過怨的保長帶著幾個兵來捉他，怎麼說情也沒有用，無奈的袁海廷用一根籮索在梁上上了弔，剛烈的新姑娘（新娘）用菜刀劈開了保長的光頭後割喉自盡。〔註121〕

（三）探究徵兵制度的影響

抗日戰爭的偉大勝利，是中國人民共同奮鬥的結果，也同世界反法西斯人民的並肩戰鬥有著不可分割的聯繫，但是直接抵禦日寇的進攻並最終將其驅逐出中國的，畢竟是千千萬萬在前線與之作殊死搏鬥的抗日軍人。國民政府在大後方實施的徵兵制度，雖然存在著各種各樣的弊端，卻比較有效地保證了前方部隊所需要補給的兵源。〔註122〕在軍隊的正規化方面，徵兵制也克服了募兵制「無一定服役期限，無相當的基本教育，現役軍人但求生活之解決，頗少國家生存之觀念，以至軍紀不易維持，軍費消耗尤多，而復員實施

〔註118〕艾蕪：《荒地》，載1941年8月15日桂林《大公報》第4版「文藝」第三十六期。
〔註119〕令狐令得：《在勞軍大會》，載1943年10月20日《文藝先鋒》第三卷第四期。
〔註120〕祝實明：《月下歌》，收入《墾殖集》，文通書局1944年版。
〔註121〕沙鷗：《這裡的日子莫有亮》，載1945年5月4日《文哨》第一卷第一期。
〔註122〕據統計，全面抗戰八年間實際補充各部隊兵員12232973名。見《抗戰八年來兵役行政工作總報告》，國民政府兵役部役政月刊社1945年11月編印，第53頁。

極感困難」〔註 123〕的流弊。應該說，徵兵制度的影響是多方面的，兵役題材
的作品特別表現了徵兵制度在軍隊建設和國民性改造方面的作用。

在軍隊建設方面，徵兵制度一定程度上促進了軍人素質的提高和軍隊紀
律的整飭。兵役題材的作品對此都有所反映。

在募兵制下，當兵者多為無業游民、地痞無賴，他們為求個人生活問題
之解決，無所不用其極，這樣就出現了軍隊匪化、兵匪不分、兵民對立的畸
形局面。一些質樸善良的農民在入伍之後也會因環境的改變而蛻化，洪深的
話劇《趙閻王》就是一個典型的例證。趙大原本是一個老實淳樸的農民，參
加舊軍隊之後卻逐步演變為一個喪盡天良、無惡不作的「閻王」，他活埋同夥，
出賣老鄉，燒掠農戶，姦淫民女，偷竊軍餉，……〔註 124〕沙汀的小說《出征》
中，王湯元剛到軍隊時還很單純，「常為五塊錢當敢死隊，一氣衝鋒上龍泉驛
的山頂」，後來卻在軍閥部隊的「風氣」薰染下變得「狡詐」了，「常在槍聲裏
藏向墳凸後打紙牌，利用傷兵掩護自己退卻」。〔註 125〕國民政府實行徵兵制
度後，很多農家子弟和部分知識青年進入軍隊〔註 126〕，以當兵謀生的兵油子
在抗日軍隊中的比例大大降低，軍人的素質因此有了一定的提高。即便是那
些兵油子，也有很多在民族革命戰爭中得到了鍛鍊和改造。前述萬迪鶴的小
說《自由射手之歌》中，宋彬、張至連兩位「營混子」，就一躍而成了為自由
而戰鬥的射手。〔註 127〕寒波的通俗小說《鹽兵唐忠寶》中，唐忠寶當兵十八
年，也同趙閻王一樣做了不少壞事，連老婆都是強佔他人的。在即將開赴前
線之時，他盤算的不是如何殺敵衛國，而是怎樣撈一筆錢後開小差。就在唐
忠寶和他的同夥搶劫得手的時候，一隊應徵入伍的壯丁路過，將唐忠寶一夥
抓了起來。唐忠寶恨透了這些壯丁，但是後來在戰場上，卻是這些壯丁救了
他的性命。在傷兵醫院，唐忠寶又得知妻兒得到了很好的安置。天良並未完

〔註 123〕《國民政府政治總報告——民國二十年十一月月向中國國民黨第四次全國
　　　　代表大會提出》（軍事部分），秦孝儀主編：《中華民國重要史料初編——對
　　　　日抗戰時期緒編（三）》，中國國民黨中央委員會黨史委員會 1981 年編印，
　　　　第 202 頁。
〔註 124〕潘克明編：《洪深代表作》，黃河文藝出版社 1986 年版，第 1～46 頁。
〔註 125〕沙汀：《出征》，載 1937 年 12 月 5 日《戰旗》創刊號。
〔註 126〕國民政府 1944 年發起全國知識青年志願從軍運動，在運動中有數萬名大中
　　　　學生和公教人員報名從軍。
〔註 127〕萬迪鶴：《自由射手之歌》，載 1942 年 11 月 25 日《抗戰文藝》第八卷第一、
　　　　二期合刊。

全泯滅的唐忠寶從此完全悔改了，成了縱橫殺敵的「榮譽戰士」。〔註 128〕歐陽山的通俗小說《流血紀念章》中，那個吃喝嫖賭花光了所有的錢後連軍功章也敢賣的梁龍，也終於坐上了開往前方的列車。〔註 129〕洪深的四幕話劇《包得行》中，李大遠原來是個花錢求免役的人，包占雲名為「自願壯丁」，打的主意是找機會當逃兵，但他們在軍隊得到鍛鍊，覺悟大大提高，傷殘復員後又主動回到前線。〔註 130〕

隨著軍人素質的提高，軍隊的紀律也得到了一定的整飭，募兵制下那種軍民對立的狀況有了很大的改觀。一些作品對此也有所反映。於逢的小說《鄉下姑娘》中，在廣東揭陽附近有一個叫做黃沙坑的小地方，內戰曾經給當地居民帶來深重災難：彭軍和錢軍在此地角逐，彭軍來了是把穀米牲畜充公，錢軍來了是從口袋里弄錢，從地底挖銀子，把居民當作對手射殺。可是打日本的「什麼革命軍」卻大不相同，他們駐紮在此地後從不亂來，儘管軍人們穿的是破舊而發白的制服，卻遞出花綠綠、新簇簇的鈔票來買雞買蛋買紅薯買白菜，時間一久，連張發婆這個年將七十的客家老太婆「也看出這群傢伙外表雖然豎眉瞪眼，粗聲粗氣，但其實是異常耿直，異常傻笨的」。〔註 131〕吳組緗的長篇小說《鴨嘴澇》中，開赴前線的軍隊從鴨嘴澇路過，其旺盛的鬥志、嚴明的紀律贏得了村民的敬佩，東老爹看到戰士們喝河灘裏的冷水，急忙燒了兩桶茶水供他們飲用，年輕力壯的章三官則主動走進挑夫隊，為軍隊運送彈藥。〔註 132〕周文的特寫《雨中送出征》中，成都一個車夫因為車子被軍隊徵用而心事重重，軍人粗俗而爽快的話打消了他的疑慮：「要給錢的，照規矩！媽的，你當我們還像從前那些爛軍隊麼？」〔註 133〕洪深的四幕話劇《包得行》中，包占雲、王海青等人所在的軍隊與駐地居民的關係非常融洽，包占雲、王海青為了當逃兵而偷竊了居民的財物，長官準備嚴懲，居民卻因軍民關係的一向融洽而為包占雲、王海青說情開脫。〔註 134〕

〔註 128〕寒波：《鹽兵唐忠寶》，載 1939 年 11 月 1 日《文藝陣地》第四卷第一期。

〔註 129〕歐陽山：《流血紀念章》，載 1941 年 1 月 1 日《抗戰文藝》第七卷第一期。

〔註 130〕洪深：《包得行》，（重慶）上海雜誌公司 1939 年初版。

〔註 131〕於逢：《鄉下姑娘》，科學書店 1943 年 2 月版。

〔註 132〕吳組緗：《鴨嘴澇》，文藝獎助金管理委員會 1943 年印行。

〔註 133〕周文：《雨中送出征——六月十日記實》，載 1938 年 10 月 1 日《文藝陣地》第一卷第十二期。

〔註 134〕洪深：《包得行》，（重慶）上海雜誌公司 1939 年初版。

　　兵役題材的作品還表現了徵兵制度與國民性改造之間的關係。

　　一方面是徵兵制度使國民性得到了改造，一定範圍內克服了以前的怯弱、自私、狹隘、缺乏國家觀念等毛病。吳組緗的長篇小說《鴨嘴澇》中，章三官曾經害怕抽丁，想躲避軍隊，後來卻萌發了國家意識，參加了游擊隊。〔註135〕沙汀的小說《出征》中，退伍老兵王湯元，本已從軍閥部隊逃回，過著平凡而安穩的日子，現在卻重新激發起男兒的血性，再上戰場保家衛國去了。〔註136〕蘇怡的電影劇本《還我晴空》中開始兒子要去當兵，楊明生老兩口卻捨不得，硬是把他們留住了，後來經過血與火的磨煉，楊明生也對兒女從軍表示了支持。〔註137〕舒非的獨幕劇《壯丁》中，蕭尚清因母親蕭大媽已送給保長朱四爺一筆錢而對當兵打仗不太熱情，但在父親蕭忠義的激勵下，他恢復了男子漢的血性，開赴抗日的前線。〔註138〕方白的竹板書《金雞嶺》中，周保成為躲抽丁而逃亡，途中無意間聽到漢奸要帶日軍抄小路偷襲金雞嶺的消息，為解救眾鄉親，周保成回村送信，保長帶壯丁將漢奸抓獲。因周保成送信有功，保長提議免其兵役，周保成卻認識到國破則家亡，願意當兵了。〔註139〕穆木天的大鼓詞《馬秀才訓子》中，馬蘭芳、馬桂芳因父親年老無人奉養而不願外出當兵，馬秀才以國仇家恨相激勵，二人終於覺悟，成為抗敵勇士。〔註140〕老舍的小說《敵與友》中，張村和李村結下仇怨，陷入了無休無止的爭鬥，連出去當兵也是為了當軍官壓倒對方，可是在抗日的戰場上，張村出去的張榮和李村出去的李全卻互相救了對方的命，兩個村子終於克服了以前的狹隘，化敵為友。〔註141〕宋之的的街頭劇《上前線去》中，頂替別人當兵的吳大傻從軍隊裏逃了回來，得知自己的父母、弟弟都被日本鬼子殺害，又接受了大家的教育，認識到自己當逃兵的錯誤，告別唯一的親人妹妹，重上前線。〔註142〕史東山導演的電影《好丈夫》中二嫂因劣紳之子違規緩役而想寫信讓丈夫離營回鄉，固然是事出有因，卻也在一定程度上顯得國家觀念不強、大局意

〔註135〕吳組緗：《鴨嘴澇》，文藝獎助金管理委員會1943年印行。
〔註136〕沙汀：《出征》，載1937年12月5日《戰旗》創刊號。
〔註137〕蘇怡：《還我晴空》，載1944年11月《天下文章》第二卷第四期。
〔註138〕舒非：《壯丁》，新演劇社1938年7月初版。
〔註139〕方白：《金雞嶺》，連載於1940年《戰時民眾》第四期、第五期、第六期。
〔註140〕穆木天：《馬秀才訓子》，夢甘編：《金雞嶺》，國民出版社1940年版，第1～10頁。
〔註141〕老舍：《敵與友》，載1938年7月9日《抗戰文藝》第一卷第十二期。
〔註142〕宋之的：《上前線去》，載1938年5月5日《新演劇》新一卷第一期。

識不夠，後來發生的一系列事情則使其思想境界得到了提升。〔註143〕洪深的四幕話劇《包得行》中，包占雲等人重回軍隊後，李大遠妻子玉芳一番義正辭嚴的話使李國瑞等一幫守舊的老人都受到震動，就是那個一向貪污受賄的周保長，也因此而有所悔悟。〔註144〕韓塞、牧虹編劇的二場歌劇《拴不住》中，青年農民梁二虎想去當兵抗日，其爹娘卻不同意，並想出了給二虎娶親，用新媳婦「拴住」二虎的主意。誰知二虎媳婦卻很開通：「不怕爹娘怎麼頑固，鐵鎖也拴不住二虎的心，我一定要他去報名。」在二虎夫婦和婦救會主任的勸說下，二虎爹娘終於提高了認識，同意二虎當兵：「打鬼子喲保家鄉，咱全家四口都光榮。」〔註145〕賈霽、李夏執筆的三幕劇《過關》中，村幹部劉紀湘帶頭報名參軍，其父親和丈母娘都扯後腿，妻子也尋死覓活，經過村裏幹部們耐心細緻的思想工作，劉紀湘的父親、丈母娘、妻子都轉變了思想，劉紀湘參軍的事終於過了家庭關。劉紀湘父親、丈母娘、妻子的思想轉變還使得借掉隊之機而賴在家裏的戰士李二牛羞愧難當，他主動要求歸隊，並帶動兩個青年參軍。〔註146〕

另一方面是國民性中的某些痼疾根深蒂固，並沒有在徵兵中得到徹底消除。蔣牧良的小說《父與女》中，何老太爺並不是不懂當兵衛國的大道理，卻言行不一。他義正詞嚴地指責不願送兒子上前線的馬老婆子，說什麼逃避兵役直接間接減殺了抗戰的實力，其行動等同於漢奸；他還寫信給當師長的女婿，提醒他注意防區裏的這種看不見的漢奸。可是何老太爺自己卻通過當師長的女婿給兒子弄來現役證明書，作為逃避兵役的護身符。女兒橘雲的信很好地揭露了何老太爺自私、偽善、專橫的真面目：他是把兒女當作一條豬、一隻牛一樣的一筆財產，自己不用了它們去做祭品，就誰也不准動，連兒女自己的意志也不准有。〔註147〕草明的小說《梁五底煩惱》中，鄉紳們對國家徵兵很是氣憤：「平常，國家有什麼好處的時候，我們是輪不著的，但去送命

〔註143〕史東山：《好丈夫》，其本事載 1939 年 12 月 24 日重慶《國民公報》。

〔註144〕洪深：《包得行》，（重慶）上海雜誌公司 1939 年版。

〔註145〕韓塞、牧虹：《拴不住》。該劇為手抄本，作於 1940 年 5 月，由韓塞、牧虹編劇，陳地、王薪作曲。1988 年韓塞重新整理該劇，後收入胡可主編的《中國解放區文學書系·戲劇編（二）》（重慶出版社 1992 年版）。

〔註146〕山東省實驗劇團集體創作，賈霽、李夏執筆：《過關》，見《抗戰文藝選集》，山東新華書店 1946 年版。

〔註147〕蔣牧良：《父與女》，載 1941 年 9 月 15 日《文化雜誌》第一卷第二期。

的時候就用得著我們了。」他們害怕的是戰爭長期進行下去，他們梁姓的人
會慢慢弱下去，因此從前曾經捐過監生的白鬍子老頭想出了花錢到百葉鄉去
招人頂替的高招，而他們之所以願意花錢，也不過是因為如果繳不出人，官
府會親自派人來拉，這樣就丟了梁姓的臉。〔註148〕田濤的小說《希望》中，
何升雲從前線回到家鄉，卻成了街坊鄰人嘲笑的對象，因為他大學畢業卻去
當了兵，並沒有混個一官半職來光宗耀祖，甚至連一個錢也沒有抓回來，他
自己的父親也是滿肚子的不高興。〔註149〕署名安安的小說「壯丁」中，李
世榮們借助學校的「蔭影」躲避了兵役，對上前線的壯丁卻沒有絲毫的愧疚
和感激，當李世榮們年青壯大的身軀裹在童子軍服去歡送壯丁（有的壯丁身
高只及李世榮的肩頭）上前線時，還會感到不舒服不適意，在心裏罵那些壯
丁是「不會化裝的老實的笨得討厭的東西」。他們自私自利，毫無國家觀念，
李世榮的「同志」老張甚至認為即使日本打來了也不怕，「往西康尋世外桃源
去，隱居幾年再說」。〔註150〕

三、抗戰文學兵役題材作品的藝術價值

　　抗戰文學兵役題材的作品，不僅數量眾多，文體多樣，內容豐富，而且
出現了一大批藝術上比較成熟的作品，其價值不容低估。

　　兵役題材的一部分作品，是中國現代文學史經常提及的名篇。比如沙汀
的小說《在其香居茶館裏》就寫入了各種中國現代文學史，《中國現代文學三
十年》這樣評價這部作品：「《在其香居茶館裏》通過一個內地小鎮上頭面人
物的勾心鬥角，揭開國統區兵役的黑幕。小說以喜劇性的緊張引人入勝：它
選取的是基層聯保主任為迎合上級佯裝整頓兵役的姿態，把糧紳一再緩役的
兒子密告縣上，從而在統治者內部出現裂痕的角度，又有一個《欽差大臣》
式的啞場收束。作者面對人間醜聞，由憤怒抽出詼諧，充分運用了在場面上
凸現人物的簡潔手法，集中了時、地、人、事，調度得法，波瀾橫生，把人物
的對話寫得濃烈火爆、川味十足。」〔註151〕另一種文學史在用了不少筆墨介
紹其思想內容、人物塑造的基礎上，還對其藝術特色進行了詳細的分析：「《在

〔註148〕草明：《梁五底煩惱》，載1938年5月1日《文藝陣地》第一卷第二期。
〔註149〕田濤：《希望》，載1944年2月《當代文藝》第一卷第二期。
〔註150〕安安：「壯丁」，載1940年《揮戈》第一卷第五期。
〔註151〕錢理群、溫儒敏、吳福輝：《中國現代文學三十年》（修訂本），北京大學出
　　　　版社1998年版，第428頁。

其香居茶館裏》顯示了作者高超的藝術成就。這篇小說首先呈現出來的一個重要特點，是其傑出的諷刺藝術。作者沒有採用諷刺作品中常見的誇張手法、漫畫化手法，而是用客觀寫實的筆墨，描繪那些可憎、可惡而又可笑的人事，將那些假、醜、惡的東西集中揭示出來，使整個作品產生了辛辣的諷刺力量。對『黃毛牛肉』的一段細節描寫也帶有諷刺意味，精彩的故事結尾，更具有極大的諷刺性。其次，小說從開頭到結尾，衝突從起點到終點以及人物的刻畫，都是在對其香居茶館的場面描寫中完成的。場面充滿了生活氣息和地方色彩，比如茶館內格局描寫和氣氛的渲染，都呈現出有主有次、有濃有淡、層次分明的立體感，可以感受到四川的地方氣息。第三，在小說衝突的起伏變化中揭示人物的精神面貌和性格特徵，需要精湛的結構藝術。作者採用了雙線結構，設置了一明一暗或者說一虛一實兩條線索：一條是以其香居茶館為舞臺，明寫、實寫方治國與刑麼吵吵之間的爭鬥；另一條是通過場面中不同人物的對話，或側面穿插，不斷給讀者以提示：刑麼吵吵的大哥與新任縣長正在縣城相互勾結。這兩條線索，由中心事件緊密聯繫起來，並且通過出場人物的言行和心理活動的描寫，隨著人物衝突的發展激化，使矛盾達到高潮。最後，『蔣門神』上場，將這兩條互相聯繫而又平行發展的線索扭結到一起，造成了一個具有極大諷刺力量的結局。」〔註152〕又如孫犁的《荷花澱》寫男兒走上戰場，留在家中的婦女也逐步成長，同鬼子展開游擊戰的故事，小說表現戰爭的角度十分獨特，從細微處中發現美好心靈的閃光，突出戰爭中的人情美、人性美，作者以散文的筆調和詩的語言來寫小說，生活氣息濃鬱的環境描寫、人物內心細膩情感活動的展現等，均十分出色，是代表解放區文學藝術成就和孫犁小說風格特徵的名篇之一，其藝術價值當不遜於沙汀的《在其香居茶館裏》。

兵役題材的更大一部分作品，經過了時間的檢驗之後，被收入《中國新文學大系》《中國抗日戰爭時期大後方文學書系》等權威選本之中。即以短篇小說而言，就有丁行的《抽籤》、沙汀的《在其香居茶館裏》《勘察加小景》、魯彥的《陳老奶》、彭慧的《巧鳳家媽》、孫犁的《荷花澱》等篇收入《中國新文學大系1937～1939》(上海文藝出版社1990年版)，萬迪鶴的《自由射手之歌》、王西彥的《彌月禮》、司馬文森的《吹號手》、艾蕪的《意外》、田苗的

〔註152〕丁帆、朱曉進主編：《中國現當代文學》，南京大學出版社2007年版，第202～203頁。

《互替的兩船夫》、田青的《阿三張飛》、田濤的《希望》、白朗的《清償》、老舍的《敵與友》《兄妹從軍》、沙汀的《在其香居茶館裏》、叔文（張兆和）的《招弟和她的馬》、羅烽的《遺憾》、茅盾的《報施》、歐陽山的《流血紀念章》、草明的《梁五底煩惱》、徐盈的《徵兵委員》、魯彥的《陳老奶》、彭慧的《巧鳳家媽》、寒波的《鹽兵唐忠寶》等篇收入《中國抗日戰爭時期大後方文學書系》（重慶出版社 1989 年版）。其他類型的作品入選的也很多。這一大批作品能夠入選權威選本而得到更大範圍的傳播，其具有較高的藝術價值無疑也是得到編選專家認可的。

兵役題材的另一部分作品，雖然少被文學史提及，也很少入選各種權威選本，其藝術上的成就其實並不低，洪深的四幕話劇《包得行》就是一個例子。

《包得行》是中國現代戲劇主要奠基人之一洪深於 1939 年夏創作的一部四幕話劇，完成後即多次演出，同年 10 月由上海雜誌公司出版。也許是因為洪深的作品比較多，《包得行》並沒有受到多少重視。各種文學史至多只是在介紹洪深生平時順帶提提這部作品。浙江文藝出版社 1986 年出版孫青紋編著的《中國當代文學研究資料叢書·洪深研究專集》一書，其中的「評論文章選輯」收錄關於洪深作品的評論文章二十多篇，卻沒有一篇是關於《包得行》的。筆者曾於 2017 年 4 月以「《包得行》」為關鍵詞在中國知網檢索，也只發現邵迎建的《洪深與〈包得行〉》這一篇論文。但不受重視並不能表明《包得行》的價值不大。

首先，《包得行》作為抗戰文學中較早出現的兵役題材作品，就內容而言是一種全方位書寫，對役政作了比較全面、集中的反映。

如上文分析的，兵役題材的作品既不遺餘力地鼓舞和表現民眾當兵抗敵的熱情，也忠實全面地記錄了役政實施過程中的弊端，還較為深入地探究了徵兵制度的多方面影響，《包得行》一劇內容充實，對這些方面均有所涉及。

對於民眾當兵抗敵的熱情，《包得行》以多種方式進行反映。其一是以劇情表現。包占雲、李大遠是在戰場負傷後返回四川家鄉，已盡過服兵役的義務，包占雲的戀人荷香、李大遠的妻子玉芳又懷了孕，需要照顧，但包、李二人還是克服困難，義無反顧地回到了戰場。包、李二人的行動還帶動了一批年輕人。二人負傷返家後，經常以自己當兵的親身經歷進行兵役方面的宣傳，「不是講當兵是怎樣快樂，便是講那靠近前線的老百姓對待軍人們是怎樣

好」，在他們的鼓動下，黃桷坪的不少青年「心思不定」，想去當兵打仗。李大遠的弟弟李大成才十六歲，正在上中學，因日軍空襲而停課，他抓住包占雲、李大遠重返前線的機會，和他們一起上路投軍。黃桷坪家道小康的農民陳宇庭正在花錢運動周保長，為自己的兒子申請免役，但他的兒子自己卻執意要去從軍。其二是以臺詞鼓舞。當李國瑞對年輕人要去當兵打仗的想法表示不滿時，村中老者賈維德說出了這樣一番意味深長的話：「不打又怎麼樣。你不打仗，仗也要來打你，我們只看潘知事好了，他還不是覺得日本帝國主義損害不到他，所以他才說這樣不好那樣不對，這次打仗不是他的事。可是日本飛機偏偏要弄成是他的事，把他炸死。唔，這次打仗真奇怪！後方和前線一樣，有田地人和窮苦人一樣，怕死不願意打仗的人和不怕死的好漢一樣，誰也不多吃虧，誰也不多便宜的！」當周保長詈罵重返前線當兵打仗的包占雲等人時，一向沉默寡言的玉芳爆發了：「不信大家都忘記我們當前有一個大仇人！為什麼大家的眼光還是像老鼠一樣淺——有錢可弄就非弄不可，有氣可嘔非嘔不可，對於打仗的大事，反都是存敷衍冷淡；再不肯真正拿出氣力，幫助把國仗先打贏的。」「眼光淺的人，前線也有幾個——有幾個有家產的，以為日本人來了，他照樣可以做安份良民。有幾個窮苦人以為他本來什麼沒有，就使日本人來了也要不了他的東西去。他們對當兵打仗，是敷衍的，不起勁，後來他們才都知道，家產不論多少，日本人不給你留下。你窮苦到什麼沒有，你還有一條命；日本人就要你去替他拼命，做奸細，帶路，打聽消息，當假日本兵來殺中國人，做真日本人的替死鬼！」

對於民眾願意當兵抗敵的原因，《包得行》從日軍的暴行、反侵略戰爭的正義性等方面進行了具體的揭示。玉芳來自前方，曾被鬼子姦污，她的訴說最為沉痛有力。黃桷坪處於後方，但日軍的空襲也讓人們罹受了災難。王海青、潘殿邦被炸死，賈長生被炸傷，李大遠的母親被嚇得神志不清。正是日軍的暴行使黃桷坪的年輕人相信了包占雲等人的宣傳。正如劇中人物陳宇庭所說：「自從半月前日本飛機轟炸之後，他們的話，鄉下相信的人更加多了——好些人想著去做志願兵去呢！」抗日戰爭是反侵略的民族解放戰爭，戰爭的正義性使其得到人民的支持。劇中的人物逐步認識到了這場戰爭同以前軍閥混戰的不同：「他們說這一次打的是國仗，是中國和日本強盜打仗，保護我們的身家性命子孫後代。」「從前打的是私仗，這一回打的是國仗。」正是基於這一認識，包占雲等人才樂於從軍。

　　對于役政具體實施過程中產生的各種弊端，《包得行》進行了無情的揭露。周保長、潘殿邦之流是將徵兵作為漁利的良機的。周保長之所以將李家院子的二少爺李大遠的名字寫進壯丁名冊，為的就是敲詐李家一筆錢後再將他的名字勾掉。他向李家要價四百元，可他只花費一百三十元就雇了包占雲、王海青兩名壯丁，油水不可謂不豐厚。在「解釋兵役的宣傳」深入民間、老百姓不再像往年那樣「一說一聽」的情況下，他照樣接受陳宇庭的三百元，以「體檢不合格」為由為其子申請免充兵役，並且聲明無論事成與否，錢款不能退還。曾任縣知事的潘殿邦，自己不為抗戰做一點事，出一個錢，專門鼓動應服兵役的人家以請客方式謀求免役緩役，「自己又好鬧一頓飲食」。李國瑞、陳宇庭之類的殷實人家，靠花錢運動，為子弟免緩兵役。一些有田地又有勢力的有錢人，「不化費一個錢，兒子也不會去當壯丁」，正如李大遠所說：「或者他們自己是個人物，或者有個把本家呀、親家呀、朋友親戚呀在社會上是個人物，他們在鄉里也就夠得上算是人物了。保長就再不敢去抽他們家裏的丁，敲他們家裏的錢。」

　　對於徵兵制度的影響，《包得行》也進行了多方面的表現：（一）軍隊建設的加強。第二幕中軍民之所以相處特別融洽，主要是因為軍隊紀律的改善。那麼軍隊的紀律何以得到改善呢？這與徵兵制不無關係，實行徵兵制後，官兵人員的構成改變了，軍人的素質得以提高，軍隊的紀律也得到改善。當包占雲等人準備偷竊財物後逃跑的圖謀敗露後，連長是這樣教育士兵的：「你們大多數是壯丁補充來的，本來都是老百姓；你們到軍隊裏有多久，你們做老百姓的日子長，當兵的日子還短得很，你們一當了兵，就去欺侮老百姓，忘記自己是老百姓，完全不管老百姓的死活了麼？」這一番話使「王海青等的羞惡之心，油然而生」，也說明了軍隊紀律改善的原由所在。（二）國民性的改造。實行徵兵制後，民眾的國民意識增強，國民性得到一定的改造。包占雲等壯丁油子改造為抗日戰士自不待言，就連賈維德、荷香這樣的一老一小，也發生了很大的變化。賈維德是個「熱心」的老人，原來他的「熱心」表現為替兵役舞弊者牽線搭橋，經過事實的教育，他認同了年輕人當兵打仗的想法，說出了「你不打仗，仗也要來打你」這樣令人很有感觸的大道理。荷香年紀雖小，卻也信奉「好鐵不打釘，好男不當兵」的古訓，與包占雲等人的密切接觸使她改變了看法，對瞞著她重返前線的包占雲等人表示了極大的理解。

　　其次，《包得行》現實性與藝術性兼具，其劇情緊湊連貫，並且克服了抗戰文學初期作品的公式化、概念化缺陷，塑造出血肉豐滿的人物形象，具有

濃鬱的生活氣息、地方色彩。

　　抗戰初期，文學作品是存在比較嚴重的公式化、概念化傾向的，梁實秋的「抗戰八股」〔註153〕之譏，雖不合時宜，卻也部分地擊中了抗戰文學在藝術方面的缺陷。《包得行》創作於抗戰初期，也是宣傳抗戰的「急就章」，但卻較好地避免了公式化、概念化的缺陷，表現在劇情設計、人物塑造、生活氣息及地域色彩等方面。

　　《包得行》一共四幕，其劇情是緊湊、連貫的。第一幕發生在盧溝橋事變後不久四川內地的小村黃桷坪。徵兵工作正在進行，黃桷坪此次要出三名壯丁。包占雲（綽號「包得行」）、王海青得了保長的錢，自願「替代人家充壯丁，服兵役」（預備到軍隊後逃跑）。富戶李國瑞的二兒子李大遠也被保長報進了壯丁名冊，李家不願兒子服役，使盡了花錢、請客、裝病等手段，因兵役科張科員秉公辦事，未能得逞。第二幕發生在1938年夏秋之交離前線五十里的鄂東南小村鐵牛橋。包占雲、王海青、李大遠在二連當兵，駐紮在鐵牛橋。軍民關係融洽，二連即將開拔，老百姓準備歡送。包、王、李三人卻準備趁開拔之機「打起發」（上路逃跑之前偷東西發財），事情敗露後連長準備處罰三人，老百姓卻紛紛為三人求情，三人很受感動，拿出了偷的東西。第三、四幕發生在1939年夏天的黃桷坪。包、王、李三人在前線負傷後回到黃桷坪，看到黃桷坪毫無前方抗戰的熱情，心情壓抑，處處與以周保長、潘知事為代表的舊勢力作對。日本飛機空襲黃桷坪，濫殺無辜，王海青氣得發狂，抓起土槍還擊，慘死在日機的掃射中。包占雲、李大遠立誓為王海青報仇，忍痛離開懷孕的戀人、妻子，重返前線。在女兒荷香苦口婆心的勸說下，周保長也醒悟了，退還了由兵役舞弊得來的錢。眾人感歎：「這次打國仗我們非勝不可，最後的勝利真是『包得行』的！」當《包得行》在桂林演出之際，歐陽予倩曾指出劇作存在「劇情不連串」的缺點，「第一幕的主題是兵役，第二幕類乎軍民合作，第三幕是傷兵問題以及打擊失敗主義，如紳士潘殿邦被炸，第四幕加上兩個題目，加上兩個新人，什麼大肚子偷錢家庭糾紛等等，像採用了物以類敘的方法，把許多不連串的故事，集中為一，這準出毛病」〔註154〕。儘

〔註153〕梁實秋：《編者的話》，載1938年12月1日《中央日報》副刊「平明」創刊號。

〔註154〕戲劇春秋社主催、姚平記錄：《〈國家至上〉〈包得行〉演出座談會》，載1940年11月1日《戲劇春秋》第一卷第一期。

管歐陽予倩是著名的劇作家，但他對《包得行》的這一批評卻失之偏頗。筆者認為，《包得行》是一個有機的整體，它集中表現了兵役問題，就是一部關於兵役的作品，正如《包得行》初版本劇情說明所概括的：「包得行劇所描寫的，就是抽壯丁的一回事。——『包得行』是四川土話，意義為『一定成功』；在本劇內是一個四川壯丁包占雲的外號。包占雲，李大遠，王海青是黃桷坪的三個壯丁，包、王是得錢頂替，李原想裝病規避，都不是誠心的去服兵役，但這次爭取民族生存的國仗，種種方面——尤其是前線的老百姓和軍隊——表現極好，因而也使得他們三個（以及其他的人）一天天好起來。莫說好鐵不打釘，好男不當兵，這一次就是壞男當兵也變成好男了。」〔註155〕第一幕直接寫徵兵自不待言。第二幕「軍民合作」是包占雲等人思想轉變的關鍵，他們由「不是誠心的去服兵役」到心甘情願地「打國仗」，正是因為受到了「軍民合作」的觸動，沒有這一幕，他們永遠只能是逃避兵役的兵油子。第三幕表現了大後方的一些負面現象，卻也沒有游離於主題之外，傷兵的不合理待遇、潘殿邦等人的失敗主義情緒，正是包占雲等人重返前線的外部原因，再說不對失敗主義加以打擊，又如何增強民眾當兵抗敵的信念？第四幕看似頭緒很多，其實都與兵役問題直接相關：兩個「新人」（李大遠的弟弟李大成和陳宇庭的小兒子）的形象，使觀眾感受到民眾踴躍應徵的熱情；「大肚子」（包占雲與周保長的女兒荷香戀愛懷孕）、「偷錢」（李大遠偷其母的錢作重返前線的路費）等情節，則表現了包占雲、李大遠重返前線的堅強決心。

《包得行》人物形象的塑造非常成功，無論是主要人物還是次要人物，均血肉豐滿，個性鮮明。

張光年在《試評洪深新作〈包得行〉》一文中指出：「《包得行》最要緊的是一個典型創造的成功。」〔註156〕這個「典型」無疑是指主角「包得行」包占雲。包占雲由無業游民成長為抗日戰士，是中國現代文學史是個性鮮明的成功形象。他是黃桷坪的一個窮小子，「既沒有家產，又沒得正當職業，父母雙亡，親戚全無」，其經濟地位近似於魯迅筆下的阿 Q，有著同阿 Q 類似的某些東西，但其性格、命運又不同於阿 Q。阿 Q 是欺軟怕硬，自欺欺人，最終

〔註155〕《包得行》劇情說明，洪深：《包得行》，上海雜誌公司 1939 年 10 月版，第201～202 頁。

〔註156〕張光年：《試評洪深新作〈包得行〉》，原載 1939 年 10 月 16 日上海《時事新報》。又見《張光年文集》第二卷，人民文學出版社 2002 年版，第 87 頁。

走向毀滅；包占雲是玩世不恭，獨戰社會，最後走向新生。阿Q性格木訥蠢笨，缺乏謀生的本領，只能以精神勝利法麻醉自己；包占雲卻生性油滑機靈，本事大，吃得開，「東混一天，西騙一餐，靠著自己的面皮厚，腳步勤，一張嘴巴的兩塊唇，在黃桷坪吃開口飯」，成為「十個討厭，九個怕懼」「頑皮無賴透了頂」的「外號叫『包得行』的小流氓包占雲小包」。包占雲和阿Q處於不同的時代，加之性格迥異，因而比阿Q有更強的鬥爭性，對於不合理的現象，他敢於揭露，遇到不公平的事情，他總是要搗亂。但他也不是「路見不平一聲吼」的英雄，僅限於揭露、搗亂而已，有時仍會充當舊勢力的幫兇，比如為了個人的物質利益，他就參與了買賣壯丁的勾當。

作者對「小流氓包占雲」個性心理的把握是準確的，他並非大奸大惡之人，身上還部分地保留著農民的質樸，因而僅僅只是「混世」而已，正如張光年指出的，「他的玩世不恭，遇事搗亂，不過是他已看透環境而又無法改變環境的一種內心苦悶的象徵」〔註157〕。也正是因為包占雲還有著農民的質樸，他才有可能在民族解放戰爭的熔爐中冶煉成一個為民族解放而戰鬥的戰士。作品通過第二幕從軍的經歷，較好地寫出了包占雲的轉變過程。當包占雲等人犯下錯誤時，王排長語重心長地勸說他們：「我滿心希望，讓你們在軍隊裏多耽幾時，多上幾回操，多受幾天訓辣，多派幾次勤務，多過些紀律的緊張的生活，到火線上真和敵人拼死爭生的打幾回仗，你們能夠慢慢的改好，慢慢的成為善良的軍人的！」正是官長的教誨、軍民的合作，讓包占雲切身感受到了「打國仗」和「打私仗」的不同，放棄了當逃兵的想法。可以說，他的轉變讓人感到比較可信。

包占雲成長為抗日戰士，但作品也沒有把轉變為抗日戰士後的包占雲寫得無比高大，而是恰如其分地表現了他始終如一的油滑性格以及他身上殘留的各種舊習氣。包占雲負傷後回到黃桷坪，目睹各種亂象，心情壓抑，但他和周保長等人鬥爭的策略並沒有多少長進，仍舊是「搗蛋」；他喜愛周保長的女兒荷香，卻沒有正兒八經地談婚論嫁，而是甜言蜜語哄騙荷香，讓其未婚先孕；甚至他和李大遠重返前線的行為也有些惡作劇——他鼓動李大遠偷了自己母親的幾百元錢，作為返回前方的路費。徐中玉當年呼籲「民族文學」塑造「民族英雄」的形象時，曾針對「誇張」「傳奇」等英雄塑造中存在的不

〔註157〕張光年：《試評洪深新作〈包得行〉》，原載 1939 年 10 月 16 日上海《時事新報》。又見《張光年文集》第二卷，人民文學出版社 2002 年版，第 87 頁。

良傾向，提出英雄是「神還是人」的問題，認為英雄應該是「和一般人一樣地具有著優點和缺點，矛盾和猶豫，特別的脾氣和頭腦」的「常人」，作家塑造英雄時，應該「帶著一切內心的矛盾和缺點」，把英雄「如實地描寫出來」。〔註 158〕洪深本人在論析柏拉圖、亞里士多德的戲劇理論時，也曾引用哈格（Haugh）《希臘的悲劇的戲劇》中的話：「完全善人或極端惡人的遭遇，不能引起恐怖與憐憫：那普通的觀眾，既非聖徒，亦非萬惡之人，自無理由去預期同樣的命運。但如劇中英雄為混合的亦善亦惡的人物，像平常人一樣，他的痛苦，便使觀眾感到親切，而引起他們的同情的恐懼。」〔註 159〕看來他是認同這一理論的。包占雲正是一位有著「內心的矛盾和缺點」的「常人」，作品這樣處理這一形象，使其顯得真實可信，能夠獲得觀眾的認同。

作為一位殘留著流氓無產者習氣的抗日戰士，包占雲也是有著自己獨特個性的。他的形象，容易讓人聯想到姚雪垠的中篇小說《牛全德與紅蘿蔔》中的牛全德。《牛全德與紅蘿蔔》中的牛全德是姚雪垠繼「差半車麥秸」〔註 160〕之後，貢獻給抗戰文壇的又一動人形象。牛全德是游擊隊的戰士，但他曾在舊軍隊當過兵，染上嚴重的舊軍隊的惡習，參加了抗日隊伍後仍然喝酒、賭博、玩女人、欺負戰友……但就是這個牛全德，卻為了保護戰友而犧牲了生命。〔註 161〕牛全德與包占雲都是殘留著流氓無產者習氣的抗日戰士，但是兩人卻性格迥異，牛全德是豪爽、霸道、講義氣，包占雲卻是機靈、滑頭、有辦法，兩人都是抗戰文學史上有著自己個性風采的典型形象。

不僅包占雲這樣的主要人物避免了扁平化、臉譜化，顯得立體化、個性化，《包得行》將那些次要的人物也刻畫得栩栩如生。同是黃椆坪的「頭面人物」，周保長貪得無厭，潘殿邦世故自私，賈維德古道熱腸，李國瑞忠厚老實，各有各的特點。其他如玉芳的深明大義、荷香的天真浪漫、賈長生的滑稽可喜等等，也讓人印象深刻。《包得行》常常選取典型化的細節，以簡潔的筆墨將人物的特徵勾勒出來。比如當縣府兵役科張科員堅決拒絕潘殿邦等人的請

〔註 158〕徐中玉：《論英雄的塑造——民族英雄與民族文學》，《民族文學論文初集》，國民圖書出版社 1944 年版，第 164～183 頁。

〔註 159〕洪深：《柏拉圖與亞里士多德的戲劇理論》，《洪深文集》第四卷，中國戲劇出版社，1958 年版，第 365 頁。

〔註 160〕姚雪垠：《「差半車麥秸」》，載 1938 年 5 月 16 日《文藝陣地》第一卷第三期。

〔註 161〕姚雪垠：《牛全德與紅蘿蔔》，載 1941 年 11 月《抗戰文藝》第七卷第四、五期合刊。

託，堅持要將李大遠抽丁時，做過縣知事的潘殿邦發了這樣一通牢騷：「你們想想世界上有這種不通情理的公務員麼！我和他好說歹說，他始終一個錢不肯受。啊呀，做官可以不要老百姓的錢的麼！不要錢就是清公事。清公事就是公事公辦，樣樣頂真，老百姓就不能有一點搪塞偷減的餘地！那樣，人家受得了麼？還不趕你走麼？我說，少松縣長，有時候還聽我姓潘的一句話。」短短幾句話，就揭示了潘殿邦以權謀私、貪贓枉法的世界觀和勾結官府、橫行鄉里的做派。

《包得行》具有濃鬱的生活氣息和地方色彩，生活氣息、地方色彩使其彰顯出明顯的中國特色、中國氣派，顯現出獨特的藝術魅力。

《包得行》的很多情節不像是在「做戲」，彷彿就實實在在地發生在我們身邊。比如周保長與賈維德就李大遠緩役一事討價還價的一段：

周保長　　他能辦到的事，我也辦得到；我辦不到的，我不信他能辦得到——

賈維德　　所以我們要煩勞你，（湊近，低聲）這裡是二百六十塊錢⋯⋯

局保長　　（故意吃驚）咦咦咦，這是做什麼？

賈維德　　上一回，（咳了一聲）我和你，（再咳了一聲）談的那⋯⋯

周保長　　呃⋯⋯笑話，李大爺怎麼好送我錢呢？那我決不能收的，（用力握緊那鈔票伸到賈維德面前）快點收了回去。

賈維德　　不，不，不要客氣。

周保長　　公事公辦，我怎麼好拿你們的錢呢？

賈維德　　不，不，不是拿我們的錢，這個錢不是送給你周保長的。

周保長　　（將手縮回）喔，這個錢不是送給我的。

賈維德　　是這樣的，壯丁名冊，不是已經呈報了麼，李大遠的名字在內，現在要再呈報一次，說李大遠身患重病，短期不能痊癒，只好暫時緩役，把後面一個名字遞補上去；層層申報，不是要費很多手續麼。

—46—

周保長　　（只顧點頭，言外有意）手續是很麻煩的。

賈維德　　固然大家是辦清公事，可是為了大遠一個人，添出人家許多麻煩，論理應該請請客招待一番，國瑞又不便自己出面，他叫我再三轉託保長代勞，這個錢無非是請客招待的費用。

周保長　　既然這個錢是作請客招待用的……

賈維德　　是的，是的。

周保長　　那麼……數目還不夠點。

明明是賄賂周保長，賈維德卻要說錢是用來請客招待的，似乎周保長還受累了。周保長聲稱公事公辦，拒絕受賄，卻又嫌棄錢的數目不夠。兩人彼此心知肚明，卻又並不點破，一場骯髒的交易就這樣冠冕堂皇地進行了。這樣的場景彷彿就是從生活流中截取下來的，「湊近，低聲」的動作、「故意吃驚」的神態等等，都是對生活的逼真描寫，就是那欲言又止的兩聲乾咳，也充滿生活的質感。

《包得行》具有強烈的地方色彩，特別表現在戲劇的語言方面。《包得行》表演用的是四川方言，寫作時也使用了不少具有地方色彩的語言。主人公包占雲的外號「包得行」就是四川話，意思是「一定成功」「保證什麼都辦得到」。劇中這樣的方言土語非常多。有歇後語，如「壯丁舞弊這件事，好比是個露天的毛廁，臭氣衝天」中，就用到了歇後語「露天的毛廁──臭氣衝天」，包占雲通過這句話告訴李大遠，「好事不出門，壞事傳千里」，他花錢辦緩役的事已經傳開了。有諺語，如「他說是一塊石頭打死了兩個蛤蟆」中，「一塊石頭打死兩個蛤蟆」就是富有地方色彩的諺語，其意義近似於「一石二鳥」，荷香通過這個諺語告訴包占雲，她爸周保長非常高興包占雲去當兵，一是「壯丁可以夠額」，一是「黃桷坪又除掉一個壞人」。有各色各樣的方言詞彙。如：「不多講，你得趁早告拆我──你，李大遠，黃桷坪李家院子的二少爺，一總送了周保長多少塊錢，他才放脫你，不抽你去當壯丁？」「我父親託了舅公賈維德再三和他說好話，可是到今天還沒有談攏！」「這一次是上前線去打仗，會給你那樣便當。」「善良老實一點的種田人不用化錢買，拿草繩拴著，拿棍子打著就去了。」「老百姓差不多個個自己知道鄉里哪些人應該有服兵役的義務，哪些人因為什麼理由可以有免役緩役的權利，他們也不像去年那樣一說

一聽了。自從去年李大遠的碰了釘子，儘管鄉下求託我的人還有那麼多，我對他們，嗯，……至多是敷衍而已，花錢花氣力，可是正經辦成功的，恐怕一次也沒有。」「你撒下爛痾，我來替你揩屁股，哼，休想！」其中的「一總」即「一共」，「放脫」即「放掉」，「說好話」即「求情」，「談攏」即「談妥」，「便當」即「便利」「容易」，「拿草繩拴著」即「用草繩捆著」，「拿棍子打著」即「用棍子打著」，「一說一聽」即「讓幹什麼就幹什麼」，「正經辦成」即「真正辦成」，「撒下爛痾」即「闖禍」，「揩屁股」即「善後」。《包得行》中有些方言土語的運用，甚至收到了普通話難以言傳的效果。如為了李大遠不被抽壯丁，李國瑞託賈維德運動周保長，同時又在潘殿邦的慫恿下，準備請縣長吃飯，周保長對潘殿邦染指此事非常不滿，說下了這樣的話：「觀音是觀音，土地是土地，各有各的廟宇，各有各的神通。你們見廟就燒香，到底拜的是哪一個菩薩，念的哪一卷經呢？」這肯定比「你既然託了我周保長幫忙，又怎麼找他潘殿邦」這樣的話更為傳神。應該說，地方色彩也為《包得行》增色不少。

正如夏衍在洪深五十壽辰時所說，洪深「是一個澈底的為人生而藝術的作家，一個澈底的功利主義者」，「他一定是有所為而寫，有所感而寫，為一個當前的問題而寫」〔註162〕。《包得行》是為當時的兵役問題而寫的，其創作出於明確的宣傳目的，具有強烈的現實意義。但《包得行》又不僅僅只是一部宣傳劇，從上面的分析看來，《包得行》對藝術性的追求也不容抹殺，因此它是功利與藝術、現實性與藝術性的結合。《包得行》完成不久，即由軍事委員會政治部教導劇團在川北巡迴演出七十餘次，很受觀眾歡迎。1939年10月，教導劇團返回重慶後，又在國泰大戲院演出該劇，「效果極好」〔註163〕。後來該劇還曾在桂林等地演出，亦引起「哄動」〔註164〕。這或許從另一側面證明了其藝術價值。像《包得行》這樣藝術上比較成功的作品，在兵役題材中還有不少，比如吳組緗的《鴨嘴澇》就曾獲得廣泛讚譽。

〔註162〕韋彧（夏衍）：《為中國劇壇祝福——祝洪深先生五十生辰》，載1942年12月31日《新華日報》。

〔註163〕石曼：《重慶抗戰劇壇紀事》，中國戲劇出版社1995年版，第41頁。

〔註164〕戲劇春秋社主催、姚平記錄：《〈國家至上〉〈包得行〉演出座談會》，載1940年11月1日《戲劇春秋》第一卷第一期。

第二章　抗戰文學的內遷題材

　　日寇入侵，中國大片國土遭受戰火的威脅，中華民族開始了艱苦卓絕的大遷徙，人員、機關、學校、廠礦、物資等紛紛向內地遷移。這場歷時長久、規模巨大、影響深遠的內遷〔註1〕吸引了全世界的目光，史特朗、賽珍珠、卡曼、端納等外國作家均著文反映這次大遷徙，稱其為「偉大的中國內遷運動」，讚歎「新的中國開始了」〔註2〕。中國作家親身經歷了內遷的艱難困苦，更是對內遷進行了比較充分的反映，使其成為抗戰文學的重要題材之一。鑒於迄今為止沒有人對抗戰文學的內遷題材予以關注，本章擬在較為充分地搜集相關作品的基礎上進行初步論析，希望能夠對還原抗戰文學的歷史面貌、認識其豐富性和多樣性有所助益。

一、抗戰文學內遷題材綜論

　　內遷之所以能夠成為抗戰文學的重要題材之一，主要有兩方面的原因。

　　其一是因為內遷具有歷時久、規模大等特點，是人類歷史上少見的一次大遷徙，客觀上具有被表現的重大價值。

　　內遷歷時長久，前後持續十多年。「九·一八」事變拉開了內遷的帷幕，東北不少的機關、學校、人員遷移到關內。隨後華北、華東也開始了內遷的籌劃，如故宮文物於1933年2月開始南遷，又如1932年8月「兵工整理計劃」制定，「地處沿海」「靠近前沿」的少量兵工廠內遷。1937年全面抗戰爆

〔註1〕中國歷史上還曾有邊疆居民向內地的遷徙，本文中的「內遷」特指抗戰時期人員、機關、學校、廠礦等向西南、西北等內地的大遷徙。

〔註2〕史特朗等著、米夫譯：《偉大的中國內遷運動》，載1939年6月18日《現代中國》第一卷第十一期。

發，內遷進入高潮，隨著上海、南京、廣州、武漢等中心城市的相繼陷落，內遷的浪潮達到最高峰。至 1939 年底 1940 年中，內遷基本完成，但戰事的發展使其仍不時出現餘波，如 1941 年底太平洋戰爭爆發後，香港、上海租界均被日軍侵佔，原來居留這兩地的人員、學校等部分內遷，又如 1944 年 4 月至 1945 年初，日軍企圖打通大陸交通線，發動「一號作戰」，中國軍隊在豫、湘、桂三省大潰敗，豫西、粵北、湘西和桂、黔等地的人員、機構不得不再次內遷。

內遷的規模相當巨大，差不多大半個中國都捲入其中。著名學者陳鍾凡為薛建吾的《湘川道上》作序時，就曾歷數中華民族歷史上的幾次大遷徙，指出：「這次日寇的內犯，北至東北四省，南至兩廣，鐵蹄所及，凡十有九省，殺人以百萬計，誠我國有史以來空前的浩劫，視女真，蒙古，更十倍過之。我父老兄弟，諸姑伯姊冒萬死一生的危險，轉徙到西南川滇黔諸省者，為數之眾，亦突過前三次之總和而有餘。」〔註3〕據估算，僅「由東南及中部遷至雲南、貴州、四川、陝西、甘肅等省」的人員就「在千萬人左右」。〔註4〕另據統計，至 1940 年底，內遷的民營廠礦有 448 家〔註5〕；「在抗戰八年間加入內遷隊列的全國高校累計達 100 餘所，搬遷校次近 200 次之多」〔註6〕。其他人員以及機關、中小學、物資等的內遷缺乏確切統計，其數目應該也是相當之大的。

這場空前的內遷不僅改變了中國，而且影響了世界，客觀上具有進入文學視域的極大可能性。

其二是因為包括作家在內的知識群體親歷了內遷的顛沛流離，對內遷有著豐富的認識和體驗，主觀上具有表現的意願和條件。

相對於普通民眾，知識分子具有更強的民族意識和更多的謀生技能，在外敵入侵時更有離開故土的可能，因此在內遷的人員構成中，知識分子佔有很大的比例。「據某處非正式的統計，自東戰場逃來的難民，文化教育者占百分之五十五」〔註7〕，這一局部的統計數據雖不具有整體的意義，卻頗能反映

〔註 3〕陳鍾凡：《陳序》，薛建吾：《湘川道上》，商務印書館 1942 年初版，第 2 頁。

〔註 4〕陳彩章：《中國歷代人口變遷之研究》，商務印書館 1946 年版，第 112 頁。

〔註 5〕黃立人：《抗日戰爭時期工廠內遷的考察》，載《歷史研究》1994 年第 4 期。

〔註 6〕余子俠：《抗戰時期高校內遷及其歷史意義》，載《近代史研究》1995 年第 6 期。

〔註 7〕《許委員長談救濟問題》，載 1938 年 5 月 22 日《新華日報》第二版。

大的趨勢。包括作家在內的眾多知識分子親身經歷了內遷，自然會運用手中的筆，以各種形式記錄這一段刻骨銘心的經歷。下面略舉數例。

茅盾在「八・一三」事變時曾由上海護送一雙兒女內遷長沙，後來又曾取道昆明、蘭州到新疆工作，太平洋戰爭爆發時茅盾適在香港，他與孔德沚、葉以群、胡仲持、廖沫沙一道，在曾生領導的東江縱隊掩護下，經惠陽轉移到桂林。豐富的內遷經歷使得茅盾對內遷題材情有獨鍾，其短篇小說《虛驚》《過封鎖線》和散文《太平凡的故事》《歸途雜拾》《脫險雜記》等如實記錄了其由香港內遷桂林的過程，長篇小說《走上崗位》及抗戰勝利後據此改寫的《鍛鍊》則表現了淞滬會戰時上海工廠向內地的遷移。

巴金在全面抗戰爆發後離開上海前往廣州，編輯《烽火》《文叢》。當時日軍瘋狂轟炸廣州，情形非常危險。巴金一直堅持到廣州淪陷的前一天，才在朋友的幫助下，偕同蕭珊、林憾廬等人離開廣州，歷經艱險，取道梧州、柳州，內遷桂林。巴金的散文集《旅途通訊》中的一些篇章，包括《廣州的最後一晚——十月十九日》《從廣州出來》《梧州五日》《民富渡上》《石龍—柳州》等，記述了他們一行內遷的經歷。

老舍在濟南即將陷落之時，拋婦別雛，擠上了南下的列車，經徐州、鄭州抵達武漢，從事抗戰文化工作。武漢戰局緊張之時，「文協」臨時理事會決定總會隨政府西遷，由老舍、姚蓬子負責有關事宜。1938 年 7 月 30 日，老舍攜「文協」總會印鑒，與何容、老向、蕭伯青等人一道，溯長江西上，到達大後方的中心城市重慶。老舍的散文《別武漢》《船上——自漢口到宜昌》《八方風雨》記敘了其內遷的大致情況，寫作於抗戰勝利不久的長篇小說《鼓書藝人》則以不少的篇幅對難民內遷的細節進行了生動的描寫。

李廣田從北京大學外文系畢業後回濟南，任教於山東省立第一中學，1937 年 8 月隨學校遷往山東泰安，又遷河南南陽賒旗鎮，再遷湖北鄖陽，最後遷往四川羅江，行程五千里以上。其《流亡日記》(《出魯記》《杖履所及》等) 和散文集《圈外》(又名《西行記》)、詩歌《奠祭二十二個少女》等敘寫了該校內遷的歷程。1940 年 10 月，李廣田夫人王蘭馨攜帶幼女，化裝成商人眷屬，通過日軍封鎖線，輾轉到達羅江。李廣田完成於抗戰勝利前夕的長篇小說《引力》即取材於王蘭馨的此次經歷，實際上也是一部關於內遷的書。

朱雯、羅洪夫婦扶老攜幼，一行十人，「從故鄉奔避出來，轉徙流離，跋

涉萬里：自蘇入浙，自贛之湘，自桂徂粵」〔註8〕。他們在抗戰時期分別完成了散文集《難民行腳》〔註9〕、《百花洲畔》和《流浪的一年》，其中相當多的篇章記載了他們此次內遷的行程。

豐子愷於 1937 年 11 月家鄉浙江省崇德縣石門灣遭到日軍空襲時，攜一家老小近十人輾轉內遷，途經江西、湖南等省，於 1938 年 6 月到達廣西桂林，任教於桂林師範學校，1939 年 4 月又到廣西宜山，就浙江大學教職。從浙江到廣西的內遷經歷，豐子愷有「避難五記」系列散文（《辭緣緣堂》《桐廬負暄》《萍鄉聞耗》《漢口慶捷》《桂林講學》）〔註10〕加以記述。9 月，日軍進攻南寧，浙大再遷貴州，師生各自疏散。豐子愷一家開始了再一次的內遷，歷盡艱辛，終於抵達貴州都勻、遵義。關於這一段內遷經歷，豐子愷後來寫作了散文《藝術的逃難》。

蹇先艾大學畢業後在北平任職，北平淪陷後於 1937 年 9 月偕妻攜子逃離北平，經天津、青島、濟南、鄭州等地，到達故鄉貴州。他有一系列散文記載這次內遷的經歷，並曾將這些記述內遷經歷的散文整理為《流亡散記》一書〔註11〕，該書雖然因故未能出版，其中的一些篇章如《平津道上》《塘沽的三天》《我們的羞恥——海行紀事》《老與幼》等卻得以保留下來。

施蟄存應雲南大學校長熊慶來之聘，赴雲南大學文史系任教，1937 年 9 月自松江出發，耗時二十餘天，經浙江、江西、湖南、貴州四省抵達昆明。次年 7 月，在《宇宙風》發表《西行日記》，敘寫此次內遷的經過。

浦江清護送母親由昆明到上海後，因安南、香港被日軍佔領，海道斷絕，無法原路返回，只能穿越日軍封鎖線，取道屯溪。他 1942 年 5 月 28 日從上海出發，歷經江蘇、安徽、浙江、江西、福建、廣東、廣西、貴州、雲南九省，11 月 21 日才回到西南聯大，歷時 177 天，途中所記的《西行日記》，對內遷的艱險作了忠實紀錄。

穆旦 1935 年考入清華大學外文系，1937 年 10 月作為護校隊員隨清華大學南遷，進入北大、清華、南開三所大學合組的長沙臨時大學，1938 年 2 月又參加長沙臨時大學為西遷組織的「湘黔滇旅行團」，歷時 68 天，行程 3500

〔註8〕朱雯：《百花洲畔·序》，宇宙風社 1940 年版，第 3 頁。

〔註9〕該書編就交文化生活出版社刊行，在戰火中失落。

〔註10〕今僅存前二篇，後三篇散佚。

〔註11〕陳銳鋒：《抗戰時期的貴州文學》，易聞曉主編：《黔學論集》，西南交通大學出版社 2012 年版，第 399 頁。

里，徒步穿越湘黔滇三省抵達昆明（此時長沙臨時大學已改稱西南聯合大學）。途中，穆旦寫下了組詩《三千里步行》。

錢鍾書也有內遷經歷，他 1938 年由法國回國後即由香港赴雲南昆明，在西南聯大外文系短期任教，次年 11 月又與徐燕謀等人從上海前往湘西寶慶，任國立師範學院外文系主任。錢鍾書似乎沒有作品直接記述自己的內遷經歷，但其長篇小說《圍城》卻對內遷多有表現：趙辛楣、方鴻漸等人由上海奔赴設在湖南平成的三閭大學任教，應該也屬於內遷，小說以第五章一整章的篇幅記錄了他們的旅程，此外與內遷有關的情節還有蘇文紈的父親蘇鴻業「隨政府入蜀」、唐曉芙經香港轉重慶繼續學業等。

高蘭 1938 年 4 月〔註 12〕受聘任國立東北中學國文教員，隨該校踏上了內遷之路。東北中學原為「九一八」事變後成立的東北學院中學部，校址在北平西單皮庫胡同，1935 年「何梅協定」簽訂後內遷到豫鄂交界的雞公山上。1938 年 5 月徐州失守，東北中學再次內遷，經武漢而至湖南隆回資水之畔的桃花坪。1938 年 12 月長沙大火之後，東北中學繼續向西遷移，於 1939 年 7 月〔註 13〕到達四川自流井（今自貢），設新校址於靜寧寺。高蘭從雞公山出發，到達自流井，途徑湖北、湖南、貴州、重慶等地，行程數千里，經歷了東北中學內遷的大部分歷程，他到達自流井後創作的詩作《這裡不是我們的樂園》曾對東北中學內遷的行程進行回顧。

從上文對抗戰文學內遷題材興盛原因的分析中，已經可以約略瞭解內遷題材的大致狀況了，下面再從作者範圍、文體形式、表現對象等方面作進一步的介紹。

內遷題材的作者範圍相當廣泛。上文所舉的都是一些我們耳熟能詳的作家，其實內遷題材的作者不限於作家，而是整個知識群體：有青年學生，如長沙臨時大學政治系學生錢能欣，參加徒步西遷的「湘黔滇旅行團」，其記述旅行經歷的長篇散文《西南三千五百里》1939 年由商務印書館出版；有政府官員，如曾在湖南省政府任職的薛建吾，出版了記載其由湘入川行程的作品

〔註 12〕 此據沈智群《高蘭任教東北中學時詩作三首拾遺》（載《新文學史料》2014 年第 2 期），牛運清《高蘭傳略》（載《新文學史料》1988 年第 3 期）認為是 5 月。

〔註 13〕 一說 9 月。參見沈智群《高蘭任教東北中學時詩作三首拾遺》（載《新文學史料》2014 年第 2 期）、牛運清《高蘭傳略》（載《新文學史料》1988 年第 3 期）。

《湘川道上》，並於旅途中吟得《湘川道上雜詠》組詩（包括《去辰州》《車渡沅江》《瀘溪》《所裏》《矮寨》《茶洞》《秀山》《秀山鳳凰山》《酉陽》《黔江》《黔江觀音岩》《鬱山鎮》《秀彭道上》《彭水》《江口》《江口弔長孫侍郎墓》《巷口》《羊角磧》《白馬村》《北溏溪》《涪陵》《抵渝州》等二十多首）；有軍人，如曾在中央軍校特訓班受訓的周俊元，寫作、出版了散文集《宜渝道上》；甚至還有家庭婦女，如銀行職員李孤帆的妻子李施葆真在上海租界被日軍強佔後，攜子女歷盡艱險，由滬抵渝，寫作了較長篇幅的散文《內遷紀程》。

內遷題材的文體也很多樣。散文靈活自由，是內遷題材的首選形式。上文提到的不少作品就採用散文的形式，記載自己的行程。此外還有靳以的《旅中雜記》和《沉默的旅車》、蔡楚生的《龍江吟》、王冠青的《半闗西行曲——漢宜途中散記》、程萬里的《流亡散記》、夢石的「流亡散記」系列（《第一次旅程》《宜昌剪影》《夜渡南縣》《慌亂中的安靜》《在沅江裏》）等眾多作品。內遷題材在以散文為主的同時，也有採用詩詞、小說、戲劇等形式的。新詩除上文提到的穆旦的《三千里紀行》組詩、李廣田的《奠祭二十二個少女》、高蘭的《這裡不是咱們的樂園》外，還有鄧穎超的《敬悼新陞隆輪廿五位死難烈士》、袁勃的《悼十六個》等；舊體詩除上文提到的薛建吾《湘川道上雜詠》組詩外，還有葉聖陶的《宜昌雜詩》（四首）和《江行雜詩》（三首）、常燕生的《舟次宜昌，睹難民夾道流離，惻然而作》、林庚白的《西遷四首》、王蘧常的《聞國都西遷》、溫麟的《西行雜詩》（二首）、姚伯麟的《國府西遷首都淪陷》（二首）、王用賓的《西征十首》、周舒的《金口目擊寇機狂炸》、羅世文的《別漢入蜀》、王沂暖的《入康紀行十六首》、柳亞子的《流亡雜詩》（六首）、何香凝的《香港逃出居舟中，逆水逆風，舟不能前進，至水絕糧盡，有感而詠》、陳寅恪的《予挈家由香港抵桂林已逾兩月尚困居旅舍感而賦此》等。詞如余道南的《滿江紅·遷滇道中羈旅沅陵》：「託跡遐荒，且休教、豪情蕭索。羈旅處、江樓幾日，風寒雪作。白浪驚翻春水漲，玉峰環抱孤城暮。向黃昏、擊揖渡中流，爭先著。　縈鄉思，傷夷禍。前路杳，關河闊。又清宵夢醒，雞鳴雨過。百代金甌終不缺，五溪衣服寧淪落。似傳來、水上四絃聲，無人覺。」〔註14〕豐子愷的《高陽臺·漵江舟中作》：「千里故鄉，六年華屋，

〔註14〕余道南：《滿江紅·遷滇道中羈旅沅陵》，見余道南《三校西遷日記》，收入張寄謙編《聯大長征》，新星出版社2010年版，第133～200頁。該詞作於1938年。

匆匆一別俱休。黃髮垂髫，飄零常在中流。淶江風物春來好，有垂楊時拂行舟。惹離愁，碧水青山，錯認杭州。　而今雖報空前捷，只江南佳麗，已變荒丘。春到西湖，應聞鬼哭啾啾。河山自有重光日，奈離魂欲返無由。恨悠悠，誓掃匈奴，雪此冤仇。」〔註 15〕歌曲如《西南聯大校歌》：「萬里長征，辭卻了五朝宮闕，暫駐足衡山湘水，又成離別。」〔註 16〕小說除上文提到的茅盾的《走上崗位》、李廣田的《引力》、錢鍾書的《圍城》等外，還有林語堂的《京華煙雲》（以「國力西遷」「木蘭入蜀」結局）等。戲劇有陳白塵的《大地回春》、張俊祥的《萬世師表》（第三幕）、張亮的《搶運》等。內遷題材還有一種特殊的文體值得引起注意，那就是日記，施蟄存、浦江清都有《西行日記》，李廣田有《流亡日記》（《出魯記》《杖履所及》等），許傑有《西行兩週日記》，余道南有《三校西遷日記》，楊式德有《湘黔滇旅行日記》。日記在文學性方面或許略有欠缺，但卻保留了更多「原生態」的東西。

　　根據表現對象的不同，內遷題材大體可以分為四類：第一類是寫人員內遷的，如安娥的《搶救孩子去》、吳傳均的《赴川歷程》、莫艾的《滬渝的別徑》等，這一類作品最多；第二類是寫學校內遷的，如錢能欣的《西南三千五百里》、向長青的《橫過湘黔滇的旅行》、林浦的《湘黔滇三千里徒步旅行日記二則》、吳徵鎰的《「長征」日記——從長沙到昆明》、丁則良的《湘黔滇徒步旅行的回憶》、鄭天挺的《滇行記》等寫西南聯大（及其前身）西遷，李潔非所編《浙江大學西遷紀實》寫浙大四遷校址，心木的《隨校遷黔記》寫國立交通大學唐山土木工程學院從湖南湘潭向貴州平越的再次遷移，《農院內遷行程小記》寫嶺南大學農學院向粵北坪石的內遷，仲鑾的《大學西遷記》寫復旦、大夏兩所大學的幾次遷移，張俊祥的《萬世師表》第三幕寫北平某高校從長沙向雲南的二度遷移，李廣田的《圈外》、高蘭的《這裡不是咱們的樂園》、理齋的《再次疏散內遷的進德女中》等作品還寫到中學的內遷，這一類作品也比較多；第三類是寫廠礦內遷的，如茅盾的《走上崗位》、陳白塵的《大地回春》、塞克的《遷廠》、林繼庸的《民營廠礦內遷紀略》等，這一類作品不多，但有分量較重的長篇力作；第四類是寫物資內遷的，如張亮的《搶運》、

〔註 15〕豐子愷：《高陽臺·淶江舟中作》，《豐子愷文集 7·文學卷 3》，浙江文藝出版社、浙江教育出版社 1992 年版，第 741 頁。
〔註 16〕羅庸詞、張清常曲：《西南聯大校歌》，方堃主編：《民族魂　老同學合唱歌曲選》，湖南文藝出版社 2009 年版，第 50 頁。

陳建夫的《搶運海門食鹽》、張本順的《桂林第一鹽倉存鹽搶運記》、文英的《怎樣盡了我們的責任——搶運六十萬加侖汽油之經過》、應相足的《麗溪道上搶運雜記》、王文珊的《我怎樣在津浦搶運材料》等，這一類作品目前看來最少，多為通訊報導。

內遷題材的抗戰文學作品，對內遷進行了多側面、全方位的書寫，較為成功地再現了內遷的歷史。

其一是遷與不遷的矛盾鬥爭。

不作日本侵略者的順民、奔赴大後方參加抗戰工作，當然是一種比較明智的選擇，但由於故土難離、謀生困難、對時局的發展缺乏清醒的認識間或還有私心雜念作祟等諸多原因，並不是每個人都能夠真心實意地贊同內遷，遷與不遷之間往往存在著比較尖銳的矛盾鬥爭。

一些作品表現了堅決內遷的義無反顧。如程萬里的《流亡散記》中，在內遷遭遇困難時，深明大義的如妹堅定地表示：「我們是寧願到內地去餓死的。」〔註17〕又如塞先艾的《塘沽的三日》中，鄧女士感歎內遷行程的艱難，作者的妻子卻大聲反對：「我覺得這種痛苦算不了什麼，比在北平受日本人的悶氣好得多了。燒書，具甘結，檢查，逮捕……我們年青人簡直沒有活路。我寧可忍受比這個加倍的辛苦，我也不願再在那座死城呆下去。」〔註18〕再如李施葆真的《內遷紀程》中，一家人在上海租界的生活本來還可以將就，只是因為不願意兩個正在上中學的兒子接受奴化教育，女主人甘願忍受與白髮老母分離的痛苦，甘願承擔通過日軍封鎖線的風險，攜帶子女長途跋涉，克服各種困難，終於到達重慶。〔註19〕

另一些作品則剖析了人們面對內遷時的複雜心理，表現了遷與不遷的矛盾鬥爭。

張俊祥的《萬世師表》中，以林桐、管聲洪為代表的師生堅決響應政府的號召，主張將學校由長沙搬遷到雲南，可是剛剛死了太太的系主任鄭楚雄卻因為追上了本地銀行家的女兒而反對內遷，雙方展開交鋒，鄭楚雄以不具備搬遷的條件為由頭搪塞管聲洪等人的內遷請求，最後因在長沙的校舍毀於

〔註17〕程萬里：《流亡散記》，載 1940 年 12 月 14 日《貴州日報》。
〔註18〕塞先艾：《塘沽的三日》，《塞先艾文集》第 3 卷（散文、詩歌卷），貴州人民出版社 2004 年版，第 170 頁。
〔註19〕李施葆真：《內遷紀程》，李孤帆著《後方巡禮》附錄，華中圖書公司 1945 年版，第 59～74 頁。

日軍的空襲才不得不勉強同意。〔註20〕

　　陳白塵的《大地回春》中，實業家黃毅哉在江南老家的恒豐紗廠因搬遷不及淪入敵手，在武漢新辦的新中國紗廠因戰局的變化又面臨著內遷的問題，其兒子黃樹堅、女婿錢少華百般阻擾——他們的如意算盤是黃毅齋抽出在紗廠的股本，到上海去做投機生意，這樣他們可以繼續享受上海的舒適生活，在黃毅哉和另一股東章式如的堅持下，新中國紗廠才得以遷往重慶。〔註21〕

　　如果說以上兩部作品中遷與不遷的矛盾比較單純，那麼茅盾的《走上崗位》、李廣田的《引力》〔註22〕則將這種矛盾表現得豐富多樣。在《走上崗位》中，不同階層的人在遷與不遷的問題上都存在矛盾：就資本家而言，愛國企業家阮仲平抱定長期抗戰的宗旨，緊鑼密鼓地推動著工廠內遷的工作，而強民製造廠老闆朱兢甫是個主和派，他認為戰事不會長久，因此一方面假裝要內遷，拿著政府補貼的裝箱費，一方面卻偷偷將機件運到租界避風頭，還乘機挖阮仲平的牆腳，拉走他的員工；就管理層而言，羅工程師出生入死，堅決支持阮仲平內遷，蔡永良卻因「腳踩兩隻船」而推三阻四，不肯首批內遷，姚紹光甚至因為內遷行程的艱難，在途中捲款私逃；就工人而言，「歪面孔」石全生的家已經毀於戰火，住在難民收容所，他唯恐工廠內遷不帶上自己一家人，而周阿梅的老婆金寶因自己懷有身孕、上工的紗廠又有開工的可能而不願意內遷，她覺得「一定要做難民，就在上海做好了，幹麼還要辛辛苦苦跑那麼遠的路呢」。〔註23〕

　　表現遷與不遷的矛盾鬥爭的，還有一篇特殊的作品值得一提，那就是周肇祥的《力爭古物南遷被逮記》。與上述各篇作品截然相反，這篇文章是反對內遷的：「自遼瀋事變以來，北平故宮博物院及古物陳列所儲藏古物，即有南遷之議。籌備自治各區及各團體，迭次電陳國民政府請勿南遷。」「市民以古物與地方繁榮有關，而歷代文化之品，一散不可復合，爭之益力。」〔註24〕作者周肇祥，曾任湖南省省長、古物陳列所所長等職，是故宮文物南遷的激

〔註20〕袁俊（張俊祥）：《萬世師表》，新聯出版社 1944 年版。

〔註21〕陳白塵：《大地回春》，文化供應社 1941 年版。

〔註22〕《引力》後文另論。

〔註23〕茅盾：《走上崗位》，連載於 1943 年 8 月至 1944 年 12 月《文藝先鋒》第三卷第二至第六期，第四卷第一、三、五期，第五卷第一、第三至第六期。

〔註24〕周肇祥：《力爭古物南遷被逮記》，載 1943 年 2 月《中和月刊》第四卷第二期。

烈反對者，他曾發起組織「北平民眾保護古物協會」，揚言要以武力阻止文物南遷，為了保證故宮文物的順利南遷，當局甚至不得不一度將周肇祥逮捕，該文記載的就是他被逮捕的經歷。不知周肇祥反對文物南遷究竟是何用意，也許確是為了保護文物，但無視侵略者攫取文物的危險，則未免短視。

其二是遷徙過程的艱險。

內遷絕不是一件容易的事情，其過程充滿艱難險阻。戰時交通不便，有限的運輸能力也遠遠不足以承載洶湧而至的人流、物流，徒步跋涉、肩挑手提是免不了的，滯留旅途的事情經常發生，餐風露宿、忍饑挨餓也是家常便飯。發生意外或是受到土匪騷擾、日軍襲擊時，生命也毫無保障可言。遷徙過程的艱險，是內遷題材作品都會加以表現的。

巴金《旅途通訊》中的一些篇章寫了旅館的難找，初到梧州時他和朋友只能睡在一家小旅館的過道裏，另一位「年長的朋友」則只能在騎樓下坐了一夜；也寫了船票、車票的難買，他們多方託人買船票，卻是處處碰壁，一位到四川的朋友，按照登記的順序，要等三個多月才能買到車票；還寫了日軍空襲給旅程帶來的不便，船隻只能在夜晚航行，白天則要找地方躲避敵機。〔註25〕

浦江清的《西行日記》寫了通過日軍警戒線的驚險，船夫將封鎖航道的鐵絲網的木樁拔下，迅速將船搖過，再回來將木樁安放，「此時間不容髮，倘為日哨兵窺見，我儕皆無死所矣」；寫了運輸的困難，馱行李的騾子被軍隊要走，只得讓轎子抬行李，人則勉力步行；寫了旅途中的患病，胃病發作，「多進麵及粥」，打擺子更是苦不堪言；寫了道路不通導致的「擱淺」，僅在屯溪就滯留兩個多月；寫了旅費用盡的窘迫，除向昆明發電請求匯款外，還得多方奔走，向有關部門申請救濟、墊款。〔註26〕

豐子愷的《桐廬負暄》寫了行程的艱難，七十歲的老太太無力步行，只好背著走；寫了路途中的恐懼，既害怕日軍的來臨，又擔心軍隊的拉差、土匪的劫掠；寫了「僅以身免」的狼狽和痛心，衣物行李丟棄了不說，連「曾經幾番的考證，幾番的構圖，幾番的推敲，不知堆積著多少心血」的《漫畫日本侵華史》草稿也付諸東流了。〔註27〕

〔註25〕巴金：《旅途通訊》，文化生活出版社1939年版。
〔註26〕浦江清：《清華園日記 西行日記》，北京生活·讀書·新知三聯書店1987年版。
〔註27〕豐子愷：《桐廬負暄——避難五記之二》，載1940年4月《文學集林》第四輯。

　　茅盾的《虛驚》《過封鎖線》《太平凡的故事》《歸途雜拾》《脫險雜記》等作品記載了由香港撤出的人員在游擊隊護送下通過敵佔區的傳奇經歷，《走上崗位》則形象地表現了工廠內遷的複雜過程：拆機器、裝箱、找船、辦護照，每一件都很困難；好不容易都辦好了，閘北已經失守，蘇州河不能走，又得繞道，辦好的護照失去了效用；總算出發了，一路上又要提防軍隊隨便扣留船隻，又要躲避日軍空襲……〔註28〕

　　《橫過湘黔滇的旅行》等作品記長沙臨時大學的內遷，既寫到徒步行進的困難：「行軍是不分天晴和落雨的，除了在較大的城市，為了顧及同伴們考察，多停留一二天之外，哪怕是下著傾盆大雨，當集合的號音吹響之後，也只得撐開雨傘，讓雨滴飄灑在衣服上出發了。穿著草鞋的兩隻赤腳浸在泥濘的污水裏面，怪難受的，而且雨天的草鞋下半天總會生出來一些難看的鬍鬚，『乞叉、乞叉』地把泥水濺到綁腿上，成為一大塊烏黑的斑點，有時甚至飛濺到褲腳上，這真使人覺得煩惱。」又寫到對土匪的恐懼：「當在官莊的時候，聽說有幾百條槍已經渡過了辰河向這邊追趕……把鋪蓋攤好眝著朦朧的眼睛正想倒下頭去，忽然間傳令兵傳來了一個可怕的消息，說就是那一批土匪快要迫近這裡了。頓時山腰間布滿了緊張恐怖的空氣，燈放射出可怕的黃光，到後來索性吹滅了，變成一片漆黑。」〔註29〕

　　李廣田的《圈外》等作品記山東部分中學師生行程五千里的內遷經歷，其中既有山高路峽、灘險流急給行程帶來的困難，也有沿途受到的土匪的驚嚇、保長的敲詐。〔註30〕詩作《奠祭二十二個少女》還寫到內遷途中舟覆漢水、二十多個學生葬身魚腹的悲劇：「只願世界完全乾枯，／也不要一滴清露，／免得它照見花影，／驚破了多淚的魂靈！／／但完全乾枯又有何用？／最難晴朗的是我的眼睛，／是誰把二十二個美麗的生命，／送到寂寞的蛟人之深宮！／／『俺們還不如殺敵而死！』／我彷彿聽到她們在哭訴，／當綠滿斷岸的暮春時節，／激怒的江濤化作一江寒霧！」〔註31〕《引力》中黃夢華的內遷之路也並不平坦：在學生的幫助下，才得以辦好購買火車票所需的各

〔註28〕茅盾：《走上崗位》，連載於1943年8月至1944年12月《文藝先鋒》第三卷第二至第六期，第四卷第一、三、五期，第五卷第一、第三至第六期。
〔註29〕向長清：《橫過湘黔滇的旅行》，載1938年10月11日《烽火》第二十期。
〔註30〕李廣田：《圈外》，國民圖書出版社1942年版。
〔註31〕李廣田：《奠祭二十二個少女》，《李廣田全集》第二卷，第147頁。該詩作於1938年7月28日。

種證件；在火車上又受到日本軍警的懷疑，差點被抓起來；道路泥濘，她赤著腳，一手提著鞋子，一手抱著孩子，艱難地行進，「胳膊幾乎痛得要斷下來」；孩子發燒口渴，沒有水，一連喝了三大碗黃泥湯……〔註32〕

　　高蘭的長詩《這裡不是咱們的樂園——獻給國立東北中學全體同學》主要是勉勵來自東北的青年學子不忘故土，寄語他們「刻苦鍛鍊」「加緊努力」，收復失地，但也以不少篇幅回顧了國立東北中學顛沛流離的內遷歷程：

　　……

然而你們越走越遠，

走過了千重山，萬重山！

像深秋的落葉，

隨著西風飄散；

像西風裏的塵沙，

被拋在了荒原！

貧病啊！

飢餓啊！

死亡啊！

還有失散！

寄給故鄉的

是一張白紙，

接到的是血淚滿篇！

從古老的故鄉，

到壯麗的大別山；

喘息未定，又走過了

烽火武勝關，

戰鬥的大武漢；

沿著長江，

沿著湘江，

又到了資水之邊！

〔註32〕李廣田：《引力》，連載於 1946 年 2 月 15 日至 9 月 1 日《文藝復興》第一卷第二期至第二卷第二期，晨光出版社 1947 年出版單行本。

—60—

當深秋的西風
剛吹過湘南的草原，
你們的行列
又走向了雪峰山！
背著小行囊，
穿著薄衣衫，
在風雪嚴寒的冬天，
你們痛楚的腳印，
留在了沅江之邊！
在岩石上升起炊煙，
在晚風中露宿沙灘，
山村的黑夜裏，
飄蕩著你們流亡的歌聲，
還鄉的夢奪去了你們的睡眠！
任繁霜和白雪凝在眉間，
任薄霧和朝石落在山前；
抖落一肩星月，
長征的腳步又邁向了前面！
三千里的長途，
數不盡的山川；
七個月的時間，
冬去春來，又到夏天；
你們終於到了這裡
孩子！
你們怎能不把它看成樂園？
……

孩子們！
我的淚，順著我的筆不停的流；
我的心，是一陣酸楚一陣震顫；
我呀！

> 我不能寫就我的詩篇！
> 孩子！
> 這裡不是咱們的樂園！
> 咱們的家是在遙遠，
> 遙遠的白雲的那一邊！〔註33〕

周舒的舊體詩《金口目擊寇機狂炸》記江興輪在內遷途中被日機擊沉的慘劇。詩前有小序：「一九三八年十月廿三日，最後一批兵民撤離武漢，溯江西上與中山艦先後航行金口江面的一艘江輪，被日機炸沉，死兵民萬餘人。」詩曰：「朝辭黃鶴址，溯水載雷舟。金口臨空敵，江航目國仇。鄰舸千彈落，赤浪萬屍浮。慘望東流杳，生遭哭荻洲。」〔註34〕《新華日報》的部分工作人員搭乘新陞隆輪內遷時，也遭到日機轟炸，二十多人遇難，《新華日報》於1938 年 12 月 5 日闢特刊紀念遇難者，發表的部分作品如鄧穎超的《敬悼新陞隆輪廿五位死難烈士》、袁勃的《悼十六個》、鑄夫的《血流》、郝啟文的《脫險自述》等，具有一定的文學性。

其三是遷徙之後的境況。

眾多的人員、機關、學校、廠礦等歷盡千辛萬苦，遷徙到了內地，那麼遷徙之後的境況如何呢？部分內遷題材的作品對此進行了比較真實的反映。

在茅盾的《走上崗位》中，不願內遷的朱兢甫對堅決內遷的阮仲平說過這樣的話：「你一個廠，搬到漢口，難道半空裏掛起來麼？這話呢，也不能說太把細。仲翁——廠，不是一間市房，只要塊地皮。交通是不是方便，有沒有動力，工人如何招募，原料如何購買存儲：千頭萬緒，沒有半年六個月不會弄出個眉目。」阮仲平回答說：「這一些困難，早在預計之中。天下無難事，事在人為！」〔註35〕看來茅盾已經考慮到工廠內遷之後的出路問題，可惜小說未能終篇，未及展開。這方面的內容，在陳白塵的《大地回春》中得到了一定程度的反映。第五幕中新中國紗廠已經內遷到了重慶，然後重慶並不是一塊淨土，一方面有日機接二連三的轟炸，一方面有許多人不事

〔註33〕高蘭：《這裡不是咱們的樂園——獻給國立東北中學全體同學》，《新輯高蘭朗誦詩》第二集，建中出版社 1944 年版。

〔註34〕周舒：《金口目擊寇機狂炸》，《陋室詩草》，貴州省銅仁地區詩詞楹聯學會 1999年編印，第 130 頁。該詩作於 1938 年底。

〔註35〕茅盾：《走上崗位》，連載於 1943 年 8 月至 1944 年 12 月《文藝先鋒》第三卷第二至第六期，第四卷第一、三、五期，第五卷第一、第三至第六期。

生產，專門囤積居奇、買賣外匯，新中國紗廠一直開不了工，黃毅哉不禁有
了滿腔的牢騷和憤慨。章式如勸告黃毅哉既要看到黑暗，又要看到光明，並
以政府提倡工業的決心、措施以及「千千萬萬的將士在浴血抗戰」「無數的
老百姓在修築國防公路」「若干萬工人在為國家開發資源」等正面現象相激
勵，黃毅哉的心中又燃起了希望，全力投入到工廠的維修、建設中。全劇結
束時，黃毅哉炸傷了腿，然而新中國紗廠卻終於在「七七」三週年之際開幕
了。〔註36〕

　　盧謹的訪問記《訪戰區內遷婦女輔導院》從一個側面反映了內遷人員的
就業及生活問題。作品一方面表現了內遷婦女就業及生活的困難：「一個失業
的女朋友告訴我，她曾經歷了三十年職業的生活，也沒有像今天所遭受的惡
運，僅僅一個九十元薪金的職位，也被排斥出來了。在職業向婦女關門的情
形之下，身為婦女復流亡到異鄉來的姊妹們，既少親朋，更無依靠，失業，飄
流，她們常常找不到出路而陷於傍徨、苦悶、消沉甚至墮落。」另一方面又介
紹了有關部門為解決這一問題所作的努力，賑濟委員會設立的戰區內遷婦女
輔導院就採取了介紹就業和升學、開展職業技能培訓、提供廉價膳宿等措施
救濟內遷婦女，還打算辦合作社。〔註37〕

　　其四是遷徙的意義。

　　內遷雖是躲避戰亂的不得已之舉，從另一角度來看又是主動的戰略轉移，
具有非常重要的意義：從個體的角度而言，它提供了接觸民間、瞭解社會的
機會；從國家的角度而言，它促進了內地的開發，積蓄了抗日的力量，延續
了國家的命脈。部分作品對此進行了表現。

　　向長清《橫過湘黔滇的旅行》通過前後的對比表現了內遷對青年學生體
魄的鍛鍊：「行軍的開始，的確我們都曾感到旅行的困難。腿的酸痛，腳板
上磨起的一個個水泡，諸如此類，實在令人有『遠莫致之』的感覺。而且那
時候行軍隊伍是兩列縱隊，一個人須提防踩著前面那個人的腳後跟，又須
提防後面的人踩著自己，兩隻眼睛脫離不開那狹長的隊伍，只好暗地叫苦
而已。」「奇怪的是到了第十天之後，哪怕是最差勁的人，也能絲毫不費力
地走四五十里，而且哪怕一『游擊』就成了零碎的一群，而每天一到晚餐的

〔註36〕陳白塵：《大地回春》，文化供應社1941年版。
〔註37〕盧謹：《訪戰區內遷婦女輔導院》，載1942年5月17日《新華日報》。

菜蔬由廚房領了來的時候，不用清查，吃飯的始終少不了一個。腳板皮老
了，即使赤著腳穿上粗糙的草鞋，擔保不會再磨起水泡，腿也再不會感覺得
疼痛。頭和手添上一層黝黑的皮膚，加上微微的黑鬚，更顯示出我們的壯
健。」〔註 38〕

　　李施葆真《內遷紀程》表現了幾個孩子在內遷過程中的成熟，做母親的
因病滯留成都，之所以敢放心大膽地讓孩子們自行赴渝，是因為「經過這次
的長征，他們已老練得多了」。〔註 39〕

　　錢能欣《西南三千五百里》寫青年學生在雪中行軍中切身感受到祖國山
河的遼闊、壯麗：「大風大雨大雪把我們圍困在沅陵已有四日。昨晚雇到幾輛
汽車，今晨五時起身，趁第二次大雪未降臨之前，匆匆離開沅陵。路上積雪
未融，車在雪面駛行，只見白色中兩道黃土的輪轍。山層層，路又崎嶇，車開
足了馬力向上升，時時有往後滑下的危險。我們乘的是輛沒有篷的貨車，一
顛一沛，寒風裏夾著雪珠，南國之春給我們的教訓：中國之偉大，又何止所
見所聞！」又從藝專學生的歌唱中領悟到內遷撒播了文化的種子：「莊嚴抑揚
的歌聲隨寒風傳來：『旗正飄飄，馬正嘯嘯……』仔細一聽，原來是住在鄰近
房間裏的藝專學生的二部合唱。自從故都和西子湖，我們的兩個南北大藝術
城，淪陷後，北平藝專和杭州藝專從火線下掙扎了出來，敵人摧殘了我們的
藝術城，破壞了我們的象牙塔，可是毀滅不了我們的三千年來的文化種子。
我們抗戰的第一個收穫，便是我們的文化種子散播各地，本來無人問津的窮
鄉僻壤，山谷鄉村，今日卻遍地是春了。」〔註 40〕

　　史特朗等外國作家感歎內遷給中國帶來了新的生命：「為戰爭的旋風所
迫，中國的生命轉移到內地去了。生命、實業、文化——上海的工廠和銀行，
北平的學生和教授，沿海各地的幾百萬民眾———一切都被吹回到蘊藏豐富，
而是遼遠的，閉塞的，居民稀少的省份裏去。新的中國開始了。」「一向沒
有組織的成百萬的民眾，也漸漸地開始參加有組織的生活了。」「隨著經濟
組織的進化，起了一個驚人的文化的提高和發展。」「一個這樣被喚起了，
被組織了，被武裝了的民族，不但將在戰爭中，也將在和平時期的復興工作

〔註38〕向長清：《橫過湘黔滇的旅行》，載 1938 年 10 月 11 日《烽火》第二十期。
〔註39〕李施葆真：《內遷紀程》，李孤帆著《後方巡禮》附錄，華中圖書公司 1945 年
　　　　版，第 59～74 頁。
〔註40〕錢能欣：《西南三千五百里》，商務印書館 1939 年版。

中，發揮她的偉大的力量，這是中國移向內地的意義——為了中國和為了全世界！」〔註41〕

內遷題材的抗戰文學作品，當然有個別顯得比較簡單、粗糙，但從總的看來，還是有著比較高的藝術成就的。由於不同的作品風采各異，難以一一論析，下面只能概而言之。

首先，視野宏闊，勾勒了廣闊的社會生活畫面。

內遷題材的抗戰文學作品並不僅僅只對遷徙本身進行書寫，而是通過對遷徙的書寫，再現時代的風雲，表現豐富的社會生活內容。

比如茅盾的《走上崗位》以遷廠和反遷廠的鬥爭為主線，主要描寫民族資本家阮仲平遷廠的故事，但小說並沒有侷限於遷廠本身，而是圍繞阮仲平一家的社會關係，作了比較廣闊的橫向開拓，將筆觸伸向各個階層，描寫了青年學生的抗日活動、知識分子的愛國言行、官僚政客的和談陰謀、各式漢奸的賣國行徑等方方面面，甚至還有難民收容所的悲慘狀況，這樣「八·一三」事件時期上海的社會生活就全景式地展現出現，從某種程度來說這也是抗戰初期中國社會的一個縮影。

又如李廣田的《圈外》記的是自己內遷的行程，但作者將沿途的所見所聞都納入筆下，內容也很豐富，僅就寫到的人物而論，就既有正直熱心的挑水老人、淳樸厚道的店家，也有製造匪警敲詐錢財的保長、上香叩頭而剋扣挑伕工錢的校長，既有炸山開路的築路工人、拉著沉重的大船逆水而行的縴夫，也有能養雞而不問政的縣官、並不服務的服務團員，既有作著「喚醒民眾」演講的胖大主席，也有被驅逐在會場外的「民眾」，更有向路人訴說委屈的憂愁婦人、吸毒成癮的挑伕、姘著保長以庇護家人的女人、結為團體打劫行人和軍隊的數萬饑民……由此是足以窺見後方特別是「圈外」的圖景的。

再如長沙臨時大學師生記載該校內遷的幾篇作品，思路也很開闊，舉凡山川名物、風土人情、社會狀況盡入筆底。就山川名物而言，沅江的水、湘西的山、沅陵的雪、貴陽郊外供奉王陽明的扶風寺以及貴州鎮寧境內的火牛洞、黃果樹大瀑布，是幾乎每篇作品都要詳加描寫的。就風土人情而言，苗民得

〔註41〕史特朗等著、米夫譯：《偉大的中國內遷運動》，載 1939 年 6 月 18 日《現代中國》第一卷第十一期。據文章前面的按語介紹，該文原載美國《亞細亞月刊》，是該刊編者「撮合名作家史特朗、賽珍珠、卡曼、端納諸人的文章而成的」。

到了高度的關注，特別是錢能欣的《西南三千五百里》，對苗族各個支系不同的服飾、習俗等等，都有詳細的記載。就社會狀況而言，湘西的匪患、貴州苗民的貧窮以及鴉片的泛濫是表現的重點，丁則良《湘黔滇徒步旅行的回憶》這樣寫苗民的貧窮：

> 苗民的貧窮幾乎是一個極普遍的現象。他們百分之九十九可說都是窮苦的貧農。佃戶很多，就是有錢的自己買一點土地，也不敢說是自己的。總要找一個漢人，給他多少錢，讓他出名作地主，每年還要以收成之十之二三，來酬謝這冒名的地主。苗民的日用必需品，幾乎都是自給自足，只有鹽，是非進城去買不可的，他們相傳有這樣一支歌：
>
> > 米不難，
> > 苞穀紅薯也可餐；
> > 菜不難，
> > 蘿蔔白菜也送飯；
> > 酒不難，
> > 穀酒也把盞；
> > 柴不難，
> > 荊棘枝椏也燒飯；
> > 只有官鹽實為難，
> > 沒有白銀買不來。
>
> 據說有的苗家視鹽如至寶，不敢多用，每次從市上買來一塊鹽，即用油煎沸，然後掛在梁上，需用時把它取下放在菜裏滾一下，就再掛起。得鹽之難有如是者。〔註42〕

其次，感情真摯，體現了作者不同的個性和風姿。

內遷題材的抗戰文學作品大多是作者真情實感的抒發，因而能夠體現作者不同的個性和風姿，從中可見作者不同的人生態度和胸襟懷抱。

比如讀穆旦的《原野上走路——三千里步行之二》，彷彿觸摸到了詩人那顆躍動的心，感受到的是溶入自然懷抱、祖國原野的歡欣以及征服一切的青春激情、活力：

〔註42〕丁則良：《湘黔滇徒步旅行的回憶》，丁則勤、尚小明編：《丁則良文集》，清華大學出版社 2009 年版，第 406～412 頁。

我們終於離開了漁網似的城市，
那以窒息的、乾燥的、空虛的格子
不斷地撈我們到絕望去的城市呵！
而今天，這片自由闊大的原野
從茫茫的天邊把我們擁抱了，
我們簡直可以在濃鬱的綠海上浮游。

我們泳進了藍色的海，橙黃的海，棕赤的海……
嘔！我們看見透明的大海擁抱著中國，
一面玻璃圓鏡對著鮮豔的水果；
一個半弧形的甘美的皮膚上憩息著村莊，
轉動在陽光裏，轉動在一隊螞蟻的腳下，
到處他們走著，傾聽著春天激動的歌唱！
聽！他們的血液在和原野的心胸交談，
（這從未有過的清新的聲音說些什麼呢？）
嘔！我們說不出是為什麼（我們這樣年青）
在我們的血裏流瀉著不盡的歡暢。

我們起伏在波動又波動的油綠的田野
一條柔軟的紅色帶子投進了另外一條
繫著另外一片祖國土地的寬長道路，
圈圈風景把我們緩緩地籤進又籤出，
而我們總是以同一的進行的節奏，
把腳掌拍打著鬆軟赤紅的泥土。

我們走在熱愛的祖先走過的道路上，
多少年來都是一樣的無際的原野，
（嘔！藍色的海，橙黃的海，棕赤的海……）
多少年來都澎湃著豐盛收穫的原野呵，
如今是你，展開了同樣的誘惑的圖案
等待著我們的野力來翻滾。所以我們走著
我們怎能抗拒呢？嘔！我們不能抗拒
那曾在無數代祖先心中燃燒著的希望）

這不可測知的希望是多麼固執而悠久，

中國的道路又是多麼自由而遼遠呵……〔註43〕

又如讀何香凝的《香港逃出居舟中，逆水逆風，舟不能前進，至水絕糧盡，有感而詠》，感受到的是這位資深女革命家堅強的意志、堅貞的操守和收復失地的決心、奮鬥不息的豪情：「水盡糧空渡海豐，敢將勇氣抗時窮。時窮見節吾儕責，即死還留後世風。」「萬里飄零意志堅，怕為俘虜辱當年。河山不復頭寧斷，逆水舟行勇向前。」〔註44〕

豐子愷的《避難五記》記危急之中的輾轉奔波，卻寫得並不局促，從容不迫的敘述既流露出作者真切的愛憎，又顯示了其曠達、灑脫的個性。

羅世文的《別漢入蜀》又是另一番情調。作為先行入蜀辦理第十八集團軍駐漢口辦事處籌遷工作的共產黨人，羅世文表達了繼承楊闇公、蕭楚女等先烈遺志，開闢西南地區革命工作新局面的宏大抱負，同時對國民政府的遷都進行了辛辣的嘲諷，將其比作南宋朝廷的偏安江南，甚至直斥當權者為豬狗，其個性可見一斑：「金陵鑄鼎夢難圓，趙構君臣走蜀川。龍虎蒼茫留國恥，龜蛇黯淡失湯堅。企圖揖盜輸繒策，忍作焚其篝里篇。豚犬諸郎難了事，終朝坐食誤坤乾。」「秋風夏口望渝蓉，百難蠶叢寓意濃。劫後餘生仇禹貢，瞻前樂死反堯封。闇公首義披荊棘，楚女橫流佈陣容。此去西南償夙願，開來繼往為工農。」〔註45〕

再次，表達得體，記事寫物、抒情達意恰到好處。

內遷題材的抗戰文學作品在語言上各有特點，有的質樸，有的華麗，有的簡潔，有的繁縟，但大多表達得體，記事寫物、抒情達意恰到好處。

如李廣田《引力》寫從淪陷區逃出來的黃夢華等人見到中國國旗的感受：「她們看了這些旗幟，一時之間生命中完全被歡欣充滿了。又彷彿在外面受盡了野孩子欺侮而回家看到了母親的孩子一般，有些垂下來的旗子一直觸到了她們的頭上和肩上，那正如母親的手所給與那受曲的孩子的撫慰，她們真

〔註43〕穆旦：《原野上走路——三千里步行之二》，載1940年10月25日重慶《大公報》。

〔註44〕何香凝：《香港逃出居舟中，逆水逆風，舟不能前進，至水絕糧盡，有感而詠》，載1943年10月9日《新華日報》第四版。

〔註45〕羅世文：《別漢入蜀》，雍桂良主編：《中國愛國詩詞大詞典》，時代文藝出版社1991年版，第731頁。此詩作於1937年秋作者先行赴渝辦理第十八集團軍辦事處籌遷工作途中，共三首。

感到有多少話要訴說，有多少淚要揮灑。幾年來在淪陷區所受的凌辱，近些天來在路上所受的委屈和折磨，彷彿都是為了要看見這些旗子，也正為了這些旗子，她們所經受過的一切也彷彿都是值得的，都是無所謂的了，就連這最新的傷痕，那個中國隊長所給與夢華的屈辱，也已得到了平復。」黃夢華疑心自己又在夢中，「她伸出手來看看自己的手掌，又去握住一面旗子，她覺得那旗子的一角確乎是被她實實在在地捏在手中了，那布質是那麼堅韌，而又那麼柔滑，一陣風來，旗子被吹得虎虎地發出聲音。她又閃開身體看一看自己的影子，又仰首看看天空，天空正映著日頭，一點不錯，一切都是千真萬確。她覺得她的胸中有一股噴泉在用力地向外湧，一直湧到她的眼裏，她覺得有淚水在她臉上向下爬行」〔註46〕這一段寫盡了黃夢華在委屈與失落之後重見天日的欣慰與興奮，堪稱細膩傳神。

再如吳徵鎰的《「長征」日記——從長沙到昆明》寫火牛洞和黃果樹大瀑布的奇景，寥寥數語即形神畢現：「出東門外兩裏多有火牛洞，洞深僅六七丈，鐘乳碩大異常，由狹可容身之新鑿小門入內後，迂迴百餘步入一大室。室中有高大石柱多根，後有一大石壁，以燭照之，奇妙之極。鐘乳上下直貫，纖細潔白，若水簾之垂，若雪松之蟠，亦若瓔珞，亦若冕旒。其中則有數丈數十級之老幹數株，若浮屠，若旌節。絕壁下坡亦石乳所成。新生者若菌苗，若螺盤，均滑不留足。繞壁而行經其後，過一深潭，復下，達另一大廳，作歌其中，四壁共振，發種種微妙之音如大合唱。」「自此下約六里，為黃果樹大瀑布；崖若三折，瀑布高七十五公尺，寬約二十餘，水自上下墜入潭，飛霧高起數丈，潭中大石羅列，白水紛流。」〔註47〕

二、李廣田與抗戰文學的內遷題材

在寫作內遷題材的眾多作家中，李廣田是用力甚勤、貢獻至大的一位作家，也具有相當的典型性，前文已對此多有涉及，這裡再對他的相關作品作進一步論析，以期從一個側面加深對抗戰文學內遷題材的認識。

抗戰時期寫作內遷題材作品的作家，一般都親身經歷過內遷，李廣田也不例外，但他內遷的行程或許更艱辛，對內遷題材傾注的心血或許更多。

〔註46〕李廣田：《引力》，連載於 1946 年 2 月 15 日至 9 月 1 日《文藝復興》第一卷
第二期至第二卷第二期。

〔註47〕吳徵鎰：《「長征」日記——從長沙到昆明》，《百兼雜感隨憶》，科學出版社 2008
年版，第 224～232 頁。

　　全面抗戰爆發後李廣田走上了艱難的內遷之路。時任山東省立第一中學〔註48〕國文教員的李廣田於 1937 年 8 月隨學校遷往山東泰安，又遷河南許昌、南陽，再遷湖北鄖陽，最後於 1939 年 1 月底抵達四川羅江，歷時一年半，跨越山東、河南、湖北、陝西、四川五省，行程數千里。對於內遷的經歷，李廣田在散文集《圈外》的序中有過簡要的說明：「抗戰開始的時候我在濟南，濟南危急的時候我隨學校遷到泰山下邊。十二月二十四日，正是冰天雪地的時候，我們在敵機狂炸中又離開了泰安。以後輾轉南下，由河南而入湖北。我們在漢水左岸的鄖陽城住過半年，又徒步兩月而入川。離鄖陽時是十二月一日，又正值嚴寒的日子，到達目的地後，卻正是遍地菜花。」〔註49〕

　　李廣田的夫人王蘭馨女士也有內遷的經歷。當李廣田從泰安內遷時，王蘭馨正懷有身孕，無法同行，李廣田只得將她和岳母一道送回濟南。王蘭馨生下女兒，在敵人的鐵蹄下艱難度日，後來忍痛辭別老母，攜帶幼女，「化裝成商人眷屬，關山萬里，從淪陷區濟南，通過日軍封鎖線，或徒步、或坐車，輾轉到達羅江」〔註50〕，與李廣田團聚。王蘭馨此行通過了日偽軍警的重重檢查，一路上是險象環生。

　　本人和妻子的經歷使得李廣田對內遷有了豐富的體驗和深刻的認識，提筆為文，自然要對內遷進行書寫。李廣田的散文集《圈外》（1949 年再版時更名《西行記》）是一本「紀行」的書，所收十九篇散文記述了李廣田所在學校「由鄖陽到四川的沿途情形」〔註51〕，顯然是屬於內遷題材。《流亡日記》「這豐富的文字記錄不但是李廣田流亡時期生活的直接反映，也是他一生創作的一個組成部分」〔註52〕，只有將《流亡日記》特別是其中的《出魯記》《杖履所及》與《圈外》連接起來，李廣田與濟南一中的內遷歷程才得以完整呈現，因而《流亡日記》也是可以當作內遷題材的文學作品來讀的。李廣田完成於慶祝抗戰勝利的鞭炮聲中的《引力》取材於王蘭馨內遷的經歷，實際上也是一部內遷題材的長篇小說。對於《引力》，人們有著多樣的解讀，也都不無一定的道理，但將其解釋為表現內遷恐怕更接近作品的實際：小說後半部分寫

〔註48〕即濟南一中，內遷途中先後編入山東聯合中學、國立湖北中學、國立六中。
〔註49〕李廣田：《圈外・序》，國民圖書出版社 1942 年版，第 1 頁。
〔註50〕李岫：《李廣田年譜》，見《李廣田全集》第六卷，雲南人民出版社 2010 年版，第 413 頁。
〔註51〕李廣田：《圈外・序》，國民圖書出版社 1942 年版，第 1 頁。
〔註52〕陳德錦：《李廣田散文論》，香港新穗出版社 1996 年版，第 56 頁。

黃夢華潛離淪陷區濟南，奔赴大後方成都，是直接描寫內遷的過程，前半部分寫淪陷區的黑暗生活，又何嘗不是在寫黃夢華內遷的原因？只不過是因為黃夢華心中存在著遷與不遷的激烈衝突，作品才不得不用比較長的篇幅來寫她下定內遷決心的艱難。除了上述幾部大部頭以外，李廣田還有一些內遷題材的短篇作品，如詩歌《奠祭二十二個少女》《我們在黑暗中前進》和散文《力量》等。

李廣田的學生張西丁說：「我認為《圈外》及《流亡日記》是兩本珍貴的著作。它們之所以珍貴，是由於它們所描繪的是其他著作所從未著力描繪的領域。它們記述了抗戰爆發後工廠、學校、醫院、企業等的戰略大轉移，向西北、西南的撤退，形成劃時代的歷史大移動。那記載與描繪的是抗戰中的一個側面，是漢水沿岸的抗戰縮影，是『苦澀的記載』，不只是黑暗，而是蘊蓄著光明的到來。」〔註53〕其他著作「從未著力描繪」倒未必，但李廣田的作品在抗戰文學的內遷題材中佔有重要地位卻是不容置疑的。

如前文所述，根據表現對象的不同，抗戰文學內遷題材的作品主要有四類：第一類是寫人員內遷的，如豐子愷的《避難五記》；第二類是寫學校內遷的，如吳徵鎰的《「長征」日記——從長沙到昆明》；第三類是寫廠礦內遷的，如茅盾的《走上崗位》；第四類是寫物資內遷的，如張亮的《搶運》。按照這種劃分，李廣田的作品涉及了內遷題材的兩個大類，《出魯記》《杖履所及》《圈外》等作品寫的是學校的內遷，而《引力》則反映了人員的內遷。就學校內遷而言，高校內遷是抗戰文學內遷題材表現的重點，如錢能欣的《西南三千五百里》、向長青的《橫過湘黔滇的旅行》、林浦的《湘黔滇三千里徒步旅行日記二則》、吳徵鎰的《「長征」日記——從長沙到昆明》、丁則良的《湘黔滇徒步旅行的回憶》、鄭天挺的《滇行記》等寫西南聯大（及其前身）西遷，李潔非所編《浙江大學西遷紀實》寫浙江大學四遷校址，心木的《隨校遷黔記》寫國立交通大學唐山土木工程學院從湖南湘潭向貴州平越的再次遷移，《農院內遷行程小記》寫嶺南大學農學院向粵北坪石的內遷，仲彝的《大學西遷記》寫復旦、大夏兩所大學的幾次遷移，張俊祥的《萬世師表》第三幕寫北平某高校從長沙向雲南的二度遷移等，而李廣田的《出魯記》《杖履所及》《圈外》等作品寫的卻是中學的內遷，這在抗戰文學中是非常少見的。就人員內遷而

〔註53〕張西丁：《懷念吾師李廣田》，見《李廣田全集》第六卷，雲南人民出版社2010
　　　　年版，第620頁。

言，絕大多數作品寫的是戰火臨近時的撤離，是從「自由區」向「自由區」的遷移，而李廣田的《引力》表現的是「自由中國」對淪陷區人民的「引力」，黃夢華出於對「自由區」的嚮往而由淪陷區向「自由區」進發，這也是其他作品很少寫到的。

抗戰文學內遷題材的作品很多，但篇幅大多短小，真正完全寫內遷而又在藝術上比較成功的長篇作品很少。錢鍾書的《圍城》第五章記錄趙辛楣、方鴻漸等人由滬赴湘的旅程，其他章節還提及蘇文紈的父親蘇鴻業「隨政府入蜀」、唐曉芙失戀後經香港轉重慶繼續學業，林語堂的《京華煙雲》以「國力西遷」「木蘭入蜀」結局，陳白塵的《大地回春》第四幕表現新中國紗廠由漢遷渝、張俊祥的《萬世師表》第三幕寫林桐帶領師生由長沙向雲南的遷移，均對內遷有所涉及，但畢竟不是以內遷為主體，薛建吾的《湘川道上》、錢能欣的《西南三千五百里》等作品主要是寫內遷，篇幅也比較長，但從藝術上講似乎還有所欠缺，因此抗戰文學中全力表現內遷的成功長篇作品是不多的，僅有茅盾的《走上崗位》和李廣田的《引力》《圈外》等寥寥幾部。茅盾的未竟之作《走上崗位》表現的是工廠的內遷，與表現人員、學校內遷的《引力》《圈外》不可互相替代，因此《引力》《圈外》是抗戰文學史上彌足珍貴的文本。

除了自己身體力行，寫作內遷題材的作品外，李廣田還有意識地組織學生對內遷的經歷進行書寫。指導學生作文時，李廣田出過「流亡生活中最艱苦的一段」這樣的題目。〔註 54〕到達羅江後，李廣田還曾與同校任教的作家陳翔鶴一道，在校內公開張貼徵文啟事，發動學生集體創作關於內遷的報告文學集，為此耗費了很多的心血並取得可觀的成績。李廣田在日記中多次提及此事：「學生尹純德寫集體創作，——寫流亡中情形，最近即將開始，擬以六萬字為限。」（一九三九年五月二十五日）〔註55〕「下午班後參加集體創作討論會。」（六月十三日）「與翔鶴共定集體創作的目錄。書名尚未開會決定，我擬名為《撲向祖國的懷抱》，這是靳以的一篇小說名字，借用一下也未嘗不可吧！」（九月二十八日）「下午開集體創作討論會，作者××人，一人缺席，討論的問題甚多，大致良好，惟書名至今未定。」（十月二日）「下午開集體創

〔註54〕李岫：《歲月、命運、人——李廣田傳》，人民文學出版社 2006 年版，第 76 頁。

〔註55〕李廣田：《山蹀躞》，《李廣田全集》第六卷，雲南人民出版社 2010 年版，第 182 頁。

作討論會，決定書名為《在風沙中挺近》，相當滿意。」（十月十二日）「整理集體創作，字數十萬餘。」「整理集體寫作。」（十二月十九日）「費了大半天工夫，總算把集體寫作弄完了，分訂九冊，交給了東生。」（十二月二十日）〔註56〕這部報告文學集由十七名中學生集體寫作，包含三十篇作品，據十七名作者之一的劉方回憶，其中的幾篇作品曾由李廣田推薦，在詩人呂劍主編的報紙副刊上發表〔註57〕，但整部作品卻沒有機會出版，這是一個無法彌補的損失，正如李廣田的女兒李岫所說：「可以想像，倘若這本集子能夠出版的話，將會給我們偉大的民族解放戰爭留下一本真實生動的流亡史記錄，將是我們的一代知識青年艱苦奮戰爭取勝利的真實寫照。遺憾的是，父親把這些稿子帶到昆明後，終因生活的動亂而丟失了。」〔註58〕

內遷題材的作品，一般都會寫到兩個方面的內容：一是行程的艱難，一是沿途的見聞。就此而言，李廣田的作品具有相當的典型性。

李廣田內遷題材的作品從多個方面表現了內遷行程的艱難。

首先是自然環境的惡劣。如《出魯記》《西行草》寫山高路狹：「道路多在山谷中，有極險峻處，左仰千仞立壁，右為無底深淵，而行道極仄，且甚光滑，倘一不幸，即可跌落……又有左右均為水溝，而中間只有一尺八之空壁，人行壁上，須極小心，又有最兇惡處，左右均為高數百丈之削壁，人行谷底，旁有深水，到此只感到一種壓迫，有不敢喘息之勢」〔註59〕。「這裡本來沒有道路，下面是奔流湍急的嘉陵江，江上是萬仞石壁，這兩段路就是在懸崖上硬鑿成的。向左看，是石壁，向上看，是石頭，向右看，是懸崖下邊的江水。」〔註60〕《出魯記》寫毒蛇猛獸出沒給內遷師生帶來的心理陰影：「聞南陽來電話，每生須購竹竿……以為竹竿乃所以備狼蛇者，更有人謂必備裹腿，以免蛇入褲中。」〔註61〕《先驅及其他》寫灘險水急：「行李船逆灘而來，纖繩掛

〔註56〕李廣田：《羅江日記》，《李廣田全集》第六卷，雲南人民出版社2010年版，第191頁，第235頁，第237頁，第243頁，第255頁，第267頁，第267頁。
〔註57〕劉方：《悼念李廣田老師》，李岫編：《李廣田研究資料》，寧夏人民出版社1985年版，第508頁。
〔註58〕李岫：《歲月、命運、人——李廣田傳》，人民文學出版社2006年版，第82頁。
〔註59〕李廣田：《出魯記》，《李廣田全集》第六卷，雲南人民出版社2010年版，第35～36頁。
〔註60〕李廣田：《西行草》，《圈外》，國民圖書出版社1942年版，第126頁。
〔註61〕李廣田：《出魯記》，《李廣田全集》第六卷，雲南人民出版社2010年版，第26頁。

在山角上，斷了，小船便像一塊瓢片似的被浪頭打了下去。等我們請停在高北店的一隻小船去搭救時，行李船已經被打下了三四里遠而停在了淺灘上，天幸未出大險，而船上一個發瘧子的隊員已經嚇得面如白紙，全船的行李也十之八九打得透濕。」〔註62〕

其次是物資保障的匱乏。李廣田與師生們由魯入川，行進在窮鄉僻壤之間，不用說沒有舟車的便利，連基本的食、宿都很難得到保障。《羅江日記》記述了校長孫東生講述的飢餓故事：一個叫丁炳義的小同學，「負了很重的行李，踉蹌地走著，顯出很苦痛的樣子」，校長以為他是背不動行李，讓大同學幫助他，然而他還是很困難。直到「在暮色中走出了六十里路，歇著，並進餐」時，丁炳義才笑著說「他當時實在餓壞了，餓得一步也走不動」。「問他為什麼不說明呢？他說：說明也是無用，在曠野裏沒有東西可吃，告訴了老師，不是徒然地叫老師作難嗎？」〔註63〕《養雞的縣官》寫到了採購食物的困難：「跑遍全城，才得又訂購了一千八百個饃。」〔註64〕《先驅及其他》中，帶隊的張先生向先期到達的第一隊隊員解釋不能在洵陽休息的原因：「這地方太小啦，我們吃飯是困難的，我們不走，第二隊來了吃什麼呢？而且，咱們不走，他們來了也沒有地方住啊！」後來第一隊未能如期出發，夜晚到達的第二隊果然就「沒有適當的地方可住」。〔註65〕《引力》中，黃夢華母子在內遷途中也碰到過飲食的困難，小昂昂半夜發燒，口渴得厲害，又找不到水，黃夢華「便就船邊舀了一碗河水，那黃泥湯濃濃的就像一碗粥，昂昂竟一氣把它喝完了，他一連喝了三大碗，連一點泥渣也不剩」，第二天孩子退燒後要吃東西，好容易才借到一個酸饅頭。〔註66〕

再次是社會環境的兇險。《警備》中，時時顯露出江湖氣派的保長製造所謂「匪警」，賺取高額的「打更」費用；〔註67〕《陰森森的》中，「主人」將第一隊用過的鋪草抵作了「店錢」，第二隊只能設法另買，燒香拜神的小學校長又抬高工價，吃了每個挑伕五角錢回扣；〔註68〕《西行草》中，聲稱「憑

〔註62〕李廣田：《先驅及其他》，《圈外》，國民圖書出版社1942年版，第63頁。
〔註63〕李廣田：《羅江日記》，《李廣田全集》第六卷，雲南人民出版社2010年版，第192～193頁。
〔註64〕李廣田：《養雞的縣官》，《圈外》，國民圖書出版社1942年版，第85頁。
〔註65〕李廣田：《先驅及其他》，《圈外》，國民圖書出版社1942年版，第65頁。
〔註66〕李廣田：《引力》，晨光出版社1947年版。
〔註67〕李廣田：《警備》，《圈外》，國民圖書出版社1942年版，第6～9頁。
〔註68〕李廣田：《陰森森的》，《圈外》，國民圖書出版社1942年版，第19～23頁。

良心，靠天意，不作愧心事，炸彈也有眼睛」的廟宇主持兼小學工友，在幫著買米時每斗賺下四五毛，軍隊強佔了內遷師生住宿用的房子和鋪草；〔註69〕《烏江渡》中，師生們更是受到了土匪的驚嚇，當第一隊經過時，「看見兩面諸山中不斷有奇怪人物出現，有的叫囂著，呼喊著，有的又跳竄著，彷彿在試探這小小隊伍的膽量並窺察這隊伍的性質似的」，當第二隊經過時，兩個女人在高高山頭的荒僻山徑上烤火，師生們「以為她們是在那裡放烽火，她們大概就是『帶子會』的崗哨，她們在放火號召他們」〔註70〕。《引力》中的黃夢華是從淪陷區逃離的，經歷的兇險更多。鬼子的防範很嚴，光是買票，就要先取得霍亂預防針注射證、種痘證、檢驗大便證、乘車證等各種證件，黃夢華是依靠學生的家庭關係才辦妥這些證件，買到車票。鬼子規定從濟南出境的人，每人只准帶五百元的偽幣，帶多了要治罪，黃夢華用作路費的匯票作為麵包餡藏在麵包裏，才躲過了鬼子的重重檢查。儘管黃夢華偽裝成商人眷屬，在火車上還是引起了鬼子的注意，對她加以特別的檢查，情形的危險使黃夢華做了最壞的準備：「她心裏已拿定主意，萬一被解回濟南時，無論受什麼刑罰，一人做事一人當，決定一字不吐，寧願受盡種種慘刑，只要不連累別人。」幸虧同行的伍其偉老先生善於應對，黃夢華才幸免於難。〔註71〕

　　在表現內遷行程艱難的同時，李廣田還記錄了內遷途中的所見所聞，其內遷題材的作品具有廣闊的社會生活內容，「畫了一段歷史的側面」〔註72〕。

　　李廣田曾說：「我所認為難行的是從湖北鄖陽沿漢水而至漢中一段。這一段完全是走在窮山荒水之中，貧窮，貧窮，也許貧窮二字可以代表一切，而毒害，匪患，以及政治、教育、一般文化之不合理現象，每走一步，都有令人踏入『圈外』之感。」〔註73〕他的作品描繪了「圈外」世界的種種亂象。

　　李廣田沒有刻意表現內遷途中所見的貧窮，但其作品處處可以讓人感受到貧窮。黃龍灘那個挑水的老人，以及他的老妻、弱女，都是「一樣襤褸，一樣憔悴」，他們的房屋是黑暗的，只有從破毀的房頂才能漏下一些陽光。〔註74〕高北陽的人家「都是低低的茅屋，沒有所謂庭院，更沒有所謂大門」，開店

〔註69〕 李廣田：《西行草》，《圈外》，國民圖書出版社1942年版，第109～138頁。
〔註70〕 李廣田：《烏江渡》，《圈外》，國民圖書出版社1942年版，第51～57頁。
〔註71〕 李廣田：《引力》，晨光出版社1947年版。
〔註72〕 李廣田：《引力·後記》，晨光出版社1947年版，「後記」第5頁。
〔註73〕 李廣田：《圈外·序》，國民圖書出版社1942年版，第2頁。
〔註74〕 李廣田：《古廟一夜》，《圈外》，國民圖書出版社1942年版，第18頁。

的吳姓老人見到海鹽十分興奮，因為他們「已經很久沒有鹽了」。〔註75〕連洵陽縣的縣長也這樣描繪治下人民的生活狀況：「唉，他們太苦了，這你是看見的，他們都衣服襤褸，面黃肌瘦，你看他們的房子，茅草房，茅草房，到處都是斷牆頹垣……」〔註76〕《引力》中，黃夢華內遷途中也見到不少貧窮的景象：在亳州，一戶人家過著「甕牖繩樞」的生活，「那是用破磚爛瓦蓋成的兩間小屋，那牆頭上都是破盆片破瓦片，土牆上挖了一個洞，那洞裏嵌入了一個小小的破水缸，一塊破門板用樹皮擰成的繩子拴在一根木柱上」；在五丁關朝天觀，那些開山闢路的男女老幼「是乞丐，是野獸，衣不蔽體，食不果腹，遍身泥垢，面目無光」……〔註77〕

毒害在李廣田內遷題材的作品中多有反映。《冷水河》中，挑夫們來得遲，歇得早，因為他們都是鴉片煙鬼，要烤煙。學生們勸他們戒煙，得到的是這樣的回答：「這我們何嘗不明白，但是現在明白已經晚了，煙癮已成了，家業也窮光了！」〔註78〕《西行草》描繪了煙鬼吸食鴉片的場面：「我看見了地獄的火光，但那並非熊熊的烈火，而只是無數盞暗淡的燈光。而每一盞燈下，都側臥著一個預備由地獄立刻超生到天堂去的人……他們一共有幾十個，擁擠在幾個相連的大床上，鬅鬆的頭髮下面是乾黃的面孔，光著的脊背，遮不嚴的屁股……還有那些不幸者，只好忍著毒癮，手裏緊捏著用勞力或其他怪方法弄來的幾毛紙幣，抖抖擻擻地，打著呵欠，站在門外，在等待屋裏有空缺時好立刻補進。」還寫到「把鴉片煙膏塗到神像的嘴上」還願的奇特習俗，煙毒為害之烈可見一斑。〔註79〕

匪患的嚴重在《圈外》的《警備》《威尼斯》《烏江渡》等散文和長篇小說《引力》中都有表現。如《引力》中寫船隻不敢半路搭客，因為「半路搭客時常遇到劫匪」，黃夢華等人乘坐的船隻行李很多，晚上就停泊在一個荒村邊，因為「碼頭上歹人太多，看見這一船行李，說不定會發生意外」。〔註80〕李廣田還形象地解析了匪患產生的社會原因：羊尾鎮的那條血褲是一個

〔註75〕李廣田：《江邊夜話》，《圈外》，國民圖書出版社1942年版，第96～108頁。

〔註76〕李廣田：《養雞的縣官》，《圈外》，國民圖書出版社1942年版，第81頁。

〔註77〕李廣田：《引力》，晨光出版社1947年版。

〔註78〕李廣田：《冷水河》，《圈外》，國民圖書出版社1942年版，第45～50頁。

〔註79〕李廣田：《西行草》，《圈外》，國民圖書出版社1942年版，第121頁、第125頁。

〔註80〕李廣田：《引力》，晨光出版社1947年版。

在前線退下來的士兵搶劫路人的結果，然而這個士兵之所以搶劫路人，卻只是因為飢餓；〔註81〕在白河一帶，數萬人結成的「帶子會」縱橫山林，他們「有組織，有武器，出沒山中，打劫行人，尤其對於過路的軍隊，時常予以截擊」，然而「帶子會」的成員其實不過是些饑民，他們組織起來的目的是抗丁抗捐。〔註82〕

對於「政治、教育、一般文化之不合理現象」，李廣田內遷題材的作品也多有揭露：軍人如乞丐一樣，「穿得既極其襤褸，形容又十分憔悴」，壯丁們像罪人一樣被成竄地捆縛著，口裏卻唱著「爭自由，爭自由」，聽起來如同哀哭〔註83〕；高大肥胖的官吏在宣傳大會上大講「喚醒民眾」，許多穿著破爛衣褲打著赤腳的「民眾」卻被警察用指揮棒驅逐在會場之外〔註84〕；兵役法規定獨子免徵，白河縣的一個獨子卻靠著漂亮的老婆與保長姘居才得以免除兵役〔註85〕；保長得了水錢卻並不分給送水的人〔註86〕；縣長能養雞而不問政〔註87〕；區立小學的校長熱衷於念經、念陰隲文、燒香叩頭，對於戰事卻一點也不關心〔註88〕；服務團並不服務，「卻只把年輕女人嬌豔地打扮起來給這些未見過世面的人開開眼」〔註89〕……

在《圈外‧序》中，李廣田表示他沒有「立志專寫黑暗」，反而「努力從黑暗中尋取那一線光明，並時常想怎樣才可以把光明來代替黑暗」〔註90〕。的確，他在無情地暴露「黑暗」的同時，也熱烈地歌頌「光明」。《路》由萬山叢中暢行的汽車想到「抗戰必勝，建國必成」，對炸山開路的築路工人加以熱情的禮讚〔註91〕；《冷水河》描寫了破屋斷垣上的紅紅綠綠的抗戰標語和打柴、牧牛孩子「打倒日本，打倒日本」的簡單歌聲，從中感到「刺激」和「振奮」，「腳步更覺得矯健了」〔註92〕；《來呀，大家一齊拉！》刻畫了縴夫們拉著兩

〔註81〕李廣田：《威尼斯》，《圈外》，國民圖書出版社1942年版，第24頁。
〔註82〕李廣田：《烏江渡》，《圈外》，國民圖書出版社1942年版，第51頁。
〔註83〕李廣田：《引力》，晨光出版社1947年版。
〔註84〕李廣田：《圈外》，《圈外》，國民圖書出版社1942年版，第137～141頁。
〔註85〕李廣田：《母與子》，《圈外》，國民圖書出版社1942年版，第30～44頁。
〔註86〕李廣田：《憂愁婦人》，《圈外》，國民圖書出版社1942年版，第87～91頁。
〔註87〕李廣田：《養雞的縣官》，《圈外》，國民圖書出版社1942年版，第68～86頁。
〔註88〕李廣田：《陰森森的》，《圈外》，國民圖書出版社1942年版，第19～23頁。
〔註89〕李廣田：《威尼斯》，《圈外》，國民圖書出版社1942年版，第24～29頁。
〔註90〕李廣田：《圈外‧序》，國民圖書出版社1942年版，第5頁。
〔註91〕李廣田：《路》，《圈外》，國民圖書出版社1942年版，第10～12頁。
〔註92〕李廣田：《冷水河》，《圈外》，國民圖書出版社1942年版，第45～50頁。

隻沉重的大船艱難前行的宏壯場景,「來呀,我們大家一齊拉⋯⋯」的喊聲使行路的師生也受到強烈的感染,自覺地進入了拉纖的行列,當山勢變平、水流變闊時,大船終於順利前進了,作家由大船的逆水而進想到了中華民族的負重前行〔註93〕⋯⋯

行程的艱難、沿途的見聞是內遷題材的作品一般都會涉及的,如果僅僅只是將這兩方面的內容表現得更充實,還不足以顯示李廣田的深刻,李廣田的深刻在於他還表現了人物面對內遷時的矛盾心態以及內遷之後的困難處境,這是其他作品較少著墨的。

不作日本侵略者的順民、奔赴大後方參加抗戰工作,當然是一種比較明智的選擇,但由於故土難離、謀生困難、對時局的發展缺乏清醒的認識間或還有私心雜念作祟等諸多原因,並不是每個人都能夠真心實意地贊同內遷,遷與不遷之間往往存在著比較尖銳的矛盾鬥爭。李廣田的作品成功地刻畫人物面對內遷時的矛盾心態。《引力》中,莊荷卿和米紹棠本來已經隨著他們任教的學校離開了家鄉,走上了內遷之路,結果卻中途折返了。莊荷卿是因為他的未婚妻施小姐留在淪陷區,他要回去尋找他的愛情,然而施小姐已經同一個日本軍官要好,莊荷卿被藉故殺害。米紹棠本想在內遷中「抓住更好的上進機會」,不料獲得的卻是「吃不飽與睡不暖」,與他做官的理想背道而馳。米紹棠大失所望,與莊荷卿一拍即合。返回家鄉的米紹棠急於做官,竟就任了偽縣長,被游擊隊處決。《引力》主要人物黃夢華的心理更為豐富細膩:作為一個出身於封建官僚家庭的女性,她有著古典家園的夢想〔註94〕,嚮往一種舒適、安定的舊式文人生活,因而她不願意去經受內遷的顛沛流離,多次寫信規勸正在內遷途中的丈夫雷孟堅回來;但她同時也有著知識分子的良知,不願意在敵人的刺刀下過著屈辱的生活,正因為此,當殘酷的現實使她的古典家園夢想破滅之後,她才能夠克服對家的依戀,艱難地開啟了自己的內遷行程。《出魯記》等作品也真實地表現了李廣田本人的心理矛盾,一方面隨著學校一遷再遷是他義無反顧的選擇,另一方面與故土的一步步遠離又使他感到痛苦,對親人的思念如毒蛇一般噬咬著他的心。

〔註93〕李廣田:《來呀,大家一起拉!》,《圈外》,國民圖書出版社1942年版,第92～95頁。

〔註94〕邵寧寧:《最後的古典家園夢想及其破滅——論李廣田的〈引力〉》,載《文藝爭鳴》2009年第1期。

　　眾多的人員、機關、學校、廠礦等歷盡千辛萬苦，遷移到了內地，那麼遷移之後的境況如何呢？李廣田的作品對此進行了回答。在《出魯記》等作品中，我們看到了上峰的挑剔、內部的傾軋、當地人的排斥等各種負面現象，內遷的學校可謂舉步維艱。《引力》中黃夢華從淪陷區來到「自由區」，迎接她的並不是鮮花和笑臉，而是各種各樣的尷尬：當她進入中國軍隊的防地時，「覺得只憑了『中國人』三個字，一定可以像走入自家的門坎似地走過去」，然而同為中國人的中國軍隊的隊長卻對她進行了仔細的盤查甚至無理的刁難，黃夢華才認識到過了「敵人的最後一關」意味著進入「中國的最初一關」；後來她來到成都市郊，檢查員並沒有因為她說是從淪陷區逃出來的而表示歡迎，對她的檢查反而更加嚴苛；進入成都市區，她感覺「有如回到了故都一樣」的美好，滿心期待著夫妻重逢的喜悅，甚至設想丈夫雷孟堅租好房子等著她去住家，然而她到達雷孟堅任教的學校，才知道由於「政治問題」「思想問題」，雷孟堅已不得不在前一天離開了。雷孟堅是「到一個更多希望與更多進步的地方」去了，而他的同事洪思遠則沒有這麼幸運，他離別了妻兒老母內遷，到了內地後卻因為「在學生中間時常發表談話，又常在外面發表言論」而被扣稿子、扣信件，直至和學生們一齊被捕。〔註95〕

　　抗戰文學內遷題材的作品主要寫行程和見聞，因而以紀實為特色，李廣田的《圈外》《引力》等作品也不例外，但在紀實的基礎上進行了開掘，達到了藝術上的圓熟，堪稱內遷題材的代表作。

　　李廣田是以散文博得文名的，收在《圈外》中的十九篇散文雖然寫作於生活的動盪中，未及一一細細雕琢，卻也葆有其散文質樸渾厚、親切感人的一貫特點，是戰時散文的重要收穫。李少群評價《圈外》說：「這部作品顯示了李廣田的散文創作，在內容上從『鄉土』走向了『國土』，創作視野更加寬廣，表現風格上也比前增加了峻厲的格調，平樸中夾有鬱憤的感情色彩，擁有廣泛取材基礎上的紀實風貌。在抗戰時期國統區的散文中，這樣比較集中地反映某些特定地域的基本生活面貌、其與時代特徵緊密聯繫的政治的、經濟的、文化的等種種現象，《圈外》可以說是僅有的一部。它不僅是時代的記錄，有『從黑暗中尋取光明』的積極文學意義，從表現三十年代末期鄂陝及川北地區的民生狀態、風土民情來說，還有著不能取代的文獻價值。」〔註96〕

〔註95〕李廣田：《引力》，晨光出版社1947年版。
〔註96〕李少群：《李廣田傳論》，山東文藝出版社1990年版，第168頁。

司馬長風認為李廣田 1944 年出版的散文自選集《灌木集》標誌著「現代散文的圓熟」，《江邊夜話》等篇「不止是完美的藝術，而且是社會和時代不可少的留影」。〔註97〕其實不僅只是《江邊夜話》，《圈外》集中的不少作品，無論是選入了《灌木集》的《威尼斯》《冷水河》《江邊夜話》，還是沒有選入的《警備》《母與子》《烏江渡》《憂愁婦人》《來呀，大家一齊拉！》《西行草》《圈外》等篇，都是比較圓熟的，如《來呀，大家一齊拉！》把縴夫們拉著滿載貨物的船隻在險灘逆流中艱難行進的場面描繪得驚心動魄，以大船的逆水而進象徵中華民族的負重前行，也自然貼切：「我們的民族，也正如這大船一樣，正負載著幾乎不可勝任的重荷，在山谷間，在逆流中，在極端困苦中，向前行進著。而這隻大船，是需要我們自己的弟兄們，尤其是我們的勞苦弟兄們，來共同挽進。」〔註98〕

　　《引力》出版時，李廣田說過一番自省的話：「我常常為一些現成材料所拘牽，思想與想像往往被纏在一層有黏性的蜘蛛網裏，摘也摘不盡，脫也脫不開，弄得簡直不成『創作』。」〔註99〕這本是李廣田對自己高標準的要求，但有人卻據此認定《引力》的藝術價值不高：「把小說寫成了類似報告文學的東西，這大概正是《引力》不屬於成功小說的一個重要原因。」〔註100〕其實《引力》雖然不以創造性想像見長，在藝術上卻是頗有特色的。首先，小說雖然以真人真事為藍本，卻從對個體生命日常生活狀態的書寫中開掘出知識分子的改造這樣一個重大的時代主題，並且通過黃夢華的經歷將淪陷區與大後方串聯起來，展開對兩個區域社會狀況的描繪，視野非常宏闊。其次，小說表現了黃夢華由個人走向群體、由家庭走向社會的過程，是一部知識分子心靈蛻變的心史，也許正是因為以「現成材料」為依據，作品對黃夢華心理的刻畫才能達到相當的深度。如寫黃夢華婚後的打算，「一個女子既有了一個所謂『家』的存在，便只想經營這個家，並理想日積月累，漸漸有所建設，她的心正如一顆風中的種子，隨便落到什麼地方，只要稍稍有一點沙土可以覆蓋自己，便想生根在這片土地上」，樸實而真實。再如寫黃夢華不願意在淪陷

〔註97〕司馬長風：《中國新文學史》下卷，（香港）昭明出版有限公司 1978 年版，第
　　　　144、148 頁。
〔註98〕李廣田：《來呀，大家一起拉！》，《圈外》，國民圖書出版社 1942 年版，第 92
　　　　～95 頁。
〔註99〕李廣田：《引力・後記》，晨光出版社 1947 年版，「後記」第 3 頁。
〔註100〕張維：《李廣田傳》，雲南大學出版社 1990 年版，第 198 頁。

區忍辱偷生，又捨不得離開年邁的母親和經營多年的家，也細膩而傳神：「河水很清，長長的行藻像些飄帶似的在水裏搖擺，那擺動的樣子好看極了，不快，不慢，不急，不躁，永久是一個向前的姿勢，但永久離不開那個生根的地方，於是就儘量地伸展它們的葉子，像些綠色的手臂要撈取遠方的什麼事物。她站在河岸上看了很久，覺得自己的身子也隨了那行藻擺動起來，她不覺暗暗一笑，心裏念道：正是如此，我又何嘗不是永遠想走開而又永遠走不開，不過徒然地向遠方伸出了兩隻想像的手臂！」再次，小說結構精巧，安排了一明一暗兩條線索，明線寫黃夢華，暗線寫雷孟堅，明暗兩條線索的交織與標題「引力」的雙重含義相得益彰：對黃夢華而言，雷孟堅所在的「自由區」是一股「引力」；對雷孟堅而言，更自由的天地是一股「引力」。

　　即便是那些篇幅簡短的作品，也因為藝術處置的得當而具有了豐厚的意蘊。如詩歌《我們在黑暗中前進》：「太陽落下山，／江上的紅光已換作深藍，／我們／背負著沉重的行李，／躬著腰／在黑暗裏穿，／像一條沙漠中的駱駝線。／／我們又渡過水，／我們又翻過山，／我們行過荒村，／行過人家的門前。／有燈光從人家窗紙上射出來，／有人在窗子裏，／用手指在窗紙上演著影戲，／一陣沉默，又一陣笑語聲喧；／有母親向小娃子催促：／『睡吧，乖乖，／聽好大的風聲，快合上你的眼！』／一圈燈光，／照一個黃金世界，／那裡有愛，有和平與溫暖。／但我們／我們還必須向前趕，／冒著北風，／冒著深冬的嚴寒。／雖然夜已漸深，／我們宿營地還隔著幾重山。／但我們又不能不想起。／在數千里外的故鄉，／在家園的燈前，／也曾度過了多少幸福的夜晚，／而此刻，／也許冰雪正壓著庭樹的枯枝，／也許年老的母親，／正在那變得慘淡的燈下，／計算著時日長歎：／『唉，他已經邀著他的夥伴，／為了自由，為了戰鬥，在到處流轉！／但是，他幾時才能回來呢？／他們現在在什麼地方呢？』／她也許正用迷離的淚眼，／凝望著結了又結的燈花，／空想占卜一句預言。／是啊，我們幾時亦能回去呢？／我們是在什麼地方呢？／就讓你案頭的燈花告訴你吧。／我們是在祖國的深山中，／我們是在祖國的江水邊，／而當我們看見人家窗上的燈光時，／我們就把我們的訊問交與北風：／『母親，你好哇，但願你永遠康健！』／而且更該告訴你，／我們就要歸去，／當祖國的旗幟重與故鄉相見。」〔註101〕一邊是黑

〔註101〕李廣田：《我們在黑暗中前進》，《李廣田全集》第二卷，雲南人民出版社2010年版，第153～155頁。該詩作於1939年12月28日。

暗中的前進，一邊是燈光下家的溫馨，詩中構成對照的兩幅畫面都很簡單，卻傳達了複雜的情愫：有對親人的思念，也有內遷大後方的堅定；有旅途的艱辛，也有行進在祖國大地上的豪情；有失去家園的痛苦，也有贏得最後勝利的決心⋯⋯

陳鍾凡在為薛建吾的《湘川道上》作序時，歷數中華民族歷史上的四次大遷徙，感慨「前三次流亡的記載，傳至今日者絕少，他們顛沛流離的慘狀，後人無從得知」〔註102〕。由於以李廣田、茅盾為代表的一大批作家的努力，第四次大遷徙（即抗戰時期的內遷）的歷史可以傳諸後世，永遠為後人記取。從這個意義來講，抗戰文學無愧於時代，無愧於藝術。

〔註102〕陳鍾凡：《陳序》，薛建吾：《湘川道上》，商務印書館 1942 年版，第 2 頁。

第三章　抗戰文學的中國空軍題材

　　抗戰時期，曾經興起一股「空軍文學」的創作潮流。「所謂『空軍文學』，是泛指以空軍為寫作對象——也就是『空軍題材』的文學作品」〔註1〕，因此當時所說的「空軍文學」，是可以和「空軍題材的文學」劃等號的。「空軍文學」最早由著名軍事學家蔣百里提出，他 1938 年秋在漢口《大公報》發表「星期論文」《抗戰一年之前因與後果》討論抗戰大計時，提出了這個概念：「我覺得在這一年來的新文學中，最出色的是空軍文學。當然從前在亭子間裏，現在在天空中，居處氣養移體，吐屬自是不同，而空軍的環境，可以說事事都是新奇，都是可以驚異的，所以激盪出來的文字，比人家的不一樣。」〔註2〕1941 年全面抗戰四週年之際，《文藝月刊》分兩期出版「抗戰四年來的文藝特輯」，對全面抗戰以來的文藝「作一極公平極詳盡的總檢討」〔註3〕，其中除涉及文藝理論、小說、詩、劇本、通俗文藝、電影、美術諸門類之外，「空軍文學」也赫然在列。由此看來，空軍題材特別是中國空軍題材在抗戰文學中是很有分量、很受重視的。然而，後來人們進行抗戰文學研究時，卻鮮有關注中國空軍題材的。有鑑於此，本章擬在盡可能搜羅資料的基礎上，對抗戰文學的中國空軍題材（以下簡稱「空軍題材」）〔註4〕加以介紹。

〔註1〕陶雄：《抗戰四年來的空軍文學》，載 1941 年 7 月 7 日《文藝月刊》第十一年七月號。
〔註2〕蔣百里：《抗戰一年之前因與後果》，原載 1938 年 8 月 28 日、9 月 4 日、9 月 25 日漢口《大公報》「星期論文」，此據譚徐鋒主編《蔣百里全集》第 1 卷，北京工業大學出版社 2015 年版，第 432 頁。
〔註3〕編者：《卷頭語》，載 1941 年 7 月 7 日《文藝月刊》第十一年七月號。
〔註4〕陳納德率領的飛虎隊一度稱為中國空軍美籍志願隊，但在珍珠港事變後又正式隸屬於美國空軍序列，本章所論不包括以飛虎隊為表現對象的抗戰文學作品，為行為方便，「中國空軍題材」簡稱為「空軍題材」。

一、空軍題材文學在抗戰時期興盛的原因

空軍題材文學在抗戰時期興盛，與中國空軍的浴血奮戰直接相關，也是航空委員會〔註5〕等相關方面自覺倡導的結果。

抗戰開始時，中國空軍初創不久，與日軍實力相差懸殊。裝備落後、補給不足且不論，即便是在數量上也處於絕對的劣勢，「雙方實力對比，最相近時為五比三，到民國二十九年，幾跌至十二比一」〔註6〕。但是中國空軍卻以寡敵眾，以弱勝強。1937 年 8 月 14 日杭州首戰，1938 年 2 月 18 日、4 月 29 日、5 月 31 日武漢三次空戰，1938 年 2 月 23 日出擊臺北，1938 年 4 月 10 日歸德空戰，1938 年 5 月 20 日遠征日本，1938 年 6、7 月間轟炸長江敵艦，1939 年 2 月 20 日、23 日蘭州空戰，1939 年 4 月 29 日重慶空戰，1939 年 11 月 4 日成都空戰等等，中國空軍均取得了驕人的戰績。據統計，全面抗戰八年間，中國空軍共擊落敵機 1543 架，擊傷敵機 330 架〔註7〕，毀傷敵艦船 1691 艘（內擊沉航空母艦 1 艘）〔註8〕，毀傷敵坦克車輛 8546 輛〔註9〕，此外還炸毀眾多橋樑、倉庫、營房等。中國空軍取得輝煌的戰績，是以付出巨大的犧牲為代價的。杭州首戰後不到一年，中國空軍中負有盛名的「四大天王」高志航、劉粹剛、樂以琴、李桂丹就全部陣亡，其犧牲狀況可見一斑。據統計，全面抗戰八年間，中國空軍傷亡官兵 14037 人，損失飛機 1813 架〔註10〕。在浴血奮戰的八年間，中國空軍健兒上演了一幕幕驚天動地的壯劇：閻海文飛機中彈降落敵陣，他抱定「中國無被俘空軍」的信念，連斃數名敵軍後，將最後一顆子彈留給自己，自殺成仁；沈崇誨在飛機發生故障後，不願跳傘逃生，而是駕機從高空猛撞敵軍一艘艦船，與之同歸於盡；陳懷民在擊落一架敵機後受到 5 架敵機圍攻，其飛機油箱著火，他甘作「肉彈」，駕著冒煙的戰

<hr>

〔註5〕當時空軍的指揮機關。

〔註6〕中國第二歷史檔案館編：《抗日戰爭正面戰場》（下冊），鳳凰出版社 2005 年版，第 2028 頁。

〔註7〕中國第二歷史檔案館編：《抗日戰爭正面戰場》（下冊），鳳凰出版社 2005 年版，第 2041 頁。

〔註8〕元江：《抗戰時期中國空軍作戰的若干問題》，《軍事歷史研究》1988 年第 1 期。

〔註9〕袁成毅：《抗日戰爭中國空軍的戰績》，人民網，https://news.china.com/history/all/11025807/20160929/23673832_all.html。

〔註10〕袁成毅：《抗日戰爭中國空軍的戰績》，人民網，https://news.china.com/history/all/11025807/20160929/23673832_all.html。

機翻轉 180 度，撞毀一架從後面撲來的敵機；……中國空軍的創建及其史詩般的抗戰歷程為全面抗戰時期空軍文學的興起、興盛提供了豐厚的土壤，正如當時有人所說的，「文學因空軍而開展了新境界」〔註11〕。如閻海文殉國後，就產生了一批書寫其英雄事蹟的文學作品，僅話劇劇本就有尤兢（于伶）的《血灑晴空》、陶雄的《閻海文之死》、劉益之的《閻海文》等好幾種。

　　為了促進空軍建設，航空委員會總政訓處（政治部）下屬的《中國的空軍》、神鷹劇團等相關方面明確提出了建立「空軍文學」「空軍戲劇」的口號。1938 年 2 月《中國的空軍》創刊之初，確定了五個「努力的目標」，其中第一個就是「創造『空軍文學』，以之鼓勵士氣民氣，以之改造國民摩擦狹隘的惡習，使進於崇高化偉大化的性格」〔註12〕。神鷹劇團則致力於「空軍戲劇」的創造。1939 年 1 月，董每戡在重慶為神鷹劇團招考演員時，舉行了留渝劇人座談會，在會上他提出要「建立空軍戲劇」，不久又發表《建立空軍戲劇》一文，使這一口號正式形成文字：「應當前迫切的需要，航委會政治部提出了『建設大空軍』的口號，跟著，神鷹劇團提出『建立空軍戲劇』的口號，當然，我們不希望口號終於是口號，希望能由口號成為事實；雖說實現它並不怎樣容易，為著抗戰，為著建國，我們應以全力赴之。」〔註13〕除這篇文章外，董每戡還相繼發表了《空軍戲劇試論》《空軍劇運史初頁》《抗戰三年來的空軍劇運》等論文，詳細討論建立「空軍戲劇」的問題。

二、抗戰時期空軍題材文學概觀

　　一方面是受中國空軍英雄事蹟的感召，一方面是對創造「空軍文學」、建立「空軍戲劇」等倡導的回應，空軍題材的文學作品在全面抗戰爆發後競相湧現，蔚然大觀。

　　空軍題材擁有廣大的作者群，空軍將士、眷屬以及包括作家在內的社會各界人士〔註14〕創作了大量空軍題材的文學作品。

〔註11〕培：《「空軍的文學」與「文學的空軍」》，載 1944 年 8 月 20 日《文藝先鋒》
　　　　　第五卷第一、二期合刊。
〔註12〕丁布夫：《本刊一週年》，載 1939 年 2 月 1 日《中國的空軍》第二十期。
〔註13〕原文發表於《黨軍日報》，此據董每戡《抗戰三年來的空軍劇運》，陳壽楠、
　　　　　朱樹人、董苗編《董每戡集》第五卷，嶽麓書社 2011 年版，第 185 頁。
〔註14〕「空軍將士」「空軍眷屬」和「作家」有交集（如陶雄、董每勘既是空軍軍人，
　　　　　也是作家，作家林徽因同時也是空軍眷屬），這裡並不是嚴密的分類，只是為
　　　　　了表述的方便而作的大致劃分。

　　廣大空軍將士是寫作空軍文學作品的中堅。空軍將士有一定的文化素養，他們當中有很大一部分人具備基本的寫作能力，能夠把空軍的生活納入筆端，大部分空軍題材作品就是出自於他們的筆下。這些寫作者又大體可分為兩種類型：一是空軍戰鬥人員。如在 1938 年 8 月 18 日衡陽空戰中殉國的空軍第 5 大隊第 25 隊隊長湯卜生烈士，曾於 1938 年 5 月 7 日單機從漢口飛臨已淪陷的首都南京晉謁孫中山陵墓，宣告中國軍民的不屈意志，事後完成《五七飛京謁陵記》（1938 年《中國的空軍》第十一期）記述謁陵經過。他還曾寫作《敵人永遠沒有擊中他》（1938 年《中國的空軍》第十六期）一文，來悼念同窗好友劉粹剛烈士。再如在 1940 年 7 月 4 日重慶空戰中陣亡的黎宗彥烈士，當其在航校學習時，開創了在校生擊落敵機的紀錄，他的《「九二八」昆明空戰》（1939 年《中國的空軍》第二十一期）講述了作為航校學生的他在訓練時突遇敵機，隨機應變，由訓練而實戰，與敵機拼搏、痛擊敵機的經過。他的《鐵鳥大隊遂寧上空殲敵記》（1940 年《中國的空軍》第三十四、三十五期合刊），則記載了 1940 年 6 月 6 日鐵鳥大隊以五架飛機迎戰敵機二十七架並擊落敵機五架的勝利。空軍戰鬥人員從事空軍文學創作並取得較大成績的，首推厲歌天（牧野）、劉益之（劉風）。厲歌天畢業於中央航空學校第七期，有六次升空作戰的經歷。他曾當選中華全國文藝界抗敵協會成都分會理事，與葉聖陶聯合主編會刊《筆陣》，其空軍題材的文學作品主要有小說《第一個》《信》，報告《炸上海——「八，一四」空軍首次出動之一角》《驅逐敵機經驗談———一四成都空戰記》《我隨 B-25 轟炸機掃蕩鄂北敵》《我隨機襲豫南》《我們怎樣轟炸開封》，散文《平常的兩天》《憶東北一青年》《蕭德清》，詩歌《蕭德清——悼一位南洋返回祖國的同學》等。劉益之的二幕劇《閻海文》曾作為「空軍戲劇叢書」的第一種，於 1938 年出版，他的另一個集子《銀色的迷彩》則列入「空軍文藝叢書」，於 1944 年出版，內收《空軍魂》《銀色的迷彩》《夜》《腦袋》《跛站長》《徐君》《白雪天》《書王天祥君事》《黃正裕》等 9 篇散文和短篇小說。二是空軍非戰鬥人員。這些空軍非戰鬥人員主要從事宣傳、文藝等工作，創作的空軍題材作品藝術性要強一些。《中國的空軍》三任主編黃震遐、丁布夫、陶雄，在不遺餘力地提倡空軍文學的同時，均身體力行，親自寫作。黃震遐、丁布夫創作了大量報告文學作品，後來黃震遐出過報告文學集《空戰實錄》（新力週刊社 1938 年 5 月版），兩人出過合集《光榮的記錄》（中國的空軍出版社 1939 年 12 月版）。陶雄出版過《總站之夜》（戲劇集，中國的空軍出版社 1940 年 3 月版）、

《0404 號機》（小說戲劇集，海燕書店 1940 年版）等空軍題材作品集，他的
《0404 號機》《守秘密的人》等作品，堪稱空軍文學的佳作。神鷹劇團的核心
人物董每戡致力於「空軍戲劇」的建立，創作了不少空軍題材的劇本。神鷹劇
團其他成員陳治策、田禽等，也創作了一些空軍戲劇。在從事空軍文學寫作的
空軍非戰鬥人員中，朱民威、劉毅夫、陳禪心等人也值得注意。朱民威於 1938
年 6 月進入空軍服役，直至抗戰勝利仍在軍中。〔註15〕他在抗戰初期即創作了
空軍題材的作品《梅元白跳傘記》《馬當封鎖線外炸日艦記》等，得到蔣百里稱
許、鼓勵〔註16〕，此後他寫作了大量的空軍戰歷報告和近百篇空軍英烈傳記。
朱民威結集出版的空軍題材作品集有《天空記事》（鐵風出版社 1941 年版）、
《人像》（中國的空軍出版社 1943 年版）等。劉毅夫〔註17〕擔負的也是軍中的
宣傳工作，他的空軍題材作品較多，有《空軍出擊隨徵記》《梁山空戰記》《志
航大隊生活的一頁》《衡陽之戰志航大隊的苦鬥》《衡陽四十七天——空軍一孤
軍陳祥榮的經歷》《高又新跳傘歸來》《空軍威力在中原》等。陳禪心投筆從戎，
在高志航、李桂丹所在的第四大隊工作七年，他創作的特點是集前人詩句為詩，

〔註15〕朱民威：《隨中國空軍採訪》（上、下），連載於《中國的空軍》1946 年 10 月
　　　　15 日第九十六期、11 月 15 日第九十七期。
〔註16〕薛光前《蔣百里先生全集後記》記載：「朱民威在抗戰初期（民國二十七年七
　　　　月）擔任空軍第一隊政治指導員，寫了兩篇關於空軍作戰的新聞特寫稿。一篇
　　　　是《梅元白跳傘記》，寫空軍健兒梅元白分隊長駕機炸馬當日艦，中敵高射炮，
　　　　機毀跳傘遇險經過，另一篇是《馬當封鎖線外炸日艦記》，都登在漢口《大公
　　　　報》上。那時百里先生正在漢口，讀了這兩篇十分生動的報導，非常稱許……
　　　　某日，民威兄去大公報見張季鸞先生，百里先生適在座……就對民威兄說：『你
　　　　寫的空軍作戰文章，我都看過，很好，很清新。以後除了寫新聞性的報導文章
　　　　外，能再把空軍英雄及烈士的詳細傳記，多多搜集資料，加以撰述。』據民威
　　　　兄自己回憶，這短短不過五分鐘的小敘，對他發生了極大的鼓勵。不久他第一
　　　　篇空軍英烈傳記《記高志航》，就完成刊出。以後抗戰八年，他始終不懈，先
　　　　後為重慶大公報撰寫了近百篇空軍英雄及烈士故事。」見許逸雲編著《蔣百里
　　　　年譜 1882～1938》，團結出版社 1992 年版，第 170～171 頁。
〔註17〕劉毅夫，原名興亞，遼寧瀋陽人，1911 年（清宣統三年）生。1929 年，在私立
　　　　馮庸大學參加義勇軍。「九一八事變」後，逃亡關內。次年出關抗日，事敗回北
　　　　平，創辦北平救傷醫院，後移交國民政府軍事委員會北平軍分會，入勵志社。
　　　　1937 年全面抗戰爆發，任軍委會委員長駐空軍聯絡員。1940 年，升任軍委會戰
　　　　地服務總隊少將總隊長。抗戰勝利後，任遼寧省政府首席參事，暨本溪縣縣長、
　　　　撫順市市長、撫順縣縣長。1948 年春，任聯勤總部服務司少將司長。中華人民
　　　　共和國成立前去臺灣，後任「軍事新聞研究會」會長，《青年戰士報》及《大華
　　　　晚報》主筆。著有《勝利之論》《空軍抗戰史話》《空軍史話》等。見徐友春主
　　　　編：《民國人物大辭典》下冊，河北人民出版社 2007 年版，第 2521 頁。

別具一格，當時號稱「空軍詩人」，與「陸軍詩人」馮玉祥、「海軍詩人」薩鎮冰齊名，他集句而成的詩集有《滄桑集》《抗倭集》，其中多有空軍題材的，如《送李桂丹大隊長駕機曉戰（集李白）》：「翔雲列曉陣，還召李將軍。天上何所有？英威天下聞。翻飛射鳥獸，長嘯絕人群。送君此時去，談笑卻妖氛！」

部分空軍將士的眷屬也參與到空軍題材作品的創作之中。如翁心翰畢業於中央空軍軍官學校第八期後，服務於空軍，屢立功勳，任第 11 大隊驅逐機中隊副中隊長，後於 1944 年 9 月犧牲，年僅 27 歲。他的父親是抗戰時期擔任過國民政府行政院秘書長、經濟部長、資源委員會主任、戰時生產局長、行政院副院長（抗戰勝利後曾任行政院院長）的翁文灝。翁文灝得知愛子噩耗，上見鍾愛孫兒的七旬老父，下視新婚喪夫的兒媳，揮淚寫下《哭心翰抗戰殉命》四首：

> 自小生來志氣高，願衛國土擁征旄。
> 燕郊習武增雄氣，倭賊逞威激怒濤。
> 誓獻寸身防寇敵，學成飛擊列軍曹。
> 江山未復身先死，爾目難瞑血淚滔。
>
> 自得航空畢業時，辛勤征戰未曾遲。
> 秦隴力見翱翔翼，湖澤威先貔虎師。
> 奮鬥馳騁摧敵隊，忠貞堅樸度艱危。
> 最憐九載長征士，意在沙場一日犧。
>
> 艱苦吾家一代人，同舟風雨最酸辛。
> 上哀衰父悽愴淚，下念新婚孤獨親。
> 痛切連枝齊息涕，悲懷身世更沾巾。
> 宗邦如此阽危甚，何日江山得再春。
>
> 人生自古皆有死，死為邦家亦足榮。
> 痛惜士兵少鬥志，能捐身命自豪英。
> 傷心最切兆民苦，哀哭驚看大廈傾。
> 兒已喪亡衛國土，千鈞重責更誰擎？〔註18〕

又如空軍中尉孫金鑑 1938 年 4 月轟炸棗莊敵陣，歸途遭遇敵機犧牲，其父孫心

〔註18〕翁文灝：《哭心翰抗戰殉命》，錄自三穗縣文體廣電旅遊局、三穗縣文物局 2015 年 9 月編印《三穗文物集 1》，第 113 頁。

甫對家人隱瞞烈士殉難的噩耗，內心的悲痛難以化解，創作《悼鑑兒》詩一首：

> 鑑兒供長征，飄忽任西東，雲霄舒兒嘯，海外現兒蹤，十年
> 功良苦，國恩應知重，男兒志許國，成仁與成功，霜寒知風厲，
> 春煦識草榮，痛哉吾兒殤，舉家猶夢夢。汝母不知愁，憶兒面必
> 豐，汝妻不知悲，攬鏡常整容，弟妹時念兄，心心相印中，嬰嬰
> 小遺孤，飲恨何時窮，黃土埋忠骸，何處招英靈，痛哉吾兒殤，
> 舉家猶夢夢。〔註19〕

林徽因在內遷途中與航校學生結下深厚的友誼，作為他們的「名譽家長」參加其畢業典禮，不久就接二連三地收到這些年輕飛行員的陣亡通知書，她在空軍任職的胞弟林恒，也在 1941 年 3 月 14 日的成都空戰中陣亡。這些給了林徽因慘烈的打擊，在林恒殉難三週年之際，病中的林徽因寫下了長詩《哭三弟恒——三十年空戰陣亡》：

> 弟弟，我沒有適合時代的語言
> 來哀悼你的死；它是時代向你的要求，
> 簡單的，你給了。
> 這冷酷簡單的壯烈是時代的詩
> 這沉默的光榮是你。
>
> 假使在這不可免的事實上
> 多給了悲哀，我想呼喊，
> 那是——你自己也明瞭——
> 因為你走得太早，
> 太早了，弟弟，難為你的勇敢，
> 機械的落伍，你的機會太慘！
>
> 三年了，你陣亡在成都上空，
> 這三年的時間所做成的不同，
> 如果我向你說來，你別悲傷，
> 因為多半不是我們老國，
> 而是他人在時代中輾動，
> 我們靈魂流血，炸成了窟窿。

〔註19〕孫心甫：《悼鑑兒》，載 1938 年 9 月 1 日《中國的空軍》第十五期。

我們已有了盟友，物資同軍火，
正是你所曾經希望過。
我記得，記得當時我怎樣同你
討論又討論，點算又點算，
每一天你是那樣耐性的等著，
每天卻空的過去，慢得像駱駝！
現在驅逐機已非當日你最理想
駕駛的「老鷹式七五」那樣——
那樣笨，那樣慢，啊，弟弟不要傷心，
你已做到你們所能做的，
別說是誰誤了你，是時代無法衡量，
中國還要上前，黑夜在等天亮。
弟弟，我已用這許多不美麗言語
算是詩來追悼你，
要相信我的心多苦，喉嚨多啞，
你永不會回來了，我知道，
青年的熱血做了科學的代替；
中國的悲愴永沉在我的心底。
啊，你別難過，難過了我給不出安慰。
我曾每日那樣想過了幾回：
你已給了你所有的，同你去的弟兄
也是一樣，獻出你們的生命；
已有的年輕一切；將來還有的機會，
可能的壯年工作，老年的智慧。
可能的情愛，家庭，兒女，及那所有
生的權利，喜悅；及生的糾紛！
你們給的真多，都為了誰？你相信
今後中國多少人的幸福要在
你的前頭，比自己要緊；那不朽
中國的歷史，還需要在世上永久。

　　你相信，你也做了，最後一切你交出。

　　我既完全明白，為何我還為著你哭？

　　只因你是個孩子卻沒有留什麼給自己，

　　小時我盼著你的幸福，戰時你的安全，

　　今天你沒有兒女牽掛需要撫恤同安慰，

　　而萬千國人像已忘掉，你死是為了誰！〔註20〕

再如任航校暫編大隊第三十二中隊中尉分隊長的黃保珊烈士，於 1937 年 8 月
16 日犧牲於嘉興機場，一年後其遺孀孫抱真女士完成《我光榮的活著，因為
你光榮戰死——為保珊殉國週年紀念而作》，發表於《中國的空軍》等刊物。

　　包括作家在內的社會各界人士也奉獻了空軍題材作品。當時社會各界人
士，下自中小學生，上至國府大員，均有創作空軍題材作品的。如軍事委員
會副委員長馮玉祥就有《閻烈士海文》《擊沉敵艦》《空軍勇士》《四二九空戰
大捷》等詩作。作家們在這方面的貢獻當然更為突出。如田漢就讚賞空軍文
學，在一次《新蜀報》副刊「蜀道」的座談會上，他主張「擴大寫作的範圍」，
認為「近來有人提倡空軍文學‧專門描寫空軍，海軍方面前幾天也有人提議，
是抗戰三年來在文藝上的好現象」。〔註21〕他還曾經創作詩歌《空軍歌》《空
中英雄》，後來分別由冼星海、劉己明譜曲，廣為傳唱。當時像田漢這樣寫作
空軍題材作品的作家非常多，鄭振鐸有《我空軍炸敵目擊記》《我翱翔在天空》，
黃源有《空軍的處女戰》，羅家倫有《空軍歌》《一生一死的空軍兩國士》，夏
衍有《一年間》，洪深有《飛將軍》，陳銓有《黃鶴樓》，蕭乾有《劉粹剛之死》，
豐子愷有《炸彈的種子》《神鷹東征瑣話》《望江南》，高蘭有《今天，今天就
是那一天！》《祖國的天空開了花》《新中國的空軍》《日本的「轟炸之王」》，
任鈞有《空軍讚歌》《高射炮手歌》《老鷹和高射炮》《飛行士與護身符》，艾青
有《這是我們的——給空軍戰士們》，卞之琳有《空軍戰士》《修築飛機場的
工人》，臧克家有《偉大的空軍》，穆木天有《全民族的生命展開了——黃浦
江空軍抗戰禮讚》，常任俠有《我們向著青天白日飛》，光未然有《遠征轟炸
歌》，何家槐有《空軍頌》，錫金有《空軍進行曲》，艾蕪有《祝空軍》《航空
軍》，杜運燮有《機場通訊》組詩十八首，雷石榆有《獻給空軍將士們》，方敬

〔註20〕林徽因：《病中雜詩九首》，載 1948 年 5 月《文學雜誌》第二卷第十二期。

〔註21〕《從三年來的文藝作品看抗戰勝利的前途》，載 1940 年 10 月 10 日《新蜀報》
　　　　副刊「蜀道」第二百五十二期。

有《飛過山飛過海》，甘運衡有《戰鳥——紀念四‧二九武漢空軍大捷》，陳伯吹有《我們的空軍》，馬識途有《武漢第一次空戰》，彭桂萼有《我們的神鷹到邊荒》……

空軍文學得到航空委員會支持，其傳播途徑相對穩固、暢通，作品有機會大量面世。

空軍系統的一些刊物，諸如《中國的空軍》（航空委員會總政訓處 1938年 2 月創辦於漢口）、《大眾航空》（航空委員會政治部 1939 年 5 月創辦於成都）、《防空軍人》（空軍防空學校 1939 年 6 月創辦於貴陽）、《筧橋月刊》（中央航空學校 1940 年 9 月創辦於昆明）、《空訊》（1940 年 7 月創辦於成都，空訊週刊社編輯，鐵風出版社發行）等，雖然都不是純文藝刊物，卻給空軍題材作品的發表提供了較為充分的版面。特別是《中國的空軍》，創刊伊始就把「創造『空軍文學』」作為辦刊宗旨之一。此後該刊人事雖幾經變動，這一辦刊宗旨卻始終沒有改變。我們且看該刊在幾個重要節點的自我檢視。一週年時說：「本刊過去的一年，是『空軍文學』的創造年。」〔註22〕二週年時又說：「創造『空軍文學』是本社一個主要的任務，故本社除出刊《中國的空軍》外，在過去的半年之內，曾出版過七個集子，……今後我們將不斷的繼續此種叢書的印行，每月出版一種或二種，以供愛好空軍文學，欲瞭空軍情形的讀者。」〔註23〕三週年時再說：「文學，一向是本刊揭櫫號召，引為自己的獨特風格之一的。」「在第三十六期裏，我們曾鄭重地宣告此後要『多刊登一些純文藝的作品』，我們決定『以更深邃的筆觸探摸到』空軍生活的底裏，『通過它，把全軍全面的動態深刻而生動的表現出來』。」「今後，循著原來的路線，我們仍將在這一方面繼續努力下去。」〔註24〕《中國的空軍》幾乎貫穿了整個抗戰時期，發行量曾高達八萬冊，其對空軍題材作品的大量刊載，影響不可低估。

空軍系統的一些出版社，諸如中國的空軍出版社、鐵風出版社等，也為空軍題材作品的出版，提供了保障。中國的空軍出版社出版的空軍題材文藝書籍，僅叢書就有好幾套，「空軍文藝叢書」包括朱民威的《人像》、龔雄的

〔註22〕惠之：《本刊第二年代》，載 1939 年 2 月 1 日《中國的空軍》第二十期。
〔註23〕丁布夫：《我們這一年》，載 1940 年 2 月 1 日《中國的空軍》第二十九、三十期合刊。
〔註24〕陶雄：《本刊三週年》，載 1941 年 2 月 20 日《中國的空軍》第四十一期。

《銀空三騎士》、劉益之的《銀色的迷彩》等，「空軍文學叢書」包括陶雄的《航空圈內》和丁布夫、黃震遐合著的《光榮的記錄》等，「空軍戲劇叢書」包括陶雄的《總站之夜》、董每戡的《保衛領空》、孫怒潮的《空軍魂》、劉益之的《閻海文》、鮑希文等的《被擊落的武士道》等〔註25〕，「空軍史話叢書」包括高深的《夜轟淞滬漫憶》等，「空軍文學譯叢」包括杜秉正翻譯的《血鬥》《鐵人航空隊》《飛魔的毀滅》等。鐵風出版社的信息不詳，其出版標記是一架飛機，「鐵」字在中央，兩邊為機翼，有人據此推斷它屬於空軍系統〔註26〕。近期筆者見到 1942 年的《成都市書店概況登記表》，其中記載鐵風出版社位於祠堂街 100 號，其業務是出版「空軍書籍」，資金「由航空委員會撥」〔註27〕，由此看來鐵風出版社屬於空軍系統無疑。鐵風出版社也出版過一些空軍題材的文藝叢書，如「空軍戲劇叢書」（董每戡的《保衛領空》等）、「空軍文學譯叢」（杜秉正翻譯的《空中巨盜》《霧空烈戰》《破曉的巡邏飛行》等）、「鐵風戲劇叢書」（周尚文的《紅日西沉》等），其零星出版的空軍文學書籍也有一些，如 1941 年出版朱民威的《天空記事》（該書收錄《炸安慶敵艦歸來》《「二一八」武漢上空之戰》《黃岡之戰》《熱情的送別》《掃蕩蚌埠敵機場》《南昌炸敵記》《在渝蓉上空受傷的勇士》等 13 篇作品）。神鷹劇團雖然沒有出版社的名目，也出版了董每戡主編的「神鷹劇叢」，該叢書至少包括《未死的人》（獨幕劇集，董每戡作）、《雲中孤鳥》（獨幕劇集，李束絲作）、《敵》（三幕劇，董每戡作，附收獨幕劇《孤島夜曲》）、《飛行傳家》（獨幕劇集，陳治策等作）四種。陳壽楠說「神鷹劇叢」有第六種《追擊》和第七種《轟炸還轟炸》（均為董每戡作），但未見出版。〔註28〕由此看來，「神鷹劇叢」還應有第五種，是否出版不得而知。神鷹劇團還曾把本團創作及常唱的歌曲彙集起來，出版「神鷹曲叢」，該叢書以空軍歌曲為主。

　　社會上的一些報刊，也為空軍題材作品的發表助力。有的報刊是以專號、特輯等形式集中推出，如桂林的《救亡日報》出過檢討「空軍文學」的「中國空軍文學建設專號」，江西泰和的《大路》經常開闢「空軍文學欄」，上海的

〔註25〕董每戡的《天羅地網》也是「空軍文學叢書」的一種，但由鐵風出版社出版。

〔註26〕張澤賢：《中國現代文學散文版本聞見錄續集 1926～1949》，上海遠東出版社 2013 年版，第 281 頁。

〔註27〕四川省檔案局編：《抗戰時期的四川：檔案史料彙編（下）》，重慶出版社 2014 年版，第 1636 頁。

〔註28〕陳壽楠：《溫州老劇本》，時代出版傳媒有限公司 2013 年版，第 405 頁。

《華美》第二卷第一期刊載由《空軍文學創造一年》《渝空初戰記捷》《入伍生日記》三篇作品組成的「空軍特輯」，浙江金華的《血流》第一卷第五期特設「空軍文學特輯」，轉載來自《中國的空軍》的《空軍文學論》《渝空初戰記》《在西湖的上空》《我光榮的活著，因為你光榮戰死——為保珊殉國週年紀念而作》《一封悲壯的信》《武漢突擊》等詩文。有的報刊是零星刊載。如《七月》發表過陶雄的《天王與小鬼》《0404 號機》《總站之夜》，《文藝陣地》發表過蕭乾的《劉粹剛之死》，《抗戰文藝》發表過陶雄的《守秘密的人》，《現代文藝》發表過雲天的《瀉鹽》，《筆陣》發表過龍夫的《三人行》、陶雄的《九年以後》（又名《空軍之家》）等。

空軍系統以外的一些出版社，先後出版的空軍題材文學書籍也不少。如香港海燕書店出版的「七月文叢」中，就有陶雄的《0404 號機》，該書收《天王與小鬼》《0404 號機》《未亡人語》《夜曲》《某城防空紀事》5 篇小說和一個獨幕劇《總站之夜》，全部是空軍題材的作品。單是關於空戰的圖書，各出版社就推出了不少，筆者見到的有《遠東第一次空中大戰記》（大公等著，上海雜誌公司 1937 年版）、《中日空軍血戰記》（中國出版公司 1937 年版）、《中國空軍光榮史》（枚詰編，民族文化社 1938 年版）、《飛將軍抗戰記》（鄭振鐸等著，戰時出版社 1938 年版）、《光榮的空戰》（崔與川編，動向出版社 1938 年版）、《英勇的空軍》（丁布夫等執筆，獨立出版社 1939 年版）、《「二一八」武漢光榮的空戰》（中國的空軍出版社，出版年不詳）、《中國空軍血戰記——在昆明、蘭州、成都、衡陽及全國各戰場》（崔秉鈞等著，光復出版社 1945 年版）等。

除出版外，空軍文學還有一條重要的途徑——演出，演出讓空軍戲劇、空軍歌曲得以在普通民眾中間發生影響。如航空委員會政治部的神鷹劇團就上演了不少空軍題材的劇目，夏衍的《一年間》、洪深的《飛將軍》以及董每戡的《保衛領空》《天羅地網》是其壓軸戲。僅 1940 年一年，神鷹劇團就組織了好幾次對外公演來演出空軍戲劇。元旦期間，神鷹劇團公演了《最後的吼聲》等劇作，該劇由董每戡編劇，以少女楊幗英購買空軍遠征東京的連環畫開端，中間插入陳老漢因兒子被日軍飛機炸死而發瘋的情節，在眾人《建設大空軍》的齊唱中謝幕。兒童節期間，神鷹劇公演陳治策編導的兒童劇《飛行傳家》。8 月 14 日是空軍節，自 8 月 13 日起，神鷹劇團開始慶祝空軍節的公演活動，其中首先演出的就是董每戡、陳治策、范大槐合作的《神鷹三部

曲》，一連演出四天。11月21日是第一屆防空節，為慶祝防空節，董每戡匆忙趕寫了三幕一景防空劇《天羅地網》，於12月12日起由神鷹劇團在成都智育電影院公演五日。該劇激發觀眾建設空軍、空防的熱情，生活氣息濃厚。神鷹劇團演唱空軍歌曲的情況，也留下了個別的文字記載。如林煥平的《西北採訪記》記載成都文化界發動「建軍運動宣傳周」，在少城公園舉行歌詠大會的情景：「進去是一大廣場，已黑漆一團的擠滿了盡是穿藍布衣衫的樸素男女學生和民眾，先由中央軍校軍樂隊演奏『土耳其序曲』，繼由天明，業餘，電信，青年會等四歌詠團四部合唱『建軍歌』，航委會政治部神鷹劇團唱『神鷹之歌』，『建設大空軍』……」〔註29〕又如徐宗秀介紹1939年11月4日成都空戰勝利後民眾慰勞空軍的情況：「航委會政治部神鷹劇團於5日整隊前往四聖祠街仁濟醫院慰勞傷員，並演唱『哥哥空戰凱旋回』、『我愛空中英雄』等歌曲，該團還於晚上發空戰勝利傳單，民眾興奮激昂。」〔註30〕

三、空軍題材文學的發展演變

　　空軍題材文學有一個發展過程，整體而言，其內容從單純到豐富，形式上則從單一到多樣。

　　空軍文學誕生初期，其內容比較單純，從人物來講聚焦於空中的勇士，從事件來看主要是描寫空中戰鬥，從主題來說基本上是歌頌。如黃震遐的報告文學集《空戰實錄》（新力週刊社1938年5月版）中，《空軍壯士閻海文》《副隊長沈崇誨》等篇塑造了閻海文、沈崇誨等空軍飛行員的英雄形象，《十二分鐘內的收穫》《佐世保第十二航空大隊全軍覆沒》寫武漢兩次空戰的大捷，《遠征》記中國空軍轟炸臺北敵機場、油庫、發電廠，《再來一千個加膝》述魯南空戰殲敵的經過，都是對中國空軍崇高精神、光榮戰績的熱情歌頌。

　　隨著空軍文學的漸趨成熟，其內容不斷豐富。

　　從人物來講，空中勇士（飛行員）仍然是謳歌的主要對象，但是機械士、航空醫官、場夫等地勤人員乃至修築機場的民工、生產空軍器材的工人都進入作品之中。由航空委員會政治部主任簡樸作詞、劉雪庵譜曲的《空軍之歌》（後來被遴選為空軍軍歌），就分為兩個部分，其第一部分描寫「空勤人員之遠大

〔註29〕林煥平：《西北採訪記》，《林煥平文集》第6卷，廣西師範大學出版社2000年版，第103頁。
〔註30〕徐宗秀：《略說抗戰時期成都的文化宣傳活動》，《成都新文化文史論稿》第1輯，成都市文化局1993年編印，第181頁。

懷抱與勇氣」，第二部分集中表現「地勤人員努力建軍之熱忱與毅力」〔註31〕：
「凌雲御風去，報國把志伸，遨遊崑崙上空，俯瞰太平洋濱。看五嶽三江雄關
要塞，美麗的錦繡河山，輝映著無敵機群。緬懷先烈，莫辜負創業艱辛，發揚
光大尤賴我空軍軍人。同志們努力努力矢勇矢勤，國祚皇皇萬世榮。／／盡瘁
為空軍，報國把志伸，那怕風霜雨露，只信雙手萬能。看鐵翼蔽空馬達齊鳴，
美麗的錦繡河山，輝映著無敵機群。我們要使技術發明日日新，我們要用血汗
永固中華魂。同志們努力努力同心同德，國祚皇皇萬世榮。」〔註32〕湘橋的
《月夜修機記》（1938年《中國的空軍》第十四期）、《我們是拆運敵機的一群
——一個機械士的獨白》（1940年《中國的空軍》第三十六期）、《工作在機場》
（1941年《中國的空軍》第四十一期）、《我們的歌》（1941年《中國的空軍》
第四十三期）以及焰戈的《他在想些什麼混帳東西》（1941年《中國的空軍》
第四十二期）等作品寫維修、維護飛機的機械士；雲天的《瀉鹽——大時代的
小悲劇》（1941年《現代文藝》第二卷第四期）寫從事空軍衛生工作的航空醫
官；陶雄的《夜曲》（1938年《中國的空軍》第十一期）寫養護機場的場夫；
卞之琳的《給修築飛機場的工人》（收入《慰勞信集》，昆明明日社1940年版）
以及唐玳的《為「空中堡壘」效力的人們》（1941年《中國的空軍》第四十一
期）、《為「空中堡壘」機場效力人們的故事》（1941年《中國的空軍》第四十
五期）歌頌修築機場的民工；共和的《航空工廠工人》（1941年《中國的空軍》
第四十一期）寫生產飛機、炸彈等各種空軍器材的航空工人。

　　從事件來看，空中戰鬥依然佔據重要地位，但是並不侷限於此，空軍生
活的方方面面都得到反映。劉毅夫的《「志航」大隊生活的一頁》（1940年《中
國的空軍》第二十九、三十期合刊）記述了「志航」大隊空軍軍官們一天的生
活，既有敵機來臨時的緊急備戰，也有打靶、特技飛行等科目訓練，還有打
籃球、編壁報等文體活動。林青雲的《××古寺放鶴記》（1941年《中國的空
軍》第四十三期）、焰戈的《在士校刻苦訓練中的生活》（1941年《中國的空
軍》第四十一期）、唯美的《淘汰》（1941年《中國的空軍》第四十三期）等
作品寫準空軍軍官——航空學生以學習飛行為主的軍校生活，屬歌天的《平
常的兩天——生活紀》（1941年《中國的空軍》第四十一期）則記述教官的日

〔註31〕《空軍軍歌》編者按，載1947年9月1日《航空建設》第二卷第六期。
〔註32〕簡樸詞、劉雪庵曲：《空軍軍歌》，載1947年9月1日《航空建設》第二卷第
　　　　六期。

常生活。劉益之的《跛站長》（1940 年《中國的空軍》第三十三期），雖然有跛站長（昔日的轟炸機駕駛員）講述空戰的一部分，重心卻在於表現跛站長克服各種困難，創辦航空站的過程。陶雄的《夜曲》寫大雪覆蓋飛機場，我軍的飛機陷在積雪裏，場夫們連夜清理，保證了我軍飛機在敵機來襲時得以正常起飛，取得空戰的勝利。杜西的《軍民之間》（1941 年《中國的空軍》第四十六期）還涉及到空軍官兵與駐地居民之間的關係：在我空軍新開闢的一個機場，附近居民對空軍官兵敬而遠之，因為修築機場佔用了他們的田地，漢奸又造謠飛機油是用小孩的腦髓煉成的。航空站識破了漢奸的陰謀，組織軍民聯歡會聯絡軍民感情，普及航空知識。空軍官兵與居民平等相處，還幫助他們解決生活困難，在敵機空襲後更是設法救助。居民終於理解、接納了空軍官兵，軍民關係由隔膜走向熱絡。

　　從主題來說，對中國空軍的熱情歌頌依然繼續著，但不再「一枝獨秀」，而是發展為「多聲部」。陶雄在檢討抗戰四年來的空軍文學時說：「四年來作者觀照事物所取的態度，正和其他一切效忠抗戰的作者一樣，起初——二十七年秋季以前，眼目為時代的萬花筒所炫迷，熱情蕩漾著他們一味的為光明而歌。《劉粹剛之死》，《天王與小鬼》，《0404 號機》……便都是這樣產生的。迨到漢口撤退，抗戰步入相持階段以後，一切需要更深沉，精湛，堅毅代替了熱情，作者便有機會冷靜地觀察，剖析了。如其有什麼足以阻撓或妨礙抗戰的現象為他所發見，作為忠實的文藝工作者，他有責任把這病患或癰瘤指出來。」〔註 33〕隨著寫作者感情的沉澱、觀察的冷靜，空軍中的一些負面現象進入空軍文學中，批判空軍中的個別不良現象成為空軍文學的另一種主題。陶雄的《守秘密的人》（1939 年《抗戰文藝》第三卷第七期）、蕭蔓若的《友情》（1940 年《中國的空軍》第三十九期）均涉及到空軍器材的運送、保管問題。《守秘密的人》中那個押運航空汽油的軍官佟守義，雖然一再聲稱「我們吃軍隊飯的，最講究的就是保守機密」，卻在各種場合談論他押運的東西：「一滴這個一滴血，一滴這個……」「全中國所有這個目前只剩五十萬加侖了。」終於被假充鴻春茶館女招待的日軍女間諜鳳貞得知機密，存放在碼頭的一千五百六十箱汽油全部被日軍飛機炸毀。佟守義被軍法會判決死刑，臨刑時還覺得自己冤枉：「我發誓我沒有對任何人提起過汽油兩個字！」《友情》中的

〔註 33〕陶雄：《抗戰四年來的空軍文學》，載 1941 年 7 月 7 日《文藝月刊》第十一年七月號。

機械士福林，因為家裏有一個老母親、一個小弟弟，「錢不夠用，養不活家口」，竟然打起了盜竊軍用汽油的主意，最終被他的好朋友、有著「國家比朋友更要緊」觀念的另一位機械士潤生揭發。雲天的《瀉鹽——大時代的小悲劇》觸及到空軍中人才的使用以及空勤人員和地勤人員的關係問題。主人公羅志偉是留學德國的醫學博士，放棄了在德國的優越生活，回絕了國內兩所大學的高薪聘請，進入空軍當了一名航空醫官，他盡心盡意地為官兵們服務，連自己從德國帶回來的醫療用具和藥品也奉獻出來。可是羅志偉並沒有得到一些飛揚跋扈的飛行員的尊重，那個被他接好脊椎骨、聲稱要像報答父親一樣報答他的沈分隊長，居然在大庭廣眾之下羞辱了他。羅志偉氣急之下想到報復，給患了傷風的徐分隊長開了瀉藥，後來他誤以為徐分隊長因為服用瀉藥（事實上司藥並沒有給他瀉藥）而在空戰中遇難，陷入深深的自責中，竟然自殺了。焰戈的《他在想些什麼混帳東西》提出了技術人員鑽研業務反而不被理解的問題。文中的張機械班長不愛說話，不愛交際，對工作盡職盡責，他愛學習，愛鑽研，畫了很多的機械圖樣，希望有所發明創造，可是周圍的同事卻不理解他，把他當神經病，當他陷入沉思時，他們竟然罵他：「你又在想些什麼混帳東西？」

　　空軍文學產生之初，體裁比較單一，報告文學佔據主導地位。有的作品側重於記事，報導空軍的戰鬥經歷，陶雄稱其為「空軍戰歷報告」〔註34〕；有的作品則側重於寫人，展示空軍英雄人物的感人事蹟，基本上就是傳記。丁布夫、黃震遐的《光榮的記錄》一書，被作者自認為是空軍文學的「創造集」〔註35〕，在抗戰初期的空軍文學中具有一定的代表性〔註36〕。翻開其目錄，就會發現這個集子除了最後一篇《武漢的突擊》是詩歌外，其餘的都屬於報告文學，前面九篇《光榮的「二一八」——武漢第一次空戰大捷記》《殲滅佐世保第十二航空隊——武漢第二次空戰大捷記》《鐵的大武漢之晴空——武漢第三次空中會戰記》《中國炸彈爆發在臺北》《南國長空殲敵記》《怒轟南海記》《血戰衡陽上空》《渝空初戰記》《「東海」大隊奮戰記》都是記空軍的戰

〔註34〕陶雄：《抗戰四年來的空軍文學》，載 1941 年 7 月 7 日《文藝月刊》第十一年七月號。

〔註35〕丁布夫：《自序》，丁布夫、黃震遐：《光榮的記錄》，中國的空軍出版社 1939年版，第 3 頁。

〔註36〕該書出版於 1939 年 12 月，但除《渝空初戰記》《武漢的突擊》兩篇外，都作於全面抗戰初期武漢撤守以前。

鬥經歷，接著的四篇《擊落敵機十二架的劉粹剛》《江南大地之鋼盔——樂以琴》《「肉彈」陳懷民》《憶我壯士閻海文》都是寫空軍英雄人物。

隨著空軍文學的漸趨成熟，其形式也多樣起來，可以說各種體裁都具備了。

作為空軍文學曾經的主打文體，報告文學持續發展著。黃泮揚的《流星群大隊成都空戰殲敵記》、劉毅夫的《梁山空戰記》、宗武的《「七一八」渝空截敵記》、朱民威的《第三次奇襲白螺磯敵機場記》等，都是武漢撤守之後出現的空軍戰歷報告。朱民威繼續著空軍英烈事蹟的書寫，其《人像》一書收錄《記高志航》《記孫令衛》《記高冠才》《記李昌雍》《記蘇光華》《記黃榮發》《記周志開》《記翁心翰》八篇作品，很有代表性。王繪編寫了閻海文、劉粹剛、樂以琴、吳範等空軍將士的傳略，發表於《三民主義文藝季刊》。

小說是現代文學的大宗，在空軍文學中也佔有一定的份額。僅陶雄《抗戰四年來的空軍文學》中提及的小說，就有十幾篇。作為空軍文學的代表性作家之一，陶雄本人也以小說創作見長，其《0404 號機》表現空軍戰士昂揚的鬥志，《守秘密的人》揭示空軍中存在的問題，都是抗戰文學中的佳作。他空軍題材的小說還有《天王與小鬼》《夜曲》《囚虜之音》《當熱烈氛圍抱住中國飛機場的時候》《「天皇」小史》《生日》《一封悲壯的信》等。蕭乾的《劉粹剛之死》是進入了文學史的作品。黃震遐、蕭蔓若、厲歌天、劉風、龍夫、雲天等人也創作了空軍題材的小說。空軍文學還有中長篇小說出現，《中國的空軍》就曾連載過龔雄的《銀空三騎士》、血軍的《父與子》、焰戈的《滑翔熱》等多篇，其中《銀空三騎士》寫我空軍健兒組織空中敢死隊，擊沉敵航空母艦長門號的故事，藝術價值較高。

神鷹劇團是以建立「空軍戲劇」為己任的，戲劇當然要成為空軍文學的一個重要門類。董每戡獨自完成的三幕劇《保衛領空》《天羅地網》、獨幕劇《神鷹第一曲》《最後的吼聲》《空軍俘虜》《未死的人》《該為誰做工》等，與人合作完成的獨幕劇《被擊落的武士道》《悔罪男》等，均是空軍題材的作品。神鷹劇團很多成員參與到空軍戲劇的創作之中，陳治策創作了兒童劇《飛行傳家》等，他還將洪深執筆的獨幕劇《飛將軍》改編為《神鷹三部曲》的「第二曲」，田禽創作了《活捉日本鬼子》《「魔鳥」下的鬥士》《從軍行》等，連不甚知名的成員段凌也創作了《爭》《兄弟》等獨幕空軍戲劇。李束絲與神鷹劇團聯繫密切，他創作的空軍戲劇較多，有獨幕劇《雲中孤鳥》《飛》《鐵翼下》

《嬌子》和四幕劇《墮落性瓦斯》等。陶雄在創作小說的同時，在戲劇創作方面也用力甚勤，《總站之夜》《閻海文之死》《歸隊》《九年以後》都是他創作的空軍戲劇。當然，從事空軍戲劇創作的不限於提倡空軍文學、空軍戲劇的這一批人，夏衍的《一年間》、洪深的《飛將軍》就是空軍題材的，還因此被董每戡等人樹立為空軍戲劇的標杆，以寫間諜戲聞名的陳銓，也創作了空軍題材的五幕長劇《黃鶴樓》，此外還有舒非的《我們的空軍》、羅永培的《鐵漢》等眾多作品。孫瑜編導的《長空萬里》完成於 1941 年底，是「第一部描寫空軍作戰的影片」〔註37〕。

詩歌也被廣泛地應用到空軍文學的寫作之中。有為數眾多的新詩，如天風（丁布夫）的長詩《武漢的突擊》、墨痕的長詩《只有巴鷹沒飛回來》，又如上述林徽因的《哭三弟恒》、卞之琳的《修築飛機場的工人》等。有不少的舊體詩，如羅家倫的《空軍炸敵艦大捷放歌》以七絕寫空軍征戰：「牛渚由來險馬當，高標水柱護柴桑。樓船薄暮飛煙爐，合奠江流酒一觴。」朱大可的《飛將軍歌》以古風歌詠閻海文事蹟：

> 飛將軍，從天來。將軍控機如控馬，超騰倏忽生風雷。左投一彈，天崩地塌；右投一彈，神號鬼泣。咄咄爾倭奴，入寇無時無。狼奔豕突亦何用，會看血肉糜道途。吁嗟乎，將軍之彈投未定，將軍之機忽已損。聳身一躍下蒼穹，不幸乃在敵陣中。一槍殺一敵，九槍九命畢。留取最後珠，當頭奮一擊。詰朝四海播新聞，流涕爭說飛將軍。飛將軍，伊何人？閻氏之子名海文。〔註38〕

唐玉虯的《沈烈士崇誨》採用的也是古體：

> 舉世多隨燕雀嬉，鵾鵬獨為萬里遊。卓卓沈生南國秀，早歲京鬢冠群流。提劍還尋屠狗輩，易水寒波猶射眸。荊軻市上一杯酒，擊筑悲歌莫解愁。耿狄胸中不自得，常有奇氣貫斗牛。大海翻波躍鯨魚，一夕瀋陽化為墟。志士慷慨投袂起，競尋壯闊報國途。泠泠鵬背吹天風，早把三島吞胸中。直度蓬萊展身手，奇功一笑酬英雄。敵艦群棲白龍港，飛將神馳兼技癢。聚而殲旃真太快，令下雕

〔註37〕程季華主編：《中國電影發展史（初稿）》第 2 卷，中國電影出版社 1980 年版，第 64 頁。

〔註38〕大可：《飛將軍歌》，作於 1937 年 8 月，錄自陳漢平編注《抗戰詩史》，團結出版社 1995 年版，第 136 頁。

鶚翅先颺。豈知李廣悲數奇，壯志偏與風雲違。千鈞一髮層霄上，垂翼天池猶未垂。猛氣忽來山嶽動，滄溟波浪兼天湧。蒼鷹疾下鯨骨碎，博浪秦廷輸此勇。荊卿術疏空遭殃，壯哉將軍共敵亡。億萬年後佘山上，應見毅魄猶堂堂。空軍大將高志航，繼起頡頑劉粹剛，將軍與之為三烈，婦孺聞名為沾裳。寰宇未清寇在境，長思猛士守四方！〔註39〕

柳詒徵以「江南好」（亦稱「望江南」）詞牌寫《贈空軍將士》：

空軍好，天上任翱翔，保障封疆三萬里，殲除敵艦幾重洋，一彈赭扶桑。　空軍好，神武勝鷹揚，只有丹心衝斗極，不愁碧血染沙場，姓字萬年香。〔註40〕

豐子愷以同樣的形式表現得知 1938 年 4 月 29 日（日本「天長節」——裕仁天皇的生日）武漢第二次空戰擊落敵機 21 架後的激動：

聞警報，逃入酒樓中。擊落敵機三十架，花雕美酒飲千盅，談話有威風。〔註41〕

孫伯寅的《空軍節》則調寄「滿江紅」：

蕞爾蝦夷，渾不識我龍城傑；漫遣那彈丸小鳥，筧橋行刼；豈料傍銀河玉樹，雲鵬奮翮成羣列；濺血錢塘裏，醢梟鴟，猶能說。

歎半壁金甌缺，千古恨中腸結，痛斯讎未報，壯心難滅；但看錦江江怒吼，盤空鐵鳥貌猇垰；逞屠龍身手，試奇技，空軍節。〔註42〕

甚至還有散曲，如吳兆熊的《梁山空戰》：

（正宮叨叨令）傾巢來襲休驚怕，梁山列陣雲堆下，中華鐵鳥出沒似神龍化。領空萬里豈容□鴉稱霸！看隊形零散了也麼哥，看油箱着火了也麼哥，煙裊裊好一幅殲倭畫！〔註43〕

〔註39〕唐玉虯：《沈烈士崇誨》，錄自楊金亭主編《中國抗戰詩詞精選》1997 年版，第 106 頁。唐玉虯在詩後自注：「沈江寧人，畢業於清華大學，轉習飛行，二十六年八月奉命炸佘山敵艦，機生故障，脫隊獨飛在白龍港上空，瞥見敵艦群俯瞰猛衝與敵艦同盡。」

〔註40〕柳詒徵：《贈空軍將士》，載 1937 年 9 月 15 日《青年月刊》第四卷第六期。

〔註41〕豐子愷：《望江南》，《豐子愷文集 7·文學卷 3》，浙江文藝出版社、浙江教育出版社 1992 年版，第 744 頁。

〔註42〕孫伯寅：《滿江紅·空軍節》，載 1941 年 8 月 14 日《青年空軍》第三卷第三、四期合刊。

〔註43〕吳兆熊：《梁山空戰》，載 1940 年 6 月 21 日《邊政旬刊》第三十一期。

值得注意的是，由於音樂與文學的天然姻緣，空軍歌曲的歌詞也可以視為空軍詩歌（有些本來就是先有詞再譜曲）。當時空軍各個學校都有譜曲傳唱的校歌，僅濮望雲所編的《空軍歌曲》一書，就收錄了《中央航空學校校歌》（劉雪庵詞曲）、《空軍機械學校校歌》（楊泓詞，吳伯超曲）、《空軍通信學校校歌》（杜敬倫詞，談修曲）、《空軍幼年學校校歌》（蔣介石詞，張錦鴻曲）、《空軍子弟學校校歌》（簡樸詞，濮望雲曲）、《空軍軍士學校校歌》（許建吾詞，王雲階曲）等六首此類歌曲。其他空軍歌曲更是多得不可勝數，僅以《空軍歌》為名的就不下十首：錢君匋作詞、譜曲的《空軍歌》，何家槐作詞、孫慎譜曲的《空軍歌》，疑正作詞、李永剛譜曲的《空軍歌》，曉夫作詞、其炳譜曲的《空軍歌》，羅家倫作詞、邱望湘譜曲的《空軍歌》，羅家倫作詞、李惟寧譜曲的《空軍歌》，田漢作詞、冼星海譜曲的《空軍歌》，楊瑾珣作詞、冼星海譜曲的《空軍歌》，常任俠作詞、冼星海譜曲的《空軍歌》，……甚至來華助戰的美國空軍上校李白（J. R. LUPER），也創作了一首「敬獻給中國空軍總司令周至柔將軍」的《空軍歌》（AIR FORCE SONG），簡樸將其歌詞譯為中文：

> 飛將聲威震九蒼，弟兄結伴共翱翔。傳來一片雲中曲，歡樂歌聲遍世揚。飛龍抒閒喜氣盈，空中弟兄最相親。笑談且息銀翼下，同心協力建殊勳。飛將軍際會東西方，情誼敦睦親如手足樂無疆。飛將軍，中華健兒美勇將，志凌霄漢精誠團結永堅強。〔註44〕

我們且以許建吾作詞的《空軍驅逐曲》為例，領略空軍歌曲歌詞的大致風貌：

> 白雲飄飄，流水滔滔，山在飛，風在嘯。天地旋轉，日月顛倒；馬達如雷吼，熱血似狂潮。奮翮碎烈日，神威撼碧霄。不怕敵陣堅，不怕敵計巧。對準賊頭衝上去，縱橫格殺不讓逃。不讓逃，不讓逃，一架也不讓逃；不讓逃，不讓逃，一個也不讓逃。成功成仁非所計，報仇雪恨在今朝。〔註45〕

大鼓、快書、太平歌等通俗文藝形式也被應用到空軍文學的寫作之中。

〔註44〕美國空軍上校李白詞曲、簡樸譯：《空軍歌——敬獻給中國空軍總司令周至柔將軍》，濮望雲編《空軍歌曲集》，大中華印刷廠 1948 年印行，此據宋一平《氣勢震寰宇 歌聲穿雲霄——中國空軍抗戰歌曲回顧與研究》，載《星海音樂學院學報》2017 年第 1 期。

〔註45〕許建吾詞、劉雪庵曲：《空軍驅逐曲》，載 1942 年 5 月《音樂月刊》第一卷第二、三期合刊。

大鼓詞有趙景深（鄒嘯）的《闍海文》《轟炸敵艦》《武漢空戰》，鄭青士的《飛將軍轟炸臺北》，郭尼迪的《蘭州空戰獲大勝》，方白的《蘭州空戰》，婁子匡的《流星群粵北空戰》；蓮花落有王亞平的《浦江水》；快書有通俗讀物編刊社的《飛將軍空中大戰》；彈詞有錢警華的《樊增闊獨擒山田清》；南音有黃石公的《長空熱血》；太平歌詞有方白的《航空救國》；……這些通俗文藝作品明白曉暢，朗朗上口，易於傳唱、流傳。如《航空救國》第二段簡要概述空軍戰績：

> 提起我們空軍實可誇，
> 三年多的功勞真來的大，
> 「東海」「鐵雨」慣會轟炸，
> 這是咱們頂有名的四個大隊，
> 「八、一四」筧橋上空把火雨下，
> 一氣兒打落敵機十三架，
> 保衛首都是「八、一五」，
> 打下敵人重轟炸機三十多架，
> 敵空軍從此算是害了怕，
> 到後來保衛武漢威風大，
> 四月五月兩場惡戰，
> 打落他九六式的驅逐機三十八架，
> ……
>
> 在天空保衛咱們的大中華，
> 勇敢善戰一點兒不差。
> 「志航」「流星群」善把敵機拿，
> 南征北戰東擋與西殺，
> 志航大隊首先開了勝利之花，
> 轟動全國勇氣加。
> 紫金山大勝又是他，
> 都叫它煙消火化回了老家。
> 「奇呀，怪呀，可怕的支那！」
> 全國皆知有個二月十八，
> 這三次的戰績咱們一塊兒加，

重轟炸機十二架在地上爬。

咱中國同胞可就笑哈哈。

二十八年「五三」之戰保衛重慶，

十比四咱們賺了一倍半。〔註46〕

　　有的作者還把多種藝術形式綜合起來運用，創作空軍題材的作品。如豐子愷就曾以詩配畫的形式描寫我空軍殲滅敵機、抓獲敵兵的情景：「中國空軍殲敵機，敵機翻落稻田裏。農夫上前捉敵人，縛住兩人如縛雞。連聲喊打動公憤，鋤頭鐵爬（耙）齊舉起。軍官搖手忙攔阻，訓誡敵兵聲色厲：『爾等愚癡受利用，我今恕爾非罪魁。姑饒性命付拘禁，掃盡妖寇放爾歸。』敵兵感激俱涕零，雙雙屈膝田中跪。起來齊聲仰天呼：『中華民國萬萬歲』。」〔註47〕高蘭曾把報告文學和詩歌結合，創作「報告詩」《日本的「轟炸之王」》，敘寫日軍海軍航空隊司令官奧田大佐在成都空戰中被我空軍擊斃的故事：

好個「轟炸之王」！

日本的空軍大佐，奧田！

好個轟炸之王！

日本的航空部員，奧田！

四十四歲，

還作日本軍閥的鷹犬！

從大正三年到昭和十四年，

吃了二十多年的血腥飯！

吃人的帝國主義者，

可不顧什麼空軍「四大天王」

栗木死在南京

上海死了潮田

在武昌炸死了良鄉

在漢口又燒死了白相定男；

現在義輪到了「轟炸之王」，

這位空軍大佐，奧田。

〔註46〕方白：《航空救國》，載 1941 年 8 月 14 日《中國的空軍》第四十四期。
〔註47〕豐子愷：《漫畫附詩》，載 1938 年 8 月 1 日《中國的空軍》第十四期。該詩作
　　　　《豐子愷文集 7・文學卷 3》題為「中華古國萬萬歲」。

他曾率隊轟炸我們的重慶
　　　轟炸我們的成都
　　　轟炸我們的梁山
炸死了我們的同胞成千成萬！
毀火了我們無數的財產！田園！
他和我們是
仇深似海，
不共戴天！

今天，
又派來再炸成都！
要用奧田的老命，
裝點「帝國」的門面！

然而飛機沒有了，
三百多架打落在諾蒙汗；
上千的駕駛員
埋葬在蘇蒙之邊，
雙十節在漢口
被我們的空軍
又炸毀了一百多架
外加一百多駕駛員！

敵人啊！
不得不拿出來
空軍的最後一張牌，
一個海軍航空隊司令官，
兼任航空課長的奧田，
送上最新的飛機，
（那是出廠在今年八月間）
　　「去！炸支那的成都去！
　　給『帝國』露露臉！」

在我們中國呢，
這是個晴朗的午間
白雲駛得格外安閒；
忽的警報聲音，
嘶吼了藍天！
人們都走向了郊外，
　　　　走向了山邊；
肥沃的綠野
萬頃的田疇
紫色的土壤，
銀色的山泉，
展露著他們的富饒！
展露著他們的康健！

人們的心，
激動的在盤算，
「湘北大勝，鬼子們已怯了膽，
這次是飛賊們要來轉轉臉！」
轟……轟……轟……
由遠而近
在北邊，在東邊，
祖國的美麗的藍天，
　　　　美麗的白雲，
白雲下移動著，
十幾個黑點。

狗向天空吠著
人向天空睜著憤怒的眼：
「你們這群劊子手啊
玷污了我們的藍天！」
突的幾聲長嘯，
天空的四面，

響起了更大的聲音，
又來了，又來了！
啊？是有著和白雲藍天
一樣的新鮮
一樣的美麗
青天白日的銀色飛機！

啊！我們的神鷹起飛了！
啊！我們的鐵鳥騰空了！
似流星，
似閃電，
盤旋，掃射，
掃射，盤旋，
躲警報的竟站在防空洞上
指指點點參觀起空戰。

像風捲殘雲，
像放燈火的新年，
帶著膏藥幌子的
　　一架，兩架，三架……
落下去了！
落下去了！
還拖著股罪惡的黑煙，
其餘的呢？
便向來時路散亂逃竄，
完結了「帝國」的露臉。

奧田啊！剛抓住降落傘，
誰知連胸帶肩，
中滿了機關槍子彈，
像打落的野雁，
像黑漆的一團，
連人帶機滾向了地面！
連機帶人變成了泥蛋！

死了！日本的「轟炸之王」奧田，

死了！日本的空軍大佐奧田，

死得多麼滑稽，

死得不值一文錢！

看一看我們的成都，

他還是那麼平安！

他依舊那麼莊嚴！

在我們中國，

這是個晴朗的午間，

白雲駛得格外安閒

人們走過了郊外

　　　走過了山邊，

肥沃的綠野，

萬頃的田疇，

紫色的土壤，

銀色的山泉，

展露著他們的富饒！

展露著他們的健康！〔註48〕

四、空軍題材文學的藝術價值

　　從整體而言，抗戰時期的空軍文學存在一定的欠缺，但其中畢竟出現了一大批質量比較高的作品，並且發揮了積極的宣傳動員作用，因此空軍文學有其不可否認的文學史價值。

　　如上文所述，空軍文學作者範圍廣泛，作品也非常之多，魚目混珠、良莠不齊是難免的，因此從整體而言，空軍文學的確存在一定的欠缺，這種欠缺大體而言主要有以下兩點。其一，正面表現空軍生活的優秀作品占比不高。空軍戰鬥人員熟悉空軍生活，他們創作了一些正面表現空軍生活的作品，但他們畢竟只是業餘創作，因此寫出來的作品大多質樸有餘而文采不足。作家們寫作技巧要高一些，但他們即便進入軍中服役，從事的也是文職工作，對

〔註48〕高蘭：《日本的「轟炸之王」》，《新輯高蘭朗誦詩（第二集）》，建中出版社1944年版，第17～25頁。

普通空軍戰士的生活還是比較隔膜的，因此他們很少有正面表現空軍生活的
作品問世。比如董每戡，雖然致力於「空軍戲劇」的建立，卻因為不熟悉空軍
生活而不敢直接觸及空軍的生活，只能創作《保衛領空》《天羅地網》這些鼓
勵人們投效空軍、鼓勵空軍將士上陣殺敵的劇本。其二，缺乏對戰爭、對人
性的深刻反思，有的作品流露出偏狹的復仇觀念。當陶雄的《總站之夜》寫
到空軍戰士用拾到的人肉、用敵人的屍體來祭祀自己的戰友時，有人給予了
批評：「作為一個作家，他却是該具有更深刻的觀察力，更進一步的理解，更
遠大的觀念的。……空軍將士的敵我的仇恨，決不是宿命的，先天的仇恨。
在一個飛行員，他應該抱着有我無敵的觀念，在戰鬥中，他可以有那較為單
純的意志。然而作為作家，他却不能這樣！他的復仇觀念必須是更深邃、更
廣大的東西。如果他也以一時的感情衝動，隨著直覺行事，那便是一種無可
饒恕的怠惰。」〔註49〕這種偏狹的復仇觀念在陶雄的《「天皇」小史》中也有
表現。小說中日軍戰機「天皇」號失事降落，機上的幾個日軍軍曹揮著白手
帕求降，仍被中國軍隊擊斃。如果說他們求降不成是因為語言障礙，沒有聽
從命令離開飛機和機關槍，還可以理解的話，那麼中國軍隊對他們屍體的處
理方式就讓人難以接受了：鬼子們的屍體被跪著埋了半截在土裏，腦袋留在
外面給人踏；一個號兵居然因為日軍飛機炸瞎了母親的眼，而把鬼子的眼珠
挖下，吞進肚去。〔註50〕作家不加批判甚至略帶欣賞地描寫這種處理方式，
是會讓讀者反胃的。

　　儘管抗戰時期的空軍文學從總體而言存在不足，不過其中的確也有一大
批質量比較高的作品。

　　報告文學方面，黃震遐的《憶我壯士闈海文》、丁布夫的《轟炸南海記》
以及二人合作的《中國炸彈爆發在臺北》等，都是轟動一時的作品，後來被
收入《中國人民抗日戰爭時期大後方文學書系》第四編「報告文學」。空軍戰
士次霄的《我怎樣炸出雲艦》也被收入各種選本之中。這類作品除了表現我
空軍禦敵的悲壯，在內容上能夠打動讀者之外，藝術上也確有引人注目之處，
如《我怎樣炸出雲艦》將空軍戰士灑向長空的熱血比作「民族解放的肥料」，

〔註49〕楊洪：《空軍文學的幼苗》，載 1941 年 6 月 25 日《現代文藝》第三卷第三
　　　　期。
〔註50〕陶雄：《「天皇」小史》，《航空圈內》，中國的空軍出版社 1940 年版，第 12～
　　　　26 頁。

就貼切而新奇，「生命寄在 Bead sight 上」這一說法則準確地傳達了空戰中不是敵死就是我亡的緊張氛圍——「Bead sight」是瞄準的準星，是空中戰士生死攸關的所在。〔註51〕空軍文學中質量與這幾篇不相上下的報告文學作品還有一些。

小說方面，陶雄的《0404號機》、蕭乾的《劉粹剛之死》問世之初就有比較大的反響，其水準經得起歷史的檢驗。抗戰勝利五十週年之際，中國作家協會和中國文聯決定，與部委文化團體，向全國人民特別是青年讀者推薦百篇抗戰文學名作，最終產生了「中國抗戰文學名作百篇推薦書目」，《0404號機》《劉粹剛之死》都在這「百篇」之列，其價值毋庸多言。即便是那些名不見經傳的作品，也有相當不錯的，連載於《中國的空軍》第三十二期至第四十二期、後來列入「空軍文藝叢書」出版單行本的《銀空三騎士》，就是一個例子。這篇小說的構思應該是受到沈崇誨駕機撞敵艦、陳懷民「肉彈」伺敵等壯舉的啟發，但又加入了許多虛構成分，情節曲折而有吸引力。敵航空母艦長門號停泊於長江，威脅我江陰要塞，屠戮我無辜民眾，我空軍戰士顧志翔、徐燦、劉亞豪奉令駕駛三架戰機前往轟炸，小說圍繞我空軍擊沉長門號的行動而展開，卻寫得一波三折。第一次攻擊，三位空中騎士命中了目標，長門號卻不受影響，原來長門號的排水量有三萬多噸，我空軍二百磅的炸彈威力有限，奈何不了這個大傢伙；第二次攻擊，發現長門號艦艙上覆蓋著很厚的鋼甲，當我空軍開始攻擊時，敵人都躲到了鋼甲的下面；第三次攻擊，目標僅僅只是監視、威脅敵艦，盡可能拖延時間，防止它開啟鋼甲，放出大批戰鬥機去轟炸江陰要塞，卻意外地在歸途中遭遇敵機，擊落其中二架，一名跳傘的敵飛行員被抓獲，我空軍長官李司令出乎意料地禮遇俘虜，從俘虜口中得知長門號的秘密——鋼甲的開啟聽命於飛機的暗號，在其鋼甲開啟時轟炸，並以飛機的衝撞增加炸彈的威力，可以獲得成功；第四次，三位勇士抱著必死的決心，駕機飛臨長門號上空，模仿敵機的動作，誘使它開啟了鋼甲，趁機投擲炸彈，同時三架戰機開足馬力撞向敵艦，長門號終於被擊沉了，「銀空的三位騎士也便再沒有回來」。小說的人物塑造也是成功的。三位主人公各有個性，顧志翔沉穩，徐燦外放，劉亞豪內斂。小說對主人公家庭生活的描寫（如顧志翔與妻子的款款深情、徐燦與莊

〔註51〕次霄：《我怎樣炸出雲艦》，載 1937 年 10 月 10 日《救亡文輯》創刊號。

小姐的熱戀），更能夠突出他們的犧牲精神，對他們聚會時遭遇空襲的描寫也能夠解釋他們犧牲精神的來源，這些使得他們的形象顯得真實可信。

戲劇方面，夏衍的《一年間》、洪深的《飛將軍》、于伶的《血灑長空》等是人們經常提及的作品，藝術成就不可否認。董每戡是空軍文學在戲劇方面的代表人物，其話劇創作成就也比較高。如他的三幕劇《天羅地網》本是慶祝第一屆防空節的命題作文，寫得也很匆忙，藝術上卻並不弱。全劇確立了「有錢出錢，有力出力」建設空軍、空防的宏大主題，卻通過成都市民錢庸卿一家十來天的遭際來表現，生活氣息濃厚，很接地氣。錢庸卿的次子幼明投考航校，女兒露華慷慨獻金並積極參加防護團的工作，從正面表現了主題。錢庸卿的長子少明害怕成都的空襲，預備到香港去躲避，誰知才到昆明就遭遇空襲而被炸死，從反面說明了建設空軍、空防是每個人推卸不掉的責任。錢庸卿原本吝嗇，因兒子被炸死和自己被炸傷而覺悟，拿出了大半的存款捐獻給國家，其轉變也深化了主題。劇情緊張而全部發生在錢家大廳，時間、地點集中，適合表演。全劇將要終結時，通過燈光照明，在舞臺上空出現由驅逐機、高射炮、照空燈等織就的「天羅地網」的剪影，這一安排也十分巧妙，讓觀眾體會到我空軍、空防的威力，「什麼敵機，什麼荒鷲，只要我們布就了天羅，張開了地網，它們就像家雀子」，「來一架捉一架」。〔註52〕陳銓的《黃鶴樓》、陶雄的《九年以後》、舒非的《我們的空軍》，也是空軍文學中比較好的戲劇作品。

詩歌方面，卞之琳的《修築飛機場的工人》也曾入選「中國抗戰文學名作百篇」，其《空軍戰士》和甘運衡的《戰鳥》被收入《中國人民抗日戰爭時期大後方文學書系》第六編「詩歌」。像這樣的優秀詩篇還有不少，比如林徽因的《哭三弟恒》就寫得悲壯哀婉，不僅形式優美，而且貫穿著一種往復交錯、曲曲折折的思緒，思想蘊含十分豐富，對生命價值、個人與民族命運的反思均達到一定高度。空軍歌曲的歌詞大多出自名家之手，具有較強的文學性，如傅清石作詞的《西子姑娘》，模仿蘇聯軍歌《喀秋莎》，調寄臨江仙，寫成「陽關三疊」式，於溫柔中具雄渾，纏綿中寓激勵：

> 柳絲搖風曉氣清，頻頻吹送機聲，春光旖旎不勝情，我如小燕
> 君似飛鷹，輕渡關山千萬里，一朝際會風雲，至高無上是飛行，殷
> 勤寄盼莫負好青春。

〔註52〕董每戡：《天羅地網》，鐵風出版社1941年3月版。

　　鐵鳥威鳴震大荒，為君親換征裳，叮嚀無限記心房，柔情千縷
搖曳白雲鄉，天馬行空聲勢壯，逍遙山色湖光，鵬程萬里任飛揚，
人間天上比翼羨鴛鴦。

　　春水粼粼春意濃，浣紗溪映山紅，相思不斷覓橋東，幾番期待
凝碧望天空，一瞥飛鴻雲陣動，歸程爭趁長風，萬花叢裏接英雄，
六橋三竺籠罩凱謌中。〔註53〕

即便是出自蔣介石訓詞的《空軍幼年學校校歌》，也典雅大方，頗可一觀：

　　崇墉九仞，必厚其基。峻嶺千尋，必登自卑。惟我空軍，嶽嶽
英姿。下俯雲漢，上接虹霓。諮爾多士，朝斯夕斯。論年則幼，用
志不歧。宏爾造詣，正爾威儀。德與時進，學與歲馳。毋自暴棄，
毋用詭隨。邦家阢陧，望爾匡持。驅逐寇盜，海宇清夷。雲程萬里，
遠大為期。〔註54〕

　　「文學因空軍而開展了新境界，空軍因文學而激發了新精神。」〔註55〕
空軍文學歌頌空軍的不朽功勳，表彰空軍無私無畏的犧牲戰鬥精神，鼓勵民
眾投效空軍的熱情，影響的不僅只是空軍軍內，而是全社會。在空軍文學的
影響下，人們對空軍有了更多的瞭解，認識到了空防的重要性，更願意為建
設空軍貢獻自己的力量。國立中正大學學生自治會在一則面向江西全省學生
籌募資金購買滑翔機的倡議中，就明確提到了空軍文學的影響：「抗戰幾年來
蓬勃滋長著的空軍文學，以及許多壯烈偉大的空中戰鬥事蹟，使我們深深體
味到空中武器的重要性。這個武器的把握，對於打擊敵人，爭取勝利，具有
不可忽視的決定力量。我們幾年來的艱苦抗戰，希特勒暴徒在歐陸的稱霸，
乃至敵寇日本在太平洋戰爭初期，對英美所施行的卑劣手段，對於這點，都
給予了我們以最明確的昭示。」〔註56〕

　　據說蔣介石說過這樣的話：「空軍文學當然是抗戰文學中之一部門，好像

〔註53〕傅清石詞、劉雪庵曲：《西子姑娘》，載1947年10月《中國的空軍》第一○
　　　七期。
〔註54〕蔣介石詞、張錦鴻曲：《空軍幼年學校校歌》，載1941年10月《空幼》第六、
　　　七期合刊。
〔註55〕培：《「空軍的文學」與「文學的空軍」》，載1944年8月20日《文藝先鋒》
　　　第五卷第一、二期合刊。
〔註56〕《國立中正大學學生自治會為籌募學生號滑翔機告全省同學書》，《浩氣壯山
　　　河：國立中正大學戰地服務團紀實》，中正大學校友會贛州工作委員會、中國
　　　人民政治協商會議興國縣委員會學習、文史委員會2002編印，第60頁。

空軍之在抗戰大行列中成為一枝堅強的生力軍一樣。」「文學是宣傳的武器，
空軍文學就是宣傳建設空軍的有力武器。」〔註57〕官方可能的確有意將空軍
文學捆綁到政治的戰車上，實際情況如何且不論，但既然空軍文學為抗戰發
揮了積極的宣傳動員作用，其中又有一大批質量比較好的作品，其文學史價
值就不容否認。

〔註57〕蔣介石：《蔣總統集》，1968 年臺北版，第 1186 頁，轉引自趙獻濤：《民國文
　　　　學研究——翻譯學、手稿學、魯迅學》，中國廣播影視出版社 2015 年版，第
　　　　60 頁。

第四章　抗戰文學的「慰安婦」題材

　　「『慰安婦』是指因日本政府或軍隊之命令，被強迫為日本軍人提供性服務、充當性奴隸的婦女；『慰安婦』制度是二戰時期日本政府強迫各國婦女充當日軍士兵的性奴隸，並有計劃地為日軍配備性奴隸的制度，是日本法西斯違反人道主義、違反兩性倫理、違反戰爭常規的制度化了的、無可辯駁的政府犯罪行為。」〔註1〕第二次世界大戰期間，日軍實施了罪惡的「慰安婦」制度，中、韓、日等國數十萬婦女成為「慰安婦」制度的犧牲品。自20世紀70年代開始，「慰安婦」問題逐漸成為中、日、韓等國歷史學家共同關注的一個重要論題。迫於國際社會的壓力，日本政府於1993年發表「河野談話」，對這一罪行有所認識和反省。然而隨著近些年來日本右翼勢力的抬頭，以首相安倍晉三為代表的日本政要不斷拋出「從軍慰安婦並不帶有強制性」、屬於「商業行為」等奇談怪論，企圖顛覆歷史，掩蓋真相，規避日本政府應該承擔的法律責任。在這種情況下，檢視抗戰文學中慰安婦題材的文學作品，既具學術價值，也有現實意義。本章擬對抗戰文學的「慰安婦」題材作初步探討。

一、抗戰文學「慰安婦」題材概觀

　　日軍實施的「慰安婦」制度是「世界婦女史上最為慘痛的記錄之一」，是「文明世界的恥辱」〔註2〕，其罪惡罄竹難書。這樣一種規模極大、為害深重的「制度化了的政府犯罪行為」，不可能在記錄時代風雲的抗戰文學中完全不

〔註1〕蘇智良、姚霏：《將還原歷史、披露現實、獻策未來一肩擔起——蘇智良教授訪談錄》，載《甘肅社會科學》2011年第5期。
〔註2〕蘇智良：《慰安婦研究》，上海書店出版社1999年版，第13頁，第226頁。

留下一點印記。從本書作者有限的閱讀範圍來看，抗戰文學中是存在一批以「慰安婦」為題材的作品的，這類作品數量雖然不是特別多，卻也涉及到方方面面：就作者而言，既有作家，也有學者、記者、高級將領等各色人等；就文體而言，有小說、詩歌、戲劇、報告文學等多種樣式。

這類作品中最受關注的莫過於丁玲 1941 年 6 月發表於《中國文化》第二卷第一期的小說《我在霞村的時候》。主人公貞貞被日軍抓走，被數不清的鬼子糟蹋過，實際上就是淪為了日軍的「慰安婦」。已經有學者注意到這一點，日本學者中島碧指出：「女主人公貞貞，過去曾被日本軍拉走，強行做過『慰安婦』。」〔註3〕中國學者董炳月側重從性別角度解析《我在霞村的時候》，認為「《我在霞村的時候》是一篇表現女性之孤獨與女性之困境的小說，是一篇『純粹為女性』的作品」，儘管並沒有刻意探討貞貞作為「慰安婦」的問題，其文章卻是赫然以「貞貞是個『慰安婦』」為題的。〔註4〕

董炳月先生在其文章中說：「《我在霞村的時候》有可能是抗日戰爭時期的新文學作品中絕無僅有的一篇以慰安婦為主人公的作品。」〔註5〕情況其實不是這樣。中國現代文學史上的另一位著名女作家謝冰瑩就曾創作一篇以日本「慰安婦」梅子為主人公的小說《梅子姑娘》。這篇小說 1941 年 5 月完成，6 月與作者的《毛知事從軍》《晚間的來客》《伙夫的淚》《三個女性》《苗可秀》《銀座之夜》《夜半的哭聲》等小說結集，以《梅子姑娘》作為書名，由新中國文化出版社出版，後又於 1942 年 12 月刊載於《文學創作》第二卷第一期。冷波曾將《梅子姑娘》改編為同名五幕話劇，前三幕發表於《黃河》（西安）第二卷第九至十二期，1942 年 7 月又由廣化出版社出版五幕的全本，重慶出版社 1989 年出版的《中國抗日戰爭時期大後方文學書系》小說編第四集、上海文藝出版社 1990 年出版的《中國新文學大系 1937～1949》短篇小說卷一也曾收錄這篇小說。當時「慰安婦」題材的小說還有布德的《第三百零三個》、小蜂的《慰安所裏——湖州城》、舒群的《血的短曲之八》、碧野的《花子的哀怨——一個女俘虜的遭遇》、草明的《受辱者》、卜寧（無名氏）的《棕色的故

〔註3〕〔日〕中島碧：《丁玲論》，袁良駿編：《丁玲研究資料》，天津人民出版社 1982 年版，第 548 頁。

〔註4〕董炳月：《貞貞是個『慰安婦』——丁玲〈我在霞村的時候〉解析》，載《中國現代文學研究叢刊》2005 年第 2 期。

〔註5〕董炳月：《貞貞是個『慰安婦』——丁玲〈我在霞村的時候〉解析》，載《中國現代文學研究叢刊》2005 年第 2 期。

事——一個陳舊的插曲》、令狐青（徐中玉）的《幽靈》、錢慶燕的《最初的閃爍》等。

中國現代第一部大型歌劇《秋子》也是一部「慰安婦」題材的作品，劇中的主人公秋子是一位被強徵到中國戰場的日本「慰安婦」。該劇由陳定編劇，臧雲遠、李嘉作詞，黃源洛作曲，王沛綸、史東山、馬彥祥、吳曉邦、陳鯉庭、賀孟斧、應雲衛等十位名家共同導演，1942 年 1 月 31 日至 2 月 6 日由中國實驗歌劇團以演員 102 人、樂隊 32 人的豪華陣營在重慶國泰大戲院首演，此後又曾在重慶、成都等地多次演出，均引起極大轟動。

通訊、報告、特寫等報告文學作品以其與現實生活的緊密聯繫，對「慰安婦」問題給予了更多的關注。比如日軍佔領揚州後，曾發生「皇軍」丈夫與「慰安婦」妻子在慰安所邂逅，羞憤難當，雙雙自殺的事情，1938 年 6 月 18 日出版的《抗戰文藝》第一卷第九期就曾發表鮑雨的通訊《揚州的日兵在自殺》對此事進行報導（前述歌劇《秋子》就是據此報導改編的）。又如 1944 年 9 月中國軍隊發動滇西攻勢，克復騰衝、松山等地時，曾俘獲一批日軍官兵和「慰安婦」，《大公報》戰地記者潘世徵據此採寫了《敵隨軍營妓調查——騰衝城內的一群可憐蟲》等報導，發表在《大公報》《掃蕩報》《騰越日報》等報刊上。此次滇西攻勢中，中央社記者彭河清〔註6〕曾對日軍俘虜（包括在騰衝東北郊娘娘廟見到的「慰安婦」十三人和在保山見到的「慰安婦」十三人）進行深度採訪，撰寫《滇西前線的男女俘虜》一文發表在《中央週刊》，該文分兩部分，第一部分「如此『英雄』」寫日軍被俘官兵，第二部分「如此美女」寫日軍被俘「慰安婦」。再如《在敵人踐踏下的女同胞——淇縣通訊》（梅蘭作，載《群眾》第一卷第十二期，1938 年 3 月 5 日）、《血債》（翁北溟作，載《勝利》第七號，1938 年 12 月 24 日）、《昆明通訊》（載《新華日報》1944 年 2 月 3 日）、《上海獸軍的一筆血帳》（伯南作，收入范式之等著《「皇軍」的獸行》，廣州戰時出版社 1938 年版，轉載本又題《一個少女被污記》）、《福山的女人》（映光作，收入曹乃瑢等著《淪陷區域的非人生活》，廣州新生書局 1938 年 4 月版）、《敵寇的行樂所》（章國康作，收入江平等著《民族大仇記》，漢口新漢出版社 1938 年版）、《慰安所裏的女同胞》（王璧珍作，載《廣西婦女》第十七、十八期合刊，1941 年 10 月 20 日）、《高麗姑娘》（鄭燕作，收入鄭燕

〔註 6〕抗戰期間任中央通訊社大理隨軍通訊組特派員等職，抗戰勝利後曾為南京市外勤記者聯誼會負責人。

著《上海的秘密》，中國出版公司 1946 年 1 月版）等紀實性作品都有日軍欺
騙、脅迫、擄掠中國婦女為「慰安婦」的記載。謝冰瑩的《井村芳子——女俘
虜訪問記之一》（載 1944 年 12 月 22 日《新疆日報》）則講述了兩個「慰安
婦」走上反戰道路的故事。

此外，抗戰時期的詩歌中，也有一些以「慰安婦」為題材的。新詩有沙
雁民歌體的《當營妓》：

日頭出來紅似火，
小二姐哭得淚如梭，
自從爺娘喪了命
撇下閨女怎麼活，
怎麼活，
怎麼活，
鬼子拉俺入了夥，
你來對着取取笑，
他來對着亂動作，
有些賊兵不講理，
拉着二姐到處摸
上一把，
下一把，
弄得俺二姐真羞煞，
有心拼了這條命
免得侮辱父母家，
可恨鬼子看守緊，
三翻四次把俺打
說是：「今夜要再逃
打死定不饒！」
有心好好活下去，
這種日子怎麼熬！〔註7〕

舊體詩詞比較多。比如國民政府軍事委員會副委員長、一級陸軍上將馮玉祥
1938 年 9 月就曾作有《南京一少女》一詩，表彰南京某少女誓死不作「慰安

〔註 7〕沙雁：《當營妓》，載 1939 年 4 月 20 日《抗戰畫刊》第二十六期。

婦」的節烈：「南京一少女，被敵捆擄去。迫令為營妓，拼死力抗拒。關入禁閉室，終朝不得食。破門方脫身，三敵來阻止。少女得菜刀，猛砍諸強盜。三敵臥血泊，狗命都難逃。少女自思量，我難出羅網。一命拼三命，已算未上當。一笑哈哈哈，舉刀便自殺。貞烈實可敬，聞者皆淚下。她是一少女，竟能殺三賊。請君細想想，男兒當何為？」〔註8〕又如戲曲史專家王季思抗戰時期曾創作大量舊體詩詞，出版詩詞集《越風》，其作於1937年秋的《朝鮮少女吟》就是一首吟詠朝鮮「慰安婦」遭遇的優秀之作。詩前有小序交代寫作背景：「我軍襲新鄉，俘敵十數人，內有二朝鮮少女，被敵軍以『慰勞班』名義徵赴前線，供敵蹂躪。」詩作為代言體，使用的是朝鮮少女的口吻，寫得纏綿悱惻：

　　羅幃對捲秋風入，新插瓶花嬌欲泣。那知更有斷腸入，血污羅裳歸不得。個人家本漢城住，生小年華愁裏擲。妝成長自怯登樓，為恐豺狼見顏色。自從東亞起甲兵，鄰里朝朝聞哭聲。丁男逼向沙場死，少女驅將絕域行。皇皇督府張文告。道是「前方要慰勞，民家有女不許婚，留待『皇軍』來徵召」。綺年玉貌空自憐，阿爺阿母長憂煎。生男生女兩無望，國破家亡理自然。篷車隱隱過城郭，三十六人同日發。親朋鄰里不敢送，遙望車塵雙淚落。故山漸遠草漸青，不記南來多少程。宵從鬼魅叢中過，曉逐牛羊隊裏行。人前強作歡顏笑，對鏡臨妝長自悼。同來姊妹幾人存，暗裏相逢各相弔。東家阿妹年十六，舊是皇妃閔氏族。夜深宛轉聞嬌啼，清曉遺屍棄深谷。南鄰孀婦崔氏姊，家有三齡遺腹子。仰天終日語喃喃，皮骨雖存神已死。行行忽已到荒村，極目關河欲斷魂。黃河濁浪排空起，鐵嶺寒雲障日昏。嶺雲四合黃河吼，華夏英靈長不朽。大軍一夜克新鄉，五百倭奴齊授首。壞車零亂龜鱉伏，散卒倉皇牛馬走。伶仃弱女何所依，瑟縮泥中血滿衣。被俘自分軍前死，不信將軍賜就醫。殷勤看護更相慰，折得花枝伴憔悴。那知身世正復同，縱有餘香無根蒂。吁嗟乎！漢城高高漢江深，誰把江山擲與人？欲知亡國無窮恨，請聽朝鮮少女吟。〔註9〕

〔註8〕馮玉祥：《南京一少女》，轉錄自陳漢平編注：《抗戰詩史》，團結出版社1995年版，第243頁。

〔註9〕王季思：《朝鮮少女吟》，《越風》，（金華）國民出版社1940年9月版，第17～21頁。又見《王季思詩詞錄》，浙江人民出版社1981年版，第26～29頁。

另一首舊體詩《隨營妓》也是寫朝鮮「慰安婦」被我軍解救，內容與風格都和《朝鮮少女吟》相近：「芍藥花開香正濃，垂楊處處綠蔥蔥。紅樓掩映槐陰裏，內住俘虜隨營妓。忽開戶外剎一瞥，攬衣推枕徘徊地。雲鬟蓬鬆新睡覺，紅裳外被睡衣服。綺年玉貌膚微黑，滿面風塵猶僕僕。問女姓字屬何鄉，兼問此女來何方。云是平安北道人，年華虛度二三春。幼年本係良家女，不幸如今落溷茵。小字原名蕭格華，父母鍾愛鄰里誇。頻遭飢饉背鄉井，輾轉流離遂離家。切至瀋陽謀生理，旋來關內充營妓。新鄉半載復通許，送舊迎新何時已？……」〔註10〕再如署名虎癡、大狂者，都曾作《營妓》詩寫朝鮮「慰安婦」戰時遭受日軍蹂躪和戰後流浪異國的情狀：「迫向軍營獻此身，狂逢浪蝶送殘春。而今胡海飄零客，盡是萱韓夢裏人。」〔註11〕「花憐墜溷絮沾泥，蝶自瘋狂鳥自啼；此日有家歸不得，料應同悔禍噬臍。」〔註12〕

　　蘇智良先生指出，既有長期「慰安婦」，也有短期「慰安婦」，「長期慰安婦為較長時間在慰安所裏『慰安』的婦女；而短期「慰安婦」則是臨時到日軍據點或慰安所裏『慰安』」〔註13〕。按照這種理解，抗戰文學中有關「慰安婦」的作品可以說還要多一些。比如草明《受辱者》中那個被抓去「勞軍」的絲廠女工梁阿開、丁玲的小說《新的信念》中那個五十七歲的老太婆和她十三歲的孫女都可以視為短期「慰安婦」，小說敘寫她們被日軍抓走，充了「慰勞品」。還有些作品中雖然沒有出現「慰安」「慰勞」「軍妓」「營妓」等字眼，實際上表現的也是「慰安婦」的生活。比如艾蕪的小說《軛下》中日軍士兵在軍官帶領下排著隊伍進入外國牧師設立的難民區，由漢奸指認，以賣唱女的名義帶走良家婦女，這些被帶走的所謂的「賣唱女」，無疑也是要去「慰安」的。

　　有的作品雖不以「慰安婦」為主要內容，卻也對此有所涉及，也可劃歸慰安婦題材。如陳瘦竹的長篇小說《春雷》（華中圖書公司1941年版）主要表現江南淪陷區人民的抗日鬥爭，但也花了不少筆墨講述日軍以招工的名義，誘拐良家婦女「慰勞」日軍的故事。又如劉雲若的長篇小說《粉墨箏琶》（1946年連載於北平《一四七畫報》，後曾由一四七畫報社出版單行本，又被「中電」三廠改編為電影）主要寫天津淪陷後的社會生活情狀和愛國人士的除奸活動，

〔註10〕《隨營妓》，載1942年7月9日《革命日報》第四版。
〔註11〕虎癡：《營妓》，載1946年6月10日《萬象》第三期。
〔註12〕大狂：《營妓》，載1946年5月6日《風光》第九期。
〔註13〕蘇智良：《慰安婦研究》，上海書店出版社1999年版，第13頁，第226頁。

但也通過大巧兒的經歷，揭露了日軍搶奪民女、強徵「慰安婦」的罪行。再如洪深的四幕話劇《包得行》主要關注的是兵役問題，但第二幕中也借難民林鴻順之口，揭露了日軍設立慰安所的罪行：「還有一件新鮮事，叫做什麼皇軍慰勞所！幾十個我們的女人，衣服被脫得精光，關在房子裏，不管是白天晚上，日本兵什麼時候高興，就什麼時候給他們取樂。日本兵命令你準備三十個五十個女慰問員，你的老婆，女兒，姊妹，哪怕是母親，都得去湊數，誰也跑不了——日本兵不光是糟蹋她們的身體，他還要中國的女人情願做婊子，他還要中國的男人睜著眼睛做王八！」〔註14〕

二、抗戰文學「慰安婦」題材的表現內容

就表現內容而言，「慰安婦」題材的抗戰文學作品既對「慰安婦」的血淚生活進行逼真的寫照，也對「慰安婦」的反抗與覺醒進行熱情的禮讚。

作為日軍泄欲的工具，「慰安婦」完全過著非人的生活，其身、心都遭到極度的傷害，甚至連生命也毫無保障。「慰安婦」題材的抗戰文學作品從「慰安婦」的徵召、「慰安婦」婦的處境等方面形象地表現了「慰安婦」的血淚生活。

由於軍國主義思想的麻醉，的確有個別日本婦女相信用自己的身體去「慰勞」日軍士兵是對天皇盡忠、為國家出力，因此自願應徵，成為日軍的性奴隸。謝冰瑩《梅子姑娘》中的美田子就是這種「慰安婦」的典型，當另一個「慰安婦」娟枝子抱怨她們過的不是人的生活時，美田子大聲呵斥：「誰又在發牢騷了，真有點無聊！隨『皇軍』做慰勞隊，是何等光榮的事，難道精神上還有什麼不愉快嗎？」〔註15〕但是像美田子這樣自願應徵的「慰安婦」畢竟少之又少，絕大多數「慰安婦」特別是來自中國、朝鮮等受壓迫國家的「慰安婦」都是日軍以欺騙、買賣、強徵、擄掠等方式徵召來的。

（一）欺騙。日軍、漢奸往往以慰問、招工等名義欺騙婦女，使其淪為「慰安婦」。《高麗姑娘》中的朝鮮少女順子，本是農民的女兒，因家裏土地被日本人侵佔，「租田耕耘所獲不夠養活」一家人，「於是我看到那時新聞紙上，登着招募到大陸去的職業女性底廣告，下面是說明着有一家在中國的日

〔註14〕洪深：《包得行》，上海雜誌公司 1939 年 10 月版，第 98 頁。
〔註15〕謝冰瑩：《梅子姑娘》，《梅子姑娘》（小說集），新中國文化出版社 1941 年版，第 106～130 頁。又載 1942 年 12 月《文學創作》第二卷第一期。

本公司，需要年青的少女前往做職員，待遇從優，並且注明着服務滿三年後可以送返故鄉，這時候，我年青無知，瞞着家裏去報了名」，結果淪為「慰安婦」。〔註16〕《梅子姑娘》中的日本女孩梅子，也是一個受騙者：因為未婚夫藤田應徵入伍開赴中國戰場，梅子參加慰勞團來到中國，「目的是完全想做中國的孟姜女第二，來一次萬里尋夫」，她天真地以為慰勞隊只是把千人針、旗幟、罐頭、手帕、慰勞袋等東西送給日本兵就算完事，沒想到一下子就落入了虎口，來到漢口就被編為營妓，「供給那些野蠻的官兵發洩獸欲」。〔註17〕《血債》則記錄了日軍侵佔浙西後欺騙中國良家婦女成為「慰安婦」的罪惡勾當：「由漢奸冒充滬上某某大工廠招女工，於是一輩鄉間貧苦無知婦女，為生活所迫，紛紛前往應募。敵先唆使漢奸擇稍有姿色者錄取，旋即用輪運往上海虹口，販售於日鮮浪人所組織之妓寨為娼，從此永陷火坑，供敵泄欲。」〔註18〕《春雷》中，石家鎮維持會秉承日軍意旨，以裕豐絲廠的名義開出高薪「招工」，那些不明就裏的鄉村婦女紛紛報名，維持會精挑細選了年輕貌美的女性四十名，三十名送往無錫「慰勞」城內的日軍，十名關入石家祠堂供駐紮在本鎮的日軍宣淫。〔註19〕

（二）買賣。與妓院老闆勾結，買賣貧苦婦女，也是日軍獲取「慰安婦」的一種手段。《敵隨軍營妓調查》寫道：「敵軍創立了營妓制度，於是由敵人派人在朝鮮去招收貧苦的女孩們，用錢給朝鮮衣食無著的母親或無父母的孤女，把女孩子買了作他的養女，帶到了中國來供應敵人。」該報導還具體記敘了在騰衝和「慰安婦」一同被俘的兩個朝鮮老闆娘買賣人口的勾當：她們一個原來和丈夫在中國東北開餐館，一個原來在家務農，因為「這種生意好」，就各自買了十來個女孩來到騰衝為日軍「慰安」。〔註20〕

（三）強徵。日軍甚至不顧廉恥，公然在中、韓、日等國強行徵召「慰安婦」。《在敵人踐踏下的女同胞——淇縣通訊》中，鬼子進入裴屯，抓了聯保辦公處主任，嚇破了膽的聯保主任夥同漢奸李三妞，帶著鬼子強徵了十八個青年

〔註16〕鄭燕：《高麗姑娘》，《上海的秘密》，中國出版公司1946年1月版，第9頁。
〔註17〕謝冰瑩：《梅子姑娘》，《梅子姑娘》（小說集），新中國文化出版社1941年版，第106~130頁。
〔註18〕翁北溟：《血債》，載1938年12月《勝利》第七號。
〔註19〕陳瘦竹：《春雷》，華中圖書公司1941年版。
〔註20〕潘世徵：《敵隨軍營妓調查——騰衝城內的一群可憐蟲》，載1944年9月18日《掃蕩報》。

婦女，送到奶奶廟供鬼子宣淫。〔註21〕《昆明通訊》則報導了日軍強徵中國婦女組織慰安所的消息：「敵寇去歲屢次犯我騰北，遭到打擊後，大部敵兵都感覺厭戰。敵酋無法可想，只得以強拉民間婦女供士兵娛樂來提高情緒。在騰城西華街設立娛樂部一所，由漢奸強拉我婦女同胞 14 人，凡敵兵入內取樂，每人每時收軍票 5 元，戰地負傷者免費。」〔註22〕《最初的閃爍》中，市民李業仁有孕的妻子也是被強徵為「慰安婦」。李業仁請維持會會長楊謹修幫忙解救，楊謹修讓他等到日軍松岡大隊長在天長節（天皇的生日）召開慶祝會「宣布德政」的時候提出釋放的請求。慶祝會上松岡大隊長大講「親善，防共，保境安民」，「和氣得使人們忘記了他們的炮火，刺刀，毒藥與火把」，李業仁趁機提出放回他當「慰安婦」的妻子，但是「和氣」的松岡立馬咆哮了，不僅李業仁的妻子沒有解救出來，李業仁本人的頭也被砍了下來，「掛在南城門三天」。〔註23〕《粉墨箏琶》中，天津的日偽軍警名義上是「徵發妓女和各種賣淫婦女，分遣到各地慰勞軍隊」，其實是良家婦女也不放過，擺煙攤做小生意的大巧兒得罪了警察，被警察誣為「妓女」捉進了慰勞隊去做「慰安婦」，只是因為負責徵發的流氓頭子馮世江貪圖她的美貌，意圖把她留下來自己享用，大巧兒才僥倖躲過一劫。〔註24〕《朝鮮少女吟》揭露日軍在朝鮮半島強徵「慰安婦」的罪行：「皇皇督府張文告，道是前方要『慰勞』。民家有女不許婚，留待『皇軍』來徵召。」東家阿妹「舊是皇妃閔氏族」，出身高貴，南鄰孀婦「家有三齡遺腹子」，孤苦無依，均未能幸免。〔註25〕《花子的哀怨》中，朝鮮「慰安婦」花子的身世飄零，她被一個惡媒婆欺騙，賣給淺間山下一個日本農夫為妻，日本經濟蕭條，她被丈夫賣到千葉為妓，「七七」事變後又被徵調到中國當隨軍「慰安婦」。〔註26〕《揚州的日兵在自殺》《秋子》中的秋子以及《第三百零三

〔註21〕梅蘭：《在敵人踐踏下的女同胞——淇縣通訊》，載 1938 年 3 月 5 日《群眾》
　　　　第一卷第十二期。
〔註22〕《昆明通訊》，載 1944 年 2 月 3 日《新華日報》。
〔註23〕錢慶燕：《最初的閃爍》，載 1941 年 3 月 19、20 日香港版《大公報》「文藝」，
　　　　亦載 1941 年 3 月 24、26 日桂林版《大公報》「文藝」。
〔註24〕劉雲若《粉墨箏琶》第五回「差中有錯應夢禍臨頭，節外生枝感時花濺淚」、
　　　　第六回「虎尾有春冰娥眉殺賊，人生慨朝露玉貌圍城」，百花文藝出版社 1987
　　　　年版。
〔註25〕王季思：《朝鮮少女吟》，《越風》，（金華）國民出版社 1940 年 9 月版，第 17
　　　　～21 頁。
〔註26〕碧野：《花子的哀怨》，載 1939 年 10 月 27 日香港《大公報》「文藝」。

個》《慰安所——湖州城》中的慧子，原本都是東京的良家婦女，有著美滿的家庭，日本發動侵華戰爭後，她們的丈夫應徵入伍，本人也被徵召到中國來當「慰安婦」，夫婦在慰安所重逢，羞憤難當，雙雙自殺。〔註27〕

（四）擄掠。在中國，侵華日軍常常趁兵荒馬亂之機擄掠婦女，使其落入「慰安」的虎口。《受辱者》中的絲廠女工梁阿開，在絲廠所在地淪陷時被日本兵捉住，編進「婦女勞軍第五小隊」，姦污至「半死」。《我在霞村的時候》中的貞貞就是被鬼子擄掠而成為「慰安婦」的。貞貞家本來住在山上，鬼子來時跑得快，不容易被敵人抓住，因為和夏大寶的自由戀愛受阻，貞貞賭氣跑到山下的天主堂去找神父請求做「姑姑」，不巧的是那天偏偏來了鬼子，結果貞貞來不及逃走，被鬼子擄掠而去。《南京一少女》中的南京少女，也遭到了敵人的擄掠，只不過她用犧牲自己生命的方式避免了成為「慰安婦」的命運。日軍在狼牙山地區的擄掠行為更是令人髮指：「……敵圍住婦女百餘，均迫令將衣服脫去，投火焚之；赤身為敵擔水、挑菜、背雞、抬子彈數十餘里，敵則一旁側目觀笑，興之所至，山坡道上，隨處擄住強姦，夜晚並分配獸軍，每班婦女幾個加以輪姦。此種萬惡滔天之殘暴罪行，遍及敵寇所到每一個村莊。」〔註28〕

王璧珍的通訊《慰安所裏的女同胞》對「慰安婦」的來源、徵召方式作了比較全面的概括：

> 慰安所是有三級的：第一級，是從敵國調來作戰而死亡者的妻女，她們的丈夫或父兄因侵華致死了，死耗不讓她們知道的，而以欺騙的方式引誘她們來華，說是和丈夫或父兄會面，來華後，卻分配到各軍營充當洩慾器了。第二級是朝鮮人或台灣人，她們在魔掌宰割之下，是要如何便如何的，她們度着亡國奴的生活，被徵發是無法避免的。第三級就是遭受蹂躪的我們的女同胞。

〔註27〕鮑雨：《揚州的日兵在自殺》，載 1938 年 6 月 18 日《抗戰文藝》第一卷第九期；陳定等：《秋子》，《中國抗日戰爭時期大後方文學書系》第七編「戲劇」第二集，重慶出版社 1989 年版，第 1122～1155 頁；布德：《第三百零三個》，載 1938 年 10 月 1 日《雜誌》第二卷第三號；小蜂：《慰安所裏——湖州城》，載 1939 年 3 月 20 日《巨輪》第一卷第三期。

〔註28〕晉察冀邊區第三專區各界抗日救國聯合會、晉察冀邊區第三專區行政督察專員公署：《為狼牙山周圍七十餘村被敵寇燒殺搶掠姦淫之災難同胞提起控訴書》，載 1943 年 6 月 6 日《晉察冀日報》。

　　第一級和第二級的享受者是軍官，而我們的女同胞呢，所承受
的祇是那些戰兵的踐踏。

　　　　這些「慰安品」的供給者，大半是維持會向四鄉強迫來的，在
　　慰安所裏踐踏若干時日後，可以釋放回家，但雖經五人以上的保證
　　人勒令交出，延限三日，則保證人及家屬全數活埋，維持會人員，
　　亦會被懲。〔註29〕

　　無論是來自哪裏、以何種方式徵召來的，「慰安婦」的處境都異常艱難。
她們必須毫無尊嚴地用自己的身體無條件地滿足日軍的獸欲。《日寇暴行紀
略》這樣描寫日軍禽獸般蹂躪中國「慰安婦」的暴行：「他們每到一處，無不
廬舍為墟，死人累累，把繁華的鬧市，化作廢墟。這淒涼的景象，對於『遠
征』的『征人』未免太寂寞了，於是他們便想起了這以美人著稱的名城的女
人了。他們逼著維持會的漢奸，四出搜羅婦女，替他們『解除寂寞』；喪心病
狂的漢奸們，居然也於數日奔走之後，找來了 200 多個可憐的女同胞，關在
一個大廟裏，整天不能穿上衣褲，任憑川流不息的獸兵，作大規模的『集體
姦淫』。」〔註30〕《上海的地獄——敵寇的行樂所》記崑山人陸某在上海一家
慰安所所見的慘狀：「陸某初不知此行樂所如何內容，迨入內，毛髮悚然。蓋
該屋各層設有極暖之水汀，其最低一層，有日兵在蘇、錫、崑山、浦東各地所
擄之我國良家婦女，自十七八歲至三十幾者，約數百人，皆一絲不掛，面有
愁容，而日兵則川流不息其間，任意選擇性的滿足，如任何女子有不從者，
皮鞭立至。」被陸某從該慰安所解救出來的鄰婦事後告訴別人：「自被擄入內，
每日至少遭十次以上蹂躪。被擄女子入內後，大多自願絕食，不數日即斃命，
而隔日即有新被擄者來補充。」「此所謂行樂宮之二層，有同樣命運之婦女，
為自三十歲至四十歲數百。至三層樓以上之情形，則不得而知。」〔註31〕《慰
安所裏的女同胞》這樣介紹中國「慰安婦」作為「慰安品」的日常生活：

　　　　在值班的那一天，是要承受六十名戰兵踐踏的，而在踐踏時，
　　尚須強作笑容，不能有不願意的表現，否則，會赤裸裸的遭受鞭撻，

〔註29〕王瑩珍：《慰安所裏的女同胞》，載 1941 年 10 月 20 日《廣西婦女》第十七、
　　　　十八期合刊。
〔註30〕國民政府軍事委員會政治部：《日寇暴行紀略》，轉引自蘇智良：《慰安婦研
　　　　究》，上海書店出版社 1999 年版，第 124 頁。
〔註31〕章國康：《上海的地獄——敵寇的行樂所》（轉載本又題《敵寇行樂所》），載
　　　　1938 年 2 月 27 日《大公報》「敵寇萬惡錄（三）」。

三星期內不准回家。

那些來泄欲的戰兵，事先須到購票的地方納一定的代價（分三種：上等一元四角，中等八角，下等四角）換取一條紙片，然後按照號碼找到「慰安品」不得任意選擇，也不得超過規定的時間，超過五分鐘就得加倍納價，而且停止其一次慰安權利。

在值班之先和退班的時候，都得受衛生隊人員的檢查和洗滌，若當月事或染到花柳病時，由醫生發給停止值班證明書，而有病的則駐在衛生隊的特設病院裏，聽候療治，在痊癒後仍得照常值班。

戰兵們購買慰安券的代價，雖然是全數發給充任「慰安品」的女同胞們，而層層剝削，「慰安品」所得已寥寥無幾，而且遇着疾病，則醫藥費全由「慰安品」自己擔負，則女同胞忍受踐踏的收入，尚不夠一次疾病的支出，我們的女同胞，就這樣慘痛的呻吟於鐵蹄下。〔註32〕

《粉墨箏琶》中，日偽軍警從天津強徵「慰安婦」時聲稱採取輪班制，「幹上幾個月，就能換班兒回來」，事實上「慰安婦」是鮮有生還的可能的，小說通過意圖霸佔大巧兒的漢奸馮世江與大巧兒的一段對話對此進行揭示：

當時見大巧兒坐在床上，就去拉她的手，大巧兒縮回手去不給他拉。馮世江說：「你還不謝謝我，我把你留下來，若是跟著大隊到外省去慰勞日本兵，只怕就不易活著回來了。你還眼我彆扭呢。」大巧兒故作不解，哦了一聲說：「怎麼呢，你不是對那些姑娘們講，這是愛國工作，只去一兩個月就換班回來。日本人也不會錯待她們麼？」馮世江說：「那不過官話，實在她們不易回來。你想，日本兵還會拿中國妓女當人待？再說他們人數又多，又都長久沒見著女人，就許一天接一百人。氣命短的，有三天就死了。便是能搪能活，那也變成沒主的野狗一樣，日本兵還會可憐她們？我們這個機關更是管送不管接。她們多半是帶一身病在外面困死，沒幾個能回來。能回來的只一個，是裕德星的姑娘，她半路跳火車軋斷了腿，才被人救回天津……」〔註33〕

〔註32〕王璧珍：《慰安所裏的女同胞》，載1941年10月20日《廣西婦女》第十七、十八期合刊。

〔註33〕劉雲若：《粉墨箏琶》，百花文藝出版社1987年版，第425～426頁。

「第三級」的中國「慰安婦」如此，「第二級」的朝鮮「慰安婦」也好不到哪裏去。《高麗姑娘》中的朝鮮「慰安婦」順子這樣講述她充當隨軍「慰安婦」的情形：「你知道『營妓』是什麼的？是被閉在一間間的房間裏，房門口是掛著數目字的招牌，裏面的女人是沒有姓名的，單是阿拉伯字底號碼，我在裏面是『二十六』號，從下午開始，那些日本的士兵就排列了隊，在門口等候，接著一個又一個，挨次的糟蹋我底身子，一直到夜，方才肯放鬆，這樣的折磨，每天我的下身腫脹，趾骨發痛，在三年裏，我像老了十多歲。」〔註34〕即便是「第一級」的日本「慰安婦」，遭遇的也是不盡的屈辱、困苦。《幽靈》中的那個日本「慰安婦」，並沒有因為她的日本國籍而受到其同胞的優待：「那些『皇軍』像野獸樣抓破她的身子，咬她的肉，並且用足蹴她，她必須跪下來。」「說著她露出膀子，上面有十幾處爪和牙抓破或咬破的舊痕新創，她淒然流出兩行清淚。」〔註35〕

　　作為日軍的性奴隸，「慰安婦」過著非人的生活，日軍蹂躪她們的罪行令人髮指，直接寫進作品之中恐怕會讓善良的讀者難以卒讀，因此不少「慰安婦」題材的抗戰文學作品選擇了從側面表現「慰安婦」在慰安所裏遭受的苦難。如《我在霞村的時候》沒有正面表現貞貞在日本軍隊的遭遇，但從「病得連鼻子也沒有了」，「走起路來一跛一跛的」，手上帶著使人「感覺刺激的燙熱」等對貞貞病情的描寫中，從貞貞「我的確被很多鬼子糟蹋過，到底是多少，我也記不清了」，「有些是當時難受，於今想來也沒有什麼；有些是當時馬馬虎虎的過去了，回想起來卻實在傷心」等看似輕描淡寫的回憶中，從女幹部阿桂發出的「她吃的苦真是想也想不到」「做了女人真倒楣」等一連串感歎中，讀者是不難感受到貞貞在這一年多里所遭受的罪孽的。〔註36〕再如《春雷》也沒有正面寫日軍對「慰安婦」的施暴過程，但寫到村民感覺「一向都很清靜」的石家祠堂「鬧鬼」，時常聽見「鬼哭」和「皮鞭子啪嗒啪嗒抽打的聲音」，後來大關娘子趁游擊隊攻打石家鎮之機從石家祠堂翻牆逃出，才真相大白，原來大關娘子、大福娘子、阿菱等十名女性被騙後，秘密關押在石家祠堂，淪為了日軍的性奴隸，所謂「鬼哭」實際上是這群「慰安婦」在哭，皮鞭

〔註34〕鄭燕：《高麗姑娘》，《上海的秘密》，中國出版公司1946年1月版，第9頁。

〔註35〕令狐青：《幽靈》，載1940年月24、26日重慶版《大公報》「戰線」。

〔註36〕丁玲：《我在霞村的時候》，載1941年6月《中國文化》第三卷第一期。

子也是結結實實地抽打在這群「慰安婦」身上。〔註37〕

　　「慰安婦」的身體遭受殘暴的摧殘，心靈也遭受無情的戕害，這種心靈戕害是無形的，至死難愈，「慰安婦」題材的抗戰文學作品在書寫「慰安婦」身體遭受的摧殘的同時，也難能可貴地表現了她們心靈遭受的戕害。《我在霞村的時候》中的貞貞，已經參加了抗日工作，利用「慰安婦」的身份給游擊隊搜集、傳遞了很多重要情報，然而做了很多抗日工作的貞貞因病情嚴重回到家裏後，卻沒有得到鄉親們的理解和尊重，在封建觀念濃厚的鄉親們眼裏，貞貞是「破銅爛鐵」，「比破鞋還不如」，本應富有同情心的女人們竟因為貞貞的「失節」而發現了自己的「聖潔」，對自己產生了「崇敬」。鄉親們的歧視給貞貞帶來了極大的心靈戕害，她甚至覺得「活在不認識的人面前，忙忙碌碌的，比活在家裏，比活在有親人的地方好些」，於是匆匆忙忙地離開了家。〔註38〕如果說貞貞心靈的痛苦主要是外界施予的，那麼《受辱者》中梁阿開心靈的痛苦有相當一部分來源於自身的認識。當被日本兵掠奪了貞操和唯一值錢的一對玉耳環的梁阿開重新獲得自由時，首先思考的問題是「回去」還是「投水」。儘管求生的意念佔了上風，梁阿開卻不能直面作了五天「慰安婦」的事實，當被問及這五天到哪裏去了時，她想到的是：「如果我把日本人對付我的齷齪情形告訴了她們，那麼，以後我還能在別人跟前講一句響亮的話嗎？」於是她編造了被日本人的軍馬擠落水底，為老船家黃祥發所救，在他家養病得以生還的故事，被鬼子搶走的那對玉耳環，在故事中也變成了送給救命恩人的謝儀。梁阿開覺得「扯謊是一種罪孽」，可她還得忍受內心的煎熬，將這個謊繼續圓下去。「有許多日子裏，她很少到外面去，別人的眼光在她身上多停一刻，她就全身的神經都緊張起來，竭力避開人家的視線。」「（她）本能地堅守著自己被俘獲的秘密，好像即使別人已經知道了她的秘密，她還得扯謊下去的樣子。在她獨自的時候，她卻痛苦地追悔了。」〔註39〕

　　肉體和精神的極度痛苦使得大多數「慰安婦」非死即殘。《新的信念》中十三歲的銀姑，因為年幼體弱，被幾個日軍輪番姦淫後氣若游絲，日軍見其已經不堪「慰勞」，就把她扔在牆角不聞不問，此後的命運「多半是喂了

〔註37〕陳瘦竹：《春雷》，華中圖書公司1941年版。

〔註38〕丁玲：《我在霞村的時候》，載1941年6月《中國文化》第三卷第一期。

〔註39〕草明：《受辱者》，載1940年6月《中蘇文化》第六卷第六期。

狗」。〔註40〕《我在霞村的時候》中的貞貞雖然僥倖逃出了虎口，也落下了「不輕的病症」。〔註41〕《朝鮮少女吟》中朝鮮「慰安婦」們「人前強作歡顏笑，對鏡臨妝長自悼」，出自舊日皇妃家族的閔姓少女被折磨致死，「夜深宛轉聞嬌啼，清曉遺屍棄深谷」，與三歲遺腹子生離死別的崔姓寡婦則是精神錯亂，雖生猶死，「仰天終日語喃喃，皮骨雖存神已死」。〔註42〕

「慰安婦」們稍有不從，日軍就會嚴厲責罰，甚至加以屠殺。《日寇暴行紀略》記載了日軍以恐嚇手段仍不能制止「慰安婦」們自殺後的大開殺戒：「這可使『皇軍』不耐煩了，他們就選了一個暗無天日的日子，把那些一息僅存的百多個可憐的女同胞，一齊押到虎丘山旁，用連珠一般的機槍，『痛快』地掃射，頃刻之間，那百餘個被蹂躪的人們，全送了她們的性命。」〔註43〕

　　即便是那些服服帖帖的「慰安婦」，日軍也將視如草芥，毫不愛惜其生命。《敵隨軍營妓調查——騰衝城內的一群可憐蟲》記載了日軍在潰敗前夕將「慰安婦」殺死的罪行：「敵人在十二三號的晚上，果然用慘無人道的手段，對待這些被宰割的羔羊。一個十歲左右的中國小女孩，是替妓女們打洗臉水的，她得在死亡中逃生，出來後報告，當時她們全都躲在一個大防空洞裏，一天黎明的時候，忽然來了一個日本軍官，用手槍逐個結束了營妓們的生命。一共十三人。小女孩嚇昏過去，撿了一條性命。」「十四日上午，國軍攻克騰衝最後一個據點。在一處牆縫裏，發現十幾具女屍，都穿和服，還有穿漂亮西服的。她們都被蒙上眼睛，死得非常整齊。這些可憐的女人，生前為敵人泄欲，最後又被判處殘忍的死刑，她們犯了什麼罪呢？」〔註44〕中央社記者彭河清在騰衝親眼看見十多個日軍「慰安婦」血肉模糊的屍體，這些「慰安婦」不少是被她們的服務對象日軍毒死的。「她們當戰事最緊要的關頭，不是死於炮火，就是死於敵人的毒藥，因為怕她們被俘了走漏風聲。」另一批「慰安婦」得知這一不幸消息，趁黑夜大雨從城門缺口逃出來，在戰壕裏躲了一夜

〔註40〕丁玲：《新的信念》，《丁玲全集》第4卷，河北人民出版社2001年版，第161～180頁。這篇小說創作於1939年春。

〔註41〕丁玲：《我在霞村的時候》，載1941年6月《中國文化》第三卷第一期。

〔註42〕王季思：《朝鮮少女吟》，《越風》，（金華）國民出版社1940年9月版，第17～21頁。

〔註43〕國民政府軍事委員會政治部：《日寇暴行紀略》，轉引自蘇智良：《慰安婦研究》，上海書店出版社1999年版，第125頁。

〔註44〕潘世徵：《敵隨軍營妓調查——騰衝城內的一群可憐蟲》，載1944年9月18日《掃蕩報》。

後向我軍投誠，才免遭日軍毒手。〔註45〕

　　非人的生活實在難以忍受，部分「慰安婦」不可避免地走向了反抗與覺醒。「慰安婦」題材的抗戰文學作品對此進行了熱情的禮讚。

　　一種是本能的自發反抗，包括逃亡、自殺、殺敵等形式。

　　（一）逃亡。《新的信念》中那個五十七歲的老太婆被日寇抓住後，又是做苦工，又是被糟蹋，被折磨得不成人形，連路也走不了，頑強的老人終於趁夜色逃出魔窟，爬回了自己的家門。〔註46〕《我在霞村的時候》中的貞貞淪入敵手後也跑回來過幾次，只不過因為刺探敵軍情報的工作需要又被有關方面派回去過。〔註47〕《春雷》中大關娘子趁游擊隊攻打石家鎮造成的混亂，從關押「慰安婦」的石家祠堂翻牆逃出，〔註48〕已如前述。

　　（二）自殺。《昆明通訊》傳遞了騰衝西華街「娛樂部」中國「慰安婦」「不堪蹂躪，忿而自盡」的消息。〔註49〕《日寇暴行紀略》講述了中國「慰安婦」的紛紛自殺：「這種恥辱和痛苦，自然是受不了的，於是每天就有自殺的事情發生了。自殺的增多，是說明著『慰安者』的減少。在獸兵們看來，飯倒不妨少吃兩頓，但『慰安者』卻少不得一個。於是他們就用恐嚇手段，禁止那些不堪蹂躪的女同胞們自殺。然而那深重的痛苦，不是恐嚇所能減輕的，自殺的人，不但未因恐嚇而減少，而且還一天比一天多！」〔註50〕《在敵人踐踏下的女同胞——淇縣通訊》中的女主人公也是準備在寫完給愛人的最後一封信後自殺守節。〔註51〕《揚州的日兵在自殺》則報導了日軍士兵宮毅與其妻日本「慰安婦」秋子一起自殺的事件。《秋子》《第三百零三個》與《揚州的日兵在自殺》取材於同一個事件，其結局也是「慰安婦」和來到慰安所尋求「慰安」的丈夫一起自殺。

〔註45〕彭河清：《滇西前線的男女俘虜》，載 1945 年 2 月 9 日《中央週刊》第七卷第四、五期合刊。

〔註46〕丁玲：《新的信念》，《丁玲全集》第 4 卷，河北人民出版社 2001 年版，第 161～180 頁。

〔註47〕丁玲：《我在霞村的時候》，載 1941 年 6 月《中國文化》第三卷第一期。

〔註48〕陳瘦竹：《春雷》，華中圖書公司 1941 年版。

〔註49〕《昆明通訊》，載 1944 年 2 月 3 日《新華日報》。

〔註50〕國民政府軍事委員會政治部：《日寇暴行紀略》，轉引自蘇智良：《慰安婦研究》，上海書店出版社 1999 年版，第 124～125 頁。

〔註51〕梅蘭：《在敵人踐踏下的女同胞——淇縣通訊》，載 1938 年 3 月 5 日《群眾》第一卷第十二期。

　　（三）殺敵。《春雷》中，阿梅被日軍打死，其妻梅大娘向日軍宣撫班索要丈夫，反被傳召去做「慰安婦」，梅大娘以身飼虎，假意應允，迷惑日本鬼子，一個鬼子「跟她脫衣睡覺時，冷不防給她用剪刀戳破了喉嚨」。〔註52〕《南京一少女》中被敵寇擄掠的那個南京少女更為剛烈，她拼死抗拒，不作「慰安婦」，被敵寇關入禁閉室，後來尋機破門而出，三名敵寇前來阻攔，她用菜刀將三名敵寇砍死，然後舉刀從容自裁。〔註53〕

　　另一種是覺醒之後的自覺反抗，包括宣講日寇暴行、搜集傳遞情報、參加抗日武裝等形式。

　　（一）宣講日寇暴行。「慰安婦」的經歷是慘痛的，受害者一般都諱莫如深，絕口不提。《新的信念》中的陳老太婆死裏逃生之後，卻不惜往自己的傷口上撒鹽，為了激發人們對敵人的仇恨，鼓勵更多的人參加抗日隊伍，她經常到周圍村鎮一遍一遍對大家講述自己的受害經歷，「她殘酷地描寫她受辱的情形，一點不顧惜自己的顏面，不顧惜自己的痛苦，也不顧人家心傷」。〔註54〕

　　（二）搜集傳遞情報。《我在霞村的時候》中的「慰安婦」貞貞本來已經逃回來了，可是為了搜集傳遞情報，她又自願地回到了火坑。苦難的經歷使得這個柔弱的姑娘「心變硬」了，「硬」得足以承受敵人的摧殘，「硬」得足以承擔重大的使命：「只有今年秋天的時候，（病）那才厲害，人家說我肚子裏面爛了，又趕了有一個消息要立刻送回來，找不到一個能代替的人，那晚上摸黑路我一個人來回走了卅裏，走一步，痛一步，只想坐著不走了，要是別的不關緊要的事，我一定不走回去了，可是這不行哪，唉，又怕被鬼子認出我來，又怕誤了時間，後來整整睡了一個星期，拖著又拖起身了。」〔註55〕

　　（三）參加抗日武裝。《梅子姑娘》中的日本「慰安婦」梅子，最終成長為抗日隊伍裏的一名反戰勇士。梅子出生於日本的下層勞動者家庭，父親應徵入伍後在中國送掉了生命，祖母也因此哭瞎眼睛。正當她幻想和未婚夫藤田過上小家庭的幸福生活時，藤田也被徵調入伍開到上海作戰。梅子抱著孟

〔註52〕陳瘦竹：《春雷》，華中圖書公司1941年版。

〔註53〕馮玉祥：《南京一少女》，陳漢平編注：《抗戰詩史》，團結出版社1995年版，第243頁。

〔註54〕丁玲：《新的信念》，《丁玲全集》第4卷，河北人民出版社2001年版，第161〜180頁。

〔註55〕丁玲：《我在霞村的時候》，載1941年6月《中國文化》第三卷第一期。

姜女萬里尋夫的決心，隨著慰勞團來到中國，得到的卻是藤田戰死的消息，自己也被編為營妓。苦難的人生歷程、耳聞目睹的「皇軍」的罪惡、反戰人士「誰殺死你的父親和祖母的？誰殺死你的愛人的？」的啟發，使得梅子認清了日本軍閥和侵略戰爭的罪惡，她和日軍飛行員中條，利用游擊隊進攻的機會，主動投入中國軍隊，得到司令長官的接見，並被編入朝鮮義勇隊，成為抗日隊伍裏英勇的戰士。〔註56〕謝冰瑩的另一篇作品《井村芳子——女俘虜訪問記之一》中，日本少女芳子和她的姐姐被迫在海口當了一年多的「慰安婦」，「過著暗無天日，給他們的所謂皇軍發洩獸欲的生活，慘苦不堪」，後來被我游擊隊俘虜，經過教育後走上反戰道路。姐姐成為一個勇敢的女性，「在鄂北前線隨著朝鮮義勇隊一起工作」；妹妹芳子則對日軍進行反戰宣傳，她爬到前線的鐵絲網下對日軍唱歌、演說，取得很好的效果，「有六個日本兵是被芳子小姐的歌聲和演說聲所感化而投降的」。〔註57〕

三、抗戰文學「慰安婦」題材的思想傾向

就思想傾向而言，「慰安婦」題材的抗戰文學作品以民族主義為主導，但並沒有宣揚狹隘的民族主義，而是與國際主義、人道主義的結合，有的作品還堅守著「五四」以來的啟蒙傳統。

無論是表現「慰安婦」的血淚生活，還是禮讚其反抗與覺醒，其直接目的都是激發中國軍民對日本軍國主義的仇恨，砥礪其抗敵意志。作者這方面的意圖大多非常明顯。比如《南京一少女》在講述南京少女以生命捍衛自己的貞潔並且連殺三敵的事蹟後，特地發了一番議論，以少女的壯舉激發男兒的報國赤忱：「她是一少女，竟能殺三賊。請君細想想，男兒當何為？」〔註58〕又如《朝鮮少女吟》在吟詠朝鮮「慰安婦」不幸遭遇的同時，反覆強調亡國的痛苦：「生男生女兩無望，國破家亡理自然。」「漢城高高漢江深，誰把江山擲與人？欲知亡國無窮恨，請聽朝鮮少女吟。」〔註59〕其目的顯然是以朝

〔註56〕謝冰瑩：《梅子姑娘》，《梅子姑娘》（小說集），新中國文化出版社1941年版，第106～130頁。

〔註57〕謝冰瑩：《井村芳子——女俘虜訪問記之一》，載1944年12月22日《新疆日報》第四版。

〔註58〕馮玉祥：《南京一少女》，陳漢平編注：《抗戰詩史》，團結出版社1995年版，第243頁。

〔註59〕王季思：《朝鮮少女吟》，《越風》，（金華）國民出版社1940年9月版，第17～21頁。

鮮人民的亡國之痛警醒國人勿作亡國奴。編者也是用心良苦。比如《群眾》週刊發表《在敵人踐踏下的女同胞——淇縣通訊》時，正值「三八」國際婦女節來臨之際，編者抓住這一契機，給這篇通訊加了一段按語，教育讀者以抗擊敵人的實際行動來紀念節曰：「這封信是劉溶池自舞陽寄來的一篇赤裸裸的報告，從此中我們可以像想出來在敵人鐵蹄之下千千萬萬的女同胞是在過著什麼生活了。讀了這封通訊，我們應該怎樣去紀念『三八』呢？」〔註60〕

這些作品激發對敵人的仇恨，表達了強烈的民族主義情感，但是也包含了國際主義、人道主義的因素，做到了民族主義與國際主義、人道主義的適度結合。

朝鮮淪為日本的殖民地後，被強制性地納入了中日戰爭的軌道。部分有識之士從事著反抗殖民統治、反對侵略戰爭的鬥爭，大部分的普通民眾卻只能聽天由命，被動地向戰場輸送物力、人力。對此，「慰安婦」題材的抗戰文學作品給予了深切同情。《朝鮮少女吟》描寫了戰爭給朝鮮人民帶來的災難：「自從東亞起甲兵，鄰里朝朝聞哭聲。丁男逼向沙場死，少女驅將絕域行。」記錄了中國軍民對被俘朝鮮「慰安婦」的人道主義溫情：「被俘自分軍前死，不信將軍賜就醫。殷勤看護更相慰，折得花枝伴憔悴。」〔註61〕

即便是對於戰爭策源地日本，這些作品也不是一味地表達仇恨，而是將被脅迫的下層勞動者與軍國主義勢力區分開來，同情其被迫捲入戰爭的不幸遭遇。《揚州的日兵在自殺》《秋子》《梅子姑娘》對日本下層人民「夫虜當兵，妻俘為妓」的悲慘處境給予了深切的同情，對於日本進步人士的反戰行動給予了熱情的歌頌。在這些作品中，日本也不乏和平愛好者。《梅子姑娘》中的「慰安婦」梅子就是一例，她能夠設身處地地感受中國人民的痛苦：「你想像你的家如果被中國軍隊燒毀，你的財產被他們搶去，你的妻子和母親被他們姦淫，你的兒子被他們捉去給中國傷兵輸血，你該是如何地傷心沒有？」當中條接到轟炸重慶的命令時，她苦口婆心地勸中條裝病：「呵，又要轟炸重慶？八十架，上帝，這是多麼殘忍的事呀！中條，你知道轟炸後的慘狀嗎？有些全家都被埋在瓦礫堆裏，有些丈夫和妻子在一塊，只要相差一點兒，妻子會

〔註60〕梅蘭：《在敵人踐踏下的女同胞——淇縣通訊》，載1938年3月5日《群眾》第一卷第十二期。

〔註61〕王季思：《朝鮮少女吟》，《越風》，（金華）國民出版社1940年9月版，第17～21頁。

找不到丈夫的屍首。我雖然沒有親身經歷過轟炸，但我看到不少我們『皇軍』轟炸後的殘痕，多少美滿的家庭，多少由他們的祖先辛辛苦苦積下來的財產，都付之一炬……中條，我請求你不要去吧，我絕不能親眼看到我的愛人去當人類的劊子手！」〔註62〕這些作品還傳達了早日結束戰爭，與日本人民和平相處、攜手共進的美好願望，如《秋子》中的合唱曲《攜手歌》《自由解放勝利歌》：「攜手啊，／異國的同胞。／前進啊，／異國的同胞。／看江流月光在那蕩漾，／蕩漾！」「江南的柳花，／鋪遍在戰場，／我們大家一起歡唱！／千里江山也歡唱，／月亮在天空也喜氣洋洋！／東亞大陸本應該這樣，／我們大家一起歡唱。／啦……／東亞大陸本應該這樣，／我們大家一起歡唱，／你們自由，／我們解放！／你們自由，／我們解放！／自由，／解放，／自由，／解放！」〔註63〕

《我在霞村的時候》則表現出一種明顯的啟蒙姿態。小說寫的是「慰安婦」的生活，但沒有將重心放在日寇對貞貞的施虐上，而是著重敘述了貞貞回歸家園之後的受歧視。貞貞被日軍抓走，成了「慰安婦」，這是不幸的；貞貞利用「慰安婦」的身份給抗日陣營搜集傳遞情報，這是可敬的。然而這個不幸而可敬的女孩卻沒有得到父老鄉親起碼的同情和應有的尊重，貞貞成了他們的談資和笑料，在他們眼裏，貞貞是「破銅爛鐵」，「比破鞋還不如」，女人們甚至「因為有了她才發生對自己的崇敬，才看出自己的聖潔來，因為自己沒有被人強姦而驕傲了」。父老鄉親的態度給貞貞帶來了極大的心靈傷害，她說：「誰都愛偷偷的瞧我，沒有人把我當原來的貞貞看了。我變了麼，想來想去，我一點也沒有變，要說，也就是心變硬一點罷了。」敵人的暴行貞貞還可以勉強忍受，因為她知道他們是敵人，而且是為了工作，父老鄉親的歧視卻使貞貞受不了，因為他們是她的親人：「我覺得活在不認識的人面前，忙忙碌碌的，比活在家裏，比活在有親人的地方好些。」〔註64〕作過「慰安婦」同時也可以說是抗日女英雄的貞貞就這樣匆匆離開了自己的家園。小說反映的是抗日根據地的現實生活，然而就是在各項工作開展得如火如荼的抗日根

〔註62〕謝冰瑩：《梅子姑娘》，《梅子姑娘》（小說集），新中國文化出版社1941年版，第106～130頁。

〔註63〕陳定等：《秋子》，《中國抗日戰爭時期大後方文學書系》第七編「戲劇」第二集，重慶出版社1989年版，1122～1155頁。

〔註64〕丁玲：《我在霞村的時候》，載1941年6月《中國文化》第三卷第一期。

據地，抗日女英雄貞貞卻落得了如此遭遇，從貞貞的切膚之痛中我們不難感受到「貞節」等封建觀念在抗日根據地的根深蒂固。丁玲來到了解放區，但是五四傳統灌注的啟蒙精神還活躍於其血脈中，也許她是要告誡人們思想啟蒙與政治啟蒙同樣重要。

四、抗戰文學「慰安婦」題材的藝術價值

就藝術價值而言，「慰安婦」題材的抗戰文學作品毋庸諱言是參差不齊的，其中藝術價值高的文學精品不是很多，但也不乏可以載入文學史冊的傳世之作。

有學者在論析中國現代作家塑造的韓國「慰安婦」形象時說：「按照寫作內容和文體，現代韓國『慰安婦』題材作品可分為兩類：一類是經作者採訪考察表現真人真事的特寫、報告文學、文藝通訊和抒發所感所思的隨筆等非虛構作品，這類作品具有更多的歷史文獻意義和價值；另一類是作家在現實生活基礎上採用想像、重構等藝術手法創作的小說、敘事詩等虛構作品，這類作品更具文學意義和審美價值。」〔註 65〕韓國「慰安婦」題材作品如此，中國、日本「慰安婦」題材作品亦如此，概而言之，「慰安婦」題材的抗戰文學作品大體上可以分為紀實與虛構兩大類。

紀實類作品存在的欠缺是過於質樸，可讀性不強，但部分作品描寫細膩，文辭優美，兼具思想性與形象性、情感性，很能打動讀者。如很少被人提及的《上海獸軍的一筆血帳》〔註 66〕記敘上海少女阿珠被欺騙為慰安婦後自殺的故事，就既有事實依據，又有文學色彩，頗可一觀。作品首先描寫阿珠美麗的容顏，交待她的身世，為後面的故事奠定基礎，也增加了讀者對日軍的痛恨——阿珠之所以急於出去工作，是因為她昔日的小康之家已經毀於侵略者的炮火：

> 這件事實的開展，是在日前的一個早晨，柔軟得像絲巾一般的
> 春風，拂著阿珠頭上所燙飛機的頭髮上，一絲絲的在那裡飛躍。和
> 暖的陽光，含羞似的從窗縫裏透進來，射著蘋果似的阿珠的面龐，

〔註 65〕李存光、金宰旭：《中國現代作家塑造的韓國「慰安婦」形象——舒群、碧野的小說和王季思的敘事詩》，《當代韓國》2018 年第 4 期。

〔註 66〕伯南：《上海獸軍的一筆血帳》，收入范式之等著：《「皇軍」的獸行》，戰時出版社 1938 年版，第 48～53 頁。轉載本又題《一個少女被污記》（如孫震編《暴行——侵華日軍罪惡實錄》，三環出版社 1991 年版，第 15～19 頁）。

格外顯得嬌嫩美豔。她正躺在一間非常潔淨的臥室裏的一隻床上，手裏執著一張報紙，她用一對烏黑明亮閃閃動人的眼眸子，正在竭力注意紙上所刊一節小小的「招請」廣告，她想了好久，她歡喜得從床上直跳起來，趕著拿了這張紙，去給她父母觀看。

　　阿珠，是一個女子中學裏的畢業生，她今年才十九歲。她的家，本來在閘北，因為無情的炮火，使她及她的父母從家裏奔出來，方才避居到租界裏來。接著，因為一個大工廠的倒閉，她的父親，又宣告了失業，一家的生活，漸漸的陷入了恐慌的境況，她的父母只生這一個阿珠，所以，阿珠自身，也感覺應該去擔負一個非常沉重的責任，在家庭裏極不願意依「婦女回到廚房裏去」的一句話，老是躲在家裏。她願意到社會上去找件事做，掙一些錢來，奉養她的父母，因此在她發現這條廣告的時候，她認為這是她一家三口的生活源泉。

接著簡單記載廣告詞的虛假、考試過程的異常和可憐的阿珠陷入了魔窟的經過，揭露了日軍以欺騙手段誘拐良家婦女為「慰安婦」的罪惡勾當：

　　廣告上這樣告訴她，某公司為擴充業務起見，擬添聘女職員數位，凡年在十六歲以上，二十五歲以下，略識文字者，均可應徵，倘能粗通國語或日語者更佳，月薪五十元，有意者請至某處面洽。

　　她徵得了父母的同意，立刻依著地址，趕到那裡應徵，詳細地問了她的姓名，年齡，籍貫，及學籍後，並沒有經過什麼考試，他對她微微的一笑，這一笑，很快的在他瞼上消逝，他還是掛著一付嚴肅的面孔，對她說：

　　「很好，你的資格很適合，但是這裡是臨時辦事處，你還得坐上我們的汽車，由我們這裡派一個職員，伴著你，到我們的公司裏去，見見我們的總經理，面試一下。」

　　這好像是投考的應有步驟，而且在白天，她並不該怕什麼，所以她毫不遲疑地隨著他們所派的一個職員，踏上汽車。嗚嗚的幾聲喇叭響，這輛汽車便飛一般的馳向東面而去。

然後通過阿珠的親身經歷和親眼所見，詳細表現了「慰安婦」的非人生活：

車身拐了好幾個彎，並且經過一頂廣大的橋面，在一座大廈的門首，停止了行馳。她下了車，發覺這裡是上海東區，是「八一三」炮火發生地不遠的地方，她想到這裡，就好像四周有非常緊密的機關槍呼叫，一顆巨大的炮彈，從她頭頂上掠過，她嚇得幾乎哭出來，她很明白自身已經陷入魔窟。恐怖，籠罩了她整個的心靈，她的四肢，是這樣的戰慄，她好像喪失了聰明，她不知道哪一條是她可以逃走的路。

一隻強有力的臂膀，不容她站在那裡呆想，它一把扭住她的玉臂，拖過了又長又大的石級，拖上了一個小小的電梯，又拖進了一間寬大的房間。

在那裡，她發現水汀是燒得這樣熱烈，但是房間裏，還是充滿陰森冰冷的氛圍，地板上除了鋪一塊廣大堅厚的絨氈外，找不到一榻一椅，只有數十個與自己同遭遇的中國女子，和數不清楚的魔鬼，都是赤裸裸一絲不掛的躺在氈上。每個女子，都印著深深的淚痕，緊緊地閉著雙目，吐著急促的呼吸，聽憑那命運的支配，一個個的魔鬼都嘻開牙齒，露出猙獰的可怖的笑容，像得了什麼寶貝似的興奮。

她知道處境的危險，很快的，拼命地掙脫了強有力的臂膀，旋轉身軀，正擬開門逃出這個暗無天日的人間地獄，但是魔窟那能這樣容易的脫離，她的熱淚，像是雨一般從她的眼眶裏湧出來，內心的悲痛，使她哭不出聲響來。

接著，一個長大的魔鬼，強迫地把她推倒地氈上，她究竟是一個女子，那裡有這樣的力量，可以去抵抗這惡運的來臨，好像一條毒蛇，爬上她的胸際，齧咬她純潔的心靈，一陣劇痛之後，她已昏厥過去了。

經過了很久的時候，她漸漸的清醒過來，她發現最寶貴的貞操，已經破壞，兩腿是這樣的軟綿沒有力量可以把她沉重的身體支持起來，她微微地轉了一個身，又發生了一陣劇烈的痛楚，她發現右臂上已經被魔鬼們用火烙著一個「二四」的號碼，正和旁的女子一樣，她這時不自禁地放聲的大哭起來，哭得又昏厥過去。

從此，她就像可憐的一群一樣，依著號碼，沒有白天和黑夜，都遭受著蹂躪，那裡的女子，誰個不想自盡，但是沒有一個適當的時間，去找一根帶子或者少許毒藥，每天雖然有很多的東西，送到地獄裏來，但是誰也不願意嘗試一下，去延長她們殘餘的生命。

在野獸們的折磨、摧殘下，只有幾天的工夫，阿珠就失去了生命的活力，瀕臨死亡，作品再一次描寫了她的容顏，和上文形成強烈的對比：「經過了數天，阿珠臉上蘋果一般的處女美，早已消逝得乾乾淨淨，所留的只有一張枯黃瘦削的面容，一雙眼珠，吐出軟弱疲勞的目光，深深的陷在眼眶裏，她自己很明白，已經離死神不遠……」阿珠不願將她的屍體遺留在慰安所，她寧願死在家裏。因為阿珠已經失去了利用價值，她被准許回到家裏，「她沒有一句話可以去安慰她父母慈愛的心靈，她只有兩串辛酸悲傷的熱淚，連續不斷地掛到她剛才所換的旗袍上」。身體、心靈遭受巨創的阿珠只能以自殺來求解脫，對於她的自殺，作品也不是平鋪直敘，而是使用了文藝性的筆調，讓讀者動情：

　　是睡眠的時候了，但是在一間深靜的臥室裏的阿珠，在一個深沉靜穆的夜上，還在那裡伏案書寫她最後的一封信，信裏是詳細的敘述著她經過被魔鬼們誘騙蹂躪的一切，正像以上的情形一樣，更不知道一滴滴的是血是淚浸透了潔白的信箋，模糊了一個個字跡。

　　翌晨，在這間臥室裏的床上，還是安靜地躺著一個阿珠的身體，但是她的靈魂，已經脫離了她的軀殼，離開了這污髒殘暴的世界。她的面容，是這樣的蒼白，眼睛還是這樣瞪著不願緊閉。她好像有許多的憤恨，蘊藏在她的心頭，無法發洩。

　　臺上，留著一個來沙爾的空瓶，和一封隔宵她所寫的遺書。

阿珠留下的這一封遺書，就是這篇作品的來歷。須知阿珠的這段慘痛經歷，是鮮為人知的，有了這封遺書，信息的來源就得到了說明，所以這篇作品雖然文藝性強，卻是嚴絲合縫的，沒有編造的痕跡。在作品的真實性得到保證的基礎上，作者還直抒胸臆，深化了作品的主題：

　　這並不是一件撩人春心的桃色新聞，也不是一篇歪曲現實的文藝小說，這是一張獸性暴露的帳單，而且是鐵一般堅硬的事實，的確發生在最近所謂孤島的上海，所以除了你自己應該密切的注意之外，你還得告訴你的子女，告訴你的密友，告訴大眾，使他們深深

的刻在心版上，除了時刻的戒備外，還得永遠的不使忘記，靜待著
機會，去清算這張帳單。

　　因為這不是一個微小的社會問題，也不僅是二萬萬二千五百萬
中國婦女的恥辱，抑且是中華民族的奇恥大辱。

紀實類作品中，鮑雨的《揚州的日兵在自殺》、潘世徵的《敵隨軍營妓調
查——騰衝城內的一群可憐蟲》等篇也具有較高的文學性，被收入各種選本。

虛構類作品存在的問題是想像貧弱。有些作品篇幅短小，人物單純，情
節簡單，如舒群的《血的短曲之八》、碧野的《花子的哀怨》、令狐青的《幽
靈》、錢慶燕的《最初的閃爍》、布德的《第三百零三個》、小蜂的《慰安所裏
——湖州城》等；有些作品故事雷同，新意不足，如布德的《第三百零三個》
等作品較早地寫到日軍士兵的妻子被徵為「慰安婦」，與丈夫在慰安所相遇，
羞憤自殺的故事，此後類似的作品不斷出現（只不過有的將妻子變成妹妹，
丈夫換作哥哥），小說有《慰安所裏——湖州城》（小蜂）、《棕色的故事——
一個陳舊的插曲》（卜寧，即無名氏）、《幽靈》（令狐青，即徐中玉），話劇有
《慰安所》（王灃泉），歌劇有《秋子》（陳定編劇）。

但是虛構類作品中也有足以載入文學史冊的傳世之作。如丁玲的《我在
霞村的時候》就在丁玲的創作道路和中國現代文學史上佔據著比較重要的地
位，「不僅是丁玲 1937 年至 1942 年『延安文藝座談會』以前這個時期小說創
作的代表作之一，而且還是這個時期抗日根據地小說創作的優秀代表作之一」
〔註67〕，甚至有人已經將其視為文學經典並研究其被經典化的過程〔註68〕。
《梅子姑娘》問世後產生了較大的反響，當時曾被改編為話劇上演並獲得好
評〔註69〕，經過數十年歲月的大浪淘沙，仍然葆有其生命力，重慶出版社 1989
年出版的《中國抗日戰爭時期大後方文學書系》小說編第四集、上海文藝出
版社 1990 年出版的《中國新文學大系 1937～1949》短篇小說卷一、重慶出版
社 1994 年出版《世界反法西斯文學書系》中國卷（7）均收錄了這篇小說。
〔註70〕《秋子》作為「中國人創作演出的第一部以外國人為主人公的歌劇作

〔註67〕許華斌：《丁玲小說研究》，復旦大學出版社 1990 年版，第 132 頁。
〔註68〕李明彥：《〈我在霞村的時候〉的經典化歷程》，載《文藝爭鳴》2016 年第 11
　　　　期。
〔註69〕《〈梅子姑娘〉頗得好評》，載 1941 年 10 月 11 日《前線日報》。
〔註70〕《世界反法西斯文學書系》中國卷收錄的中國中短篇小說僅 40 篇，《梅子姑
　　　　娘》為其中之一。

品」「第一部表現抗戰主題的大歌劇」「第一部被同行和觀眾普遍認為在藝術上比較成功的中國本土大歌劇」〔註71〕，在百年中國藝術史上的地位更為重要。一部音樂史著作這樣評價《秋子》的藝術史價值：「《秋子》的出現並獲得成功的事實表明，中國作曲家、歌劇家創演本土大歌劇的理想和實踐，在經歷了從《王昭君》到《荊軻》等一系列探索性積累和耕耘之後，已經進入收穫階段並開始有了較好的收成。」〔註72〕此外，藝術價值較高的虛構類作品還有草明的《受辱者》、王季思的《朝鮮少女吟》等，此不一一贅述。

〔註71〕居其宏：《百年中國音樂史（1900～2000）》，湖南美術出版社 2014 年版，第 144 頁。
〔註72〕居其宏：《百年中國音樂史（1900～2000）》，湖南美術出版社 2014 年版，第 144 頁。

中編　抗戰時期軍中文藝論

第五章　抗戰時期的「文章入伍」

　　「文章下鄉，文章入伍」，是中華全國文藝界抗敵協會（簡稱「文協」）1938 年 3 月於武漢成立時提出的一個口號。它是一種形象化的說法，意思是「使文藝的影響突破過去的狹窄的知識分子的圈子，深入於廣大的抗戰大眾中去」〔註 1〕。「文章下鄉，文章入伍」這個口號的提出具有重要的意義，它「說明了『文協』工作底一個中心目標，也預示著中國文藝運動底一種新的前途」〔註 2〕，後來抗戰文藝的發展也一定程度上實現了「下鄉」與「入伍」的目標。那麼，抗戰文藝是如何「下鄉」、如何「入伍」的呢？這個問題似乎還沒有得到專門的研究，本章擬談談抗戰文藝「入伍」的問題。

一、大眾化、通俗化：「文章入伍」的前提

　　「五四」文學革命以來的新文藝，取得了很大的成就，但在和人民大眾相結合方面，還是存在很大的不足。瞿秋白曾經不無偏激地將新文藝稱為「歐化文藝」，認為它「在言語文字方面造成了一種新文言（五四式的所謂白話），在體裁方面盡在追求著怪僻的摩登主義，在題材方面大半只在知識分子的『心靈』裏兜圈子」，因此而「很久的和廣大的群眾隔離著」。〔註 3〕左翼文學運動時期，文藝界也曾試圖開展文藝大眾化運動，但由於歷史條件的限制，僅僅停留在理論探討層面，未能真正付諸實踐，進入抗戰時期後，文藝

〔註 1〕《發刊詞》，載 1938 年 5 月 4 日《抗戰文藝》第一卷第一期。

〔註 2〕以群：《感想斷片》，載 1939 年 4 月 10 日《抗戰文藝》第四卷第一期。

〔註 3〕瞿秋白：《歐化文藝》，文振庭編：《文藝大眾化問題討論資料》，上海文藝出版社 1987 年版，第 105 頁。

才真正得以實現大眾化。

　　廣大文藝工作者決心以藝術的武器為抗戰效力，紛紛呼應「文協」提出的「文章下鄉，文章入伍」，對文藝的大眾化保持高度的認同。比如樓適夷認為：「把文化侷限於知識分子的狹小範圍內，在今日的新形勢之下，已經是一種不可自恕的犯罪，沒有普遍的大眾的基礎，決不能有真實崇高的文化，每個執筆桿的人應該在紀念第二十次五四的今天，宣誓為大眾的文化而戰鬥！」〔註4〕又如葉以群指出：「『大眾化』是一切文藝工作的總原則，所有的文藝工作者都必須沿著『大眾化』的路線進行，在文藝工作的範圍內，應該沒有非大眾的文藝工作，因而，『大眾化』也就不成為『特殊』工作了——這說明著大眾文藝和非大眾文藝之間的界限的消失。」〔註5〕「在目前，我們文藝工作者必須緊急動員，展開文藝大眾化的工作，使我們的作品深入到都市，鄉村，前線，後方的一切所在當中去。」〔註6〕再如抗敵演劇隊也宣稱其「信條」是「吾輩藝術工作者的全部努力，以廣大抗戰軍民為對象，因而藝術大眾化，成為迫切之課題。必須充分忠實於大眾之理解、趣味，特別是其苦痛和要求，藝術才能真正成為喚起大眾、組織大眾的武器」〔註7〕。

　　雖然有個別理論家指出大眾化不能與通俗化「混起來用」〔註8〕，但在抗戰初期大家基本上是將大眾化理解為通俗化的。正如藍海戰後所概括的：「『文章下鄉，文章入伍』是為了適應抗戰的需要提出的兩個口號，實踐的步驟是文藝的通俗化與大眾化，舊形式的利用是實踐的具體方式。」〔註9〕在這種理解的支配下，原有的通俗作家自不用說，一些新文學作家，如老舍、穆木天、王亞平、趙景深、歐陽山等，也紛紛開始創作轉向，利用舊形式寫作了大量的通俗文藝作品。舉凡舊劇、皮簧、相聲、大鼓、快板、小調、評書、演義、山歌、小曲、金錢板、數來寶等民間藝術形式，都在作家的筆下得到運用。通

〔註4〕適夷：《紀念「五四」——為大眾的文化而戰鬥》，載1938年5月4日《抗戰文藝》第一卷第一期。

〔註5〕以群：《關於抗戰文藝活動》，載1938年5月1日《文藝陣地》第一卷第二期。

〔註6〕以群：《擴大文藝的影響》，載1938年5月14日《抗戰文藝》第一卷第四期。

〔註7〕藍海：《中國抗戰文藝史》（增訂本），山東文藝出版社1984年版，第34～35頁。

〔註8〕南桌：《關於「文藝大眾化」》，載1938年5月16日《文藝陣地》第一卷第三期。

〔註9〕藍海：《中國抗戰文藝史》（增訂本），山東文藝出版社1984年版，第342頁。

俗文藝刊物、機構紛紛創辦,「據抗戰初期不完全的統計,大後方經常發表通俗作品的報刊有三十餘家,專門出版通俗讀物的機構有五家以上」〔註10〕。即便是一些相對「高雅」的文藝刊物,也對通俗文藝給予高度的關注。如「文協」的會刊《抗戰文藝》就先後發表了《通俗讀物編刊社的自我批判》《通俗文藝散談》《怎樣編製士兵通俗讀物》《通俗文藝短論》《關於「藝術和宣傳」的問題》《關於抗日三字經》《文藝的「功利性」與抗戰文藝的大眾化》《舊劇抗戰》《製作通俗文藝的苦痛》《我們怎樣寫作通俗讀物》《我對於舊形式的幾點意見》《關子小調》《改編民歌的一點意見》《關於「藝術大眾化」》《舊酒與新舊》《通俗文藝技巧談》等一大批理論文章討論抗戰文藝的大眾化、通俗化問題,還發表了一大批通俗文藝作品,包括歌謠《難童謠》《戰壕小調》《盤裏糕》《縫窮婦》、抗日鼓詞《江曉鳳捨身誘敵》、大鼓書詞《毛脈厚》、抗日通俗故事《又訓報國》、大眾小說《流血紀念章》等。

隨著形勢的發展和認識的深入,文藝家意識到「酒瓶」裝不了「新酒」,對利用舊形式產生了一定的警惕,但其文藝大眾化的初衷還是沒有改變,他們更進一步,開始了對「民族形式」的討論。討論主要圍繞「民族形式」的內涵、中心源泉以及評價標準三個問題展開,經過討論,文藝界認識到必須從「源」和「流」兩方面努力來創造人民大眾喜聞樂見的「民族形式」:所謂「源」,是指「民族形式」的源泉是現實生活,只有從現實生活出發,才可能創造出「民族形式」;所謂「流」,是指「民族形式」的縱向繼承和橫向借鑒,只有以開放的眼光,吸收、借鑒古今中外的一切優秀文化遺產,才可能創造出「民族形式」。「民族形式」與文藝大眾化是緊密相關的,具有「民族形式」的作品,自然容易為大眾所接受。在「民族形式」討論的基礎上,特別是在延安文藝座談會精神的指引下,一大批具有中國作風、中國氣派的文藝作品,如趙樹理的《小二黑結婚》、李季的《王貴與李香香》以及賀敬之執筆的歌劇《白毛女》等,似雨後春筍般湧現。

毋庸諱言,抗戰時期中國軍隊廣大官兵的文化素質就整體而言是不太高的,對文藝作品的領悟、欣賞能力有限,因而文藝作品的大眾化、通俗化對他們而言是至關重要的,過於「高雅」的作品難免曲高和寡,不為他們理解、認同,而那些大眾化、通俗化的作品卻具備「入伍」的可能。大眾化、通俗化

〔註10〕鍾敬文:《中國人民抗日戰爭時期大後方文學書系·通俗文學·序》,重慶出版社 1989 年版,第 4 頁。

程度高的文藝作品，即便在藝術價值方面存在某種程度的欠缺，也因為其形式、內容、藝術趣味等方面的接近普通民眾而能夠為廣大官兵所接受。當然，那些用「民族形式」寫作的藝術質量上乘的文藝作品，無疑也能夠受到廣大官兵的喜愛。

二、文藝界的戰地服務、訪問、慰勞：「文章入伍」的外因

軍隊乃國家的干城，在狼煙遍地的抗戰時期，民眾無不心繫軍隊，時常開展戰地服務，或者組織對軍隊的訪問、慰勞，文藝作家、文藝團體總是積極參與，由此把精神食糧輸送到軍隊，部分地實現了「文章」的「入伍」。

文藝界參與戰地服務，最典型的莫過於西北戰地服務團（以下簡稱「西戰團」）。「西戰團」1937 年 8 月 12 日成立於延安，由著名女作家丁玲、左翼作家吳奚如分別擔任正、副主任，初成立時有團員二十多人（後來增加到四十多人），大多為抗日軍政大學的二期學員和延安的文化工作者。「西戰團」經過四十天的政治、工作準備後，於 1937 年 9 月 22 日開赴前線，為戰地軍民服務，直至 1938 年 7 月才返回延安。「西戰團」是一個藝術性的宣傳團體，「該團組織略分通訊，宣傳兩股。通訊股專門採訪戰事消息，戰地各種情景，預備以報告文學形式及各種短小精悍之雜文寫作，並提取供給國內外報章雜誌。宣傳股則分戲劇、歌詠、演講等組，專門向軍隊及邊區群眾作抗日救亡宣傳。一以鼓勵士氣，一以動員民眾配合作戰」〔註11〕。「西戰團」返回延安後，丁玲去馬列學院學習，音樂家周巍峙接替了「西戰團」的領導工作。1938年 11 月 20 日，「西戰團」又在周巍峙的率領下奔赴晉察冀邊區，此後一直戰鬥在抗戰前線，為前線的抗日軍民服務，直到 1944 年 5 月底，才勝利返回延安。

文藝作家、文藝團體參與訪問、慰勞軍隊的事例也很多，如：1938 年 4月，郁達夫、盛成受「文協」派遣，攜帶慰勞前線將士書、錦旗，到臺兒莊勞軍；1938 年 5 月，「文協」選派代表，到航空委員會慰勞空軍；1939 年 6 月至 12 月，老舍、王平陵、胡風、姚蓬子分別參加全國慰勞總會組織的南、北兩路慰問團，赴東南、西北前線慰問等。在這些事例中，影響最大的當數作家戰地訪問團（以下簡稱「訪問團」）。「訪問團」由「文協」組織，王禮錫任

〔註11〕《作家丁玲、史沫特萊等組織西北戰地服務團出發前線》，載 1937 年 8 月 19日《新中華報》。

團長，宋之的任副團長，團員還有李輝英、白朗、陳曉南、袁勃、葛一虹、羅烽、以群、張周、楊騷、楊朔、方殷，加上秘書錢新哲，一共 14 人。「訪問團」於 1939 年 6 月 12 日由重慶出發，經四川、陝西而至洛陽過黃河，入中條山及晉東南，訪問中條山、太行山等戰場，直指當時的長治、長子前線，而後轉道湖北襄樊、隨棗一帶，再由宜昌返回，於 12 月 12 日抵達重慶。「訪問團」歷盡艱辛（團長王禮錫甚至因工作過於煩勞在訪問途中致病而死），實現了「以戰地訪問的形式，溝通前後方的意志，記錄戰場上豐富的戰鬥的生活」的「中心目的」〔註12〕，在戰地文化工作方面亦有收穫。

　　文藝作家、文藝團體置身戰地，同前線軍隊接觸，給他們帶來了精神食糧，促進了「文章」的「入伍」。如「西戰團」經常為戰地軍民演出秦腔、京戲、大鼓、相聲、快板、小調、活報、雙簧等各種節目，且不說「西戰團」在長達六年的戰地服務中隨時隨地的藝術創造，單是其 1937 年 9 月開赴前線前準備的節目，就已經十分豐富：戲劇有出自團員之手的《王老爺》（張天虛作）、《東北之光》（孫強作）、《漢奸的末路》（黃竹君作）、《重逢》（丁玲作）、《最後的微笑》（孫強作）、《保衛蘆溝橋》（抗大十三隊集體創作）和團外人士創作的《放下你的鞭子》《林中口哨》等十五六個；大鼓有《勸國民抗戰》《抗日救國的十大綱領》《難民》《勸夫從軍》等；快板有《大家起來救中國》《蘆溝橋》《國共合作》等；小調有《驅逐日本強盜滾蛋》《新九一八小調》《送郎上前線》《老百姓參加抗戰》《男女一齊上前線》等；雙簧、相聲有《小放牛》等；舞蹈有根據秧歌舞改編而成的《打倒日本升平舞》等；……除演出外，「西戰團」還出版油印的《戰地報》供戰地軍民閱讀。作家戰地訪問團不能像「西戰團」一樣為戰地軍民演出，但其成員根據前線缺少書籍閱讀的情況，不顧路途的遙遠與艱難，攜帶《前線增刊》《抗戰文藝》2000 份，贈送給前方將士。「訪問團」還努力發現軍中的文藝人才，幫助成立軍中的文藝組織，指導軍隊的文藝活動，「訪問團」成員記錄自身行蹤的「筆游擊」中，時常提到這樣的情況，如：「在胡家峪，前線劇社備好了馬匹，由一位姓艾的負責人來邀請一虹和之的兩人到離胡家峪七八里外的毛家灣他們那裡去談話。當由一虹先談了些當前戰劇運動上的問題，以及它的發展趨向。後來由他們提出許多實踐上的問題，分別由兩人作了簡單的答

〔註12〕宋之的：《記「作家戰地訪問團」》，廖全京、文天行、王大明編：《作家戰地訪問團史料選編》，四川社會科學院出版社 1984 年版，第 115 頁。

覆。」〔註13〕「這一天，早晨八點鐘起，七區專署所屬的各文化團體在保安隊部的院子裏開了一個座談會，席間除以群報告兩年來文藝界的發展情形，一虹報告兩年來一般文化的發展動態外，並由本團提出，大家討論，組成了一個晉南區的文協通訊總站，以這個通訊總站作中心，把文協的通訊站公布予晉南各縣，以及中條山的各軍師。」「下午，在五點鐘以前，全體同人幾乎是無間斷的和訪問者談話，解答著屬於小說的，戲劇的，詩歌的以及新聞的各種問題。」〔註14〕所以宋之的在總結「訪問團」的成績時，也特意列出了這麼一條：「經過了他們的訪問，使得戰地的文化工作更有了輝煌的發展。具體的是有幾個地方，都以軍中文化工作者為基幹，組織了文協的通信處，晉東南更成立了文協分會。」〔註15〕

三、軍隊自身的文藝活動：「文章入伍」的內因和主要路徑

如果說文藝創作的大眾化、通俗化為「文章入伍」提供了前提，那麼文藝作家、文藝團體通過戰地服務、訪問、慰勞等形式直接為官兵輸送精神食糧則使得「文章入伍」部分地成為現實。但是，戰地服務也罷，訪問、慰勞也罷，畢竟是短期的、流動的，雖然能夠給軍隊的文藝活動增加活力，卻不夠持久、穩定，因此軍隊自身開展的文藝活動才是「文章入伍」的主要路徑。

為了提高軍隊自身的戰鬥力，同時動員民眾支持軍隊，抗戰時期軍隊對宣傳工作普遍予以關注，文藝是宣傳的利器，也因此而受到軍隊的高度重視。有的部隊甚至出臺了專門的文件，來對文藝工作進行規劃、指導。如八路軍前方總政治部曾與「魯藝」文藝工作團共同擬定《部隊文藝工作綱要》，提出「組織各級文藝習作會和習作組」「出版文藝刊物，編印文藝教材及士兵讀物，擴大機關報和牆報的文藝活動」「成立小型的文藝圖書館」「建立文藝通訊網，發現及培養文藝通訊員」「發動寫小故事、速寫以及其他創作，記文藝日記及集體創作」等幾個要點。〔註16〕後來八路軍總政治部又聯合中共中央文委向

〔註13〕作家戰地訪問團：《中條山中（筆游擊）》，廖全京、文天行、王大明編：《作家戰地訪問團史料選編》，四川社會科學院出版社 1984 年版，第 76 頁。
〔註14〕作家戰地訪問團：《王禮錫先生的病和死（筆游擊）》，廖全京、文天行、王大明編：《作家戰地訪問團史料選編》，四川社會科學院出版社 1984 年版，第 85 頁。
〔註15〕宋之的：《記「作家戰地訪問團」》，廖全京、文天行、王大明編：《作家戰地訪問團史料選編》，四川社會科學院出版社 1984 年版，第 116 頁。
〔註16〕荒煤：《魯藝文藝工作團在前方》，載 1940 年 6 月 15 日《大眾文藝》第一卷第四期。

其下屬部隊下發《關於部隊文藝工作的指示》，該指示充分肯定了文藝工作在軍隊建設中的重要作用，客觀分析了抗戰以來開展軍中文藝工作的有利條件和主要收穫，嚴肅批評了不利於開展軍中文藝活動的錯誤傾向，明確確定了軍隊文藝工作的方針、重心和文藝幹部的培養、使用方式，具體部署了開展軍中文藝工作的一些舉措，〔註17〕可以視為系統、全面的軍隊文藝政策，對人民軍隊的文藝工作具有重要的指導意義。

出於對文藝工作的重視，當時軍隊普遍建立了自己的文藝隊伍，師、旅一級基本上都設有劇社、宣傳隊、文工團等專門的文藝組織。如軍事委員會政治部第三廳曾組建十個抗敵演劇隊和五個抗敵宣傳隊，分發各戰區服務。航空委員會政治部建立神鷹劇團和其分支機構，負責空軍的文藝工作。第五戰區先後成立戰時文化工作團和「文藝人從軍部隊」，其包括作家臧克家、姚雪垠、孫陵、於黑丁、田濤、鄒獲帆等人在內的「筆部隊」曾進行三次「筆征」。八路軍後方留守兵團有烽火劇團、邊保劇團等，晉綏軍區有戰鬥劇社、戰線劇社、戰鋒劇社、呂梁劇社、黃河劇社等，晉察冀軍區有抗敵劇社、戰線劇社、七月劇社、衝鋒劇社、火線劇社、前鋒劇社、前進劇社、前哨劇社、北進劇社、挺進劇社、尖兵劇社等，晉冀魯豫軍區有抗日先鋒劇社、長城劇團、前哨劇社、戰鬥劇團、挺進劇社、野火劇社、戰友劇社、太行山劇團、怒吼劇社等，山東軍區有戰士劇社、實驗劇團、國防劇團、火星劇社、前線劇團、耀南劇團、魯南劇社等。新四軍有抗敵劇團、前鋒劇團、拂曉劇團、火線劇社、大眾劇團、蘇南劇團、奮鬥劇團、鐵流劇團、創造劇團、青年服務團、魯迅文藝工作團以及直接以「文工團」命名的各種文藝組織等。

這些軍隊的文藝組織，當然也會向普通民眾開放，但是其最主要的服務對象，還是軍隊自身。他們開展文藝活動的方式是多種多樣的，而以歌詠和戲劇等方面最成氣候。歌詠的參與面廣，因而成為軍中文藝活動的首選，幾乎每逢出操、集合、集會，都要合唱抗日歌曲，軍中專業性文藝組織在演出時也少不了歌唱節目，如新四軍二師抗敵劇團1940～1941年兩年裏就曾表演過《黃河大合唱》《八路軍進行曲》《新四軍軍歌》《軍民合作》《百團大戰》《文化戰士歌》《反掃蕩》《整訓歌》《春耕曲》《麥子黃》《九・一八大合唱》《抗大校歌》《讚美新中國》《中華民族好兒女》《茂林血債》《血的仇恨》《親

〔註17〕總政治部、中央文委：《關於部隊文藝工作的指示》，載1941年2月15日《八路軍軍政雜誌》第三卷第二期。

日派，陰謀深》《短兵歌》《金牛山上打勝仗》《進擊歌》《參軍小唱》《勞軍小唱》《保衛新路東》《鐵的黨軍》《革命的家庭》《勞苦人的歌》等曲目。戲劇容納量大，對受眾的文化要求低而教育效果又很強，因此也成為軍中文藝活動經常採用的形式。如隸屬於空軍的神鷹劇團曾經上演《一年間》《飛將軍》《保衛領空》《天羅地網》《最後的吼聲》《飛行傳家》《神鷹三部曲》等「空軍戲劇」，也曾演出《放下你的鞭子》《血祭九‧一八》《民族公敵》《炸藥》《我們的國旗》《中國婦人》《打鬼子去》《亂世男女》《花濺淚》《野玫瑰》《江湖人》《勝利號》《雷雨》《群魔亂舞》《法西斯細菌》《家》《重慶二十四小時》《夜光杯》《董小宛》《女店主》《鑄情》《秋子》等其他題材的戲劇。對於戎馬倥傯而又文化水平不高的普通官兵而言，直接接觸文藝作品特別是那些文藝經典的機會是不多的，正是通過軍中文藝組織的活動，他們才能從《黃河大合唱》等名曲中感悟中華民族源遠流長的光榮歷史和中國人民堅強不屈的鬥爭精神，從《雷雨》《家》《鑄情》（即《羅密歐與朱麗葉》）等名著中領略社會生活的複雜多樣，這正是「文章入伍」的一種重要方式。

軍隊在文藝報刊的出版、文藝作品的創作等方面也取得了可觀的成績。為活躍軍中文化，軍隊出版了不少專門性的文藝報刊和兼發文藝作品的綜合性報刊，如航空委員會政治部出版《中國的空軍》雜誌和《飛報》（附有《戰時劇壇》副刊），八路軍總政治部出版《八路軍軍政雜誌》和《前線畫報》。軍中流傳的文藝作品，有的是中外經典名著，有的來自後方，有的則出自前線官兵之手。如一二九師戰士劇社上演的劇目中，既有紅軍時期遺留下來的《反對開小差》《血汗為誰流》《勸郎當紅軍》等，也有大後方流傳過來的《打鬼子去》《八百壯士》《流寇隊長》《三江好》《農村曲》《人命販子》等，更多的還是敵後創作的《查路條》《信號槍》《三階段》《夜摸營》《木頭人》《反掃蕩》《恐日病》《張大疤》《草橋閱兵》《到敵人後方去》《戰區兒童》《紅鼻子歸隊》《紅色游擊隊》《婆婆的覺悟》《鐵牛與病鴨》《聖戰的恩惠》《兩個大尉》《皇道樂土》《皖南事變》《老鄉上冬學》《槍》《回根據地去》等。值得注意的是，有的文藝作品的作者，竟然是運籌帷幄的高級將領。《新四軍軍歌》的歌詞，就是由時任新四軍一支隊司令員後來接任軍長的陳毅創作的。1941 年上高會戰大捷後，參與作戰的七十四軍五十一師師長李天霞親自編寫了戰地劇《上高會戰記》，交由該師新年代劇團在駐地巡演，李天霞 12 歲

的兒子也在劇中飾演了國軍「敢死隊員」。軍隊出版的報刊、創作的作品往往與軍隊生活息息相關，相對而言比較容易為官兵所接受，這應該也是「文章入伍」的一種表現。

　　綜上，在「文章入伍」的過程中，軍隊自身的文藝活動發揮的作用應該更大。但軍隊自身的文藝活動卻沒有受到應有的關注，可以說是抗戰文藝研究的一個新的學術增長點。

第六章　抗戰時期的神鷹劇團

　　抗戰爆發之後，軍隊中的文藝活動蓬勃發展，其中隸屬於航空委員會政治部的神鷹劇團，在空軍戲劇運動等方面取得不菲的成績，是軍中文藝的一個典型標本，值得加以關注。鑒於知之者甚少的情況，本章擬從戰時、戰後的出版物中搜集相關材料並進行考辨，勾勒其基本面貌。

一、神鷹劇團的人員構成

　　神鷹劇團隸屬於國民政府航空委員會政治部，薈萃了戲劇界的不少傑出人物，其負責人為簡樸，重要成員有許建吾、董每戡、陳治策、萬籟天、田禽等人。

　　簡樸（1904～2004），原名簡立貴，字若素，湖北省荊門縣十里鋪鎮建陽驛人（今屬沙洋縣），畢業於黃埔陸軍軍官學校第四期，參加過北伐戰爭，曾任杭州警察局總政治指導員、武漢警備司令部稽查處處長、憲兵政治部主任等職，1938 年後長期在空軍服役，任航空委員會政治部主任、新聞處長，1948年任空軍總司令部少將諮議官、南京特別市黨部監察委員，1949 年去臺後任「中國憲政學會」黨務理事等職。〔註1〕簡樸雖然是個軍人，卻愛好文藝，是國軍空軍軍歌的詞作者。簡樸任航空委員會政治部主任時，非常重視空軍的

〔註 1〕參見陳國強主編：《沙洋縣志》，長江出版社 2013 版，第 1206 頁；朱俊奇編著：《沃疇風流──沙洋古今名人大觀》，中國文史出版社 2011 年版，第 233頁；沈重宇：《蔣介石的親信謀士與情報主管──唐縱》，中國人民政治協商會議江蘇省暨南京委員會文史資料研究委員會編：《國民黨的文官制度與文官考試》（《江蘇文史資料》第 24 輯），江蘇古籍出版社 1988 年版，第 165 頁。

文化建設，創辦期刊《中國的空軍》、報紙《飛報》並分別擔任其發行人、社長，又成立神鷹劇團並自任團長。簡樸親自為神鷹劇團創作了團歌（賀綠汀作曲）：「神鷹神鷹，振翮九萬里，象徵我空軍，向敵索血債，怒轟三島平，從容殺賊顯精神。我們要以藝術的火花，沸騰抗戰的熱情；再接再厲無反顧，大哉我神鷹。／／神鷹神鷹，高飛東海上，勢攝大和魂，縱橫太平洋，威震亞洲濱，長空俯瞰氣吞雲。我們要以藝術的成果，輝映祖國的光明；成功成仁在今日，大哉我神鷹。」簡樸公務繁忙，不會一一過問神鷹劇團的具體事務，但確為神鷹劇團的主心骨，神鷹劇團的發展壯大，是與他的長期主持分不開的，神鷹劇團重要成員董每戡在離開劇團很久後仍對其不把劇團「利用為裝飾門面的點綴品」的「賢明」讚美有加：「六年來，我個人所見過的，隸屬於文武機關及部隊的劇團至少以百數，僅在其中發現了兩位真正懂得劇藝愛護劇藝的人，可是都是軍人，一是航委會總政治部的簡主任若素，我為他創辦了『神鷹劇團』，他對劇藝的理解愛護，是值得我敬佩的；一是這『新年代劇社』的主持人李副軍長天霞，他更進一步理解和愛護劇藝，他自己能作劇，能導劇，在吉安曾建築一座最合理想而國內不易有其二的劇場。」〔註2〕

1938年10月神鷹劇團初建於衡陽〔註3〕時，「有其名而無其實」〔註4〕，只能演出一些簡單的街頭劇〔註5〕。當時劇團除團長簡樸外，僅有許建吾、余夢平、胡蒂子、沈承珩四位成員。余夢平生平不可考，可能是個演員；胡蒂子是劇作家、戲劇理論家董每戡的妻子，曾任上海明星電影公司演員；沈承珩是畫家沈逸千的妹妹，後來在繪畫、話劇表演方面均取得成就〔註6〕，此時她初入藝苑，還非常年輕。許建吾可以說是神鷹劇團初建時期的支柱。許建吾（1903～1988），江蘇南京人，詞作家。他1930年畢業於中央政治工作人員養成所後進入軍隊，任南京衛戍總部秘書、空軍士官學校政訓教官、航空建設總會主任等職。1951年到香港，任香港聯合文商書院音樂系教授、中國聖

〔註2〕董每戡：《迎新年代》，貴陽市檔案館編：《抗戰期間貴陽藝術活動》，貴州人民出版社2006年版，第91頁。

〔註3〕後隨航空委員會轉移，主要活動於成都。

〔註4〕董每戡：《抗戰三年來的空軍劇運》，載1940年8月13日《戲劇戰線》第十、十一期合刊。

〔註5〕《文獻》第2卷第4期曾刊登神鷹劇團在衡陽街頭演出《放下你的鞭子》的劇照。

〔註6〕胡遐：《人生不留白——記戲畫雙兼的沈承珩》，載《江淮文史》1999年第1期。

樂院教授，創辦「音詩學社」，主張詩歌與音樂合流。1954 年赴臺灣，1955 年旅居新加坡、馬來西亞，1969 年重返香港定居。許建吾「對詩詞之教研與寫作，六十多年如一日，從未中輟，與其合作製譜作曲者有：應尚能、李抱忱、黃友棣、林聲翕、陳田鶴、賀綠汀、劉雪庵、胡然、夏之秋、王雲階、邵光、周書紳、李中和、陳之霞諸教授三十餘位，完成的歌詞數百首」。〔註 7〕許建吾是《追尋》等名曲的詞作者，抗戰初期正在空軍服務，因此而與神鷹劇團發生關聯，此時期他創作了大量空軍歌詞。

　　1938 年 10 月，在軍事委員會政治部第三廳工作的董每戡到衡陽養病，許建吾力邀其加入神鷹劇團。12 月底，董每戡與簡樸在貴陽會談後，進入神鷹劇團任編導。董每戡（1907～1980），原名董華，浙江溫州人，著名劇作家、戲劇理論家。1926 年畢業於上海大學，經瞿秋白介紹加入中國共產黨，1927年初任北伐軍第十六軍政治部宣傳科科長，「四·一二」政變後回溫州重建黨組織，因被當局通緝而躲入深山，失去與黨組織的聯繫，轉赴上海從事戲劇活動，1928 年底到日本攻讀戲劇，1929 年底回國從事文藝活動，曾加入左翼作家聯盟和左翼戲劇家聯盟，與魯迅有交往。抗戰爆發後，董每戡先後在軍委會政治部第三廳第六處戲劇科、神鷹劇團、貴州省教育廳戲劇施教隊等處任職。1943 年起，他任東北大學、金陵女子文理學院等校教授，1949 年後任湖南大學、中山大學教授，1957 年被劃為「右派」，1978 年改正，有《董每戡文集》（三卷本）、《董每戡集》（五卷本）等著作行世。〔註 8〕董每戡就任神鷹劇團編導後，馬上到重慶招錄了十名演員，並經趙銘彝和陳白塵介紹劉莽、應雲衛介紹蘇凡來協助他工作，神鷹劇團「正式成立」。〔註 9〕董每戡訓練團員，排演劇目，創辦《飛報·戰時劇壇》，發起「空軍劇運」和「劇人號」獻機運動，並創作《保衛領空》《天羅地網》等多種空軍戲劇，神鷹劇團逐步發展壯大。1941 年 6 月，董每戡赴貴陽任職，離開了神鷹劇團，但他已為神鷹劇團打下良好的基礎。

　　陳治策曾任神鷹劇團副團長，從董每戡《抗戰三年來的空軍劇運》《最近

〔註 7〕參見顏廷階：《中國現代音樂家傳略》，臺灣「行政院文化建設委員會」1992
　　　　年版，第 73～75 頁。
〔註 8〕參見廣州地方志編纂委員會編：《廣州地方志（1991～2000）》第九冊之《〈廣
　　　　州市志·人物志（2000 版）〉補遺》，廣州出版社 2010 年版，第 730～732 頁。
〔註 9〕見董每戡：《抗戰三年來的空軍劇運》，載 1940 年 8 月 13 日《戲劇戰線》第
　　　　十、十一期合刊。

的成都劇壇》等文章提及的情況來看，陳治策是在 1940 年上半年進入神鷹劇團的。陳治策（1894～1954），河南省滎陽縣柏營村人，著名戲劇教育家、導演。他是戲劇界的元老，1920 年畢業於北京大學，1924 年赴美留學，在華盛頓大學、卡尼基大學專攻戲劇理論及表演，1927 年回國後，任河南大學教授，講授西洋戲劇史、戲劇概論等課程，又與熊佛西、余上沅等創辦北平大學藝術學院戲劇系，並與趙元任、陳衡哲、熊佛西、余上沅等人組織北平小劇院，1931 年任中華平民教育促進會戲劇研究會幹事，在河北定縣開展農村戲劇普及工作，1935 年與余上沅等創辦國立南京戲劇專科學校，任教務主任，並講授導演、表演課，王大化、凌子風、石聯星、葉子、劉厚生、張雁等皆出其門下，1937 年隨劇校西遷湖南長沙，1938 年任教於成都省立實驗劇校，後任神鷹劇團副團長、國立劇專教務主任，1949 年後任西南人民藝術學院戲劇系主任。〔註10〕陳治策進入神鷹劇團後，編導了兒童劇《飛行傳家》，於 1940 年兒童節對外公演，又同陳治策、范大槐合作戲劇《神鷹三部曲》，導演了《神鷹三部曲》《女店主》等劇本。陳治策的加盟，使神鷹劇團的實力得以增強，如他導演的《神鷹三部曲》《女店主》上演後，「各報批評一致說是水準以上的演出」〔註11〕。

　　神鷹劇團另一位副團長萬籟天至遲於 1940 年底進入劇團〔註12〕，1944 年尚在劇團工作〔註13〕。萬籟天（1889～1977），亦名萬群，湖北武昌葛店（今屬鄂州）人，著名導演、劇作家。他早年留學日本東京大學，歸國後在北平人藝專門學校學習，為反對日本侵佔中國旅順、大連，曾編導過獨幕戲《東道主》。1924 年後到上海從事電影、戲劇活動，曾任上海明星電影公司編導兼明星電影學校教務主任、南國社電影部主任，1935 年參加「左聯」領導下的中國舞臺協會，任該會首席理事，1938 年任軍委會政治部第三廳第六處戲劇科主任科員。繼在神鷹劇團任職後，萬籟天還擔任過成都南虹戲劇學校戲劇科主任、重慶陪都劇藝社社長、中華劇專教授。1949 年後，萬籟天任中國人民

〔註10〕參見《中國文學家辭典》編委會：《中國文學家辭典》現代第四分冊，四川人民出版社 1985 年版，第 257 頁；林茵、李想主編：《中外戲曲家辭典》，遠方出版社 2009 年版，第 58 頁。

〔註11〕董每戡：《最近的成都劇壇》，載 1940 年 9 月 1 日《戲劇戰線》第十二期。

〔註12〕他於 1940 年 12 月為神鷹劇團導演《天羅地網》，參見董每戡：《天羅地網·自序》，《董每戡文集》下冊，廣東高等教育出版社 1999 年版，第 208 頁。

〔註13〕1944 年《今日電影》第三十四期刊登《神鷹劇團暫時停辦》，內云「領導人萬籟天對『神鷹』亦頗有幹勁」。

解放軍三兵團文工團戲劇指導、東北魯迅文藝學院教授、遼寧人民藝術劇院導演、中國戲劇家協會遼寧分會主席等職。〔註 14〕萬籟天在神鷹劇團時，組織了《羅密歐與朱麗葉》的演出，導演了《天羅地網》《花濺淚》《勝利號》等多部劇作，並親自登臺表演（如飾演《天羅地網》中的「紅鼻子」鄭師彥）。

　　田禽約在 1942 年夏秋進入神鷹劇團任編導，《新華日報》當時曾有報導〔註 15〕。田禽（1907～1984），原名田子勤，河北新安人，戲劇理論家、導演，早年在齊魯大學追隨馬彥祥學習戲劇，在天津《益世報》《庸報》和北平《晨報》《華北日報》等報紙的戲劇副刊發表文章，主編《山東民報》副刊《七日劇壇》，抗戰爆發後南下武漢，供職於軍委會政訓處電影股（中國電影製片廠前身），參加四川旅外抗敵演劇隊入川演出，後任成都抗敵劇團團長、教育部教科用書編委會戲劇組編輯、重慶師範學校藝術導師、國立編譯館副編審等職，抗戰勝利後曾在杭州執教中學，1951 年任湖北教育學院戲劇系教授，1952年任北京中國青年藝術劇院研究員，1958 年後到貴州任劇團編劇。〔註 16〕田禽具有豐富的舞臺經驗和深厚的理論素養，在神鷹劇團任職前後，著譯有《戲劇演出教程》《新演員手冊》《演員初步》《怎樣寫劇》《怎樣寫電影劇》《戰時戲劇演出論》《中國戲劇運動》《蘇聯的戲劇》等大量作品，他的加盟，無疑會對神鷹劇團的發展起到作用。

　　神鷹劇團比較重要的成員還有宗由（曾任演出隊隊長）、章曼蘋、李恩琪、白玲、劉麗影、胡蒂子、段凌、王廣良、賀學勵、劉莽、蘇凡等人。神鷹劇團活動的時間比較長〔註 17〕，加之當時文化團體人員的流動性很大，曾經為神鷹劇團服務的優秀人才遠不止這些。同時，神鷹劇團有一定的開放性，經常與劇團以外的人員合作，如 1939 年初神鷹劇團訓練招錄第一批演員時，就曾

〔註 14〕參見王鴻賓等主編：《東北人物大辭典》第二卷上冊，遼寧古籍出版社 1996年版，第 41～42 頁；湖北省地方志編纂委員會編：《湖北省志・人物（上）》，湖北人民出版社 2000 年版，第 947～948 頁。
〔註 15〕《新華日報》1942 年 9 月 17 日第二版《戲劇掠影》。
〔註 16〕參見胡紹軒：《懷念戲劇評論家田禽》，《現代文壇風雲錄》，重慶出版社 1991年版，第 160～163 頁；周川主編：《中國近現代高等教育人物辭典》，福建教育出版社 2012 年版，第 92 頁；陳玉堂編著：《中國近現代人物名號大辭典（續編）》，浙江古籍出版社 2001 年版，第 46 頁；舒濟主編：《老舍文學詞典》，北京十月文藝出版社 2000 年版，第 529 頁。
〔註 17〕1944 年《今日電影》第三十四期曾刊登神鷹劇團暫時停辦的消息，而且神鷹劇團曾於 1944 年公演《鑄情》《董小宛》，因此其解散當在 1944 年或者 1944年以後。

邀請熊佛西、章泯、賀孟斧、任致榮、楊村彬、王雲階、趙越、王瑞麟、劉念渠、周彥等名人來授課，又如 1943 年神鷹劇團上演曹禺改編的《柔蜜歐與幽麗葉》（即《羅密歐與朱麗葉》，演出時名為《鑄情》）時，就由著名導演張駿祥執導，著名演員金焰、白楊、陶金等人也參與了演出。

二、神鷹劇團與空軍戲劇的創作、出版和演出

神鷹劇團是隸屬於航空委員會政治部的官辦劇團，而航空委員會是當時空軍的領導機關，因而神鷹劇團是以創建空軍戲劇為首要任務的，並在這方面取得比較大的成績。

神鷹劇團「正式成立」後，就打出了創建空軍戲劇的旗號。所謂空軍戲劇，主要是指涉及空軍題材的戲劇。1939 年 1 月，董每戡在重慶招考演員時，曾舉行留渝劇人座談會，在會上提出「建立空軍戲劇」，不久他又發表《建立空軍戲劇》，使這一口號正式形成文字：

> 應當前迫切的需要，航委會政治部提出了「建設大空軍」的口號，跟著，神鷹劇團提出「建立空軍戲劇」的口號，當然，我們不希望口號終於是口號，希望能由口號成為事實；雖說實現它並不怎樣容易，為著抗戰，為著建國，我們應以全力赴之。
>
> 「建設大空軍」是該在精神和物質兩方面從事建設的，在表面上看，物質似比精神來得重要，數量的增多和設備的完善，便可操勝；事實卻並不然，畸形的發展，未必合我們的理想，如果缺乏精神的教育——那就是說缺乏政治的領導，勢必成為缺乏靈魂的肢體，根據了這一個原則，「建立空軍戲劇」的必要就產生了。
>
> 所謂「空軍戲劇」，當然不是狹義的，只限於敘述飛將軍們壯烈犧牲的故事，或描寫他們的公私生活而已，為著建設大空軍，正需要從多方面著手，對內——就是對在地面和天空的一切從事航空事業的人，如駕駛員、射擊員、轟炸員，以至機場和機廠裏的一切服務員所演的劇本，與其用敘述壯烈犧牲的故事及描寫他們公私生活的腳本，不如演一般的社會劇，因為要完成政治領導的任務，該使他們多知道一些他們周圍的現象，他們因工作關係不能常和社會接觸，演劇可以使他們由隔離而轉為趨近。他們可以由戲劇的表現體驗人生，甚至接受戲劇所給予的教訓——政治的教唆，這才能增強

他們的政治認識，完成我們的政治領導，確立精神的建設大空軍的
基礎。同時使他們由緊張的生活中得到安慰，調劑他們的精神生活，
增加他們的作戰的勇氣和工作的效能。對外，就是對一般的社會民
眾——我們的同胞，那倒真正需要特殊內容的空軍劇本，把航空員
英勇作戰壯烈犧牲的故事演給他們看。使他們知道空軍的偉大，因
而生崇拜欽敬之念，有錢的因而出錢購機及增善航空設備，有力的
出力去投考航校，使我國的空軍得到群眾的擁護與支持，精神和物
質兩方面都得到強有力的援助，至於灌輸防空知識等等倒還是其次
的附帶的任務。

　　……

　　那麼，在「建設大空軍」的大前提之下，就有了建立空軍戲劇
的必要，可是這不是一件輕易的工作，不是少數人所能得到的，需
要全國的劇人們全體動員來努力做好這工作，而且更需要有計劃地
推進這一運動，這是我們應負的任務，劇壇的同志們，我們應勇敢
地來執行啊！〔註18〕

此後，董每戡還發表了《空軍戲劇試論》《空軍劇運史初頁》《抗戰三年來的
空軍劇運》等文章，對空軍戲劇問題加以申說。

　　提出「建立空軍戲劇」的口號後，神鷹劇團從創作、出版和演出空軍戲
劇等方面著手，推動空軍戲劇運動的發展。

　　抗戰初期，戲劇運動中的「劇本荒」問題比較嚴重，空軍戲劇更是稀缺，
只有夏衍《一年間》、尤競《血灑晴空》、洪深《飛將軍》等寥寥幾部作品勉強
可以算作空軍戲劇，神鷹劇團成員自覺地投入到空軍戲劇的創作之中。董每
戡加盟神鷹劇團伊始，就開始試寫空軍題材的三幕劇《保衛領空》，邊寫邊由
神鷹劇團排練，至1939年3月對外公演。他的空軍戲劇比較豐富，獨自創作
的還有三幕劇《天羅地網》、獨幕劇《未死的人》《空軍俘虜》《最後的吼聲》
《該為誰做工》等，合作的有《神鷹三部曲》（與陳治策、范大槐合作，《神鷹
第一曲》由董每戡創作）、《被擊落的武士道》（獨幕劇，與鮑希文等合作）、
《悔罪男》（獨幕劇，與田琛合作）等。陳治策進入神鷹劇團後，創作了空軍
題材的二幕兒童劇《飛行傳家》，又將洪深執筆的獨幕劇《飛將軍》改編為《神

〔註18〕原文發表於《黨軍日報》，此據陳壽楠、朱樹人、董苗編《董每戡集》第五卷，
　　　嶽麓書社2011年版，第185～187頁。

鷹第二曲》。田禽以舞臺表演和理論研究見長，但也創作了《活捉日本鬼子》《「魔鳥」下的鬥士》《從軍行》等空軍戲劇。神鷹劇團成員段凌創作了《爭》《兄弟》等獨幕空軍戲劇。李束絲與神鷹劇團聯繫較多，他創作了獨幕劇《雲中孤鳥》《飛》《鐵翼下》《嬌子》、四幕劇《墮落性瓦斯》等多部空軍戲劇，但他是否曾加入神鷹劇團缺乏文字上的證明。

為「引起各方面響應」，鼓勵更多的人創作空軍戲劇，董每戡還提出了「以重金廣事徵求劇本的意見」：

> 一　航空委員會應主辦這一件事，固然許多劇作者與空軍生活隔膜，同時作空軍劇有相當的限制，他們不大願意作，但以重金徵求，或可使劇作者有心去試寫，所謂重金，就是稿費較一般為多，例如普通以六七元千字計，我們倍之。
>
> 二　審定的方法，第一步，指定專人審定認為可用之後，第二步交神鷹劇團試演，演時請大多數人來決定它的等第。
>
> 這樣，庶幾使從事作空軍劇的人增多，並且免掉收買些可讀不可演的劇本。〔註19〕

在鼓勵創作、廣事徵求的基礎上，神鷹劇團聯合同樣隸屬於航空委員會的《中國的空軍》雜誌社，出版了空軍戲劇叢書、神鷹劇叢兩種叢書，空軍戲劇叢書由《中國的空軍》雜誌社丁布夫主編，至少出版了以下五種：《閻海文》（二幕劇，劉益之作）、《保衛領空》（三幕劇，董每戡作）、《空軍魂》（四幕劇，孫怒潮作）、《被擊落的武士道》（獨幕劇集，內收鮑希文執筆、董每戡整理《被擊落的武士道》，田琛作、董每戡整理《悔罪男》，侯楓作《血祭》，田禽作《活捉日本鬼子》，孫達生作《自作孽》五個劇本）、《總站之夜》（獨幕劇集，陶雄作，內收《總站之夜》《閻海文之死》《歸隊》三個劇本）。神鷹劇叢由董每戡主編，至少出版了以下四種：《未死的人》（獨幕劇集，董每戡作，內收《未死的人》《空軍俘虜》《最後的吼聲》三個劇本）、《雲中孤鳥》（獨幕劇集，李束絲作，內收《雲中孤鳥》《飛》《鐵翼下》《嬌子》四個劇本）、《敵》（三幕劇，董每戡作，附收獨幕劇《孤島夜曲》）、《飛行傳家》（獨幕劇集，內收陳治策作《飛行傳家》、楊村彬作《野火》、董每戡作《該為誰做工》、孫達生作《搶救》四個劇本）。陳壽楠《溫州老劇本》一書說神鷹劇叢有第六種《追

〔註19〕董每戡：《抗戰三年來的空軍劇運》，載 1940 年 8 月 13 日《戲劇戰線》第十、十一期合刊。

擊》、第七種《轟炸還轟炸》（均為董每戡作），但未見出版。〔註20〕由此看來，神鷹劇叢應有第五種，是否出版尚未可知。這兩種叢書集中推出空軍戲劇，促進了空軍戲劇運動的繁榮。

　　神鷹劇團既對內，又對外，演出的劇目很多，其中以空軍戲劇最具特色。夏衍的《一年間》〔註21〕、洪深的《飛將軍》、董每戡的《保衛領空》《天羅地網》等空軍戲劇，是神鷹劇團的壓軸戲。下面以1940年神鷹劇團在幾個重大紀念日組織的對外公演為例來加以說明神鷹劇團演出空軍戲劇的大致情況。1940年元旦，為了慶祝新年，神鷹劇團公演了《最後的吼聲》等劇作。該劇是董每戡創作的空軍戲劇，以少女楊幗英購買飛將軍徐煥升等遠征東京的連環畫開端，中間插入陳老漢因兒子被日軍飛機炸死而發瘋的情節，在眾人《建設大空軍》的齊唱中謝幕。6月兒童節，陳治策編導的兒童劇《飛行傳家》對外公演。該劇具體內容目前雖然不是很清楚，但關注的是「幼年航空」卻是可以肯定的。〔註22〕8月14日是空軍節，自8月13日起，神鷹劇團開始慶祝空軍節的公演活動，其中首先演出的就是董每戡、陳治策、范大槐合作的《神鷹三部曲》，一連演出四天。《神鷹第一曲》由董每戡創作，表現少女高玉華為建設空軍慷慨獻金以及其兄高鵬飛和同學徐卓吾克服家庭阻力投效空軍；《神鷹第二曲》由陳治策根據《飛將軍》改編，批評了一些負面現象，高鵬飛、徐卓吾（午）成為空戰英雄而受到人們的盲目崇拜、追捧，高鵬飛沉緬於花天酒地的生活而意志消沉，徐卓吾痛斥達官貴人的茶會、酒筵、香檳和賣淫式的愛情「損害了空軍」「損害了國家民族」，在高鵬飛醉酒的情況下，替他執行任務；《神鷹第三曲》具體內容不詳，藝術性也較弱〔註23〕。11月21日是第一屆防空節，為慶祝防空節，董每戡匆忙趕寫了三幕一景防空劇《天羅地網》，於12月12日起由神鷹劇團在成都智育電影院公演五日。《天羅地網》通過一個家庭的遭遇來激發觀眾建設空軍的熱情，生活氣息濃厚，藝術性較強。錢庸卿富有而吝嗇，不願意為防空獻金，在空襲時被炸傷，長子少

〔註20〕　陳壽楠：《溫州老劇本》，時代出版傳媒有限公司2013年版，第405頁。

〔註21〕　《一年間》寫空軍英雄劉瑞春及其家人在1937年8月至1938年8月一年間的遭遇，被董每戡視為「最有價值」的空軍戲劇。

〔註22〕　參見董每戡：《抗戰三年來的空軍劇運》，載1940年8月13日《戲劇戰線》第十、十一期合刊。

〔註23〕　參見董每戡：《最近的成都劇壇》，載1940年9月1日《戲劇戰線》第十二期。

明不學無術，偷了家裏的存摺，勾結黃家三姨太私逃，預備到昆明再到香港以躲避空襲，誰知在昆明就被炸死，次子幼明熱情明理，不顧父親的反對，投考了航校，女兒露華活潑懂事，積極參加防護團的工作，拿了哥哥票戲所得的銀盾、銀盃去捐獻，一系列的事件使庸卿覺悟，拿出了大半的存款去獻金。劇本快要終結時，天空出現由黨徽、驅逐機、高射炮、照空燈織就的「天羅地網」的剪影。

三、神鷹劇團的其他活動

除創作、出版和演出空軍戲劇外，神鷹劇團進行了一系列卓有成效的活動，概而言之，主要包括以下幾個方面。

其一是演出其他劇目。

神鷹劇團以空軍戲劇為工作的重點，但其演出的範圍也不限於特殊內容的空軍戲劇，其他題材的戲劇，劇團也時常演出。神鷹劇團單獨或聯合其他劇團演出的劇目有《放下你的鞭子》（陳鯉庭）、《血祭九・一八》（王震之、崔嵬）、《民族公敵》（舒非）、《炸藥》（王思曾改編）、《我們的國旗》（中華平民教育促進會）、《中國婦人》（冼群）、《打鬼子去》（荒煤）、《亂世男女》（陳白塵）、《花濺淚》（于伶）、《野玫瑰》（陳銓）、《江湖人》（宗由）、《勝利號》（陳白塵、吳祖光等）、《雷雨》（曹禺）、《群魔亂舞》（陳白塵）、《法西斯細菌》（夏衍）、《家》（曹禺改編）、《重慶二十四小時》（沈浮）、《夜光杯》（于伶）、《董小宛》（舒湮）等，在其演出活動中，《女店主》《鑄情》《秋子》的演出具有一定的標誌性。

1940 年 8 月慶祝空軍節時，神鷹劇團除推出《神鷹三部曲》外，還演出了陳治策導演的另一個大戲——《女店主》。《女店主》是意大利劇作家卡爾洛・哥爾特尼的經典喜劇，講述了一個機靈、美麗、潑辣、聰明的女店主米蘭多琳娜耍弄幾個追求她的顯貴房客的故事。董每戡、劉靜沅對該劇進行改編，賦予女店主杜玉梅游擊隊特工的身份，房客則為幾個漢奸，杜玉梅以自己的美麗和機智，捉弄這幾個漢奸，利用他們之間的矛盾，獲取了重要情報，完成鋤奸任務。改編使得該劇成為現實性很強的抗戰劇，而保留了原作濃厚的喜劇色彩，在抗戰劇中不可多見。「導演和演員都很認真地處理它」，雖然「因排練時間過短，內心細膩的戲並未排出」，還是吸引了「厭看那些口號標語直接說教式的東西」的觀眾，取得了較大成功，演出後彭滄波、伯飛等人在報

紙上發表文章，給予好評，伯飛甚至稱譽《女店主》「是神鷹空前的成就」，「是董陳合作的結晶」。〔註24〕

　　1943 年冬，神鷹劇團籌劃演出莎士比亞的名劇《羅密歐與朱麗葉》，由張駿祥導演。張駿祥特邀曹禺翻譯、改編該劇，曹禺僅用一個多月時間就完成工作，並將劇名改為《柔蜜歐與幽麗葉》。1944 年 1 月 30 日，神鷹劇團在成都國民劇院首演該劇，演出時更名《鑄情》。演出陣容強大，金焰飾柔蜜歐，白楊飾幽麗葉，周峰飾大公，丁然飾霸禮，呂恩飾猛泰夫人，陶金飾墨古裘，章曼萍飾奶媽，姜祖麟飾班浮柳，蘇繪飾悌暴，劉郁民飾勞倫斯長老，徐遲飾藥劑師，趙鈞飾彼得。演出者萬籟天，舞臺監督辛漢文，布景設計李思傑，服裝設計郁風，燈光設計章超群，音樂設計蔡紹序，總劇務李天濟。在導演、演員、舞美人員通力合作下，整個演出相當完整，富有濃厚的藝術魅力。《鑄情》連演 20 餘場，在成都文藝界、知識界反響十分強烈，「被譽為莎士比亞戲劇在中國最完整的一次演出」。〔註25〕

　　1944 年 10 月 15 日～11 月 5 日，神鷹劇團聯合中國實驗歌劇團，在成都國民大戲院演出了歌劇《秋子》。《秋子》取材於真實事件，一個日本青年新婚不久就應徵入伍，來到中國戰場，卻在揚州見到了他的妻子，原來妻子已被徵召為慰安婦，夫妻二人羞憤不已，雙雙自殺，劇作家陳定由此編寫了劇本，並由李嘉、藏雲遠作詞，黃源洛作曲。《秋子》是中國第一部大歌劇，有詠歎調、宣敘調、間奏曲、敘事曲，有獨唱、二重唱、合唱，有管絃樂，有舞蹈場面，其演出的難度是很大的，因此 1942 年 1 月 31 日中國實驗歌劇團聯合中國電影製片廠在重慶國泰大戲院首演該劇時，是大張旗鼓的，僅導演團就由吳曉邦、王沛綸、王瑞麟、史東山、李嘉、馬彥祥、陳鯉庭、賀孟斧、謝紹曾、應雲衛等十位名家組成，演員有張權、莫桂新等六十餘人，演奏三十餘人。次年 1 月 19 日～2 月 3 日，《秋子》在重慶抗建堂第二次演出，除飾演

〔註24〕參見董每戡《女店主・初版自序》（《董每戡集》第四卷，嶽麓書社 2011 年版，第 394 頁）、《關於〈女店主〉》（《董每戡集》第四卷，第 395～396 頁）、《最近的成都劇壇》（1940 年 9 月 1 日《戲劇戰線》第十二期）。《女店主》演出時一票難求，以致產生「妻坐不下坐在夫之膝上、或妻站在後面看不見請夫抱起來看」等「有傷風化」的花絮（董每戡：《自己的話——關於〈女店主〉公演》，載 1942 年 3 月 20 日貴陽版《中央日報》副刊《前路》第五百四十五期），應該是該劇在貴陽由貴州省教育廳戲劇施教隊演出時的情況。

〔註25〕參見田本相、黃愛華主編：《簡明曹禺詞典》，甘肅教育出版社 2000 年版，第 327～328 頁。

大尉的演員有變動外，基本上是原班人馬。1944 年神鷹劇團參與的是《秋子》的第三次演出，這次演出除了使用原樂隊之外，大量啟用新人：導演李束絲，樂隊指揮金律聲，合唱訓練朱鬱之，舞臺監督何守文，舞蹈指導凌佩芳，設計、布景秦威，燈光段凌，服裝沈沉，化妝常大年，主要演員有劉亞琴（飾秋子）、劉鶴雲（飾宮毅）、鄧述義（飾大尉）等。〔註 26〕《秋子》在成都連演20 天 20 多場，這是《秋子》首次走出陪都重慶，也是「該劇自首演以來演出場次最多的一次」〔註 27〕。《秋子》在成都的演出是神鷹劇團對中國戲劇、音樂事業的貢獻，也體現了神鷹劇團的實力。

其二是出版戲劇報刊。

出版戲劇報刊，也是神鷹劇團參與戲劇運動的方式之一。在神鷹劇團出版的戲劇報刊中，《戰時劇壇》週刊最有代表性。《戰時劇壇》創刊於 1939 年5 月 5 日，附在航空委員會政治部所辦的《飛報》上，每週三出版。當時《戲劇時代》《抗戰戲劇》《戲劇新聞》等戲劇報刊均已停辦，《戲劇與文學》《戲劇春秋》《戲劇時代》等尚未創刊，戲劇報刊十分稀缺，因此《戰時劇壇》的創辦具有特殊的意義。

董每戡發表於《戰時劇壇》第一期的《照例說幾句》，相當於發刊詞。該文旗幟鮮明地表明了辦刊的宗旨和態度：「我們雖不是攜槍殺敵的戰士，卻有演劇藝術的武器捍衛家邦。」「我們要在抗戰上盡點綿薄的力，可是我們不能攜槍殺敵，那麼只有拿我們自己的武器——戲劇來參加這神聖的反侵略戰，為國效勞是我們歡喜熱望的，同時幹戲劇又是我們的嗜癖，一舉而兩得，我們該興奮，歡喜！」〔註 28〕正是服務抗戰的宗旨和熱愛藝術的態度，使得《戰時劇壇》得以在艱難的環境下良好運行。

作為《飛報》的副刊，《戰時劇壇》篇幅不大，主要登載短文，但其內容卻很豐富：有戲劇通訊，如《五日新都——神鷹劇團新都行動之特寫》報導神鷹劇團在鄉村的巡迴演出，《劇協，加油！》記載成都戲劇界協會的部分活動；有對劇團、演出、作品的推介，如《介紹孩子劇團》《關於〈北地狼煙〉的幾句話》《推薦〈三兄弟〉——在華日本人民演，鹿地亙作》《序〈戲

〔註 26〕參見重慶市文化局編：《重慶文化藝術志》，西南師範大學出版社 2000 年版，第 319～320 頁。
〔註 27〕張權聲樂藝術研究編委會編：《張權研究紀念文集》，人民音樂出版社 2015 年版，第 40 頁。
〔註 28〕董每戡：《照例說幾句》，載 1939 年 5 月 5 日《飛報》「戰時劇壇」第一期。

劇演出教程〉》《〈敵〉及〈孤島夜曲〉——跋神鷹劇叢之三》《〈吼聲〉序——神鷹曲叢之一》等；有針對現實問題的建言獻策，如《展開二戰區的戲劇戰線》分析第二戰區戲劇運動的狀況以及存在的問題，提出改進意見，《怎樣解決困難——告政府當局與京川劇人們》討論如何在疏散人口、停止娛樂的情況下解決京劇、川劇藝人的生活困難問題；有對抗戰戲劇運動的回顧與展望，如《兩年來的抗戰劇運》回顧抗戰前期的戲劇運動，《抗戰建國劇的型》指出戲劇要負起抗戰建國的使命，不能有固定的「型」，要加強喜劇，要把握住現實；有對戲劇理論的探討，如冠以「編劇論」總題的系列論文《論主題》《論結構》《論危機》等，對編劇藝術進行了較為深入的探討。

《飛報》是四開四版的日報，1939 年 4 月 10 日創刊，第四版為副刊，有副刊《天風》和《日本問題研究》《戰時劇壇》《民族戰士》《現代航空》《四川青年》《英麥曼十日畫刊》《航空與體育》等定期專刊。《飛報》出至 1940 年 10 月 17 日奉令停刊。〔註 29〕《戰時劇壇》附屬於《飛報》，可能是隨著它一起停刊的。《戰時劇壇》一共出了多少期目前不能確定，但至少在六十八期以上，因為董每戡在檢討空軍劇運時說過：「已出六十八期的《戰時劇壇》週刊，應在今後每期加印若干份分發會屬各單位的劇團，在指導及聯絡上可以多得效果。」〔註 30〕在報刊隨辦隨停的抗戰時期，六十八期是一個很了不起的成績，在《戰時劇壇》出到三十多期的時候，董每戡就頗為自豪：「一個戲劇週刊能有此壽命，在我國尚不多見，這點是足以自慰的。」〔註 31〕

神鷹劇團的戲劇報刊以《戰時劇壇》為代表，但不只這一種，如 1944 年為籌募成都劇藝運動基金公演舒湮的四幕歷史劇《董小宛》時，就曾出版《董小宛特刊》，收錄舒湮的《董小宛考證》《曠野中的呼喊——為神鷹劇團公演〈董小宛〉作》、一組對《董小宛》的評論文章（包括馮沅君《舒湮的〈董小宛〉》、劉念渠《烽火時代的悲劇——讀〈董小宛〉》、洪深《讀〈董小宛〉》、藍瑚《一出不是詩劇的詩劇——〈董小宛〉》、唐納《〈董小宛〉與歷史劇》、邵力子《無題》）、《董小宛》劇中的插曲（《郎有心歌》《朝飛》《梅花曲》《琴曲》）

〔註 29〕王綠萍編著：《四川報刊五十年集成 1897～1949》，四川大學出版社 2011 年版，第 501 頁。

〔註 30〕董每戡：《抗戰三年來的空軍劇運》，載 1940 年 8 月 13 日《戲劇戰線》第十、十一期合刊。

〔註 31〕董每戡：《我們的話》，載 1939 年 12 月 15 日《飛報》「戰時劇壇」第三十三期。

以及潘公展、于伶等名人關於董小宛的題詠。神鷹劇團公演《董小宛》取得成功，固然與章曼蘋、白玲、陶金等明星的參與有關，《董小宛特刊》的出版也起到很大作用。

其三是創建空軍歌曲。

戲劇與音樂有著天然的聯繫，因而神鷹劇團在提倡空軍戲劇的同時，也擔負起「創建空軍歌曲的任務」，「把歌詠跟戲劇並重」。〔註32〕

神鷹劇團成員創作了不少空軍歌曲。有的是出於戲劇創作的需要，為戲劇配曲，如董每戡為其《保衛領空》創作了主題歌《飛將頌》（賀綠汀曲）：「龍從雲，虎從風，我們的飛將似虎龍，壯志凌霄漢，豪氣壓長虹。駕著機，雲中霧中保衛領空；駕著機，仰衝俯衝偵察敵蹤。駕著機，把上空的飛賊追；駕著機，把敵人陣地轟。一個個，一個個，都是民族的勇士；一個個，一個個，都是民族的英雄！」有的則是直接創製歌曲，如神鷹劇團團長簡樸曾創作《空軍之歌》（即《空軍軍歌》，劉雪庵曲），描寫「空勤人員之遠大懷抱與勇氣」和「地勤人員努力建軍之熱忱與毅力」〔註33〕：「凌雲御風去，報國把志伸，遨遊崑崙上空，俯瞰太平洋濱。看五嶽三江雄關要塞，美麗的錦繡河山，輝映著無敵機群。緬懷先烈，莫辜負創業艱辛，發揚光大尤賴我空軍軍人。同志們努力努力矢勇矢勤，國祚皇皇萬世榮。／／盡瘁為空軍，報國把志伸，那怕風霜雨露，只信雙手萬能。看鐵翼蔽空馬達齊鳴，美麗的錦繡河山，輝映著無敵機群。我們要使技術發明日日新，我們要用血汗永固中華魂。同志們努力努力同心同德，國祚皇皇萬世榮。」又如許建吾在神鷹劇團時創作了《建設大空軍》《空軍轟炸曲》《空軍驅逐歌》《神鷹三部曲》等歌曲，其中《神鷹三部曲》（亦名《空軍三部曲》，王雲階曲）最為典型，第一部為《出征》：「青天朗朗，大地茫茫，威武的神鷹群展開在停機線上。時候到了，穿好飛行的衣裳，裝好炸彈和機槍。白旗招展，白旗招展，撥動螺旋槳，起地遠飛航。朋友們抱定決心，朋友們拿定方向，我們去清算暴寇的血賬，我們去膺懲強盜的猖狂，我們去膺懲強盜的猖狂。」第二部為《轟炸》：「飛飛飛，隊形整齊向前飛；飛飛飛，開大油門向前飛。飛飛飛飛飛飛飛，飛出雲洞，飛出霧海。哈哈哈，目的地不遠了，加足馬力，瞄準目標。不怕敵人的高射炮亂

〔註32〕董每戡：《〈吼聲〉序——神鷹曲叢之一》，載1940年6月12日《飛報》「戰時劇壇」第五十九期。
〔註33〕《空軍軍歌》編者按，載1947年9月1日《航空建設》第二卷第六期。

射，敵機來窮追。衝開火網，衝開重圍，俯衝再俯衝。**轟轟轟轟轟轟轟**，正義的火花在怒放，人道的吼聲響如雷，千百萬代價的敵機油庫，千百萬代價的敵艦炮壘，炸得粉碎炸成灰。」第三部為《凱旋》：「勝利勝利，這次勝利不算強；勝利勝利，這次勝利莫誇揚。黃河黃，長江長，在望都在望；巍峨的山城，肥美的田莊，在望都在望。這是我們祖宗的遺產，這是我們美麗的家鄉。看那廣大的土地已淪亡，千萬的同胞在悽惶。勝利麼，這次的勝利不算強，勝利麼，這次勝利莫誇揚，最後的勝利我們要飛回上海南京北平瀋陽，那昔日的飛機場才是我們凱旋的地方凱旋的地方！」

　　正如廣泛徵集空軍劇本出版神鷹劇叢一樣，神鷹劇團還曾把本團創作及常唱的歌曲彙集起來，出版神鷹曲叢。神鷹曲叢以空軍歌曲為主，但不限於空軍歌曲，一般抗戰歌曲也適當收錄了一些。

　　對於神鷹曲叢中的空軍歌曲，神鷹劇團時常演唱，留下了文字記載。如林煥平的《西北採訪記》記載了成都文化界發動「建軍運動宣傳周」，在少城公園舉行歌詠大會的情景：「進去是一大廣場，已黑漆一團的擠滿了盡是穿藍布衣衫的樸素男女學生和民眾，先由中央軍校軍樂隊演奏『土耳其序曲』，繼由天明，業餘，電信，青年會等四歌詠團四部合唱『建軍歌』，航委會政治部神鷹劇團唱『神鷹之歌』，『建設大空軍』……」〔註34〕又如徐宗秀介紹 1939 年 11 月 4 日中國空軍在成都首創空戰勝利紀錄後成都民眾對空軍的慰勞情況：「航委會政治部神鷹劇團於 5 日整隊前往四聖祠街仁濟醫院慰勞傷員，並演唱『哥哥空戰凱旋回』、『我愛空中英雄』等歌曲，該團還於晚上發空戰勝利傳單，民眾興奮激昂。」〔註35〕

　　其四是參與社會活動。

　　神鷹劇團積極參與社會活動，為抗戰服務，比如周文就曾記載神鷹劇團參與成都的魯迅紀念活動的情況：「主席團是：教育廳，省黨部，市黨部，市政府，文協，青記，中蘇，木協，神鷹。推楊全宇市長作了主席。臺下面的全個場子，黑壓壓的坐了一千多人。也如歷次的紀念一樣，會場是那麼的肅然而沉靜……最後由 SY 朗誦《這樣的戰士》，神鷹劇團和行轅政工大隊先後列

〔註34〕林煥平：《西北採訪記》，《林煥平文集》第 6 卷，廣西師範大學出版社 2000
　　　　年版，第 103 頁。

〔註35〕徐宗秀：《略說抗戰時期成都的文化宣傳活動》，《成都新文化文史論稿》第 1
　　　　輯，成都市文化局 1993 年編印，第 181 頁。

在臺前各唱一首輓歌，東救唱救亡歌曲，其後，全體合唱了《義勇軍進行曲》，在軍樂聲中完成這個盛大的集會。」〔註36〕

在神鷹劇團參與的社會活動中，影響最大的可能是發起「劇人號」獻機運動。1940年夏，為了慶祝空軍節，神鷹劇團發起「劇人號」獻機運動，由董每戡起草電文，委託中央社發給全國劇人：

> 中央社轉全國各劇團劇人公鑒：「七七」盧溝橋之變頓起，「八
> 一三」全面抗戰展開，翌日（「八一四」）我英勇空軍於杭州市空迎
> 擊敵機，予彼打擊者以打擊，樹抗戰勝利之先聲，敵寇於焉喪膽，
> 湖山為之壯色，空前偉績，三載於茲，回憶當時，愈增感奮！今者
> 抗戰已轉入更深之階段，建國亦漸上躍進之途程，強大之空軍，亟
> 待建設，鞏固之國防，急須完成。敝團有鑒及此，故不辭冒昧，敢
> 為創議，擬請全國劇壇諸同志利用雙十第三屆戲劇節（或其他時機）
> 舉行獻機募捐公演，將全部收入款項，匯交中國航空建設協會，委
> 託代購小型驅逐機一架，命名「劇人號」奉獻於政府，夫集腋原可
> 成裘，積土亦能成丘。區區十數萬元，不難咄嗟立辦，且既可藉以
> 宣傳建設大空軍，復可為吾輩努力建國建軍之佐證，想我劇界同仁，
> 愛國素不後人，定邀贊許。他日有成，非但敝團之欣幸，亦我劇界
> 之殊榮，為此特電奉聞，敬希共襄盛舉，無任盼禱之至。謹致抗戰
> 勝利禮！航委會政治部神鷹劇團全體同叩。〔註37〕

電文發出後，戲劇界紛紛響應，掀起了聲勢浩大的戲劇界獻機運動。從《新華日報》當時的報導就可窺一斑。9月15日二版：「軍委會政治部抗敵演劇二隊為響應『劇人號』獻機運動，十五日起在長沙公演。」9月17日二版：「崑劇界響應獻機，將聯合公演募款。」9月18日二版：「贛州公餘聯歡社舉行平劇三日，募款響應『劇人號』獻機運動。」10月18日二版：「築戲劇界募款獻機運動，收入已達三萬七千餘元。」10月28日二版：「粵藝術館演奏樂劇捐款，響應『劇人號』獻機。」11月14日一版：「桂林新聞界和戲劇界，籌募獻捐『記者號』和『劇人號』。」

〔註36〕周文：《魯迅成都的紀念》，《周文文集》第三卷，作家出版社2011年版，第340頁。

〔註37〕董每戡：《「劇人號」獻機運動》，載1940年9月15日《戲劇戰線》第十二期。

下編　抗戰文學作家作品論

第七章　徐盈抗戰時期的
短篇小說創作

　　徐盈是《大公報》的著名記者，1930 年代中後期至 1940 年代，他和夫人子岡在新聞界叱吒風雲，創造了事業的輝煌。儲玉坤 1939 年出版其後來頗有影響的著作《現代新聞學概論》〔註1〕，內中推崇徐盈和范長江、陸詒、曹聚仁的戰地通訊「最為著名」〔註2〕。抗戰時期西南聯大開設大一國文課，曾為學生選定課外讀物二十種，其中就有徐盈和范長江的新聞通訊新著各一冊，「放在最前面，表示特別重視」〔註3〕。《大公報》老報人陳紀瀅在幾十年後仍然難以忘懷徐盈的新聞成就，稱其「當時固傲視群倫，今天仍罕見其匹」，「在抗戰八年中，我還沒遇到像徐盈這樣肯鑽研、肯下工夫、以及有廣泛智識的記者，能與他並行當時」〔註4〕。徐盈同時也是一位作家，他從中學時就開始文藝活動，全面抗戰時期創作更是臻於成熟，寫作了一大批有特色的小說力作〔註5〕。也許是因為徐盈作為記者的聲譽過隆，掩蓋了他的文學成就，人們幾乎忽略了他作為作家特別是優秀小說家這一事實，迄今似乎僅有陳思廣先生論及其長篇小說《蘋果山》〔註6〕。鑒於徐盈的小說創作以短篇為主和

〔註 1〕該書幾次再版，是當時教育部認定的唯一一部大學新聞專業用書。參見馬光仁主編《上海新聞史（1850～1949）》，上海：復旦大學出版社 2014 年版，第 1076 頁。

〔註 2〕儲玉坤：《現代新聞學概論》，世界書局 1939 年 7 月版，第 152 頁。

〔註 3〕沈從文：《人間重晚晴——〈子岡作品選〉序》，《沈從文文集》第 11 卷，中南出版傳媒集團、湖南人民出版社 2013 年版，第 91～92 頁。

〔註 4〕陳紀瀅：《三十年代作家直接印象記》，臺灣商務印書館 1986 年版，第 169、172 頁。

〔註 5〕徐盈的不少新聞通訊也具有較強的文學性，此外還寫作過電影劇本《青梅竹馬》。

〔註 6〕參見陳思廣《中國現代長篇小說史話》（武漢出版社 2014 年版）、《四川抗戰小說史（1931～1949）》（中國文聯出版社 2015 年版）。李輝英《中國現代文

長篇已有陳思廣先生的研究等情況，本章擬對徐盈的短篇小說創作（主要是抗戰時期的短篇小說創作）進行述評。

一、徐盈文藝活動概況

徐盈（1912～1996），原名徐緒桓，字奚行，山東德州人。他青年時代先後就讀於北平大同中學、保定河北農學院、南京金陵大學農業專修科，1935年大學畢業後任隴海鐵路鄭州苗圃、海州枕木防腐場工務員。1936年底進入《大公報》任練習生、外勤記者，後來升任採訪部主任、駐北平辦事處主任。北平和平解放後，徐盈在由《大公報》天津版改版而成的《進步日報》擔任領導工作，1952年調往北京，歷任政務院宗教管理處副處長、國務院宗教事務局副局長、全國政協文史資料研究委員會副主任等職。

徐盈在中學時代就開始了文藝活動，1930年與左翼文藝青年金丁等組織「嘯社」，編輯《社會晚報》副刊〔註7〕，1931年參加「《北斗》讀書會」，同年由孫席珍介紹加入中國左翼作家聯盟北方部〔註8〕。在中學期間，徐盈還曾捐出《一個窮苦青年的經歷》（《青年界》徵文應徵作品，刊於該刊第二卷第一期）不菲的稿酬作為辦刊經費，與金丁、蘆焚（師陀）創辦文藝刊物《尖銳》。〔註9〕1932年徐盈進入保定河北農學院學習，擔任該校「左聯」小組負責人，發展「左聯」盟員十餘人。〔註10〕1933年徐盈離開保定後，繼續參加文藝界的活動，比如1936年曾在《中國文藝工作者宣言》上簽名，呼籲文藝工作者為反對日本帝國主義、爭取民族自由進行英勇鬥爭。〔註11〕

學史》（香港文學研究社1978年版）第十四章「小說創作與抗戰」第四節「重要的小說作家和作品（中）」列有「徐盈和子岡」，但對這對夫婦作家的論述不過百餘字。

〔註7〕馬俊江：《〈尖銳〉雜誌上的左翼文藝青年蘆焚》，劉增杰、解志熙編校：《師陀全集續編・研究篇》，河南大學出版社2013年版，第781頁。

〔註8〕姚辛：《左聯詞典》，光明日報出版社1994年版，第207頁。

〔註9〕馬俊江：《〈尖銳〉雜誌上的左翼文藝青年蘆焚》，劉增杰、解志熙編校：《師陀全集續編・研究篇》，河南大學出版社2013年版，第781頁；金丁：《同魯迅先生來往的幾點印象》，《中華文史資料文庫・文化教育編》第15卷《文學藝術》，北京：中國文史出版社1996年版，第15頁。

〔註10〕申春：《「左聯」保定小組史實補述》，載《新文學史料》1990年第4期。

〔註11〕《中國文藝工作者宣言》，中國社會科學院文學研究所現代文學研究室編：《「兩個口號」論爭資料選編（上）》，知識產權出版社2010年版，第354～355頁。該宣言由魯迅、曹禺、唐弢、巴金、茅盾、靳以等四十多位作家共同簽署。

抗戰期間，徐盈長時間擔任中華全國文藝界抗敵協會（「文協」）候補理事〔註12〕，參加「文協」組織的各種活動，並擔任小說座談會（後改稱「小說晚會」）主持人〔註13〕。

　　當然徐盈最主要的文藝活動還是創作特別是小說創作，他發表、出版了不少的小說作品。1930年代初至全面抗戰爆發，可以視為徐盈小說創作的前期（嘗試期）。他是通過開明書店的《中學生》雜誌登上文壇的，該刊經常刊登他的作品，其《父與子》《一個中學生所講的》《冬》《一個工人》《螢》《避》《同學錄》（系列短篇，包括《第一個戀人》《英雄》《家》《三個「九一八」》《林韻》《霜》）等短篇小說相繼發表於此。徐盈是「左聯」的成員，他前期的小說也有不少發表在「左聯」的刊物上，如《旱》《福地》發表於姚蓬子、周起應（周揚）主編的「左聯」機關刊物《文學月報》，《春汛》《兩萬萬》發表於張磐石、陳北鷗等主編的北方「左聯」機關刊物《文藝月報》，《糞的價格》《七月流火》發表於北方「左聯」成員王餘杞主編的《當代文學》。此外，徐盈前期的小說還散見於《文學導報》《東方雜誌》《文史》（北平）、《國聞週報》《大公報・文藝》等報刊。全面抗戰爆發至新中國建立，是徐盈小說創作的後期（成熟期）。此時期作為記者的徐盈非常忙碌，但仍然堅持小說創作，《抗戰文藝》《文藝陣地》《七月》《時與潮文藝》《文藝月刊・戰時特刊》《中原》《文學月報》（重慶）、《戰時文藝》《文學創作》《文藝先鋒》《中蘇文化》《學習生活》《天下文章》《民主世界》等報刊上面都有他的作品面世，如《新的一代》《禹》《漢苗之間》（即《方委員》）、《十年》（即《東北角》）等發表於《抗戰文藝》，《徵兵委員》《勸善的》等發表於《文藝陣地》，《漢夷之間》（即《漢夷一家》）等發表於《七月》，《新約篇》《漢藏之間》（即《藏家小姐》）、《學兵記》《入伍後》等發表於《時與潮文藝》。這一時期徐盈還出版了自己的短篇小說集〔註14〕和長篇小說，短篇小說集有《前後方》（建國書店1943年版）、《戰時邊疆的故事》（中華書局1944年版）等，長篇小說即《蘋果山》（人間出版社1943年版）。

〔註12〕《中國文學家辭典》（四川人民出版社1982年版）等書誤作理事，據《新華日報》等報刊當時的報導訂正。

〔註13〕（「文協」）研究部：《研究部報告》，載1939年4月10日《抗戰文藝》第四卷第一期。

〔註14〕李輝英《中國現代文學史》斷言徐盈「不曾出版過集子」（香港文學研究社1978年版，第263頁），這種說法是不確切的。

　　徐盈的一些短篇小說，在當時產生了較大的反響，被收入不同的新文學選本。如《徵兵委員》1938 年發表於《文藝陣地》後，被收入新流書店 1940 年 9 月出版的《八十家佳作集》。《八十家佳作集》選取 1935～1939 年的 100 個短篇結成集子，分為十輯，其中第十輯《火拼》收錄了白朗《清償》、楊朔《火拼》、天虛《火網裏》、徐盈《徵兵委員》等作品。編選者很看重《徵兵委員》，在叢書的總序中還特別提及這篇作品：「我們在這《抗戰前後八十家佳作集》中可以看到《賑米》至《徵兵委員》雖是中國的殘留的惡勢力在作祟，然而經過了《火拼》以後，不用說《包身工》的契約要廢除了。」〔註15〕濤匯出版社 1940 年 11 月出版「濤匯文叢」，第一輯收錄彭慧《九秀峰下》、駱賓基《千人塔下的聲音》、周冷《胡隊長》、丁乙《金行長》、徐盈《徵兵委員》、李勵文《一個小學校長的奇遇》、端木蕻良《泡沫》、寒波《兩縣長》、易丹《遷廠》九篇小說，將這一輯直接命名為《徵兵委員》，對徐盈《徵兵委員》的推崇也可見一斑。再如《向西部》（即《報告》）1940 年發表於《中蘇文化》雜誌第六卷第五期後，得到作家、翻譯家徐霞村的青睞，幾次將這篇作品收入他主編的小說選集之中。1942～1943 年，徐霞村編選了《小說五年》，由建國書店印行。《小說五年》一共三集，收小說三十餘篇，多為名家名篇，包括張天翼的《華威先生》《新生》、姚雪垠的《差半車麥秸》《牛全德和紅蘿蔔》、蕭乾的《劉粹剛之死》、吳奚如的《蕭連長》、端木蕻良的《風陵渡》、沙汀的《在其香居茶館裏》《聯保主任的消遣》、艾蕪的《紡車復活的時候》《秋收》、茅盾的《某一天》、巴金的《某夫婦》、魯彥的《陳老奶》、司馬文森的《吹號手》、碧野的《烏蘭不浪的夜祭》、荒煤的《支那傻子》、沈從文的《王嫂》、郭沫若的《月光下》等。徐盈的《向西部》也被選中，並作為第三集的第一篇。1946 年，徐霞村編選的《名著選集》由建國書店出版，其中第六種以徐盈的《向西部》命名〔註16〕。此外，尚有《新的一代》被收入《抗戰文藝叢選》（李輝英編選，中國文化服務社重慶分社 1942 年版）、《漢苗之間》被收入《後方集》（茅盾、巴金、沙汀、艾蕪等著，天下圖書公司 1946 年版）、《福地》被收入《豐收》（十八集團軍總政治部宣傳部選編，印工合作社 1944 年版）等。

　　徐盈的一些短篇小說，經歷了時間的檢驗，仍顯示出其多方面的價值，

〔註15〕施若霖：《八十家佳作集序》，《火拼》，新流書店 1940 年版，第 2 頁。
〔註16〕這套叢書與《小說五年》所選作品多有重合，除《向西部》外，其他幾種分別為《某夫婦》《風陵渡》《紡車復活的時候》《月光下》《喬英》等。

或被收入權威選本，視為那個時代的代表性作品，或在數十年後仍被當年的讀者提及。他的《旱》被收入《中國新文學大系 1927～1937》第四集（小說集二·短篇卷，上海文藝出版社 1984 年版），《漢苗之間》被收入《中國新文學大系 1937～1949》第四集（短篇小說卷二，上海文藝出版社 1990 年版），《徵兵委員》《新的一代》被收入《中國抗日戰爭時期大後方文學書系》第三編小說第三集（重慶出版社 1989 年版），《黑貨》被收入《中國現代短篇小說鉤沉》第三卷（中國社會科學院文學研究所現代文學研究室編，北嶽文藝出版社 1999 年版）。老作家孫犁晚年回憶了自己青年時期閱讀徐盈《福地》等作品的情況，稱其為「叫人記得住的小說」：「大概是三十年代中期，我在《文學月報》第五、六期合刊上，讀過一篇小說，題名《福地》，作者徐盈。這篇小說，以保定第二師範革命學潮為題材。後不久，我又在《現代》雜誌上，讀了一篇小說，以國民黨特務在上海秘密突擊捕捉共產黨員為題材，作者金丁。這篇小說的題目，後來忘記了，最近從《現代》編者施蟄存的回憶錄中得知，為《兩種人》。」〔註 17〕

二、徐盈短篇小說的取材特點

　　徐盈、子岡夫婦從事新聞工作之前已有幾年的文學創作經歷，文學功底紮實，因此陳紀瀅在談及他們新聞方面的成就時說：「他們夫妻二人，與其說新聞成全了他們，倒不如說文學促成他們在新聞上的成功。」〔註 18〕陳紀瀅的看法是有道理的，我們還可以進一步說，文學促成新聞，新聞也促成文學，對於徐盈而言，新聞與文學如車之雙輪、鳥之兩翼，相輔相成。新聞行業的從業經歷使得徐盈見聞廣博，視野開闊，具有敏銳的觀察力和穿透力，這一點特別影響到他小說的取材，題材寬泛而具有尖端性和開創性，是徐盈短篇小說的顯著特點。

　　徐盈初登文壇之時，其小說創作的取材主要集中在兩個領域：其一是青年知識分子的生活。如《同學錄》寫李榮等一群青年學生的學校生活及畢業後的不同人生道路，《一個中學生所講的》寫嚴酷的考試淘汰制度對青年學生天性與生命的扼殺，《冬》寫青年學生查禁日貨的愛國行為，《螢》《一個工人》寫青年知識分子離開學校後在職場的打拼，《春汛》寫一個從前線回到後方的

〔註 17〕孫犁：《小說雜談》，《尺澤集》，百花文藝出版社 2012 年版，第 68 頁。
〔註 18〕陳紀瀅：《三十年代作家直接印象記》，臺灣商務印書館 1986 年版，第 192 頁。

青年知識分子心靈的迷茫，《福地》寫學潮失敗後青年學生在監獄遭受的非人待遇，《蟻》寫一群鄉村知識分子為一個革命青年舉行的葬禮。其二是農村的狀況。如《兩萬萬》《糞的價格》寫外國資本輸入、產品傾銷造成農村的破敗與凋敝；《領粥》《水後故事》寫水災之後的慘況，前一篇中粥場突然關閉，衣食無著的災民哀告無門，後一篇中災民聚集在地勢較高的蜈蚣嶺躲避水患，卻被保安大隊當作土匪剿殺，連窩棚也被焚毀「以絕後患」；《七月流火》《旱》寫大旱之年官紳勾結，不顧災情催繳欠租，抬高糧價，終於激起災民的反抗怒火。

進入《大公報》工作之後，徐盈走南闖北，足跡遍及大半個中國，其視野更為開闊，小說創作的取材也更為寬泛。他既寫現實（以《徵兵委員》為代表的大部分作品都是現實題材），也寫歷史（如《禹》）；既寫前線的火熱（如《范築先》《戰長沙》），也寫後方的庸常（如《歷史的命運》《當死亡遠離的時候》）；既寫國統區（如《黑貨》《向西部》），也寫淪陷區（如《蘋果山》《十年》）；既寫邊陲之地的少數族群（如《藏家小姐》《四十八家——一個擺夷的故事》），也寫遠赴異域謀求生路而不忘回報祖國的華僑（如《梁金山》《三六九一公里》）和居住在中國的各色各樣外國人（如《新約篇》《閨情》《啞》）；既寫乍現的光明（如《新的一代》《民權初步》），也寫殘留的黑暗（如《日常生活》《新事業》）；……社會生活的方方面面，都在他筆下有所反映。

孫犁曾經這樣分析徐盈的《福地》和金丁的《兩種人》讓他難以忘懷的原因：「這兩篇小說，看過已經快半個世紀了，其內容記得很清楚，而且這兩位作者，並不是經常發表小說的。我曾經和一個河南的青年同志談起過，自己也有些奇怪：那一時期，我看的小說，可以說很不少，為什麼大多數都已忘記，唯獨記得這兩篇呢？……經過分析，我認為：前兩篇小說，我所以長期記得，是因為它所寫的，是那一個時代，為人所最關注的題材，也可以說是時代尖端的題材。……這不能叫做題材決定論，還是因為兩位作家的成功的創作。」〔註19〕這裡實際上道出了徐盈的小說在題材方面的一個特點——寫「尖端」題材，即時人最為關注的重要題材。

在徐盈小說創作的嘗試期，就已經初步顯示出這一特點。比如1928～1930年華北、西北、西南13省大旱，受災人口1.2億，餓死300萬人以上，1931年長江、淮河流域16省又遭受百年未遇的洪災，受災人口1億，淹死20萬

〔註19〕孫犁：《小說雜談》，《尺澤集》，百花文藝出版社2012年版，第69頁。

人以上，死亡 370 萬人，自然災害成為人們關注的焦點之一，徐盈創作了《旱》《七月流火》《領粥》《水後故事》《疫》等一系列作品來表現災害，這些作品既寫天災，也寫人禍以及災民的覺醒和反抗，和丁玲被人稱道的《水》有異曲同工之妙。又如 1930 年前後爆發世界性的經濟危機，外國資本、商品大量侵入中國，中國傳統的農業、手工業面臨破產，農村經濟凋敝，成為當時人們關注的又一焦點，徐盈創作了《糞的價格》《兩萬萬》等作品來予以表現。《糞的價格》中農民豐收了，可是用來肥田的糞卻賣不出去，農人們皺著眉頭感歎：「好年頭鄉下人也是照樣過不去，照樣不夠還帳的，豐收又有什麼用，田裏還上什麼糞呢？」這不由得讓人聯想到茅盾的《春蠶》、葉聖陶的《多收了三五斗》等表現「豐收成災」的作品。《兩萬萬》中政府向外國借的價值兩萬萬的麥、棉，《糞的價格》中在窮鄉僻壤傾銷的肥田粉（化肥），也讓人想到《春蠶》中的洋紗洋繭、《多收了三五斗》中的洋米洋麵，小說於不經意間揭示了帝國主義的經濟侵略。

進入小說創作的成熟期後，作為新聞記者的徐盈感覺更為敏銳，更能感應時代的脈動，聚焦於民眾最為關注的題材。比如，軍隊是國家的干城，戰爭期間軍隊的來源和素養更是關乎國運民生，徐盈用藝術的形式對民眾關心的這一問題進行了思考。他的《徵兵委員》既暴露了義務兵役制遭遇地方實力派抵制的問題，也刻畫了秉公執法的徵兵委員吳克家的剛正形象，表現了底層民眾對義務兵役制的支持，是最早問世的兵役題材的佳作之一。《入伍後》《學兵記》《一個兵的成長》《幹部手記》《當死亡遠離的時候》《煩》等一系列作品則表現了知識青年的從軍經歷，描述了他們進入軍隊之後的遭遇以及他們對現實的困惑、對未來的希冀。又如，西南、西北等地是支持抗戰的大後方，在戰爭曠日持久、國家經濟極端困難的情況下，大後方的經營、開發就顯得非常重要，也是輿論關注的焦點之一，徐盈的一些作品表現了政府經營、開發大後方的情形（包括其中滋生的一些負面現象）。《向西部》中，省農業實驗分場兩位年輕的技術人員立志振興西部農業，在得不到高場長支持的情況下，他們自謀出路，果斷拜會鄭司令、包神父等頭面人物，積極謀求支持推廣植棉，終於取得初步成效，連「倮倮」〔註 20〕也羨慕得偷竊了「特約農戶」的棉種去自己的地裏種植。《黑貨》中雖然各路勢力都在大顯神通，搶購

〔註20〕即彝族，也稱「夷」。下文中的「比母」是彝族的神職人員，「黑骨頭」是彝族的貴族，「白骨頭」「娃子」是貴族的奴隸。

地上的「黑貨」（煙土），中央某高級學術機關派來的「我」探究的卻是地下的「黑貨」（礦產）。再如，1943 年國民政府廢除近代以來與列強簽訂的所有不平等條約，與美、英等國重訂「新約」，受到舉世關注，徐盈迅速寫出《新約篇》予以表現。

作為記者，徐盈的新聞報導是以開創性著稱的，他關於紅軍長征後江西老蘇區狀況的報導、全面抗戰初期八路軍戰略戰術和群眾工作的報導、抗戰時期西北各省政治經濟狀況和民族宗教問題的報導、解放戰爭時期馬歇爾軍事調停的報導等等，都以其內容上的新穎而產生重大影響，他還是「中國經濟報導的先行者」〔註 21〕，他的系列經濟通訊和對工商界人士的報導（後結集為《當代中國實業人物志》出版）突破了新聞報導偏重於時政新聞和社會新聞的窠臼。也許是新聞記者的敏銳使然，在小說創作的取材方面，徐盈同樣也表現出很強的開創性。前述寫知識分子從軍經歷的系列作品、寫後方資源開發的《向西部》和《黑貨》，以及寫鄉紳怎樣一步步走上抗日道路的長篇小說《蘋果山》等，就題材而言在抗戰文學中是很少見的。兵役題材雖然在抗戰文學中很流行，但徐盈的《徵兵委員》1938 年 7 月發表於《文藝陣地》第一卷第六期，比洪深的《包得行》（1939 年夏創作，8 月開始公演）、艾蕪的《意外》（1940 年 7 月創作，同月發表於《現代文藝》第一卷第四期）、沙汀的《在其香居茶館裏》（1940 年 11 月創作，12 月發表於《抗戰文藝》第六卷第四期）、吳雪等人的《抓壯丁》（1943 年在延安修改完成）等兵役題材的代表性作品問世都要早，也是有一定開創意義的。題材方面的開拓，是徐盈對抗戰文學獨特而重要的貢獻，除上面簡略提及的外，徐盈小說在題材方面的開拓，特別表現在邊地與少數民族題材、國際題材兩個方面。

在「三十年」現代文學的前兩個「十年」裏，邊地與少數民族題材的作品比較少見，艾蕪、周文、馬子華是這一領域寥寥可數的開拓者。隨著全面抗戰的爆發，邊疆建設得到前所未有的重視，廣大知識分子也因為京滬文化中心的陷落而獲得了深入邊疆的機會，邊地與生活於邊地的少數民族開始受到文學較大程度的關注。在邊地與少數民族題材的初次勃興中，徐盈很有代表性。首先，其他作家也創作此類作品，如陽翰笙有《塞上風雲》、老舍和宋之的有《國家至上》、郭沫若有《孔雀膽》、臧雲遠等有《苗家月》、羅永培有

〔註21〕徐東、吉瑾：《徐盈：中國經濟報導的先行者》，載《縱橫》2007 年第 4 期；柳斌杰主編：《中國紅色記者》下冊，人民出版社 2011 年版，第 35 頁。

《喜馬拉雅山上雪》、王亞凡有《塞北黃昏》、風露有《巴爾虎之夜》、馬子華有《滇南散記》、邢公畹有《紅河之月》、碧野有《烏蘭不浪的夜祭》、布德有《赫哲喀拉族》、青苗有《特魯木旗的夜》等，但大多是偶而為之，徐盈卻在這一領域執著耕耘，連續推出了一系列作品，還出版了純粹邊地與少數民族題材的小說集《戰時邊疆的故事》，其中包括《報告》《漢夷一家》《方委員》《我的哥哥在段上——吳監工員的故事》（即《四十八家——一個擺夷的故事》）、《藏家小姐》《東北角》等8篇作品〔註22〕，從作品數量來講可以視為邊地與少數民族題材的代表作家。其次，上述其他作家的邊地與少數民族題材作品，是從比較寬泛的意義而言的，其中一部分作品無涉民族風情（如儘管《孔雀膽》中的段功為白族，阿蓋為蒙古族，作品也思考民族關係，提倡民族平等、民族團結，卻少有對白族、蒙古族獨特風情的表現），而徐盈的《報告》《黑貨》《漢夷一家》《方委員》《我的哥哥在段上》《藏家小姐》等作品書寫彝、苗、傣、藏各族在時代風雲中的巨變，對少數民族社會結構、宗教信仰、風俗習慣等方面的表現真切細膩，對各民族之間關係的思考深邃睿智，具有濃鬱的民族風情，就作品的內容而言，徐盈也可被視為邊地與少數民族題材的代表作家。其三，上述其他作家的邊地與少數民族題材的作品，以戲劇居多，小說比較少，只有《紅河之月》《烏蘭不浪的夜祭》《赫哲喀拉族》《特魯木旗的夜》等不多的篇什，徐盈《戰時邊疆的故事》等作品的出現，彌補了小說創作在邊地與少數民族題材方面的不足，實現了小說與戲劇兩種文體在這一題材類型上的基本平衡。

　　自近代以來，中國就不再是自足的中國，而是同世界發生著千絲萬縷的聯繫，但也許是因為作家們對國際事務比較生疏吧，國際題材的作品在中國現代文學並不多見。作為新聞記者，徐盈有更多的機會瞭解國際事務，他因此也在短篇小說創作中對國際題材作了很好的嘗試，留下了一批彌足珍貴的作品。《梁金山——一個開發者的故事》《三六九一一公里》寫華僑在國外的創業史和眷念、回報祖國的赤子之心。《梁金山》中的梁金山是雲南人，年輕時生活困窘，不得已到緬甸「走夷方」。經過三十多年的創業，梁金山積累了大量財富，但他不願享受，而是要回報社會、回報祖國。宋哲元的大刀隊在喜峰口砍殺東洋兵時，他寄去花銀二千兩；十九路軍在上海抗戰時，他又捐獻紋銀三千兩；當滇緬路開始修築的消息傳來時，他激動不已，聯合其他華僑

〔註22〕《黑貨》也屬於邊地與少數民族題材，但沒有收入《戰時邊疆的故事》。

捐獻盧比十七萬盾（其中他一人捐獻十一萬三千盾，占其財產的一半），在吞噬了無數生命的怒江上修建一座純鋼的鐵橋；仰光即將失守時，他又組織華工前往搶運軍火。《三六九一公里》中的王發財是河南人，因戰亂而到甘肅、新疆一帶跑駱駝，後被重價雇到土耳其斯坦種棉花，出關時帶了一包祖國的土，「有個水土不服，沖點土喝了就好了，想家的時候就著鼻子多聞他幾口」，三十多年過去了，帶去的土「吃完了聞完了」，思念祖國的心情更為急切，下定決心「把這身老骨頭帶著口氣回到中國」，終於得到為友邦車隊做翻譯和嚮導的機會，走完 3691 公里的征程，回到了故國。《新約篇》《閨情》《啞》等作品則表現了各色外國人在中國的生活。《新約篇》中的美國老人培義理是個守義又守理的「中國之友」，他在中國服務幾十年，最大的願望就是生前「看到中國復興」。當他得知一群在中國的美國兵酒後胡鬧之後，立即把這事報告給他們的長官嚴懲，並強忍失去兒子的悲痛，勸告他們「同盟國家是整個的」，「白人不要自己以為自己是高貴的，新約簽訂以後，尤其要自重自制」。為了「新約」的簽訂，他還在家裏舉辦了茶會，發表了出自肺腑的感言：「我是一個在中國長大的外國人，也是一個對中國就像愛自己祖國一樣的人。當我聽到外國人對中國的不平等條約廢除了的時候，我，又是難過，又是高興，難過的是，這本是我們外國人加給他們自己的一種羞恥，高興的是，我這個看著中國生長，高唱過對華親善的人，我的希望達到了，這以後中國人怕再不會像早年八月十五殺韃子那樣的聚集起來殺洋人了，因為，這次訂新約，應當說是洋人認了過去的錯誤，我盼望這以後能夠不犯錯誤。」《閨情》中的威廉姆和培義理截然相反，他是一位幫著中國打內戰的軍人，靠著軍火半年之內就在中國發了大財，得到奉調回國的命令時很失落，當他得知可以繼續呆在中國服役後，喜不自禁：「這一個金黃色的夢境可以繼續了，那些豔麗的蘋果並沒有從手中脫出，所有的享受不至於轉到另外的一個名字底下，五個傭人的笑臉仍然是毫不吝惜地用托盤一個繼一個地貢獻給主人……」《啞》中的綠娃是個淪落的金髮白膚美人，她的丈夫是個怯懦的亡國奴，因為欠了暴發戶黃醫生的錢而把她抵押給黃醫生，綠娃在黃醫生身邊過著錦衣玉食的生活，內心卻痛苦不堪，她在黃醫生面前從不開口說話，以致於不少人把她當作啞巴。《新的一代》《國際汽車隊》表現了蘇聯對中國的國際援助以及中、蘇兩國人民之間的友誼。十月革命後成長起來的蘇聯「新的一代」，駕駛著「肥飽得猶如蛤蟆肚皮」的重載汽車，從中亞細亞出發，穿過茫茫的戈壁荒漠，長

途跋涉至中國蘭州。「他們帶來雖是些有限的彈藥，然而更感謝的是無限的兄弟間的崇高熱情。」黃皮膚的中國司機接收了車隊，「熱情的眼睛裏發出了感謝的光芒」，他們發動這些汽車，踏上新的征程。「國際汽車隊是不停息地，像螞蟻在大地上爬著似的，從西北向中原挺近，艱苦地運送著抗戰的必須食糧。」此外，徐盈國際題材的作品尚有《德意日》，寫一位混血女性靜子在日本丈夫的挾持下充當日方間諜刺探情報最終敗露的故事，在當時也算稀有。

三、徐盈短篇小說的藝術特點

在小說創作的前期，徐盈作為新人登上文壇，他接受了左翼文學的觀念，創作了一些符合左翼文學規範的作品，但難免有些稚嫩，在藝術上還沒有形成自己的特色。這裡以徐盈 1932 年發表的《旱》為例來說明。這篇小說後來被收入《中國新文學大系 1927～1937》，是徐盈這一時期的代表性作品之一。如果我們把《旱》和丁玲 1931 年問世的《水》進行對讀，就會發現兩者有著驚人的相似：都是速寫式地描寫自然災害；都揭示了造成災害的社會原因，表現了階級的對立、人民的覺醒和反抗；都著力於群像的塑造，「不是一個或二個的主人公，而是一大群的大眾，不是個人的心理的分析，而且是集體的行動的開展」〔註23〕。聯繫兩篇作品創作的時間以及《水》問世後被左翼批評家樹立為「新的小說」的標杆、徐盈早年參加北方「左聯」活動等情況來看，《旱》受到《水》的影響是有依據的。也許正是因為受到《水》的影響，《旱》沒有克服《水》「結構簡單而單調，人物有群像而無個性，敘述平鋪直露，人物語言和對話刻意『短語化』和粗陋化」〔註24〕等藝術上的缺陷。

進入小說創作的後期後，徐盈的閱歷增長，藝術修養更為深厚，其小說在藝術上也更為成熟，形成了自己的個性與特色。這種個性與特色應該說也與他在新聞行業的從業經歷相關，新聞記者的敏銳不僅使得他能夠在小說的

〔註23〕丹仁（馮雪峰）：《關於新的小說的誕生——評丁玲的〈水〉》，載 1932 年 1 月 20 日《北斗》第二卷第一期。馮雪峰在文中還指出：「《水》裏面災民的鬥爭，沒有充分地反映著土地革命的影響，也沒有很好的寫出他們的組織者和領導者，這是一個最大的缺點。」《旱》在這方面試圖對《水》有所超越，塑造了一個災民反抗鬥爭的「組織者和領導者」劉永智的形象，劉永智是當年辦農會差點被當堂打死了的，現在從「那邊」回來，作品試圖由此把災民的鬥爭和土地革命勾連起來。但就整體而言，兩篇小說差別不大。

〔註24〕逄增玉：《新的小說的誕生？——試論丁玲小說〈水〉與左翼文學規範的關係》，載《小說評論》2010 年第 4 期。

題材方面大膽開拓，而且使得他能夠對題材包含的意蘊進行深度挖掘，他的短篇小說不以情節的曲折取勝，而以意蘊的豐富厚重見長。情節相對單純而意蘊豐富厚重，是徐盈短篇小說的另一顯著特點。

徐盈似乎無意於在故事情節的編織方面下工夫，其小說具有一定的紀實性，情節並不曲折複雜，一般都相對而言比較單純。如《漢夷一家》寫漢、彝等族民工修築飛機場，唯一的波瀾是彝工切那的受傷和治癒。《方委員》沒有聚焦於苗民因鹽荒而圍城月餘的突發事件，表現漢苗之間的緊張對立，而只是將苗亂作為背景，重點講述了苗亂平息後縣府視察委員方鐵生對苗鄉的一次視察，一路風平浪靜，沒有任何兇險的事情發生。《我的哥哥在段上——吳監工員的故事》中公路段上的漢人吳監工員與擺夷（傣族）姑娘小奴結合而又分離，兩人之間的愛情悲劇按說大有文章可做，但小說將更多的筆墨用於小奴的妹妹小安的朦朧感情上，並沒有演繹吳監工員與小奴的悲歡離合，吳監工員居然自始至終都沒有登場。《藏家小姐》中西北科學考察團成員方慶生、當地保安司令洪天金的妹妹洪五小姐、蒙古王子之間產生了感情糾葛，但洪五小姐直到小說結尾才正式露面，作為準情敵的蒙古王子、方慶生也僅僅只發生了一次語言上的交鋒。《三六九一公里》記載王發財老人絮絮叨叨講述自己走過三六九一公里的見聞，可以說「幾乎無事」。《向西部》寫作為技術人員的「我」到西部推廣植棉計劃，因得不到高場長支持而失敗，但小說並沒有著力展示「我」與高場長的矛盾衝突，情節並不複雜。

然而單純並不意味著單一、簡單，新聞記者的敏銳使得徐盈能夠在相對單純的情節中挖掘出豐富厚重的意蘊。下面以幾篇邊地和少數民族題材的作品為例進行說明。

《漢夷一家》通過彝工下山修築飛機場、切那的受傷和治癒等情節，表現了漢彝關係的變化、彝族社會結構的轉型和彝人國家意識的萌生。彝人過去是時常劫掠漢人的，這次卻響應政府號召，走出大山和漢人一起修起了飛機場。彝族社會等級森嚴，以血緣確定尊卑，「黑骨頭」作為貴族擁有特權，「白骨頭」只能是被統治者，但是抗戰的爆發卻使其發生了變化，血緣不清的炕知進了成都的軍校，當上了工地的小隊長，那些血統純正的黑骨頭都得接受他的管理，甚至那可以宣布神諭、無人敢於反抗的比母，也對他有了幾分忌憚、禮讓。切那受傷後，彝工們寄希望於比母，總隊長悄悄請來軍醫治好切那的傷，卻又並不說破。比母在總隊長的暗示下，為中國占出了「吉祥」

之卦，「中國的國運要一天比一天好，現在就是要心齊」。在總隊長的耐心引導下，漢彝之間的矛盾化解，彝工的工效和認識都有了提高，當黑夜中被哨兵問起口令時，彝工不再像以前一樣嚇得四散奔逃，而是能夠響亮地發出「中一國一人」的應答。

《方委員》中方鐵生進入苗鄉不過兩三天，參加了一場富有民族特色的苗家婚禮，看到的是一派繁忙的秋收景象，可是小說卻通過方鐵生有限的見聞傳達了對民族關係的深入思考。方鐵生與龍保長的閒聊揭開了歷史上漢苗關係的帷幕：苗家對漢家平素十分馴服，即便是苗家的地主，也要找個漢人作為主人以尋求庇護，連姓也跟著主人姓，「借」了主人的姓，就得在皇糧之外按年度孝敬主人「私糧」。方鐵生聽來的苗歌則解釋了馴順的苗民何以暴亂的社會根源：「米不難——／包穀紅薯也可餐呀。／菜不難——／萊菔白菜也送飯呀。／酒不難——／穀酒也能解饞涎呀。／柴不難——／草根樹皮也能燃呀。／只有官鹽實在難呀，／沒有白銀買不來呀。」「我們鄉長大發財呀，／我們保長吃飽鹽呀，／我們甲長平平過呀，／我們百姓太可憐呀，／／你們鄉長大發財呀，／你們保長吃飽鹽呀，／你們甲長平平過呀，／你們百姓太可憐呀，／／家家鄉長大發財呀，／家家保長吃飽鹽呀，／家家甲長平平過呀，／家家百姓太可憐呀。」

《我的哥哥在段上》通過一對擺夷（傣族）姐妹的婚戀，反思了滇緬路的開通給擺夷社會帶來的轉型陣痛。小說中有這麼一段話交代故事發生的背景：「這是橫斷山脈裏的一塊平坦的壩子，稻子像黃氈子般地蓋著，一年四季也不曾脫掉青春的顏色，遙遠處的大山卻又一年四季披著亮白色的雲頂，這兩年來，公路像是一把刀，單刀直入地把外界和這塊壩子聯繫起來，使地方上大大騷亂了一陣，有些壯年出去『走夷方』走得更遠了，有些老人的老骨頭在築路時死了……外來的人和外來的物品一天天加多，特別是外來人的生活，炫耀著土著少女的春心，而這一帶地方少女的美麗，也同樣使外來人沉醉了，愛情與金錢，私欲與虛榮，暴力與懦弱，原始型的這塊沃土上開始生長著不規則的幼苗，開了畸形的花朵結了畸形的果實。」滇緬路的開通極大地改變了擺夷人的生活，擺夷人與現代社會發生了聯繫，可是也失去了某些原始、質樸的東西，小奴因此釀成了與吳監工員的婚姻悲劇，小安也因此難以決定是否接受小菩毛（青年男子）老弓的追求。老弓得不到小安的愛，憤激地說：「漢人把公路帶來了，漢人把羅裏（汽車——引注）帶來了，漢人把

盧比（緬幣——引注）帶來了，漢人把瘟疫帶來了，漢人把小菩薩（青年女子——引注）的心帶走了，漢人再不走擺夷就要被他們吃光了。」涉及滇緬路開通的文學作品不少，要麼表現築路的困難，要麼歌頌公路築成後發揮的巨大作用，像徐盈這樣反思公路的開通給少數民族地區帶來轉型陣痛的作品恐怕並不多見。

《向西部》中「我」在寧寧河邊推廣植棉的情節看似簡單，卻反映了地方軍閥、倮倮頭人、外來宗教等各種勢力在當地的角力。當「我」改進農業的計劃被高場長無期限拖延時，曾去拜會鄭司令官和包神父，為什麼要去拜訪他們呢？因為他們在當地有土地、有勢力。鄭司令官是地方軍閥的代表，他的住宅最為龐大（「可以經常地住著百多賓客，特為西藏毛（氂）牛和雪山白熊造了宿舍」），擁有城市附近最為肥沃的水田，防區內大大小小的事情都要他親自過問。代鄭司令官接待「我」的牛參謀是倮倮頭人的代表，他是一位漢化了的黑骨頭，擁有環山的領地和眾多的娃子。牛參謀樸實而開通，他承認植棉織布讓老百姓有褲子穿是好事情，但卻不敢貿然答應讓自己的娃子在領地裏種棉花：「我可不敢答應你，我得問了鄭司令官，他說，行，我也就說，行。你們都知道我有娃子，你們不知道我是鄭司令官的娃子，明白了嗎？我要問他。」包神父則是外來宗教的代表，主持著當地的天主堂。雖然鄭司令官是當地的最高統治者，天主教的勢力也不可小覷。「寧寧河的兩岸，大半的好地又都是教堂的產業，神父們可以自由出入蠻區，不受絲毫的障礙」，「短短二十年，老百姓對於教會的感情整個變換，過去是嫉視是痛恨，如今是羨慕，是阿諛，甚至縣政府有些公事，都要事先到教堂裏來商量一下」。包神父們給彝區帶來了山洋芋、落花生和白粒的大包穀，還設立學校培養了人才，對彝區的進步確有貢獻，可是教堂的出版物「有些是秘本在該國參謀部里保存著」，加之干預「公事」等惡行，其侵略性質也不容抹殺。一次不起眼的拜訪，卻反映了彝區盤根錯節的社會關係，意蘊不可謂不豐富。

當然，徐盈後期的短篇小說在人物塑造、環境描寫等方面也很成功。

好的小說，通常能夠塑造立得住的人物形象，徐盈後期的小說正是如此。他後期小說中的人物，避免了前期個別作品的臉譜化，性格鮮明而獨具價值。比如《德意日》中的女間諜靜子，就完全不像一般的間諜形像那樣獰猙、狠毒，作品寫出了她失去愛子的悲痛、被脅迫的無奈、作惡時內心的猶疑，人性內涵使得這一形象真實可信，也豐富了中國現代文學的人物畫廊。甚至徐

盈小說中的一些次要人物，往往也性格鮮明，讓人「記得住」。比如《向西部》中的省農業實驗分場高場長，雖然出場不多，卻因其種種可笑的言行而令人難忘。高場長原在下江作官，因「國戰越打越利害，飛機一天天的在頭上下蛋」而返回西部故鄉，謀得場長職位。農場只有五畝地，高場長卻將其分為作物、園藝、森林苗圃、蠶桑、畜牧五部。所謂「作物」就是送點種子給特約農戶去種，收成以後還種；所謂「園藝」，就是在場地中央的肥地裏種些花草、蔬菜；所謂「森林苗圃」，就是場地四周圍牆邊的雜樹；所謂「蠶桑」，就是從山上移栽幾棵櫟樹來養野蠶，是否成活也全然不管；所謂「畜牧」，就是一頭拉車的牛（後來瘟死了）、幾隻羊（託給羊倌在山上放，遇到有人到場裏參觀，就趕下山來，參觀完再趕回山上）。高場長讓自家的花匠充當農場的工頭，自己幾個月都不到場裏，躲在城裏的豪宅裏吹鴉片，或者拿著園藝部種植的花草、蔬菜去交際，儼然成為地方上的領袖人物。當懷揣振興西部農業夢想的技術人員「我」來到農場時，高場長一再表示敬佩「我」的「青年精神」，以後要「仰仗大力」。面對「我」提出的改進計劃，高場長一邊滿口「好極好極」「對極對極」，一邊拖延、破壞，直至運動關繫以「人地不宜」為由將「我」調回總場。「我」臨走之時，高場長還要惺惺作態：「這怎麼說的，這怎麼說的，你來了這麼久我們還沒有好好的談一次，你老對於農場真是太辛苦了，真是太辛苦了。」小說對高場長著墨不多，一個營私舞弊、敷衍塞責、口蜜腹劍的抗戰官僚形象卻躍然紙上。

對於社會的陰暗面，徐盈是毫不迴避的，他塑造了不少同高場長一樣的負面形象，如《新事業》中以「新校舍的落成」作為「新事業的開始」而將前任校長辛苦購置的儀器設備或出賣或送人的大學校長任必達，《黑貨》中為搶購鴉片而明爭暗鬥的鄭司令官、柳顧問、汪處長、吳經理，《日常生活》中大發國難財的潘行長、司空秘書、劉專員，《徵兵委員》中橫行霸道、抵制徵兵的朱區長等。在諷刺、暴露成為大後方文學主潮的當時，塑造高場長這樣的負面形象還不足為奇，難能可貴的是徐盈還塑造了一系列正面的官員形象。《漢夷一家》中的總隊長，為修築機場殫精竭慮，白天騎著兩輪車在工地巡視，深夜還出來巡查。他隨時關注夷工，鼓舞他們的工作熱情，幫助他們提高工作效率。總隊長也很講究工作方法，夷工切那被誤傷，生命垂危，夷工們寄希望於比母，總隊長悄悄請來軍醫為切那診治，卻又並不說破。切那的傷治癒後，總隊長又利用夷工對比母的崇拜，請他為中國占卦，比母在總隊

長的暗示下，宣布結果為「吉祥」，「中國的國運要一天比一天好，現在就是要心齊」。經過總隊長耐心細緻的工作，漢夷之間的矛盾化解，夷工的國家意識也得到增強。《方委員》中體恤民情、不貪錢財的視察委員方鐵生，《徵兵委員》中秉公執法、委曲求全的徵兵委員吳克家，《新的一代》中忠於職守、老當益壯的劉招待主任，都是官員中的正面形象。現代文學作品中，正面形象多為底層民眾，官員、紳士等上層人物多以負面形象出現，徐盈短篇小說中一系列正面官員形象和其長篇小說中正面紳士形象的出現〔註25〕，是對「一邊是荒淫無恥，一邊是莊嚴的工作」這一現實的真切反映，有其獨特的文學史價值。

徐盈後期小說大多以邊陲之地為背景，因而其環境描寫具有濃鬱的區域與民族特色。如《四十八家》首節的一段描寫：「小安和老弓所在的這個區域，正是大廟背後，一灣淺淺的水流，當姑娘們每天群集在這裡洗澡時，菩薩的眼光直勾勾地向前望著，決不會轉回頭來，不必怕洩露任何春光，到夜晚，一棵棵的大榕樹都成了天然的靠背椅，叢叢的修竹落下的葉子又鋪成了天然的地氈，寬大的香蕉葉子像巨大的屏風似的，把每個角落罩得嚴嚴的，掩蓋不住的只有那些愉快的聲音。」榕樹、修竹、香蕉，是典型的南疆風景，而大廟裏供奉的菩薩、群集著沐浴的姑娘、青年男女幽會時愉快的聲音，又傳達出擺夷族特有的民族風情〔註26〕。

如果說這一段側重於自然環境，下面一段則同時突出了社會環境：「這是橫斷山脈裏的一塊平坦的壩子，稻子像黃氈子般地蓋著，一年四季也不曾脫掉青春的顏色，遙遠處的大山卻又一年四季披著亮白色的雲頂，這兩年來，公路像是一把刀，單刀直入地把外界和這塊壩子聯繫起來，使地方上大大騷亂了一陣，有些壯年出去『走夷方』走得更遠了，有些老人的老骨頭在築路時死了……外來的人和外來的物品一天天加多，特別是外來人的生活，炫耀著土著少女的春心，而這一帶地方少女的美麗，也同樣使外來人沉醉了，愛情與金錢，私欲與虛榮，暴力與懦弱，原始型的這塊沃土上開始生長著不規則的幼苗，開了畸形的花朵結了畸形的果實。」滇緬路的開通極大地改變了

〔註25〕長篇小說《蘋果山》中的魏福清，是一個堅守民族大義、一步步走上抗日道路的正面紳士形象。參見陳思廣《中國現代長篇小說史話》《四川抗戰小說史（1931～1949）》。

〔註26〕擺夷（傣族）人信仰佛教，愛沐浴，婚戀自由。

擺夷人的生活，《四十八家》的故事情節在這一背景下才得以展開，擺夷少女小奴與漢人吳監工員的婚姻悲劇也因此而釀成。

徐盈後期小說社會環境的描寫都非常成功，如《方委員》借哀婉的苗歌巧妙解釋了苗民暴亂的社會根源，也是社會環境的一種表現方式。又如《黑貨》中奉官府命令鏟掉麥苗後種植的遍地鴉片、因難以生存而搶劫殺人的保保，《漢夷一家》中享有無限威望的比母、因血統純正而敢於頂撞小隊長的黑骨頭，《藏家小姐》中金碧輝煌的喇嘛寺、青稞麵做成的抗擊風雲雷雨的「賽爾都」、邊民們交納給喇嘛以保證豐收的保險費等等，都是富於區域、民族特色的社會環境。這些社會環境描寫，如實地表現了邊地的社會狀況，不僅渲染了氛圍，而且推動了故事情節的發展，深化了主題。

文學促成新聞，新聞也促成文學，文學功底的紮實促成了徐盈新聞事業的成功，新聞行業的從業經歷又促成了徐盈文學創作的獨具個性與特色。題材寬泛而具有尖端性和開創性、情節相對單純而意蘊豐富厚重，是徐盈後期短篇小說創作的兩個顯著特點。正是新聞記者的敏銳，使他能夠捕捉時人最為關注的話題並實現小說創作題材的新開拓；也正是新聞記者的敏銳，使他能夠在相對單純的情節中挖掘出豐富厚重的意蘊。徐盈的短篇小說具有強烈的現實性和一定的紀實性，也可以理解為文學與新聞的融合使然。或許我們更應該思考：作為新聞記者的徐盈，其短篇小說創作在何種程度上實現了文學與新聞的融合？這給抗戰文學帶來了哪些新質？有沒有帶來小說觀念、小說文體等方面方面的更新？這些或許是比單純討論徐盈的短篇小說本身更有意義的話題。

第八章　陶雄抗戰時期的文學活動

　　新中國建立之後，陶雄主要從事戲曲方面的工作。他先後擔任華東文化部戲改處研究室主任、華東戲曲研究院編審室主任、上海京劇院副院長等職務，出版《三世仇》《伏虎岡》等京劇劇本和《紅氍毹上》《黃花集》等戲曲評論集，作為編委參與《辭海》《中國大百科全書·戲曲卷》等大型辭書的編寫，主編《中國戲曲曲藝辭典》《中國京劇史》等戲曲理論著作，他還是影響廣泛的現代京劇《智取威虎山》的主要編導人員。因此陶雄逝世之後，是被作為「我國當代卓越的素孚眾望的戲曲理論家」〔註1〕而加以紀念的。其實陶雄首先是一位新文學作家，抗戰時期他發表過一大批有影響的小說、戲劇、譯作，還曾長時間擔任「文協」成都分會的常務理事，負責過該分會總務部、研究部的工作。在今天很多現代文學研究者已經不太知曉新文學作家陶雄的情況下，很有必要對他抗戰時期的文學活動進行梳理。

一、陶雄的生平及抗戰時期的文學活動

　　陶雄（1911～1999），江蘇鎮江人，作家、戲曲理論家。他生於南京，幼年時隨父母來到北平，先後就讀於女高師附小、北師附小、師大附中等學校，與張岱年、陳伯鷗（北鷗）等同學〔註2〕，1932年夏畢業於北平師範大學外國文學系。陶雄上大學時即開始在中學教授英文，他先後任教過的學校有師大女附中、志成中學、春明女中及河南省立第四師範學校等。1936年陶雄被

〔註1〕馬少波：《卓越的戲曲理論家——紀念陶雄誕辰90週年》，載《中國戲劇》2011年第7期。
〔註2〕張岱年：《張岱年自傳》，巴蜀書社1993年版，第7頁。

聘為南京國立戲劇學校（即後來的國立戲劇專科學校）講師，全面抗戰爆發
後陶雄考入當時空軍的領導機關航空委員會任英文編譯，翻譯過一些技術文
件，1938 年隨軍入川，轉任《中國的空軍》等報刊的編輯、主編。抗戰勝利
後陶雄回到南京，任國立戲劇專科學校副教授兼總務主任，後任上海光華大
學外國文學系和大夏大學中國文學系教授。

陶雄從小就愛好文藝，當他「還是一個十幾歲的小戲迷時，就常去廣和
樓看富連成小四科楊盛春、高盛麟一輩演出的小武戲」〔註3〕，在北平上大學
時，曾「加入了內務部街『雪社』票房淘點玩藝兒，是個十足的大戲迷」〔註
4〕。據張岱年回憶，陶雄在北師大上大學時，與同學阮慶蓀、陳伯歐、谷萬
川等組織了「人間社」，該社曾邀請魯迅、張申府等校外名家來校講演。〔註
5〕這種愛好為他以後的文學活動奠定了基礎。

考察陶雄的文學活動，首先必須把陶雄與陶熊、龔雄二人區別開來。

有幾種著作記載抗戰時期在遵義、自貢等地上演過陶雄的劇作《反間諜》
〔註6〕，其中一種還說得很具體：「《反間諜》作者陶雄，江蘇鎮江人，作家，
抗戰期間在貴陽、遵義從事過戲劇活動，在遵義還寫有劇本《潘金蓮》《不願
做奴隸的人們》。」〔註7〕這是將陶雄與《反間諜》等劇的作者陶熊弄混了。
三幕劇《反間諜》1946 年 3 月由文江圖書公司出版時，封面上印著「國立戲
劇專科學校第四屆畢業公演」「演出修正本」字樣，作者陶熊在《序》中說「這
個劇本是在三十年春寫成的，同年六月中旬在母校首次上演」，並稱萬家寶為
「我師」。〔註8〕由此看來，陶熊畢業於國立劇專，是曹禺的學生。而陶雄畢
業於北師大，他與曹禺均曾任教於國立劇專，二人年齒相仿，陶雄僅比曹禺
小一歲，不可能尊曹禺為師，顯然陶熊不是陶雄，而是另有其人。

〔註3〕陶雄：《他為京劇藝術作出無私奉獻——論高盛麟同志的藝術素養》，載《戲
　　　曲藝術》1990 年第 4 期。
〔註4〕陶雄：《我所知道的余叔岩》，載《戲曲藝術》1987 年第 3 期。
〔註5〕張岱年：《我與北師大》，劉錫慶主編：《我與北師大》，北京師範大學出版社
　　　2002 年版，第 11 頁。
〔註6〕中共遵義市委宣傳部、遵義市歷史文化研究會編：《抗戰的遵義》，西南交通
　　　大學出版社 2015 年版，第 18 頁；黃健、程龍剛、周勁：《抗戰時期的中國鹽
　　　業》，巴蜀書社 2011 年版，第 295 頁；自貢市地方志編纂委員會：《自貢市志》
　　　（下冊），方志出版社 1997 年版，第 1227 頁。
〔註7〕中共遵義市委宣傳部、遵義市歷史文化研究會編：《抗戰的遵義》，西南交通
　　　大學出版社 2015 年版，第 18 頁。
〔註8〕陶熊：《反間諜·序》，文江圖書公司 1946 年 3 月版，第 1 頁。

　　龔雄的中篇小說《銀空三騎士》曾連載於《中國的空軍》〔註9〕並出版單
行本，其生平亦不詳。陶雄的小說集《麻子》1947 年 12 月在上海由獨立出版
社出版時，在版權頁和目錄頁之間，單獨有一頁列有「本書作者其他幾種著
譯」，奇怪的是除《0404 號機》《倀》《壯志凌雲》《敵後的插曲》《人質》《航
空圈內》《總站之夜》外，《銀空三騎士》也赫然在列。這就把龔雄與陶雄聯繫
起來了，讓人不能不發生聯想：「龔雄」就是陶雄嗎？作為《中國的空軍》的
工作人員，在自己編輯的刊物上發表作品時署個筆名，是完全可能的。根據
現存的資料，可以發現龔雄除發表《銀空三騎士》等不多的文學作品外，還
曾發表《漫談美國陸軍航空隊的擴充與飛機》《蘇聯跳傘的十年間》《地面上
的飛行試驗》《「尾巴查理」──一個空中射手的自白》《空中競賽》等譯文，
這似乎也與陶雄翻譯家的身份以及曾在航空委員會翻譯空軍技術文件的經歷
吻合。問題是陶雄在《抗戰四年來的空軍文學》一文中，曾經列舉空軍文學
的代表性作品，他將《天王與小鬼》《0404 號機》《夜曲》等作品歸併到自己
名下，而仍然說《銀空三騎士》是「龔雄作」〔註10〕。這又不能不讓人對龔
雄就是陶雄產生懷疑。《銀空三騎士》是「空軍文藝叢書」的第二種，封面上
印著「陶雄主編」「龔雄作」等字樣，「主編」應該指主編「空軍文藝叢書」，
「作」應該指創作《銀空三騎士》，兩人的姓名同時出現，是同一人的可能性
不大。該書的後記中寫道：「直到二十九年（1940 年──引者）春，因為自己
走進一家空軍雜誌社，這才下了決心把它──這可歌可泣的悲壯故事──用
小說形式表現出來。」〔註11〕而據陶雄作於 1939 年 9 月 15 日的《〈悼亡集〉
題記》，他是 1939 年 4 月開始「擔負一個空軍刊物的編務」〔註12〕的。這兩
個時間點也不一致。因此我們寧願相信獨立出版社出了一點小小的差錯，龔
雄恐怕也另有其人。

　　陶雄真正開始文學活動，應該是在 1930 年代中期。1935 年 12 月，他的
詩作《夜》發表於《質文》第四號。該詩寫車夫的悲慘生活，充滿了對勞動者

〔註 9〕連載時稱為長篇小說，這篇小說篇幅較長，藝術價值較高，在抗戰時期的空
　　　　軍文學中佔據一定地位。
〔註10〕陶雄：《抗戰四年來的空軍文學》，載 1941 年 7 月 7 日《文藝月刊》第十一年
　　　　七月號。
〔註11〕龔雄：《後記》，《銀空三騎士》，中國的空軍出版社 1944 年 3 月版，第 117
　　　　頁。
〔註12〕陶雄：《〈悼亡集〉題記》，載 1939 年 9 月《筆陣》第十一期。文末署「二十
　　　　八年九月十五日」。

的同情：「黑暗在他心頭凝成了濃墨，／車輪戚戚苦苦低吟著夜歌。／銀星皎月早到雲層裏酣臥，／剩下陋巷一聲梆子一聲鑼。／／腳邊昏黃的光圈步步熄暗，／冥漠中把希望踏成了輕煙。／枯葉在夜風懷裏向他唔歎：／憑一身好筋骨買不飽兩餐！」1936 年夏，他的小說《心病》《難題》等作品也相繼發表。1937 年夏，他參加演出熊佛西的話劇《吳越春秋》。陶雄抗戰時期的文學活動，大體上可以歸納為四個方面。

　　其一是創作。抗戰時期，陶雄創作了大量新文學作品，這些作品刊載於《七月》《抗戰文藝》《文藝陣地》《文藝月刊·戰時特刊》《筆陣》《中原》《文藝先鋒》《戰時文藝》《青年文藝》《防空月刊》《中國的空軍》《航空建設》等刊物，結集或出版了單行本的有《航空圈內》（報告、小說集，「空軍文學叢書」第二種，中國的空軍出版社 1940 年 1 月版）、《總站之夜》（戲劇集，「空軍戲劇叢書」第五種，中國的空軍出版社 1940 年 3 月版）、《0404 號機》（小說、戲劇集，「七月文叢」第二種，海燕書店 1940 年 6 月版）、《倀》（短篇小說集，「現代文藝叢刊」第二輯之三，改進出版社 1941 年 8 月版）、《壯志凌雲》（四幕劇，「全國知識青年志願從軍戲劇叢刊」之一種，獨立出版社 1945 年版）、《麻子》（小說集，獨立出版社 1947 年 12 月版）等。在陶雄建國前的創作中，數量最多、影響最大的是小說和戲劇。就小說而言，陶雄的《0404 號機》（《七月》1938 年 5 月第三集第一期）、《張二姑娘》（《抗戰文藝》1938 年 10 月第二卷第七期）、《守秘密的人》（《抗戰文藝》1939 年 1 月第三卷第七期）、《倀》（《文藝陣地》1939 年 5 月第三卷第三期）、《麻子》（《筆陣》1942 年 10 月新五期）、《拾來的槍》（《青年文藝》1944 年 12 月新一卷第五期）等作品，在當時引起了廣泛的關注。有的小說經受了時間的檢驗，成為抗戰文學的代表性作品，如《0404 號機》《麻子》分別收入 1989 年出版的《中國抗日戰爭時期大後方文學書系》小說編和通俗文學編，《張二姑娘》收入 1990 年出版的《中國新文學大系 1937～1949》短篇小說卷，《0404 號機》還進入了抗戰勝利五十週年之際中國文聯、中國作協等單位聯合推薦的「中國抗戰文學名作百篇」。就戲劇而言，陶雄創作了話劇劇本《軍營前》（獨幕劇，《防空月刊》1937 年 5 月第三卷第五期）、《總站之夜》（獨幕劇，《七月》1939 年 8 月第四集第二期）、《閻海文之死》（獨幕劇，收入戲劇集《總站之夜》於 1940 年 3 月出版）、《歸隊》（街頭劇，收入戲劇集

《總站之夜》於 1940 年 3 月出版）、《九年以後》（獨幕劇，又名《空軍之家》，《筆陣》1942 年 6 月新三期）、《男兒經》（四幕劇，又名《壯志千秋》，《文藝先鋒》1947 年 2 月第十卷第二期、1947 年 3 月第十卷第三期連載）等，其中《九年以後》《男兒經》藝術上比較成熟，後者上演後還曾於 1944 冬「榮膺中央首獎」〔註13〕。除創作小說和戲劇外，陶雄還寫有一定數量的散文、報告和少量的詩歌。散文如《鄉里》（《筆陣》1939 年 4 月第三期）、《〈悼亡集〉題記》（《筆陣》1939 年 9 月第十一期）、《這不是我們的》（《筆陣》1942 年 5 月新二期）等，都寫得情真意切。報告有《某城防空紀事》（《七月》1938 年 1 月第一集第六期）、《兩年來活躍祖國銀空的「鐵雨」戰士》（《中國的空軍》1939 年 8 月第二十四、二十五期合刊）、《兩年來「東海」大隊的空中突擊》（收入報告、小說集《航空圈內》於 1940 年 1 月出版）、《斷臂將軍石邦藩》（《中國的空軍》1940 年 10 月第三十七期）、《第一天——英雄的戰鬥·光輝的紀錄》（《中國的空軍》1941 年 8 月第四十四期）、《中國空軍抗戰五年》（《現代防空》1942 年 8 月第一卷第三期）等，其中《某城防空紀事》廣為流傳，後來被收入《中國抗日戰爭時期大後方文學書系》報告文學編。詩歌除前文提到的《夜》之外，還有曾譜曲傳唱的《陸空合作》（《中國的空軍》1940 年 11 月第三十八期）等。

其二是翻譯。陶雄畢業於北師大外文系，教過英文，初到航空委員會任職時擔任的也是翻譯技術文件的工作，其英文是比較好的，在創作的同時，他也翻譯了一些文學性較強的外國作品。他零星發表的譯作有《蘭登訪問記》（〔美〕W. C. Kelly 作，《革命空軍》1936 年 8 月第三卷第十五期）、《別高爾基》（〔法〕羅曼·羅蘭作，《時代論壇》1936 年 9 月第一卷第十一期）、《「生活變得更愉快了」》（〔美〕Joshua Kunitz 作，《時代論壇》1936 年 9 月第一卷第十二期）、《哈里肯對杜尼爾空戰記》（〔英〕H. F. King 作，《空訊》1940 年 11 月第十八期）、《托爾斯泰和他的英美朋友》（〔蘇〕N·葛塞夫作，《戰時文藝》1941 年 11 月第一卷第一期）、《從法西斯後方來的人》（〔蘇〕K·西蒙諾夫作，《創作月刊》1942 年 4 月第一卷第二期）、《護航隊到摩爾曼斯克去》（〔美〕E·穆勒作，《文藝先鋒》1943 年 1 月第二卷第一期）、《奇遇》（〔匈〕巴拉茲作，《國訊》1944 年 9 月第三百七十五期）等眾多篇什。

〔註13〕《男兒經》發表時的編者按，載 1947 年 2 月《文藝先鋒》第十卷第二期。

他還將德國作家 S・黑姆（Stefan Heym，通譯史悌芬・海姆）1942 年出版的長篇小說《人質》（德文版書名《格拉澤納普少尉事件》）譯為中文，於 1943 年 9 月由成都復興書局出版。海姆是西方公認的「繼布萊希特之後最主要的反法西斯作家」〔註14〕，《人質》是他的第一部反法西斯長篇小說，表現布拉格淪陷後捷克斯洛伐克人民反抗德國法西斯暴行的鬥爭，故事生動，行文流暢，深受讀者歡迎，出版不久就被搬上銀幕。陶雄是最早將海姆作品譯為中文的翻譯家之一，他和馬耳（葉君健）翻譯的《人質》幾乎是同時出版。1944 年 4 月，陶雄的另一部譯作《敵後的插曲》作為「文協成都分會翻譯叢書」的一種，由成都中西書局出版。這是一部翻譯作品集，包括蘇聯、美國、捷克三個國家十位作家的十篇報告，蘇聯的有 E・維倫斯基的《敵後的插曲》、J・鄔特金的《在布里安斯克森林裏》、P・柯金勤的《新沙賽寧傳》，美國的有 Q・雷諾茲的《噴火機的戰士》、R・拉泰尼爾的《緬甸的敦刻爾克》、W・克萊門斯的《陳納德與飛虎》、F・雷克利的《空中的維金》、E・席伯的《地下巴黎》等，捷克的有 F・李貝克的《我們在搗毀德國的「西牆」》。這十篇報告內容廣泛，「從北極的洋上，通過遠東的碧空，以迄於美洲的地面」，但「有一個基本的共通之點，那便是：不願意做奴隸的人們即便是在最險惡最艱難的環境當中，也永遠不放棄反抗，掙扎，與鬥爭」〔註15〕。《人質》《敵後的插曲》等反法西斯的作品甫一問世，陶雄即將其譯為中文，其現實意義明顯，對於世界反法西斯文學在中國的傳播也具有一定的作用。

其三是編輯。陶雄編輯過幾種報刊和叢書，不少文學作品經他的手面世，編輯活動也是他文學活動的一個重要方面。從目前掌握的情況來看，陶雄至少編輯過以下幾種報刊：（一）《飛報》副刊《天風》。《飛報》是航空委員會政治部 1939 年 4 月創辦的一種日報，其第四版為副刊《天風》。許伽回憶說：「《飛報》，國民黨航空委員會主辦。副刊《天風》，抗戰前期由陶雄主編。其經常撰稿人有：厲歌天（牧野）、碧野、蕭蔓若、曹葆華、羅念生、陳敬容、葉菲洛、熊佛西等著名文化人。這些撰稿人的名字一時吸引了眾多的文藝青

〔註14〕陳良廷：《新版後記》，史悌芬・海姆著，徐汝椿、陳良廷譯：《人質》，上海譯文出版社 1985 年版，第 388 頁。

〔註15〕陶雄：《譯者贅餘》，維倫斯基等著、陶雄譯：《敵後的插曲》，中西書局 1944 年 4 月版，第 143 頁。

年投寄稿件，如杜谷、岳軍（蔡月牧）、文啟蟄等均曾發文其上。記得當時許多青年朋友均以投上《天風》為榮，惜乎投中較難，筆者就曾幾次投稿未中。」〔註16〕（二）《中國的空軍》。《中國的空軍》是航空委員會政治部 1938 年 2 月創辦的一種期刊，先後在武漢、重慶、成都、南京等地出版，黃震遐、丁布夫曾任該刊主編，自第三十六期起，由陶雄主編。該刊為空軍的綜合性期刊，也刊發文藝作品，陶雄接任主編後，「決定多刊載一些純文藝的作品」〔註17〕。（三）《大眾航空》。《大眾航空》創刊於 1939 年 1 月，也是空軍系統的刊物。該刊內容為普及航空知識、推廣航空運動、宣傳航空建設，闢有文藝欄目。陶雄曾繼李束絲、朱惠之之後擔任該刊一段時間的主編。〔註18〕（四）《華西晚報》副刊《華燈》。有資料說陶雄曾與陳白塵聯合編輯過《華西晚報》副刊《藝壇》，但陳白塵在《記〈華西晚報〉的副刊》〔註19〕一文中並未提及此事。應該是陶雄於 1942 年主編《華西晚報》文藝副刊《華燈》，這個副刊 1943 年秋冬之際由陳白塵主編，改名為《藝壇》。〔註20〕此外，「文協」成都分會曾於 1944 年 5 月出版《筆陣》革新第一號，這一期是翻譯專輯，以高爾基的作品《顧平》命名，陶雄也列名編委，但這個編委是否真正參與編務，就不得而知了。陶雄在《中國的空軍》主編任內，還曾編輯出版文藝叢書，其中「空軍文藝叢書」包括朱民威的《人像》、劉益之的《銀色的迷彩》、龔雄的《銀空三騎士》等。

　　其四是參與「文協」成都分會的領導工作。「文協」成都分會（以下簡稱「分會」）成立於 1939 年 1 月 14 日，陶雄參加了成立大會，是分會的第一批會員。7 月 15 日，分會在清華同學會舉行晚會，公推陶雄代替離開成都的葉麐，成為分會的候補理事。1940 年 2 月 6 日，分會舉行年會，選舉第二屆理

〔註16〕許伽：《黑暗中開向黎明的窗口——舊時成都報紙副刊瑣記》，《母親河》，四川文藝出版社 1991 年版，第 167 頁。

〔註17〕編者：《從這一期起》，載 1940 年 9 月 20 日《中國的空軍》第三十六期。

〔註18〕王綠萍編著：《四川報刊五十年集成 1897～1949》，四川大學出版社 2011 年版，第 485 頁。

〔註19〕陳白塵：《記〈華西晚報〉的副刊》，《陳白塵選集》第 5 卷，四川文藝出版社 1988 年版，第 296～305 頁。

〔註20〕參見洪鐘：《陳翔鶴與文協成都分會》，載《抗戰文藝研究》1982 年第 2 期；王開明：《「文協」成都分會和它的會刊》，載《抗戰文藝研究》1983 年第 1 期，黃群英：《現代四川期刊文學研究》，四川大學出版社 2010 年版，第 32 頁。

事會，陶雄與蕭軍、李劼人、沙汀、劉開渠、趙其文、蕭蔓若七人當選。第一次理事會決定陶雄與趙其文負責總務部（7月改為與毛一波負責研究部），這樣陶雄成為分會的常務理事。1941年1月，分會選舉第三屆理事會，此次選舉由接近官方的葉菲洛〔註21〕主持，陶雄沒有當選。1942年3月，分會選舉產生第四屆理事會，陶雄再次當選，成為與李劼人一道負責總務部的常務理事。1943年2月，分會選舉第五屆理事會，陶雄與葉聖陶、碧野、陳翔鶴、李劼人、王餘杞等人當選理事。〔註22〕此後陶雄可能繼任理事，但因分會的活動趨於沈寂，加之分會會刊《筆陣》不能正常出版，相關的文字記載很難見到。從1944年5月《筆陣》革新第一號出版時陶雄與李劼人、陳翔鶴、葉聖陶、碧野、謝文炳、羅念生列名編委的情況來看，他應該繼續擔負著分會的領導工作。作為曾經負責總務部、研究部的常務理事，陶雄肯定做了很多會務工作，從一些零星的文字記載中可見一斑。如1942年9月馮玉祥、老舍等人路過成都，就是陶雄主持的歡迎事宜：「九月九日午後三時，本會（文協成都分會）假座青年會舉行茶會，歡迎由灌縣峨眉返蓉之馮煥章、老舍、王冶秋、葉麐四先生。到會員暨會外人士計四十餘人。準時開會。首由主席陶雄報告，並致歡迎詞，略謂：二三年半以前，二十八年一月十四日，本分會舉行成立大會時，馮先生老舍先生曾代表總會親臨監督致訓，現時隔數載，兩先生復聯袂來蓉，分會同人彌感興奮。詞畢，邀請馮先生致詞，（全文附後）。隨即全體出室攝影留念。攝影畢，馮先生因事忙。先行告退。茶會繼續舉行，復邀請老舍先生致詞，（全文附後）。詞畢，陶雄代表總務部作工作報告，約分經費收支，徵收會員，人事異動（幹事改聘洪鐘擔任）及工作計劃工作檢討數項。繼由牧野陳翔鶴分別代表出版部研究部報告。五時散會。會後，偕赴虎崌酒家，與老舍王冶秋二先生舉行聚餐。」〔註23〕1943年11月成都文藝界慶祝葉聖陶五十壽辰，也主要是由陶雄和陳白塵等人籌辦的，慶賀儀式上，「陶雄任主席，洪鐘唱賀詩，陳白塵宣讀賀電，王冰洋報告葉聖陶致力於文藝的生平史實，張逸生朗誦《倪煥之》中的一節」〔註24〕1943年5月，成都文藝界發起為貧病作家張天翼募集醫藥費、為已故作家萬迪鶴遺屬募集

〔註21〕洪鐘：《陳翔鶴與文協成都分會》，載《抗戰文藝研究》1982年第2期。
〔註22〕劉增人：《葉聖陶傳》，東方出版社2009年版，第214頁。
〔註23〕文協成都分會總務部：《九九茶會小記》，載1942年10月《筆陣》新五期。
〔註24〕劉增人：《葉聖陶傳》，東方出版社2009年版，第215頁。

贍養費，他也是發起人之一。〔註 25〕1940 年夏，分會為會外的文藝青年、大中學生舉辦「暑期文藝講習班」，他也是授課教師之一。〔註 26〕

二、陶雄抗戰時期文學活動的中心——建設空軍文學

　　如上文所述，陶雄抗戰時期的文學活動是多方面的，但他多方面的文學活動圍繞著一個中心——空軍文學的建設，這是陶雄文學活動的一個顯著特點。

　　「空軍文學」這個概念在我國最早可能是由著名軍事學家蔣百里提出的，他 1938 年秋在《大公報》發表文章討論抗戰大局，其中提及文學：「我覺得在這一年來的新文學中，最出色的是空軍文學。當然從前在亭子間裏，現在在天空中，居處氣養移體，吐屬自是不同，而空軍的環境，可以說事事都是新奇，都是可以驚異的，所以激蕩出來的文字，比人家的不一樣。不過在我的直覺上，似乎靈敏方面多，空闊方面少，我還希望將八千高尺空上的靈性再用加速度的發展。」〔註 27〕這一概念提出後，隸屬於航空委員會政治部的《中國的空軍》明確提出了「創造『空軍文學』」〔註 28〕的口號。作為航空委員會政治部的工作人員和《中國的空軍》的第三任主編，陶雄在空軍文學的建設方面可謂不遺餘力。

　　其一，他對空軍文學的發展進行了富有理論深度的總結和反思。《抗戰四年來的空軍文學》是一篇很有內涵和深度的文章，其理論意義至少包括以下幾點：（一）廓清了對於「空軍文學」的一些模糊認識，對其作了一個切合實際的界定：「所謂『空軍文學』，是泛指以空軍為寫作對象——也就是『空軍題材』的文學作品。」並且指出提倡空軍文學的目的「不是為了自立宗派，別樹一幟」，而是為了「呼召更廣大的作者和讀者」，為空軍建設服務。（二）對全面抗戰四年以來空軍文學在小說、戲劇、詩歌、散文、報告等各個門類的

〔註 25〕《成都文藝界為張天翼氏募集醫藥費為萬迪鶴氏遺屬募集贍養費啟事》，載 1943 年 5 月 5 日成都《華西晚報・文藝》第一百五十一期，署王冰洋、王餘杞、李劼人、牧野、陶雄、陳翔鶴、葉聖陶、碧野、謝文炳、羅念生、蘇子涵同啟。
〔註 26〕《會務報告》，載 1940 年 8 月《筆陣》新一卷第五期。
〔註 27〕蔣百里：《抗戰一年之前因與後果》，譚徐鋒主編：《蔣百里全集》第 1 卷，北京工業大學出版社 2015 年版，第 432 頁。原文連載於 1938 年 8 月 28 日、9 月 4 日、9 月 25 日（漢口）《大公報》「星期論文」。
〔註 28〕丁布夫：《本刊一週年》，載 1939 年 2 月 1 日《中國的空軍》第二十期。

發展演變軌跡，作了清晰的勾勒、翔實的論述。（三）反思了空軍文學四年來的不足，為其未來發展建言。「藝術水準不夠高，一般都犯著公式化，概念化的毛病，這原因很簡單，便是體驗不夠，生活經驗太貧乏。以後發展選取的路徑應該是：大量培養『空軍作家』，使『隔靴搔癢』的作品逐漸淘汰，以至於無。或許這企圖並不像培養『農民作家』『丘八詩人』那樣困難的。」「其次，表現的面──範圍過於狹窄。這是受著作者的修養和人生觀宇宙觀的決定的。擴展作者的視野，這企圖比培養人才更其繁難。」〔註29〕

其二，他的著譯均以空軍題材為主，創作了一些文質兼美的優秀作品。陶雄的創作取材範圍廣泛，有書寫人民覺醒、反抗的《張二姑娘》《麻子》《疊》《拾來的槍》《三個和一個》，有暴露漢奸惡行的《倀》，有表現貧富差距、同情弱者的《夜》《這不是我們的》，有諷刺小資產階級知識分子的《心病》《難題》《玫瑰書籤》，有思念淪陷國土、亡故愛人的《鄉土》《〈悼亡集〉題記》，有鼓勵當兵報國的《男兒經》……但陶雄寫得最多、影響也最大的，還是空軍文學。小說之中，《0404號機》書寫空軍空勤人員的輝煌戰績和昂揚鬥志，《夜曲》反映空軍地勤人員的盡忠職守，《當熱烈氛圍抱住中國飛機場的時候》敘述中國空軍遠征日本帶來的反響，《一封悲壯的信》謳歌空軍將士的犧牲精神，《天王與小鬼》記載空軍英雄擊斃日軍王牌飛行員三輪寬的經過，《生日》記述航校學生因報國不得而自殺的慘劇，《守秘密的人》暴露空軍器材運輸中存在的問題，《囚虜之音》表現對日本空軍俘虜的優待，《「天皇」小史》諷刺日本空軍的蠢笨，涉及到空軍生活的方方面面。戲劇之中，《總站之夜》寫一位空軍烈士的葬禮，表現烈士遺屬和戰友復仇的決心，《閻海文之死》演繹空軍少尉閻海文殉國的經過，《歸隊》寫空軍戰士秦德效受傷住院，妻子帶著幼兒趕來相會，他卻不願逗留，歸隊殺敵去了，《九年以後》編織了一個滿門飛將的故事，均屬於空軍題材。報告之中，《兩年來活躍祖國銀空的「鐵雨」戰士》《兩年來「東海」大隊的空中突擊》《斷臂將軍石邦藩》《第一天──英雄的戰鬥·光輝的紀錄》《中國空軍抗戰五年》等文都是記述空軍戰績的。在陶雄的譯作中，與空軍有關的有《哈里肯對杜尼爾空戰記》《看他們爬高》《護航隊到摩爾曼斯克去》《噴火機的戰士》《緬甸的敦刻爾克》《陳納德與飛虎》《空中的維金》《我們在搗毀德國的「西牆」》

〔註29〕陶雄：《抗戰四年來的空軍文學》，載1941年7月7日《文藝月刊》第十一年七月號。

等，佔有的比例較大。尤其可貴的是，《0404 號機》《守秘密的人》《夜曲》《九年以後》等作品質量較高，陶雄也正是以這些作品奠定了自己的文學地位，成為抗戰時期空軍文學的代表作家之一。

其三，他通過自己的編輯活動刊發、出版大量空軍題材的作品，為空軍文學的發展助力。陶雄主編過的《飛報・天風》《中國的空軍》《大眾航空》等報刊是隸屬於航空委員會政治部的綜合性報刊，陶雄借助這些報刊與空軍的特殊關係，憑著自己對文學的熱愛，使得這些報刊成為刊發空軍題材作品的重要陣地。我們以他主編《中國的空軍》的情況為例說明。《中國的空軍》是以「創造『空軍文學』」為己任的，但在黃震遐、丁布夫主編時，刊發的文學作品不多，而且有限的文學作品也以記載空軍戰鬥經歷的報告為主，形式比較單一，因此就「創造『空軍文學』」而言，效果不是特別明顯。陶雄敏感地發現了這一問題，並於接任主編後進行了卓有成效的改革。他上任伊始，就在他編輯的第一期（第三十六期）發表了《從這一期起》，宣布調整編輯方針：「過去本刊是太注重戰鬥生活，而忽略了一般生活。從這一期起，一個新的認識使我們把選稿的標準改變了。」「當我們決定用我們這園地反映空軍生活時，我們需要以更深邃的筆觸探摸到這生活的底裏，通過它，把全軍全面的動態深刻而生動的表現出來，才能使萬千讀者對空軍發生敬仰，企慕，和熱愛。這裡我們想到我們最堅利的工具──文學。從這一期起，我們決定多刊載一些純文藝的作品。宣傳必須通過『藝術』，這已是一句老話了，於此我們無須多所解釋。」〔註30〕在陶雄這一編輯方針的指導下，《中國的空軍》刊載的純文藝作品明顯增多，對空軍生活的反映也更加全面、深入。如第三十六期刊有詩歌《空中英雄頌》《打一個滾》《迎擊》和小說《銀空三騎士》（連載）、散文《白雪天》等純文藝作品，其他紀實性的各篇或記重慶空戰經過（《六月出征重慶天空的記事》），或敘李昌雍等飛往敵後向日軍散發反戰傳單（《二千六百公里的長征》），或寫地面機械士的生活（《我們是拆運敵機的一群》），或以航校學生為主角（《筧橋日記》《白雪天》）也具有程度不同的文學性。又如第三十七期，純文藝的作品除了連載的小說《銀空三騎士》外，還有詩歌《鷹之歌》《當人們歌頌這勝利的鷹群的時候》、小說《信》。《斷臂將軍石邦藩》《書王天祥君事》《筧橋日記》《陪都制空權是我們的》《蘇剛之死》等幾篇，則是紀實性與文學性的結合。從內容來看，這一期依然豐富。有表現空中戰

〔註30〕編者：《從這一期起》，載 1940 年 9 月 20 日《中國的空軍》第三十六期。

鬥經過的（《陪都制空權是我們的》），也有反映空軍日常生活的（《筧橋日記》）；有記述空軍英烈事蹟的（《斷臂將軍石邦藩》《書王天祥君事》《蘇剛之死》），也有讚美修築機場的農夫的（《當人們歌頌這勝利的鷹群的時候》）；有熱情謳歌空軍的（《鷹之歌》），也有善意嘲諷軍中問題的（《信》）；……陶雄編輯空軍文藝叢書的情況如前文所述，此不贅言。不少的空軍文學作品經陶雄之手獲得讀者，陶雄也通過自己的編輯活動引導空軍文學走向進一步的深化。

在抗戰時期，空軍文學是產生了一定的影響的。蔣百里認為空軍文學「最出色」已如前文所言。文藝界人士也對空軍文學給予了關注，如田漢就曾說過：「三年來我們的文藝作家一面擴大了寫作的範圍，如老舍先生就是一個，一面更加專門化，如寫游擊戰的故事，最初士兵同志看了覺得好笑，後來回頭向士兵學習，就慢慢寫得逼真了。又如近來有人提倡空軍文學，專門描寫空軍，海軍方面前幾天也有人提議，是抗戰三年來在文藝上的好現象。」〔註31〕在空軍文學的建設中，陶雄的貢獻不可低估。

附錄　陶雄著譯年表簡編（1949 年以前）

1935 年

12 月 15 日，《夜》（詩）發表於《質文》第四號。

1936 年

5 月 1 日，《心病》（小說）發表於《文藝月刊》第八卷第五號。

7 月 15 日，《難題》（小說）發表於《青年月刊》（南京）第二卷第四期。

8 月 1 日，《蘭登訪問記》（譯作，〔美〕W. C. Kelly 原著）發表於《革命空軍》第三卷第十五期。

8 月 1 日，《摩利斯‧道亥及其政黨：法國的最前進黨》（譯作，Raoul Damiens 原著）發表於《時代論壇》第一卷第九期。

9 月 1 日《別高爾基》（譯作，〔法〕羅曼‧羅蘭原著）發表於《時代論壇》第一卷第十一期。

9 月 16 日，《「生活變得更愉快了」》（譯作，〔美〕Joshua Kunitz 原著）發表於《時代論壇》第一卷第十二期。

〔註31〕《從三年來的文藝作品看抗戰勝利的前途——〈新蜀報〉副刊「蜀道」座談會》，載 1940 年 10 月 10 日《新蜀報》副刊《蜀道》第二百五十二期。

1937 年

　　4 月 5 日，《國際文化保護協會》（文藝新聞）發表於《國聞週報》第十四卷第十三期。

　　5 月 1 日，《納粹德國的戲劇》（論文）發表於《文藝月刊》第十卷第四、五號合刊。

　　5 月 10 日，《軍營前》（獨幕劇）發表於《防空月刊》第三卷第五期。

1938 年

　　1 月 1 日，《某城防空紀事》（地方特寫）發表於《七月》第一集第六期。

　　2 月 1 日，《天王與小鬼》（小說）發表於《七月》第二集第二期。

　　4 月 1 日，《囚虜之音》（小說）發表於《中國的空軍》第七期。

　　5 月 1 日，《0404 號機》（小說）發表於《七月》第三集第一期。

　　5 月 21 日，《夜曲》（小說）發表於《中國的空軍》第十一期。

　　9 月 1 日，《當熱烈氛圍抱住中國飛機場的時候》（小說）發表於《中國的空軍》第十五期。

　　10 月 22 日，《張二姑娘》（小說）發表於《抗戰文藝》第二卷第七期。

　　12 月 1 日，《一封悲壯的信》（小說，未完）發表於《中國的空軍》第十七期。

1939 年

　　1 月 10 日，《一封悲壯的信》（小說，續）發表於《中國的空軍》第十八、十九期合刊。

　　1 月 28 日，《守秘密的人》（小說）發表於《抗戰文藝》第三卷第七期。

　　2 月 1 日，「好男要當兵，好鐵才打釘」》（歌詞）、《「父老！」》（歌詞）發表於《文藝月刊・戰時特刊》第二卷第十一、十二期合刊「軍歌特輯」。

　　2 月 16 日，《玫瑰書籤》（小說）發表於《筆陣》第一期。

　　4 月 1 日，《鄉里》（散文）發表於《筆陣》第三期。

　　5 月 16 日，《悵》（小說）發表於《文藝陣地》第三卷第三期。

　　8 月，《總站之夜》（劇本）發表於《七月》第四集第二期。

　　8 月 14 日，《兩年來活躍祖國銀空的「鐵雨」戰士》（報告）發表於《中國的空軍》第二十四、二十五期合刊。

　　9 月 25 日，《悼亡集》題記（散文）發表於《筆陣》第十一期。

1940 年

10 月 20 日,《斷臂將軍石邦藩》(報告)發表於《中國的空軍》第三十七期。

11 月 20 日,《陸空合作》(歌曲,熊美生譜曲)發表於《中國的空軍》第三十八期。

11 月 25 日,《哈裏肯對杜尼爾空戰記》(譯作,〔英〕H. F. King 原著)發表於《空訊》第十八期。

本年 1 月,《航空圈內》(空軍文學叢書第二種),由中國的空軍出版社出版,收《當熱烈氛圍擁抱住中國飛機場的時候》《「天皇」小史》《生日》《囚虜之音》4 篇小說和《兩年來活躍祖國銀空的「鐵雨戰士」》《兩年來「東海大隊」的空中突擊》2 篇報告。

本年 3 月,《總站之夜》(空軍戲劇叢書第五種),由中國的空軍出版社出版,收獨幕劇《總站之夜》《闇海文之死》和街頭劇《歸隊》3 個劇本。

本年 6 月,《0404 號機》(七月文叢 2),由海燕書店出版,收《天王與小鬼》《0404 號機》《未亡人語》《夜曲》《某城防空紀事》5 篇小說和一個獨幕劇《總站之夜》。

1941 年

7 月 7 日,《抗戰四年來的空軍文學》(論文)發表於《文藝月刊‧戰時特刊》第十一年七月號「抗戰四年來的文藝特輯」。

8 月 14 日,《第一天——英雄的戰鬥‧光輝的紀錄》(報告)發表於《中國的空軍》第四十四期。

11 月 20 日,《托爾斯泰和他的英美朋友》(譯作,〔蘇〕N‧葛塞夫原著)發表於《戰時文藝》第一卷第一期。

本年 8 月,小說集《偎》(現代文藝叢刊第二輯之三),由改進出版社出版,收《偎》《張二姑娘》《大華魂》《守秘密的人》《玫瑰書簽》5 篇小說。

1942 年

3 月 20 日,《看他們爬高》(譯作,原刊倫敦《每日郵報》)發表於《大眾航空》第四卷第二期。

4 月 25 日,《從法西斯後方來的人》(譯作,〔蘇〕K‧西蒙諾夫原著)發表於《創作月刊》第一卷第二期。

5月1日，《這不是我們的》（散文）發表於《筆陣》新二期。

6月1日，《九年以後》（獨幕長劇）發表於《筆陣》新三期。

8月1日，《瘋子》（小說）發表於《航空建設》創刊號。

8月14日，《中國空軍抗戰五年》發表於《現代防空》第一卷第三期。

10月1日，《陳納德與飛虎》（譯作，〔美〕W・克萊門斯原著）發表於《新新新聞每旬增刊》第五卷第七、八期合刊。

10月10日，《血戰五年的中國空軍》發表於《閩聲通訊社》週年紀念特刊。

10月15日，《麻子》（小說）發表於《筆陣》新五期。

1943年

1月20日，《護航隊到摩爾曼斯克去》（譯作，〔美〕E・穆勒原著）發表於《文藝先鋒》第二卷第一期。

8月14日，《四屆空軍節有感》（雜感）發表於《機聲》第三卷第四、五期合刊。

本年9月，譯作《人質》由成都復興書局出版。《人質》是德國作家S・黑姆（Stefan Heym，通譯史悌芬・海姆）1942年出版的長篇小說《人質》（德文版書名《格拉澤納普少尉事件》）。海姆是西方公認的「繼布萊希特之後最主要的反法西斯作家」，《人質》是他的第一部反法西斯長篇小說，表現布拉格淪陷後捷克斯洛伐克人民反抗德國法西斯暴行的鬥爭。陶雄是最早將海姆作品譯為中文的翻譯家之一，他和馬耳（葉君健）翻譯的《人質》幾乎是同時出版。

1944年

3月，《疊》（小說）發表於《中原》第一卷第三期。

11月20日，《托爾斯泰的英美朋友》（譯作，〔蘇〕N・葛塞夫原著）發表於《戰時文藝》創刊號。

9月1日，《奇遇》（譯作，〔匈〕巴拉茲原著）發表於《國訊》第三百七十五期。

9月，《隄上曲》（小說）發表於《文境叢刊》第一期。

12月20日，《拾來的槍》（小說）發表於《青年文藝》（桂林）新一卷第五期。

本年4月，譯作《敵後的插曲》由中西書局出版，收《敵後的插曲》（〔蘇〕E·維倫斯基原著）、《在布里安斯克森林裏》（〔蘇〕J·鄔特金原著）、《新沙賽寧傳》（〔蘇〕P·柯金勤原著）、《護航隊到摩爾曼斯克去》（〔美〕E·穆勒原著）、《噴火機的戰士》（〔美〕Q·雷諾茲原著）、《緬甸的敦刻爾克》（〔美〕R·拉泰尼爾原著）、《陳納德與飛虎》（〔美〕W·克萊門斯原著）、《空中的維金》（〔美〕F·雷克利原著）、《我們在搗毀德國的「西牆」》（〔捷克〕F·李貝克原著）、《地下巴黎》（〔美〕E·席伯原著）10篇報告。這些作品「有一個基本的共通之點，那便是：不願意做奴隸的人們即便是在最險惡最艱難的環境當中，也永遠不放棄反抗，掙扎，與鬥爭」（《譯者贅餘》）。

1945年

2月，《坎坷》（小說）發表於《微波》第一卷第二期。

3月，《三個和一個》（小說）發表於《文藝先鋒》第六卷第二、三期合刊。

本年，多幕劇《壯志凌雲》作為「全國知識青年志願從軍戲劇叢刊」之一種，由獨立出版社出版。

1947年

2月30日，《男兒經》（四幕劇，未完）發表於《文藝先鋒》第十卷第二期「戲劇專號」。

3月30日，《男兒經》（四幕劇，續）發表於《文藝先鋒》第十卷第三期。

5月30日，《孩子不懂的事情》（散文）發表於《文藝先鋒》第十卷第五期。

本年12月，小說集《麻子》由獨立出版社（上海）出版，收《麻子》《三個和一個》《疊》《隄上曲》《拾來的槍》5篇小說。

第九章　端木蕻良抗戰時期的
長篇小說《新都花絮》

　　端木蕻良抗戰時期的長篇小說《新都花絮》，一向少被論及，即便是那些全面研究端木蕻良的著作如《大地之子的眷念身影——論端木蕻良的小說藝術》〔註1〕、《端木蕻良與中國現代文學》〔註2〕等，也沒有給這部作品留下一席之地。其實《新都花絮》不僅在藝術上比較成熟，在作家的創作歷程及文學史上還具有獨特的意義，應當引起我們的特別關注。

一、《新都花絮》的藝術成就

　　評價一部文藝作品，首先要看其藝術上的成熟程度。《新都花絮》雖然沒有《科爾沁旗草原》那樣恢弘的氣勢，卻克服了其粗糙，體現出一種晶瑩剔透的精緻，在藝術上是比較成熟的。

　　《新都花絮》的精緻，首先表現在以簡單的故事包容豐富的社會內容。

　　端木蕻良的小說不以故事曲折見長，《新都花絮》的情節也很簡單。主人公李宓君出身於北京的名門望族，從小就生活在優裕的環境之中，因為愛情的失意，她極度空虛苦悶，宣稱要把自己的力量貢獻給國家，來到戰時的首都重慶。妹妹李蘡君、同學楊紫雲帶著她出入重慶的上流社交場合，極盡奢華，但她仍是感傷煩躁。後來她來到兒童保育院作英文顧問，積極工作，贏得了孩子們的尊敬，也獲得了音樂顧問梅之實的愛情，感情上的創傷得以撫

〔註1〕李建平：《大地之子的眷念身影——論端木蕻良的小說藝術》，廣西民族出版
　　　　社1995年版。
〔註2〕馬雲：《端木蕻良與中國現代文學》，北京出版社2001年版。

平。但她沉溺於熱戀之中，淡漠了對孩子們的愛，這深深刺傷了孤兒出身的梅之實的心，他不辭而別。李宓君心灰意懶，決定到香港去。但是就是在這樣簡單的情節中，卻包容了比較豐富的社會內容。

其一是對抗戰大後方現實狀況的批判。小說通過李宓君的眼告訴我們，在重慶這抗戰的「司令臺」上，正上演著一幕幕怎樣的鬧劇：紳士淑女們的生活十分「緊張」，各種應酬應接不暇，以致「有許多怕晚上約不到人，都約到吃午飯了」；人口驟增，住房難找，有錢人自有辦法，「有一個下江人用一千塊錢造了三所房子，結果賣出去兩所，一所一千五百元，自己還賺了一所房子白住著」；面對日本飛機的轟炸，達官貴人們全然不懼，因為他們有很好的防空洞和「安全區」，南山公園「又可躲警報，又可尋開心」，有汽車代步，雲頂山上飛機炸不到的別墅住起來也十分舒適；國難當頭，「有錢出錢」卻成為一句空話，有些地方反而是「無錢者出錢，有錢者賺錢」，「戰時的一切負擔，幾乎大部落在中下層階級身上，中上階級以及富家巨宦並無任何特殊擔負」……此外，喜歡講讓女學生臉紅的故事又總是出現在年青女人面前的老教授、有著追逐各色各樣外國女人經驗的接吻專家、不知老之將至到處賣弄風騷的副委員長夫人、毒打孤兒的保育院看護等等，無不表明了作者對大後方現實狀況的針砭。

其二是對知識女性生活道路的思考。李宓君、楊紫雲都是受過新式教育的知識女性，她們的生活道路發人深省。儘管楊紫雲聲稱她「還有在學校時的精神」，「還是那時的紫雲」，可是她卻嫁給了「沒有信仰」「可笑」的大胖子楊廳生作委員太太，並且有意識地運用她豐腴的肉體「來征服她的在社會上有著很高的地位的丈夫，使他不敢扭拂她的意識」，所以她也頹然承認「我是不能選擇我的生活的，我只是被人天天拉著陪綁」。李宓君是否會重複楊紫雲的道路呢？李宓君是到重慶來參加抗戰的，因此義務擔任了兒童保育院的英文顧問，起初她十分投入，教孩子們學英文，給他們洗澡、洗衣服、縫襪子，帶他們遠足，贏得了孩子們的愛戴，被親切地稱為「媽媽小姐」，她自己也一掃以前的煩悶，感到充實、寧靜。王看護毒打孤兒小小，李宓君義憤填膺，要求解聘王看護，意見被否決後，她自己出錢將小小送進了醫院，每天到醫院去看望，保育院卻壓根兒不再去了。墜入與梅之實的愛河後，醫院她也不怎麼去了。正當她興致勃勃地準備與梅之實到北溫泉遊玩時，醫院來人收取醫藥費，並告知小小病危。梅之實主張立即到醫院看望小小，李宓君不願意耽

誤遊玩，她說：「我對他不是已經很好了嗎？我並沒有必須看護他的義務……我對他已經付出去很多了，他也不過是個孤兒——」梅之實聽後全身發抖，艱難地吐出幾個字：「我也是個孤——兒！」然後就永遠離開了。李宓君立志到抗戰的洪流中去吃苦受累，可是不久就離開了保育院，離開了孩子們，這看似偶然，卻是必然的，因為她所謂的「到抗戰的洪流去」不過是為了填補感情的空虛，當她自以為獲得了新的愛情而變得充實起來時，抗戰早已被她忘到了九霄雲外，她願意過的還是楊紫雲一樣的生活。李宓君離開了孩子們，她愛的人也離開了她。李宓君的遭遇似乎在啟示人們：在這場偉大的民族解放戰爭中，拋棄民眾者終將被民眾拋棄。

《新都花絮》的精緻，其次表現在對女性心理世界的深入揭示和人物形象的傳神刻畫。

《新都花絮》對李宓君心理的描摹十分深入、細緻。比如寫李宓君在城鄉之間的往返不斷，就很好地表現了她初到重慶的煩躁不安、百無聊賴：八妹看她無心遊玩，提議她到雲頂山上的浣花別莊去住，她痛快地答應了，「巴不得馬上離開城市，一個人到個幽閒的曠野裏去，把什麼都丟開」；可是才住下不久就想回到城裏，「自己坐在屋裏，著實發悶，一心想上重慶去，到城裏玩玩吃吃也好，比在這兒不生不死的擱淺強」，「她分明知道城裏也沒有什麼好玩，也沒有什麼可以使她看在眼裏的，但是她覺得還是人多些，話多些，聲音多些，顏色多些，比這不痛不癢的環境令人好過些」；還沒有走到市區，她又開始後悔了，「她看了看街頭上走得熙熙攘攘的，她覺得別人都是快樂的，別人生活都有自己很好的常規，很好的樂趣……她後悔自己不該走到城裏來，還是鄉下安靜靜的過些人不知鬼不覺的日子該有多好」。再如寫她感情受挫後的敏感脆弱，也十分逼真：「自從她和路破裂之後，最使她痛苦的到是朋友總拿著另外一種更加小心的態度對著她，對她總是拿另外一種眼光來看，總以為她是可憐，破碎了，不要再碰她吧。愈是這樣就又愈碰到她的傷處。使她感到朋友的無聊、可憎，不能體貼她的痛苦。所以她寧願自己找到和自己不相干的人來相處，愈不認識的人愈好，離開親人愈遠愈好。」

《新都花絮》塑造了生動的藝術形象，特別是帶有貴族氣息的女性形象，李宓君的孤傲冷豔、李嫈君的世故虛榮、楊紫雲的豪放潑辣，都寫得各具神采。

李宓君生長在官宦之家，從小養尊處優，錦衣玉食，她有著美麗的容貌，最受父母寵愛，又接受了眾多歐美文藝作品的薰陶，因此養成了孤傲冷豔的

個性,「彷彿人們對她都是有利的,阿諛的,豔羨的,人們都是以她為中心,以她為轉移的,她是可以指使一切的,她是海王星,而別人是圍繞著這星光的暈環」。她的孤傲冷豔使得一般的紈絝子弟不敢接近,風流倜儻的路費盡心機,才贏得她的芳心。就在訂婚前夕,她發現了一封疑似妓女寫給路的書簡,一向頤指氣使的她哪裏受得了這個,根本不給路解釋的機會,便斷然與其絕交。正因為其孤傲,這段感情經歷才給她造成了極大的打擊,很長一段時間她都陷於空虛苦悶的泥沼而不能自拔。後來她在保育院因與同事意見不合就丟棄了幹得很起勁的工作,也是其孤傲的個性決定的。

李嫈君雖是李宓君的妹妹,卻沒有姐姐那麼受寵,她嫁作商人之婦,比姐姐先一步踏入社會,因此顯得比較世故,「知道怎樣可以使人注意,怎樣可以獲得人的歡心」。她獨自一人在重慶生活,卻企圖遙控著在香港做投機生意的丈夫,派了眼線關注著丈夫的行蹤。她精於打緊算盤,在聘請梅之實指導她學習音樂時卻大方地付了不算少的酬金,因為這樣「可以使梅之實不再接受外面的學生」。也許是沒有姐姐那麼漂亮、小時候也沒有姐姐那麼得寵的原因,她顯得更為虛榮。她學習音樂並不用功,卻熱衷於舉行獨唱會。梅之實名氣大,她想方設法成為梅之實唯一的學生,「這樣她就可以獨佔了這份光榮,而且使自己在唱歌界方面的身份提高起來」。她不愛梅之實,卻四處散佈梅之實單戀她的謠言。小說結束時,有夫之婦的她和「另一位貴介公子」談起了戀愛,除了生活的糜爛以外,又何嘗沒有虛榮心在其中作怪?

與李宓君、李嫈君姐妹相比,楊紫雲則顯得豪放潑辣。李宓君來到重慶,楊紫雲設宴招待,一見面就在埋怨中傾吐自己的思念:「呀,宓君,還認識不認識我了?怎的來到這麼久,連個照面也沒打?要不是我的情報靈通,我簡直還不曉得你來……」她像一條鰻魚似的纏著宓君,把她拉到自己的身邊,又揚著兩手,像一隻小燕子似的喊著堂倌要酒。老同學的到來,使得她特別興奮,在席上喝得醉醺醺的,不停地說著瘋話:「開房間去!我們開房間去!」她的丈夫楊蔭生位高權重,在她嘴裏卻是「一個可笑的人」「沒有信仰」。她特別喜歡挖苦、捉弄他的丈夫:「我不過是挖苦著他好玩罷了,他那人一生氣時,是頂可笑的,我就愛看他生氣的樣兒,和一個沒有防禦的豬,簡直是一模一樣。我一點也不可憐他,我就是會捉弄他,朋友都知道的,這一手我是頂有名了……」

此外,小說中的一些次要人物,也勾勒得性格鮮明,如體貼而老到的女

僕程媽、正直而不諳世事的梅之實、健談而略顯粗俗的楊廕生等，都給人留下了深刻印象。

《新都花絮》中的李宓君等一系列人物，基本上都是「大時代」中的「多餘人」，與抗戰沒有發生實質性的聯繫。孟梵因此認為人物與生活的距離過大，對小說大加詬病：「作者在《新都花絮》這個標題底下，只不過攝取了一段戀愛的故事，而在戰時首都裏面，他只選取了幾個病態心理的女人，他只看見了大觀園裏的卿卿我我的生活。他忘掉了這抗戰的都城中，生活著怎樣的人物，有著怎樣的典型」。〔註3〕這種批評在今天看來是不可取的。既然有孔二小姐之類的人存在，李宓君等形象的塑造，就有著一定的生活依據。抗戰文學應該與抗戰有關，但是抗戰文學與抗戰的關係是多方面的，前方將士的浴血奮戰、淪陷區同胞的忍辱含垢固然應該是抗戰文學表現的重點，大後方的現實狀況也理所當然地應該進入抗戰文學的視域。在表現大後方的現實狀況時，踴躍從軍、慷慨捐輸、勤奮工作等有利於抗戰的正面的東西值得旌表，一些有礙於民主、民生，有礙於抗戰的負面的東西無疑也應該加以鞭撻。《新都花絮》並不是一個單純的戀愛故事，也不全是「大觀園裏的卿卿我我」，它屬於暴露大後方負面因素的那一類作品，只不過不是那麼直露。

《新都花絮》的精緻，還表現在語言的溫潤華美和筆法的含蓄細膩。

《新都花絮》的語言有一種溫潤華美的光彩。如寫李宓君失戀後的空虛寂寞、顧影自憐：「她就覺著什麼都是偶然的，她好像被大風吹走了的一個花瓣，風兒一住了，她也就只好停落下來，停在哪裏是不能由她來選擇的。」「如同一個光明的燈塔，夜間的航船，都以它為方向，都向它來駛進，而現在它依然在屹立著，亮著，而舟人漁子都沒有看見它，突的向別的方向駛去，這使它感到一種頓然的寂寞，這種寂寞是蝕心的，刺痛的，不可忍受的。」再如寫楊紫雲夫婦「蔭廬」裏的布置和氛圍：

> 沙發是軟軟的，床鋪也是軟軟的，厚絨的地氈踏在上面彷彿深
> 陷下了似的。

> 屋子裏呈著一種富貴氣的紅色，彷彿一個鼓脹蓬籠的燈籠似的
> 紅暈暈掛著，映照她倆就如兩隻豐腴的紅燭一樣，也都搖搖的燃燒
> 起來了。

〔註3〕孟梵：《〈新都花絮〉——讀後雜感》，郭沫若、茅盾等著：《文藝新論》，莽原出版社1943年1月版，第36～43頁。

> 屋裏是暖馥馥的，朦朧朧的紅色燈光像潛沉在海水底下的探海
> 燈似的，好像光線都不能直接的透露出來，而且纏繞著許多絲絡的
> 水草，擁塞著許多透明色的肉黃的肥膜的水母，燈光又像是從紅珠
> 子裏流射出來，像是圍繞了一個珊瑚的透亮的紅色骨骼的暈環……

此外，對雲頂山自然風光的描寫、對李宓君和楊紫雲沐浴時身體之美的描寫等等，都很好地體現了《新都花絮》語言溫潤華美的特色。

《新都花絮》無疑具有一定的諷刺色彩，但它走的是一條不同於張天翼、沙汀、張恨水等人的辛辣酣暢的新路子，相對來說要含蓄細膩一些。比如在描寫李嫈君的家宴時，有這樣一段文字：「夜幾乎快要闌珊了，空氣和酒香裏散佈出一種虛無的調子，燈火搖晃，睡意朦朧，一絲一絲的迷蒙虛偽的氣氛，從帷幔的角落裏，從酒足飯飽的人的哈欠裏，從蔥蘢的晚香玉的花朵裏，從飽嗝的酒氣裏，從金色皮子包裹的腳尖上，從心上很甜的晚上蔓延出來了……」這裡作家雖然沒有聲嘶力竭地抨擊大後方上層人物的窮奢極欲，但字裏行間仍然隱含著批判的鋒芒。另如上文所引李宓君將自己視為閃爍著光芒的海王星而別人只是圍繞著這星光的暈環那一段文字，也委婉地表達了作家對其孤傲個性的嘲諷。

二、《新都花絮》在作家創作歷程和文學史上的意義

一部作品，如果在作家的創作歷程和文學史上具有特殊的意義，也是我們在評價該作品時必須加以考慮的。《新都花絮》正是這樣一部有著特殊意義的作品。

就端木蕻良的創作歷程而言，《新都花絮》不僅表現出作家在藝術表現上的成熟與進步，而且顯示了作家創作風格的轉型。

《科爾沁旗草原》無疑是端木蕻良最為重要的作品，但有些學者卻更為推崇他的短篇創作，之所以會出現這種情況，就是因為《科爾沁旗草原》具有某些方面的「耀古驚天，舉世無匹」成就的同時，也具有「很多，很嚴重」的缺點〔註4〕。別的且不說，單是其凌亂的結構和「滯澀冗長的內心獨白」〔註5〕就讓人閱讀起來不是那麼順暢，勉強讀完了，有些地方也還是不明所以。夏志清

〔註4〕司馬長風：《中國新文學史》（下卷），（香港）昭明出版社有限公司1978年版，第87頁。

〔註5〕劉大先：《端木蕻良創作的三重文化視角》，載《北方民族大學學報（哲學社會科學版）》2011年第4期。

就曾誤以為大寧是丁寧的哥哥〔註6〕，有一篇文章還錯把黃寧和丁寧的繼母當作一個人〔註7〕。並不是讀者低能、粗心，作品在大幅度的跳躍之中，缺乏必要的交待和暗示，實在容易導致誤解。《科爾沁旗草原》有如一塊璞玉，就藝術創造的角度而言，是缺乏打磨的。此後的《大地的海》《大江》，仍然存在這樣那樣的缺陷，趙園就認為《大江》結構散漫，難以卒讀。〔註8〕

　　但是到了《新都花絮》，端木蕻良掌控長篇創作的能力明顯加強了。雖然《新都花絮》沒有像《科爾沁旗草原》一樣嘗試新的藝術手法，也不具備《科爾沁旗草原》一樣巨大的藝術衝擊力，但在結構的明晰、故事的完整、人物的豐滿等方面則確實有了明顯的突破，同時，《科爾沁旗草原》《大地的海》《大江》對自然風物的瑰麗抒情也得到了一定程度的繼承發揚。從《科爾沁旗草原》到《新都花絮》，端木蕻良從放任走向了節制。如果說《科爾沁旗草原》是一條奔騰不息的大江，那麼《新都花絮》則是一條涓涓流淌的小溪，大江固然浩蕩，難免泥沙俱下，小溪雖然迂徐，卻也清澈可喜。

　　端木蕻良的「兩幅筆墨」是大家公認的，但是說到其創作風格由陽剛向陰柔的轉型，一般覺得是在桂林時期，並主要歸結為蕭紅的過早辭世，〔註9〕而不會提到《新都花絮》。其實《新都花絮》在端木蕻良文學創作的風格轉型中具有標誌性意義。應該說，陽剛與陰柔兩種因素是端木蕻良早就具備的，在寫作《科爾沁旗草原》時就表現出來了，只是溫馨、纏綿的一面被炫目的粗獷、闊大的一面所遮蔽，成為一股被忽略的潛流，這股潛流一直不絕如縷地流淌在端木蕻良的創作長河中，到了《新都花絮》，到了桂林時期的《初吻》《早春》等一系列作品，彙集起來的潛流終於噴湧而出，形成一道引人注目的景觀。在《科爾沁旗草原》中，不是寫到了《紅樓夢》式的僕婢成群的府邸，寫了了旖旎纏綿的風月男女，寫到了燕語鶯啼的小姐丫環和寂寞度日的正妻侍妾嗎？在寫作這些部分時，端木蕻良主要是運用的「輕、細、小」的筆墨。在此後的《鄉愁》《可塑性的》《三月夜曲》等短篇小說中，「輕、細、小」

〔註6〕夏志清著、劉紹銘等譯：《中國現代小說史》，復旦大學出版社2005年版，第399頁。

〔註7〕劉菊：《溫婉豪放的大地之花——論端木蕻良小說中女性形象的審美特徵》，載《貴州師範大學學報（社會科學版）》2009年第5期。

〔註8〕趙園：《論小說十家》，浙江文藝出版社1987年版，第86頁。

〔註9〕參見雷銳：《跨進現代——中國文學現代化之研究》第三編第二章《「大地之子」的柔毫輕舒——論端木蕻良在桂林創作風格的轉換》，人民出版社2002年版，第274～284頁。

的筆墨也依稀可見。在《新都花絮》中,「重、粗、大」完全讓位於「輕、細、小」,陰柔取代了陽剛。

蕭紅的逝世可能對端木蕻良將陰柔風格發揮到極致起到了一定的催化作用,但從根本上來講,其陰柔風格的形成和運用還是由作家的童年記憶和作品的題材、主題決定的。正如錢理群先生指出的:「端木蕻良的兩副筆墨,是由他的生活經歷、教養所決定的。如作家自己所說,他的生命『是降落在偉大的關東草原上的』,那『奇異的怪忒的草原的構圖,在兒時,常常在深夜的夢寐裏闖進我幼小的靈魂』;作為科爾沁旗草原上擁有一兩千垧土地的豪門巨室曹家的公子,端木更是在僕婢成群的溫馨的女兒國里長大的,他對於《紅樓夢》的終身迷戀,首先是建立在親身的生活與生命體驗上的。從小的貴族的生活經歷與教養,形成了他的精美的藝術趣味與感覺,這與前述闊大瑰奇的曠野情懷幾乎是同樣深刻地融入了他的靈魂與生命之中的。」「儘管《科爾沁旗草原》確如司馬長風先生所說,包含了溫馨、纏綿的描寫因素,但其主導性的描寫風格仍然是粗獷、闊大的,這也是作家所要表達的「土地與人」的主旨所決定的。這就是說,作家的『輕、細、小』的這副筆墨,必須在另一種題材、主題的作品中,才得以充分的發揮。」〔註10〕《新都花絮》就是另一種題材、主題、風格較早的集中嘗試。

就文學史而言,《新都花絮》的問世也有著特別的意義,如果說《科爾沁旗草原》是「中國現代第一部反映農村土地問題的長篇小說」〔註11〕,那麼《新都花絮》可以說是中國現代第一部表現大後方生活的長篇小說,也可能是唯一一部全力表現大後方都市上層婦女生活的長篇小說。

夏志清在評價《科爾沁旗草原》時,特別注意到《科爾沁旗草原》寫作和出版的時間差,認為《科爾沁旗草原》如果能夠在 1934 年及時出版,則足以與茅盾的《子夜》、老舍的《貓城記》、巴金的《家》等前一年出現的名作「直接爭取批評家和一般讀者的賞識」,「有眼光的批評家可能為之喝彩,認為這是比那三本更好的作品」〔註12〕。《新都花絮》的出版沒有遭遇《科爾沁旗草原》一樣的波折,但是我們仍需注意其寫作和出版的時間,因為只有這

〔註10〕錢理群:《文體與風格的多種實驗——四十年代小說研讀劄記》,載《文學評論》1997 年第 3 期。
〔註11〕馬雲:《端木蕻良與中國現代文學》,北京出版社 2001 年版,第 38 頁。
〔註12〕夏志清著、劉紹銘等譯:《中國現代小說史》,復旦大學出版社 2005 年版,第 393 頁。

樣才能充分認識其在文學史上的意義。

　　《新都花絮》寫作於 1939 年底至 1940 年初，初版於 1940 年 5 月〔註
13〕。當時處於戰爭的初期，由於作家認識的不夠深入以及生活的顛簸流離等
多種因素，長篇的問世是十分困難的，端木蕻良能夠在完成《大江》不久，旋
即推出《新都花絮》，實屬不易。綜觀整個現代小說史，表現大後方生活的長
篇小說並不多見，就寫作及出版的時間而言，《新都花絮》可謂開風氣之先，
全力表現大後方都市上層婦女生活的長篇小說，可能也僅此一部。

　　說到抗戰時期的長篇小說，自然首推巴金的《寒夜》和老舍的《四世同
堂》。很湊巧，這兩部作品也是都市題材，《寒夜》寫抗戰時的重慶，《四世同
堂》寫淪陷後的北平。同這兩部煌煌巨著相比，《新都花絮》自然是望塵莫及，
但是我們不要忘記，《寒夜》和《四世同堂》都是在抗戰末期才開始創作的，
並最終完稿、出版於抗戰勝利之後，時光的流逝也帶來了藝術水準的提高，
我們顯然不能用《寒夜》和《四世同堂》的標準來考量《新都花絮》。

　　說到抗戰時期表現大後方生活的長篇小說，不能不讓人想到沙汀、艾蕪
兩位川籍作家，想到他們的《淘金記》和《故鄉》。但是這兩部作品表現的都
是大後方的農村生活，沙汀的《淘金記》以四川某鄉村開採金礦的事件為線
索，展示了各種地方勢力為發國難財而掀起的內訌，《故鄉》寫大學生余峻廷
回鄉宣傳抗日而不得不悄然離去的經歷，表現了官僚政客的荒淫卑劣、土豪
劣紳的為非作歹、貧苦農民的悲苦無告。可見《淘金記》《故鄉》與《新都花
絮》雖然都是寫大後方的，但題材各有側重，因而互相之間是不可替代的。
就寫作、出版的時間而言，《淘金記》《故鄉》這兩部作品的問世也要遲於《新
都花絮》：《淘金記》1941 年秋完稿，1943 年 5 月由重慶文化生活出版社出
版；《故鄉》動筆於 1940 年，輟筆於 1945 年，1947 年 4 月才得以由上海自強
出版社出版。

　　說到抗戰時期表現大後方都市生活的長篇小說，茅盾、巴金、張恨水三
位作家是必須提及的。茅盾的《腐蝕》以重慶一個失足而尚未泯滅良知的女
特務的日記的形式，揭露了大後方特務統治的酷烈。巴金的《火》第三部表
現的是 1941 年的昆明，既寫了田惠世、洪大文等人服務抗戰的努力工作，也
「寫了一些古怪的社會現象」，鞭撻了部分市民、知識分子的精神淪落；《憩
園》寫成都某公館兩代主人的命運，批判封建觀念、封建倫理；《第四病室》

〔註13〕參見端木蕻良：《風雨八十年艱辛文學路》，載《縱橫》1997 年第 2 期。

寫貴陽某醫院一些病人所受到的各種煎熬，影射整個中國社會的苦難；《寒夜》通過重慶小職員汪文宣一家的遭遇，表現了處於黑暗現實中的知識分子精神被摧殘、肉體被吞噬的悲劇。張恨水在重慶《新民報》連載了《牛馬走》（又名《魍魎世界》）、《第二條路》（出版時易名《傲霜花》）等大後方都市生活題材的長篇小說，《傲霜花》再現了大後方大學教授們窮困潦倒的生活，揭示了其物質和精神上的雙重困境，《魍魎世界》講述了戰時首都重慶一幫官僚與投機商囤積居奇發國難財的故事。與這些同類題材的作品相比，《新都花絮》是問世最早的。茅盾的《腐蝕》1941 年 5 月 17 日起在《大眾生活》連載，9 月底載完，同年 10 月上海華夏書店出版單行本。張恨水的《牛馬走》連載於 1941 年 6 月 2 日至 1945 年 11 月 3 日重慶《新民報》副刊《最後關頭》，1957 年 2 月上海文化書局出版；《第二條路》連載於 1943 年 6 月 19 日至 1945 年 12 月 17 日重慶《新民報晚刊》，1947 年易名《傲霜花》由上海百新書店出版。巴金的《火》第三部寫於 1943 年 4 月至同年 9 月，1945 年 7 月開明書店出版；《憩園》1944 年 5 月動筆，1944 年 7 月完成，同年 10 月文化生活出版社出版；《第四病室》作於 1945 年 5 月到 7 月，1946 年 1 月由良友圖書公司出版；《寒夜》1944 年冬開始動筆，1946 年底完成於上海，1947 年 3 月晨光出版公司出版。

如果僅僅只是佔了個寫作、出版時間上的先機，意義也不是特別大。可喜的是，《新都花絮》在藝術表現上也並不壞，其精緻已如前述。就藝術成就而言，《新都花絮》遜色於巴金的「人間三部曲」（《憩園》《第四病室》《寒夜》），但與《腐蝕》應在伯仲之間，兩者的共同點也比較多：都揭露了大後方的陰暗面，具有較強的政治意義；都以主人公的行止貫竄人物、場面；都擅長心理刻畫，塑造了統治階層中具有複雜個性的女性形象。張恨水的《牛馬走》《第二條路》雖然篇幅巨大，對大後方各種流弊的批判也暢快淋漓，但近似於《儒林外史》《官場現形記》一類，結構鬆散，「雖云長篇，頗同短製」，對人物心理的刻畫也流於表面，挖掘不深，是不能與《新都花絮》相提並論的。

就表現大後方都市生活而言，戲劇領域非常活躍，長篇的多幕劇作就有不少，包括老舍的《殘霧》和《面子問題》、宋之的的《霧重慶》（原名《鞭》）、陳白塵的《結婚進行曲》、沈浮的《重慶二十四小時》、茅盾的《清明前後》等。而小說領域在這方面則相對薄弱一些，張天翼的《華威先生》等作品雖然引起了廣泛的關注，但畢竟只是短篇。端木蕻良《新都花絮》的出現以及

其後茅盾《腐蝕》的跟進，使得中國現代小說和中國現代戲劇在表現大後方都市生活方面達到了基本的平衡。

　　劉以鬯曾經引用英國作家曼殊斐爾的話來評價《新都花絮》：「……只是另外一部長篇小說，它沒有更多的東西；只是那一大堆長篇小說中的一部而已。」〔註14〕其實這是劉以鬯對《新都花絮》這樣的「政治小說」的偏見。從上文所論看來，《新都花絮》不「只是那一大堆長篇小說中的一部而已」，它給作家本人和文學史都提供了「更多的東西」。

〔註14〕劉以鬯：《評〈新都花絮〉》，鍾耀群、曹革成編：《大地詩篇——端木薛良作品評論集》，北方文藝出版社1987年版，第409頁。

第十章　老舍抗戰時期的空襲書寫

　　日本法西斯發動對中國的侵略戰爭之後，為了打擊中國的抗日力量，摧毀中國人民的抗戰意志，公然違反國際公約，派遣航空部隊對中國廣大地區的和平居民進行了曠日持久的空中襲擊。空襲給中國人民帶來了深重災難，也由此成為抗戰文學的重要表現對象。親身經歷無數次轟炸的老舍對於空襲有著切身的體驗，也留下了書寫空襲的大量作品，其內容之豐富、主題之豐厚、文體之多樣以及藝術表現之成功在現代作家之中是少見的，值得我們特別珍視。

一、老舍空襲書寫的豐富內容

　　抗戰時期，老舍的足跡踏遍了大半個中國：他毀家紓難，自濟南來到抗戰的中心武漢，武漢淪陷前夕又溯江而上，西遷陪都重慶；他還曾隨馮玉祥將軍到川渝一帶檢閱軍隊，作為「文協」代表參加全國慰勞總會北路慰勞團到前線慰勞抗日將士，應友人之約到雲南講學、旅行。在濟南，在武漢，在重慶，在旅途中，他均飽嘗日軍空襲之苦，並幾次在空襲中險遭不測。可以說，躲警報已經成為老舍抗戰時期（尤其是 1942 年以前）日常生活的一個重要部分，空襲由此也自然而然地進入了老舍的筆端。

　　老舍留下了有關空襲的大量作品，其中既有以空襲為主要表現對象的散文《轟炸》《五四之夜》《以雪恥復仇的決心答覆轟炸》《血債——敵機狂炸重慶》和詩歌《她記得！》，也有不以空襲為主要內容卻對其多有反映的其他作品：詩歌《劍北篇》；小說《蛻》《一塊豬肝》《一封家信》《鼓書藝人》；散文《到武漢後》《南來以前》《記「文協」成立大會》《我為什麼離開武漢》《船上

——自漢口到宜昌》《向王禮錫先生遺像致敬》《滇行短記》《八方風雨》；戲劇《殘霧》《國家至上》；書信《一封信》（1938 年 3 月 15 日致陶亢德）；童話《小木頭人》；鼓詞《陪都贊》……

老舍筆下的空襲，內容十分豐富。

其一，表現空襲的地域比較廣闊。抗戰時期，重慶等大城市是日軍空中打擊的重點，但日軍空襲的地域是廣闊的，一些中小城市、交通線甚至部分鄉村也在空襲中慘遭毒手。老舍遊歷的廣泛決定了他能夠對於中國廣闊地域的空襲進行書寫。老舍的《小木頭人》《國家至上》等部分作品表現的空襲地域不是十分明確，但是大多數關於空襲的作品卻是直接點明了空襲地點的：《南來以前》《轟炸》《八方風雨》寫濟南〔註1〕；《她記得！》寫上海或南京；《一封信》《記「文協」成立大會》《轟炸》《我為什麼離開武漢》《八方風雨》《一塊豬肝》《一封家信》《殘霧》寫武漢；《船上——自漢口到宜昌》寫宜昌；《劍北篇》《五四之夜》《以雪恥復仇的決心答覆轟炸》《血債——敵機狂炸重慶》《八方風雨》《鼓書藝人》《陪都贊》寫重慶；《滇行短記》寫昆明；……單是《劍北篇》這一部作品就分別寫到了成都、陝州、洛陽、南陽、三原等多個城市的空襲，特別值得指出的是，《劍北篇》還寫到了日軍空襲對陝甘寧邊區政府所在地延安的毀滅性打擊，歌頌了延安軍民在空襲以後的生產重建：

> 太陽西落，我們望見了延安：
>
> 山光塔影，溪水迴旋，
>
> 清涼嘉嶺，夾衛著雄關；
>
> 我們期待著人綢影亂，
>
> 萬家燈火，氣暖聲喧。
>
> 但是，暮色裏疏星點點，
>
> 城裏城外一片斷瓦頹垣，
>
> 寂寂的水，默默的山，
>
> 山腰水畔微繞著流煙！
>
> …………

〔註1〕關紀新先生指出《蛻》中的陰城「看上去頗像是濟南」（《老舍評傳》，重慶出版社 1998 年版，第 342 頁），那麼《蛻》對陰城空襲的描寫也可視為對濟南空襲的一種曲折表現。

蘭州，西安，西北的名城，抗戰的據點，
去炸，去炸，把抗戰的中華炸飛炸爛；
連那荒城小縣，像甘泉與宜川，
也須領略侵略者的獸行毒焰，
就因這瘋狂的一念，
炸彈呼籲，毀滅了延安！
看，那是什麼？在山下，在山間，
燈光閃閃，火炬團團？
那是人民，那是商店，
那是呀劫後新創的：
山溝為市，窯洞滿山，
山前山後，新開的菜圃梯田；
嘔，侵略者的炸彈，
有多少力量，幾許威嚴？
聽，抗戰的歌聲依然未斷，
在新開的窯洞，在山田溪水之間，
壯烈的歌聲，聲聲是抗戰，
一直，一直延到大河兩岸！
在這裡，長髮的文人赤腳終年，
他們寫作，他們表演，
他們把抗戰的熱情傳播在民間，
冷笑著，他們看著敵人的炸彈！
焦急的海盜，多麼可憐，
轟炸的威風啊，只引起歌聲一片：
唱著，我們開山，
唱著，我們開田，
唱著，我們耕田，
唱著，我們抗戰，抗戰，抗戰！

在皖南事變之後的國民黨統治中心重慶，能夠寫出這樣的詩篇，是需要一定的膽識的。

其二，空襲中的重大事件得到了比較充分的反映。日軍空襲武漢初期，

中國空軍尚有一定實力，曾與日軍在武漢上空展開反空襲的激戰，後來中國空軍消耗殆盡，日軍對武漢的空襲釀成多次慘劇。《轟炸》對此都有反映，既表現了武漢三次空戰大捷的激動人心：「我看見了敵機狼狽逃竄，看見了敵機被我圍住動不了身，還看見了敵機拉著火尾急奔，而終於頭朝下的翻落。那時節，誰顧得隱藏起來呢，全立在比較空曠的地方，看著那翅上的太陽失了光彩，落奔塵土去。只顧得鼓掌、歡呼、跳躍，誰還管命。我們的空軍沒有惜命的，自一開仗到如今，我們的空軍是民族復興的象徵。看，結隊上飛了，多麼輕便、多麼高、多麼英勇。飛、飛、飛（，）像燕子般，俯瞰著武漢三鎮，看誰有膽子敢來！笨重的敵機到了，我們的空軍自上而下，壓下來，帶著新中國的力量，打碎了暴敵的鐵翼，堅定了全民族抗戰必勝的信念。翻上翻下，左旋右轉，全城靜寂，只聽空中忽忽的響、嗅嗅的響、拍拍的響，響著響著，敵機發出臨死的哀鳴，落下來了！我英勇的空軍該是怎樣的快活呢？地上的人全樂瘋了！這時節誰還管防空壕的好歹呢，我們有長城建在頭上啊！我們的青天上有鐵壁啊！拳頭的力量，在這時候，變為翅的力量，用翅翼掃清了民族的恥辱，用機關槍獵取侵略的怪鳥。」也描繪了七月十二日、七月十九日兩次大轟炸的慘絕人寰，如：「在我所在的洞外，急速的成功了好幾座地獄。民房、鋪戶、防空壕，都在那巨響中被魔手擊碎。瓦飛了、磚碎了、器物成了煙塵；這還都不要緊，假若那瓦上、磚上、與器物的碎屑殘片上沒有黏著人的骨，灑著人的血。啊！電線折斷，上面掛著條小孩的髮辮，和所有的器物，都在那一堆裏，什麼都有，什麼也沒有。這是轟炸。這只教你有一口氣便當恨日本，去打日本。民族間的仇恨，用刀與血結起，還當以刀與血解開。這教訓打到你的心的最深處，你的眼前便是地獄。」在日軍對重慶的空襲中，最慘烈的莫過於 1939 年 5 月 3 日、5 月 4 日的兩次大轟炸，最折磨人的則是1941 年的疲勞轟炸。這些都在老舍的作品中得到了反映。《鼓書藝人》通過方寶慶一家人的感受表現了「五‧三」大轟炸的恐怖，又通過返回重慶市區查看書場損失的方寶慶的眼表現了「五‧四」大轟炸的慘狀。《五四之夜》通過老舍本人在空襲中的遭遇對「五‧四」大轟炸作了直接的記錄。《八方風雨》則對疲勞轟炸作了回顧：「二十八，二十九，三十，這三年，日本費盡心機，用各種花樣來轟炸。有時候是天天用一二百架飛機來炸重慶，有時候只用每次三五架，甚至於一兩架，自曉至夜的施行疲勞轟炸，有時候單單在人們要睡覺，或睡的正香甜的時候，來搗亂。日本人大概是想以轟炸壓迫政府投降。

這是個夢想。中國人絕不是幾個或幾千個炸彈所能嚇倒的。」

二、老舍空襲書寫的豐厚主題

老舍對空襲的書寫，具有豐厚的主題蘊含。歸結起來，主要有以下幾點。

首先是表現日寇的暴行給中國人民帶來的深重災難。

空襲使得中國的城市變成廢墟，財產化為烏有。老舍對此進行了反覆的表現，如《劍北篇》寫空襲之後的成都街市：「看，繁榮的市井，／瓦礫縱橫；／灰裏煙中，／是財產生命；／寂無人聲，／血與火造成了鬼境：／微風吹布著屠殺的血腥，／焦樹殘垣依著月明！」《鼓書藝人》寫方寶慶苦心經營的書場在「五・四」大轟炸中的被焚毀：「門上的鎖沒人動，但搭鏈已經震斷了。他打開門，走了進去。迎面撲來一陣潮濕的氣息。雖說他走的時候是滅了燈的，場子裏卻顯得很亮堂。他這才看出來是怎麼回事。房頂已經給掀去了。碎瓦斷椽子鋪了一地。他那些寶貝蓋碗全都粉碎了。他沒拿走的那些幛子和畫軸，看來就像是褪了色的破糊牆紙一樣。」更可怕的是空襲對生命的無情戕害。《一封家信》中，服務於軍事機關的老范在空襲中喪身，「頭齊齊的從項上炸開，血濺到前邊，給家信上加了些紅點子」；《鼓書藝人》中，琴師方寶森一改以前的窩囊，走上了宣傳抗戰的道路，卻在日軍空襲南溫泉時罹難；《劍北篇》中，「十齡的小兒被碎片殃及，／短短的白褲已如血洗」；《殘霧》中，一個女人被炸飛，人們發現了她一條溫熱的腿和長統絲襪裏的三十元法幣；《國家至上》中，清真寺被日機狂轟濫炸，回族老幼慘遭屠戮，死亡無數，張老拳師被炸傷，小夥子李煥傑被炸飛的石灰傷了眼⋯⋯

其次是表現中國人民在災難中的覺醒和不屈的抗敵意志。

殘暴的空襲並不能使中國人民屈服，反而更加堅定了其抗敵的決心，正如老舍在《以雪恥復仇的決心答覆轟炸》中所言：「殘暴與恫嚇，加之於知恥明禮的人，恰好足以增高反抗與團結。痛哭過一陣的人，會不再落淚，而去咬牙復仇。暴敵轟炸的成功也正是失敗。血肉橫飛的慘象激動了我們更多的同情與義憤，認識了恐怖，更明自了如何在死裏求生。」老舍以各種方式歌頌了中國人民在空襲中表現出的不屈意志。《劍北篇》道出了中國人民鬥爭到底的心聲：「把我們的鮮血流淨，／把民族的恥辱洗清，我們死，我們犧牲，／我們不接受鬼手裏的『和平』！」《五四之夜》提出新的五四口號，寄望於民族在奮鬥中的新生：「朋友們，繼續努力，給死傷的同胞們復仇；

記住，這是五四！人道主義的，爭取自由解放的五四，不能接受這火與血的威脅；我們要用心血爭取並必定獲得大中華的新生！我們活著，我們鬥爭，我們勝利，這是我們五四的新口號！」《記「文協」成立大會》記錄了文藝家們不顧空襲危險召開「文協」成立大會的盛況。《八方風雨》既表現了文藝戰士在空襲中的苦鬥：「警報器響了，空襲！誰也沒有動，還照舊的開會。普海春不在租界，我們不管。一個炸彈就可以打死大一半的中國作家，我們不管。」「緊急警報！我們還是不動。高射炮響了。聽到了敵機的聲音。我們還繼續開會。」「在會所，在公園，在美的咖啡館，在友人家裏，在旅館中，我們都開過會。假若遇到夜間空襲，我們便滅了燈，摸著黑兒談下去。」也如實反映了北碚在空襲中的重建：「二十八、二十九兩年，此地遭受了轟炸，炸去許多房屋，死了不少的人。可是隨炸隨修。它的市容修改得更整齊美麗了。」《陪都贊》全面概括了重慶市民的反空襲鬥爭：「公路四通，遷建城鎮。北碚山洞，都好安身。敵機肆虐，激起義憤。愈炸愈強，絕不灰心。一見紅球，切齒把敵恨。通過炮聲怒吼，打散敵機群。救護隊忠勇服務盡責任，赴湯蹈火，何懼那烈日如焚，那倭寇屢施狂暴何足論。眾市民隨炸隨修，樓房日日新。市容美觀、街寬房俊，更顯出堅決抗戰大無畏精神。」《鼓書藝人》則通過方寶慶的見聞和感受來形象表現重慶在空襲中的巋然屹立：「他好受了一點。起碼他已經知道了他的損失究竟有多大。這下他可以對這個挨炸的城市客觀地看上一眼了。是不是能寫段鼓詞，《炸不垮的城市——重慶》。這完全是事實，一定會轟動。」「重慶的霧季又來臨，到處是叮叮噹當錘打的聲音，人們在重建家園。活兒幹得很快，只幾個月的工夫，戰爭創傷就幾乎看不見了。起碼，在主要街道上，破壞的痕跡已經不存在了。只有僻靜地方，還有炸彈造成的黑色廢墟，情勢慘淡。城市面貌發生了變化。房屋從三層改為兩層，都用篾片和板條架成，使城市看來更開闊了，整個城看著像個廣闊的棚戶區。」

　　毋庸諱言，並不是每一個中國人一開始就具有明確的愛國意識，但是血的教訓會使他們走向覺醒。在老舍看來，空襲既給中國人民帶來了空前的劫難，同時也為敵人的暴行作了活生生的宣傳，從而培養了中國人的愛國意識。《劍北篇》敘寫了十歲的小兒在空襲中受到的傷害後，又深刻地表現了這種傷害對人們心靈的觸動：

白髮的老人，是祖，是父？將他背起，

老人無言，孩子低泣，

默默的，緩緩的，在大家的憤怒裏，

走向綠陰中短短的草籬，

啊，走向永遠的血的記憶！

這默默的老人，是作生意？

還是種著薄薄的幾畝田地？

要不是這橫禍奇襲，

也許一輩子不曉得國事的危急？

今天，默默的把孫子背起，

默默的他可認識了誰是仇敵！

再次是揭露、抨擊一些不利於抗戰的負面因素。空襲好比一塊試金石，既試出了政府舉措的得失，也試出了人性的好惡。老舍不是一味地歌頌空襲之中表現出來的積極的、正面的東西，對於一些不利於抗戰的消極的、負面的因素，也給予了無情的揭露和抨擊。

政府有保民之責，應該保護處在空襲危險之中的人民，想方設法使其少受損失，可是有些地方的政府卻只保官而不保民。老舍對此非常憤慨，在一些作品中進行了酣暢淋漓的揭露。在《蛻》中，陰城的政府在空襲之中毫無作為，人們「久已納過防空捐，而絲毫沒有防空的設備與訓練」，「這裡沒有憤慨，沒有辦法，沒有秩序，沒有組織；只有一座在陽光下顯著陰暗腐臭的城，等著敵人轟炸」，空襲時亂成了一鍋粥：「警報一響，沒有一個人知道怎麼辦才好。街上，車都擠在一處，誰都想跑，誰也跑不開。巡警揀著洋車夫與小販們，用槍把打，用鞭子抽，沒用。鋪戶的人們七手八腳的把剛卸下的門板又安上，而後警懼的，好奇的，立在門外，等著看飛機。行人們，有的見了鬼似的亂跑，有的揚著臉把一隻老鷹誤認作飛機，熱心的看著。上學的小學生嚇得亂哭，公務人員急忙的撥頭往家中跑，賣菜的撞翻菜挑，老婦女驚癱在路上……」空襲之後，也沒有採取任何的補救措施，官員們或者忙著安置自己的家眷，或者求籤問卜測算陰城有無極大的危險……在空襲過後的紛亂、關切、恐慌、自慰之中，官員們幾乎忘了城西剛被炸過的那回事，在轟炸後兩三點鐘，才來了幾個巡警，安詳地登記難民們的姓名、籍貫、性別、職業、年歲，「似乎是來調查戶口」。《轟炸》將譴責的矛頭明確指向了濟南的政府和

軍隊:「武漢的防空壕是分建在各處,而濟南的卻只在官所裏,武漢保民,濟南保官,而官員們到了時候是連防空壕也不信任的,他們更相信逃走。」「離開濟南,準知道是頂著炸彈走;自濟南到徐州沿途轟炸,已有一兩月的慘史了。我走的那天,半夜裏陰起天來。次晨開始落雨。幸而落了雨,假若天氣晴好,敵機來轟炸,我真不曉得車上的人怎能跑下去。門、窗已完全被器物堵住,絕對沒有留一個縫子,誰的東西呢?什麼東西呢?軍人的東西;用不著說,當然是槍與其他的軍用品了。這就很奇怪,難道軍人就沒有一些常識?沒想到過轟炸這件事麼?我不明白。也許他們是看好了天文,準知落雨。也許是更明白地理,急欲退到大炮所不及的地方,中途冒點險也就無所不可。他們的領袖是幹青天啊!」武漢的政府比濟南強,在防空方面有所舉措,但工作也有一些不到位的地方,老舍對此進行了善意的批評:「可是武漢的防空壕並不十分堅固,也不夠用的。這似乎又是吃了官辦的虧,只求應有盡有,而不管實際上該怎樣。假若官民合辦,多徵求一些意見,多算計一番居民的數目,或者可以減少些備而『無』用的毛病吧。」

在空襲這樣空前的浩劫中,中華好兒女表現出勇敢無私的血性,但也有極少數人表現出令人難以置信的怯懦、苟且、自私,甚至還有部分敗類趁機營私舞弊,大發國難財。老舍對此給予了無情的批判。在《轟炸》這篇散文裏,老舍批判了濟南有些人在空襲時的怯懦、苟且:「到濟南,不但看見了敵機,而且看見它們投彈,看見我們受傷的人。到我快離開濟南的那天,自早七時至下午四點,完全在警報中。三架來了,投彈,飛去;另三架又來了……如是往還,安然自在,飛得低,投彈時更須下降,如蜻蜓點水;一低一斜地,就震顫了。它們來,它們轟炸,它們走,大家聽著,看著,閉口無言。及至要說話了,總會聽到:『有主席在這兒,城裏總不至於……』對,炸的是黃河的各渡口呀。渡口是在城外。更可怕的是這樣的話,要是和轟炸比起來。轟炸是敵人的狂暴,這種話是我們表示不會憤怒。是的,我們不會憤怒,濟南的陷落是命定的了,看著幾裏外的敵機施威,而爬在地上為城裏禱告,濟南就在禱告中換了國旗。」抨擊了武漢有些富人在空襲時的自私、荒淫:「為什麼我們截不住敵機呢?那富人們聽到了那些慘事而略微帶著一點感情說。是呀,富人們,為什麼呢?假若你的錢老在身邊,我們的飛機是不會生下幾架小機來的像胎生動物那樣。明白嗎?」「轟炸完了,救護隊隊員的每一滴汗都是金子,他們的汗把襪子都濕透。同時,燙著飛機式——在空襲警報到租界細細

燙成的——頭髮的女郎，與用綢手絹輕拭香汗的少年男子，又在娛樂場中以享受去救亡了。」在《殘霧》中，老舍通過厚顏無恥的楊茂臣講述的一個「抗戰麻將」的所謂「笑話」，批判了有些人人性的缺失：王子甘等人空襲時打麻將，在爆炸聲中拼命摔牌，實施其「白板防空」。一隻女人腿落在院裏，絲襪子的弔帶兒上繫著一個小紙包，裏面包著三十塊法幣，這夥人撿到這三十元錢，樂得又跳又喊，晚上居然用這三十元錢「足吃足喝了一大頓」。《蛻》則對大發空襲財的現象進行了較為集中的揭露：馮木匠根本不曉得防空洞應該怎麼做，卻為洗桂秋在後花園裏修了防空洞，他「只按照蓋小房子的辦法，蓋了三間小土房，只有門，沒窗戶，以便成為『洞』」，「屋頂上覆了不少的土，以便擋住炸彈」，可是這位馮木匠卻因為「運動官府」而包修了全城的防空壕，又因替洗桂秋修防空洞和包修全城的防空壕「遂成為陰城造洞造壕的專家」，「而應下更多的生意來」；德成藥房的桂大夫向洗桂秋借了錢，預備製作防毒面具和防毒口罩賺錢；文司令徵收了幾十萬的防空捐，最終採納了一位副官「利用明溝，速成防空設備」的妙計，只須將陰城原有的泄水用的明溝稍加整理，「東邊鏟一鏟，西邊墊一墊的」，再插上寫有「避難往東」等字樣的二三十塊小木板，便可以完工……

最後是發掘、弘揚中華文明的巨大精神力量。

在老舍看來，中華兒女能夠在空襲這樣「空前的劫難」中堅持「空前的奮鬥」，是與中華文明巨大精神力量的支撐分不開的，中華民族取得抗戰的最終勝利並走向新的復興也離不開這種精神力量的支撐，因而老舍在表現空襲時，也著力於發掘、弘揚中華文明的巨大精神力量。《五四之夜》寫道：「到院中，紅光裏已飛舞著萬朵金星，近了，離近了，院外的戲園開著窗子，窗心是血紅通亮的幾個長方塊！到門口，街上滿是人，有拿著一點東西的，有抱著個小孩的，都靜靜的往坡下走——坡下是公園。沒有哭啼，沒有叫罵，火光在後，大家靜靜的奔向公園。偶然有聲音叫，是服務隊的『快步走』，偶然有陣鈴響，是救火車的疾馳。火光中，避難男女靜靜的走，救火車飛也似的奔馳，救護隊服務隊搖著白旗疾走；沒有搶劫，沒有怨罵，這是散漫慣了的，沒有秩序的中國嗎？像日本人所認識的中國嗎？這是紀律，這是團結，這是勇敢——這是五千年的文化教養，在火與血中表現出它的無所侮的力量與氣度！」《劍北篇》這樣吟唱：「當我們在棗林裏休息，／那安閒的樹影，與香甜的空氣，／彷彿是在淵明的詩境裏；／當我們到棗林裏去避空襲，／老幼都

匆忙的把牛馬掩避，／靜美的田園，緊促的呼吸，／赤裸的頑童把手腳抓緊了大地；／這忽靜忽動，忽緩忽急，／這田園的詩境與殺人的利器，／使現實與夢境縮短了距離；／這不是夢，而是個謎，／歷史的美麗是它的謎底！／我們是愚癡，還是秀氣？／誰敢斷定，敢斷定的必遭打擊！／生活的鬥爭是歷史的延續，／五千年不止，因為我們永不休息！／不休息，不休息。／今天，我們的人，我們的牲口，連我們的園地，／都拿出那永不死亡的力氣！／這簡單的謎迷住了東洋的智力，／只好用炮火飛機安慰自己！」《以雪恥復仇的決心答覆轟炸》分析了中國軍民創造奇蹟的歷史文化根源：「抗戰已近一載，不但正規軍越打越多越強，而且隨時隨地滋長出新的民軍；暴敵每每造謠誇口，說殲滅了我們的某部隊，而事實上，他所指為殲滅戰的地帶卻像春草似的滋生了新的軍隊，與正規守軍協合作戰。這差不多是個奇蹟。其所以不能算為奇蹟者，就是我們有一部長久的歷史給作解釋。我們的人民，即使是大字不識，都知道仇恨日本，最簡單的理由就是我們不甘作日本的奴隸。持著這簡單的理由，我們的民眾肯把血濺在敵人身上。這是歷史的力量，這個力量已支持了我們四五千年，使我們老在掙扎奮鬥，保持著我們的自由。我們的宣傳工作，顯然是不夠。可是多少多少民眾在被抗戰宣傳所感動啟發之前，已去與敵人拼命；歷史活在他們心中，知恥明禮的文化教養到時候會使他們熱血激流，視死如歸。」

以上四點中的前兩點，其他作家也給予了表現，但是後兩點卻是其他作家的作品所缺乏的，這正是老舍的獨特之處、深刻之處。

三、老舍空襲書寫的藝術特色

老舍有關空襲的大量作品，有著很強的藝術感染力，這與其藝術表現的成功是不可分的。老舍此類作品藝術表現上的成功，至少體現在以下幾個方面。

其一，描寫的細膩。老舍親身經歷過無數次的轟炸，多次死裏逃生，對空襲有著深刻的體驗，因而能夠細膩逼真地描寫空襲的場面。如《轟炸》寫在防空洞躲避空襲的恐怖，讓人感同身受：「七月十二日的狂炸，我是在一處防空洞裏，先聽見忽忽的響，漸變為嗡嗡的響，敵機已竄入武昌市空。高射炮響了，咚咚的響成一片。機聲炮聲加在一處，使人興奮、使人膽寒、使人憤恨、使人渺茫，許多的情感集在一處，每一個感情都是那麼不清楚，飄忽，彷

彿最大的危險與最大的希望在相互爭奪著這條生命，使人不能自主。這就是日本侵略者所給我們送來的消息：活著吧，你須不怕死；死去吧，你可是很想活。一會兒，防空壕的門動了，來了一陣風，緊跟著地裏邊響了，牆像要走。咚，咚，咚，像地裏有什麼巨獸在翻身，咚一聲，顫幾顫。天上響，地下響，一切都在震顫，你無處可逃，只能聽著，不知道自己是在哪裏，也忘了一切是在哪裏。你只覺得災患從上下左右襲來，自己不死，別人也會死的。你盼著那響聲離你遠一些，可是你準知道這是自私。在這地動牆搖的時候，你聽不到被炸地方的塌倒聲，呼號聲，即使離你很近，因為一切聲音都被機聲、彈聲、炮聲所掩。你知道彈落必炸，必毀了房屋，傷了性命。心中一紅一紅的在想像中看到東一片血，西一片火光，你心中看見一座速成的地獄。當你稍能透過一口氣來，你的臉立刻由白而紅，你恨敵人，你小看自己，你為同胞們發怒。」又如《鼓書藝人》對重慶劫後慘象的傳神描繪，也很能震動讀者：「靠山的街道上全是熊熊大火，濃煙鋪天蓋地朝他滾了過來。只聽見火燒的劈啪聲，被火圍困的人的慘叫聲，以及救火車不祥的鈴聲。新起的火苗，在黑暗中像朵朵黃花，從各處冒出來，很快就變成了熊熊的火舌。頭頂上的天，也成了一面可怕的鏡子，忽而黃，忽而紅，彷彿老天爺故意看著人們燒死在下面的大熔爐裏來取樂似的。」「他猛的轉過身，跟著全家出發了。一層薄霧籠罩著山城。成千的人仍舊擠在街上，臉發白，板著，驚惶失措。有的人邁著沉重緩慢的步子，有的人呆呆地瞧著。寶慶一家走過的街道，還在燃燒。可以清楚地看見房屋燒焦了的骨架還在冒煙，有些地方還吐著火苗。他們從一堆堆瓦礫和焦木中間走過，到處都是難聞的焦味兒。間或看見一具屍體，不時看見一根孤零零的柱子豎在那兒。有一次，在他們走過的時候，一根柱子倒了下來，揚起一陣熾熱的灰燼。他們加快了步伐，用手堵著鼻子，想避開那可怕的臭氣。」「他們走了好幾個鐘頭，拐彎抹角地走過一片瓦礫的街道，爬過房屋的廢墟和成堆的屍體，最後來到了江邊。真是觸目驚心！回過頭來再看看他們經歷過的千難萬險，一下子都癱倒在潮濕的沙灘上，爬不起來了。一片焦土和斷垣殘壁。一股股濃煙，火舌直往天上冒。那一大片焦土，就像是一條巨大的黑龍，嘴裏吐著火舌。這樣的黑龍，足有成百條。」

　　其二，感情的真摯。老舍是一個愛憎分明的人，敵人的殘暴、人民的苦難是他在空襲中親眼目睹的，因而他有關空襲的作品充溢著強烈的感情：對敵人的恨，對同胞的愛；對捨身為國者的敬仰，對冷眼旁觀者的輕視……這

種激情也是感染讀者的一個重要因素。比如《劍北篇》寫成都被轟炸的慘象打破了作者的思古幽情、南陽城內外景象的反差激起作者復仇的決心，都很真實：「啊，鬼手伸向天空，／把地獄的毒火撒在重慶，／血債永遠，永遠算不清，／再撒在古秀雅靜的蓉城！／誰還有逸致閒情，／到武侯祠與薛濤井，／去瞻仰，去吟詠，／或在竹林下品一盞香茗？／心中的怒焰燒盡了恬淡的幽情！」「南陽城外，白水漱著黃沙，／南陽城內，人靜街狹；／繞城流水，楊柳啼鴉，／城中小巷，靜靜的人家；／燈昏店小，窄巷裏琢玉沙沙，／玉杯玉筋，雕玉如花；／哪裏來的那半街殘磚碎瓦？／是什麼無情的災異教房倒屋塌？／難道這古城的靜雅，／也是罪孽，也得屠殺？／這仇恨，有什麼仇恨比這再大？／沒有理由，這古城遭了轟炸！／以眼還眼，以牙還牙，／只有殺，只有打，／只有這原始的方法，／這仇恨，這恥辱，才可以雪刷！」又如《轟炸》寫敵機飛走後躲警報的作者想出洞又不願出洞的矛盾心理，也飽含著嚮往自由和同情死難同胞的深情：「機聲遠了，你極願由洞裏出來，而又懶得動。你知道什麼在外面等著你呢：最晴明的天日，與最淒慘的景象，陽光射在屍與血上，晴著天的地獄。」該文中「不打退日本暴寇，我們的頭上便老頂著炸彈」這一簡單的句子也傳達了痛恨敵人和抗戰到底的深沉情感。再如《一封信》表現了老舍將生死置之度外的豪情：「現在，又十點鐘了！空襲警報剛解除不久。在探射燈的交插處，我看見八架，六架，銀色的鐵鷹；遠處起了火！我必須去睡。誰知道明日見得著太陽與否呢？但是今天我必作完今天的事，明天再作明天的事。生與死都不算什麼，只求生便生在，死便死在，各盡其力，民族必能於復興的信念中。」除了在紀實性作品中抒發自己的真情外，因為能夠設身處地地感受他人的心理，老舍在其虛構性作品中對人物感情的表現也很真摯。例如《鼓書藝人》寫方寶慶率領一家人由重慶市內逃往相對安全一些的南溫泉後又獨自一人返回市內查看書場在空襲中的受損情況，對其心理的刻畫十分逼真：一方面，他感到自己罪孽深重，這麼多人被屠殺了，自己卻到這死人城裏來照料財產，考慮前程，另一方面，他又自我安慰，辛辛苦苦開辦了書場，當然想要看看它怎麼樣了；一方面，他他心存僥倖，希望書場安然無恙，所以想盡快看到書場的情況，另一方面，來到書場附近時，他又幾乎打了退堂鼓，因為他實在不敢看到書場被炸的慘象。

其三，視角的巧妙。老舍藝術表現力的高超使得他往往能夠在不經意間選取獨特的視角，對空襲加以巧妙的表現。如寫空襲對人們日常生活的影響，

《向王禮錫先生遺像致敬》寫王禮錫因為警報而只剪了半邊髮，《八方風雨》
寫自己盲腸炎的「應運而生」（空襲多，每每剛端起飯碗警報器就響了，只好
很快地狼吞虎嚥，顧不得細細的挑揀，平價米裏邊的稗子與稻子一不留神就
咽下去入了盲腸），均在詼諧之中流露著無奈。又如寫空襲之後中國人民的同
仇敵愾，《南來以前》中「小兒高呼到街上買木槍，好打飛機」的細節也極為
典型。說到視角的巧妙，還必須提及新詩《她記得！》和童話《小木頭人》兩
篇作品。《她記得！》以詩的形式寫與一位孤女的對話，表現她對空襲的恐怖
記憶：

<blockquote>

我問你，小孩：
你幾歲呀？過來！
睜大了圓眼，
帶著點驚疑；
天生的圓眼，
後天的驚疑，
自從聽見過幾次空襲。

她睜大了圓眼，
把食指放在鼻子上，
發嬌的不肯過來，
像爹娘還活著時那樣。

搖一搖頭，她不知，
或不肯，說出幾歲；
又問了一聲，
她往後退，「我不會！」
你一定會，比誰都會，會說你幾歲；
你還會告訴我，
從哪裏來的，對不對？
笑了一聲，
轉身要走去；
半斜著臉兒，
不願說出小心裏的委屈。

</blockquote>

娘記著我幾歲，
爸回來，先喊妹妹，
慢慢的低下頭，
她把食指咬在口內。

娘叫炸彈打飛！
爸！只剩了一隻手！
一個白髮老頭子，
從方家巷把我帶走。

告訴我，寶寶！
哪個方家巷？
是上海，還是南京？
那地方什麼樣？

很遠，很遠的方家巷，
有樹，有房，還有老黃，
老黃是長毛的大狗，
愛和我玩耍，不愛汪汪。

呼隆！就都沒了，
房子，媽媽，老黃；
樹上的紅棗，
多麼甜，也都掉光。

呼隆！就都沒了，
爸爸的手，
戴著戒指的手，
掉在廚房的門口。

一位白鬍子老頭，
帶我到了這裡，
媽還記得我的歲數嗎？
爸，沒了手，在哪裏？

我記得方家巷，
不是有房有老黃的方家巷，

是，是，有血有煙的地方，

爸手上的戒指發亮。

哼，我知道！

她睜大了圓眼。

我乖乖的不哭，

那是日本人放的炸彈！〔註2〕

房子、媽媽、大黃狗、樹上的紅棗都沒有了，小女孩的幸福也沒有了。爸爸戴著戒指的手留在小女孩的記憶裏，也留在了讀者的記憶裏。慘劇由這似懂事而又不完全懂事的小女孩來講述，更能打動讀者。《小木頭人》虛構了小木頭人因泥人舅舅死於空襲而立志當兵抗日，在城樓上抓住了前來空襲的敵機的尾巴，被帶到敵人的機場，機智地炸毀了多架敵機，最後參加了中國軍隊的故事。〔註3〕這篇童話中的人物、情節均饒有童趣，同時又表現了具有時代氣息的主題，堪稱兒童文學的佳構。這兩篇作品均為兒童視角，在抗戰文學表現空襲的作品中是極為少見而難得的。

〔註 2〕老舍：《她記得！》，載 1939 年 4 月 4 日《今日兒童》創刊號。
〔註 3〕老舍：《小木頭人》，載 1943 年 5 月 15 日《抗戰文藝》第八卷第四期。

第十一章　徐中玉抗戰前後的
　　　　　文藝理論

　　徐中玉先生於 2019 年 6 月以 105 歲的高齡仙逝。如果從他在無錫中學高中師範科就讀時為校刊及江陰縣報副刊寫稿算起，徐中玉從事文學活動將近九十年。徐中玉一生勤於筆耕，取得多方面的巨大成就，而以文藝理論最享盛名，被譽為海上學林的「托塔天王晁蓋」〔註1〕。也許是因為徐中玉後來的成果過於豐碩，學界對他早年（抗戰前後）的文學活動關注不多。在徐中玉先生百年華誕之際，本書作者有幸系統閱讀了他抗戰前後的文論著述並發表一些粗淺的感受。

一、徐中玉抗戰前後文論著述概況

　　徐中玉抗戰前後的文論著述，有專書和散篇兩大類。

　　1944 年，徐中玉發表《文心雕龍與詩品》一文，文末的注釋中多處出現「參考拙著中國文藝批評」〔註2〕等字樣，由此看來，徐中玉早年應該著有《中國文藝批評》一書，該書作為顧頡剛主編的「中國文化叢書」的一種出版。1949 年，徐中玉發表《〈高爾基論文學〉序》一文，講述了自己編寫《高爾基論文學》的目的以及出版過程的曲折。〔註3〕由此推斷，徐中玉早年還應

〔註 1〕白潤之：《海上學林點將錄》，原載《東方早報》，http://www.doc88.com/p-1731949372081.html。
〔註 2〕徐中玉：《文心雕龍與詩品》，載 1944 年《時代中國》第九卷第二、三期合刊。
〔註 3〕徐中玉：《〈高爾基論文學〉序》，載 1949 年 2 月《春秋》第六年二月號。

該出版了《高爾基論文學》一書。但這兩種專書目前已經很難找到，筆者查閱了國內主要圖書館的書目，都沒有發現這兩種專書，各種關於徐中玉著述的介紹也未提及這兩種專書。因此徐中玉抗戰前後出版的專書就只剩下五種：撰著《抗戰中的文學》《學術研究與國家建設》《民族文學論文初集》《文藝學習論——怎樣學習文學》和輯著《偉大作家論寫作》。

《抗戰中的文學》（國民圖書出版社 1941 年 1 月版）是徐中玉對抗戰文學發展現狀和未來走向的理論反思。全書共四章，第一章「抗戰以新的生命給了文學」、第二章「文學用什麼報答了抗戰」論述抗戰與文學之間的關係，指出抗戰從取得書寫反帝民族鬥爭的自由、供給文學以火花燦爛的題材、擴大文學表現的視野和領域、提出並解決新的理論問題、促成作家的團結與進步等方面滋養了文學，文學從促進抗戰情緒的普遍提高、激發民族意識和愛國觀念並鞏固團結、打擊漢奸敵寇的陰謀、幫助政令的推行、獲得世界的同情等方面回報了抗戰，第三章「怎樣加強文學的抗戰」則從政府社會、作家團體、作品本身等方面提出了更好地發展文學、服務抗戰的系統看法，第四章「文學目前的任務」具有總結性質，進一步明確了文學「抗戰第一，勝利第一」的根本目標。全書邏輯嚴密，條理清晰，論說切中肯綮，現實意義極強。

《學術研究與國家建設》（國民圖書出版社 1942 年 1 月版）所論不完全屬於文論範疇，但對文論研究也具有指導意義，因為文論本身也是一種學術。全書分「近代中國學術研究的回顧與展望」「發展學術研究的基本條件」「學術研究的設計與考核」「學術研究的合作協進」「學術研究事業的人事問題」「學術研究在抗戰建國時期的地位」六章，基本的思想是改變學術研究「不切實際的傾向」，使之與國家建設緊密結合起來，以期「抗戰必勝，建國必成」。該書所論極為切實具體，不乏真知灼見，比如第二章談「發展學術研究的基本條件」，既要求政府的「積極領導，積極援助」，又主張學者的「自由研究，自由批判」，既承認學術研究需要「分析」「專門」，又倡導學術研究的「綜合」「統整」，更強調「純粹研究與實際應用的統一」，呼籲著重研究有助於解決「中國民族當前各種現實問題」的「民族內容」並通過「為我們民族大多數人喜聞樂見」的「民族形式」來表現，就切中當時學術研究基礎薄弱、路向空虛的弊端。

《民族文學論文初集》（國民圖書出版社 1944 年 2 月版）是徐中玉在中山大學開設「民族文學」課程的重要收穫。全書收《民族文學的基本信念》《論

民族制度》《論文學上的愛國主義》《論文學上的民族主義與國際主義》《以果戈里為例，論民族文學的暴露黑暗》《論民族性的改造——民族性與民族文學》等十一篇論文，主要探討了民族文學的原理和題材問題。因為是「初集」，對表現與技術上的問題以及中國民族文學發展演進的歷史暫未涉及。原理方面，徐中玉主張民族文學以民族主義（愛國主義）為基礎，同時又揭示了民族主義、愛國主義的真正內涵，並由此闡釋了民族文學與國際主義、民主主義、啟蒙主義之間的緊密關聯，一定程度上消除了很多人對民族文學的狹隘看法。題材方面，徐中玉從民族歷史、民族英雄、民族鄉土、民族傳習等視角展開了切實而深入的理論探討，超越了當時一般民族文學理論的空疏浮淺。

《文藝學習論》（文化供應社 1948 年 1 月版）是一本指導青年學習文藝的書籍，也是徐中玉多年思考文藝學習問題的結晶。全書收論文二十八篇，而分為「總論」「一般論」「語言的學習與大作家寫作過程示範」「幾個問題」「作人與作文」「批評與鑒賞」等六個大的部分。該書論述的面較為寬廣，比較系統、全面地表明了徐中玉當時對文藝的基本看法，其獨特之處正如徐中玉在該書《後記》裏面所說的，「特別重視文學與生活和戰鬥的關係，特別重視語言的修養，和堅貞人格對於藝術完成的深切影響」〔註4〕。

《偉大作家論寫作》（天地出版社 1944 年 4 月版）是一部關於寫作的資料書，輯錄了亞里士多德、卡萊爾、渥次渥斯（華茲華斯）、雪萊、巴爾扎克、雨果、法朗士、羅曼・羅蘭、歌德、普式庚（普希金）、果戈里、托爾斯泰、高爾基以及孔子、孟子、莊子、曹丕、曹植、李白、杜甫、韓愈、柳宗元、白居易、歐陽修、蘇東坡、魯迅等二十六位中外作家有關寫作的部分言論。該書雖然是資料書，卻經過了徐中玉的嚴格選擇和精心組合，每則資料還加上了提綱挈領的小標題，對於文學創作和文學理論研究都很有參考價值，使用起來也極為方便。比如亞里士多德關於寫作的論述很多，徐中玉卻只挑選了其中最為精彩的一部分，並將其歸納為「完善的風格」「史詩的剪裁和布局」「悲劇人物的高尚性格」「讓人物自己登場」「詩和歷史的區別」「論性格的描寫」等六個方面，看起來一目了然。

徐中玉勤於筆耕，抗戰前後在《論語》《人間世》《宇宙風》《逸經》《大風》《中外月刊》《文藝月刊》《國聞週報》《東方雜誌》《中學生》《光明》《文化建設》《獨立評論》《文學導報》《抗戰文藝》《七月》《抗到底》《全民抗戰》

〔註4〕徐中玉：《文藝學習論》，（香港）文化供應社 1948 年版，第 154 頁。

《自由中國》《國訊》《新流》《新建設》《時代中國》《文藝先鋒》《新建設》
《藝文集刊》《中山大學學報》《當代文藝》《文壇》《民族文化》《收穫》《文藝
生活》《觀察》《世紀評論》《文訊》《展望》《時與文》《國文月刊》《遠風》《民
主世界》《文藝叢刊》《中國文學》《自由》《大地》《星野月刊》《幸福世界》
《春秋》《青年學習叢刊》以及《世界日報》《益世報》《晨報》《大公報》《時
事新報》《國民公報》《新蜀報》《中山日報》《正氣日報》《青年報》《東南日
報》《幹報》《中國新報》等數十種報刊發表了大量作品,其中有散文、雜感、
小說等文藝作品,最多的還是關於文藝的論文。

　　這些發表於報刊的文論散篇,搜集起來更為不易,筆者也無緣得見其全
貌,僅有幸拜讀了其中的一部分。就筆者所見到的這一部分而言,除了後來
收入上文所述幾本專書的以外,比較重要的還有如下篇什:《普式庚的生平和
藝術》(載 1937 年《東方雜誌》第三十四卷第三號)、《悲劇的勝利》(載 1938
年《抗戰文學》第二集第三期)、《為爭取「文學的技術武裝」而奮鬥——論我
們時代文學的語言》(載 1938 年《七月》第三集第三期)、《論文學的表現》
(載 1938 年《全民抗戰》第四十七號)、《南朝何以為中國文藝批評史上之發
展時期》(載 1942 年《藝文集刊》第一輯)、《評巴金的家春秋》(載 1942 年
《藝文集刊》第一輯)、《論詩話之起源》(載 1944 年《中國文學》第一卷第
三期)、《文心雕龍與詩品》(載 1944 年《時代中國》第九卷第二、三期合刊)、
《論語言的創造》(載 1946 年《文藝生活》光復版第六號)、《論方言文學的
倡導》(載 1946 年《文壇》復刊第一期)、《批評的倫理》(載 1946 年《自由》
第一卷第一期)、《民眾語論析四題》(載 1946 年《大地》第一卷第一期)、《高
爾基論批評》(上、下,連載於 1948 年《世紀評論》第四卷第十二、十四期)、
《論勇敢的表現》(載 1947 年《觀察》第三卷第十五期)、《論自得之見》(載
1948 年《世紀評論》第四卷第十期)、《論向民間文藝的學習》(載 1948 年《世
紀評論》第四卷第十六期)、《論修改》(連載於 1948 年《國文月刊》第六十
三、六十四期)、《國文教學五論》(連載於 1948 年《國文月刊》第六十六、
六十七期)、《論陳言》(載 1948 年《國文月刊》第七十一期)、《論才能》(載
1948 年《幸福世界》第二十三期)、《論技巧》(連載於 1949 年《國文月刊》
第七十九、八十期)、《談欣賞》(載 1949 年《青年學習叢刊》第一期)等。
從篇目就可以看出,這些散篇涉及的面很廣:既有介紹外國作家的,也有評
論中國作品的;既有研究古代文學遺產的,也有解決文藝發展現實問題的;

既有分析文學作品的創造機理的，也有討論文學作品的接受過程的；……如此等等，不一而足。徐中玉在這些散篇中，從各種角度表述了自己對文學的「自得之見」。

二、徐中玉論文學批評、民族文學、文學語言

如上文所述，徐中玉抗戰前後的文論涉及的面相當廣，但其中也存在一些始終關注的中心論題，從筆者所見到的材料來看，徐中玉論述最充分、最集中的應該是文學批評、民族文學、文學語言三個方面的問題。

（一）文學批評

徐中玉在中山大學研究院文科研究所作研究生時主攻文學批評，他在馮沅君等先生指導下完成了題為《兩宋詩論研究》的畢業論文。此後徐中玉對文學批評保持了持續的研究，曾出版專書《中國文藝批評》，發表關於文學批評的大量論文。從筆者所見到的材料看來，徐中玉對文學批評的研究集中在梳理文學批評的歷史、探究文學批評的原理、評價當時的作家作品和文學現象三個緊密聯繫的方面。

《兩宋詩論研究》《中國文藝批評》無疑是對中國文學批評歷史的梳理，遺憾的是我們已經無法還原其具體內容。但從徐中玉現存的一些散篇論文中，我們依然可以窺見他在這一領域縱橫馳騁的風姿。《文心雕龍與詩品》獨出機杼，從其文學主張有益於後世的角度闡釋兩部巨著的價值。《南朝何以為中國文藝批評史上之發展時期》廣求史料，注重結合時代的大背景來全面認識問題，不僅從文體新變、總集成立、文藝創作發達三個方面分析了導致文藝批評發展的文藝本身的原因，還從君主好文、文藝的獨立價值已經估定、講論風盛三個方面揭示了促使文藝批評發展的社會環境的原因，並且進一步挖掘了文藝批評發展的社會基礎：「因為經濟豐足，偏安之局暫時也還安定，所以這時上層社會人物所過的是一種優閒、豐裕、奢靡、淫佚的生活。」「他們既不能參與種族的戰爭，而生活又這樣豐裕，於是就只能退而為清談玄想，為雕琢的文藝以自娛。……這種情境，一方面固有利於當時文藝批評的發展，但一方（面）文藝批評的思想也不能不深受其影響，而限制其進步：這就是為什麼南朝文評作品不能不趨向於：重聲律，尚藻采，緣情致，暢風神。」〔註5〕《論詩話之起源》

〔註5〕徐中玉：《南朝何以為中國文藝批評史上之發展時期》，載 1942 年 8 月《藝文集刊》第一輯。

則打通古今，將現代邏輯思維運用於文學批評史研究之中，主張《詩品》為詩話之起源。比如文章批駁詩話起源於《左傳》《孟子》《詩小序》《韓詩外傳》等古代作品的說法，就很有思辨色彩：古代作品確有若干論詩片斷，但「古代作品任何一種均有若干論詩之語句意見在內，若僅憑此點即謂詩話起源於彼，則古代一切作品幾均可謂為詩話之起源」；古代作品內容廣博，「若因其曾經論詩即認為詩話之遠祖，則後代一切科學均得以此類古代作品為其直接之遠祖矣，其為無意義」；探求詩話之起源，目的在於「瞭解詩話與其遠祖間之關係，從而認識詩話演變發展之跡」，若以古代作品為詩話之遠祖，則何以解釋其中斷千年後至宋代始又復興？〔註6〕

對外國文學批評史，徐中玉也給予了一定的關注。高爾基是他特別關注的一位批評家。他曾經編選《高爾基論文學》，並在序言中極力推崇高爾基在文學批評方面的貢獻：「高爾基的創作對現代俄國以及一般的新興文學的影響雖然已是夠大的，然而比較起來，他的批評和理論所產生的影響，則是更大。在現代俄國作家裏，除了高爾基我們似還可能舉出一兩個差可繼步他的作家，但在批評——理論家中，卻還不能舉得出來。」〔註7〕《高爾基論批評》（上、下）則從對缺點的指謫、對工作的提示、討論批評工作者的學習與修養三個方面歸納了高爾基「對批評的批評」。

在對中外文學批評歷史進行研究的基礎上，徐中玉努力探究文學批評的原理，就批評的標準、批評的倫理、批評的創造性等問題發表了不少真知灼見。關於批評的標準，徐中玉主張政治標準與藝術標準的統一而強調政治標準「占著決定的或者是說主導的地位」，但徐中玉所理解的「政治」乃是廣義的「政治」，近乎客觀真理，因此他說：「一種比較客觀正確合理的批評標準，應該是建立在作品的客觀真理和形象的統一之中。作品的表現如果離開了客觀真理，那不論是怎樣形象化的東西，都不能給予高的評價。嚴格地說，也只有傳達客觀真理的作品，才能達到真正的形象化。因此要評定一個藝術作品的價值，主要地就當根據有否幫助了那當時的——為現在同時也為將來的政治行動，或幫助了多少，有否反映了當時的客觀現實，把握了客觀的真理，或反映了把握了多少而決定的。」〔註8〕關於批評的倫理，徐中玉主張文學批

〔註6〕徐中玉：《論詩話之起源》，載1944年8月《中國文學》第一卷第三期。

〔註7〕徐中玉：《〈高爾基論文學〉序》，載1949年2月《春秋》第六年二月號。

〔註8〕徐中玉：《文藝學習論》，（香港）文化供應社1948年版，第141～145頁。

評動機的純正、觀點的公允，並對文學批評中的各種偏見進行了細緻的分析，揭示了偏見出現的根源，比如對於「貴古賤今、貴遠賤近」這種偏見的產生，徐中玉就作了相當深入的分析：一是貴所聞賤所見的心理作祟，古遠的事物是所聞，今近的事物是所見，所聞只能見到大體輪廓，盡可合於理想，所見卻深知其詳，缺點看得十分清楚；二是農業社會經驗習慣的遺留，「在農業社會裏新事舊事之間的變化大致是同類的，所以古代和高年的知識經驗必須而且值得貴重」；三是政治的原因，「利用這些古遠的──已經在一般人心目中近乎盲目地成為了偶像的人和事，來作為反對同時同地的人和事的工具」。〔註9〕關於批評的創造性，是徐中玉十分推崇的。他要求批評家應有「獨自評價的能力」，主張批評應有「自得之見」：「什麼是批評？一定要自己用功得來的才算是批評，捕風捉影或者道聽途說得來的意見，凡不是自己體察所得，融會所及，深信不疑的東西，都算不得是批評。」但徐中玉也對言不由衷的「標新立異」保持了高度的警醒，他引用《文心雕龍‧序志篇》中的話來說明對創新應該持有的正確態度：「及其品評成文，有同乎舊談者，非雷同也，勢自不可異也；有異乎前論者，非苟異也，理自不可同也。同之與異，不屑古今，擘肌分理，唯務折衷。」〔註10〕

徐中玉還運用他的批評理念，來對當時的作家作品、文學現象進行評價。徐中玉主張在文學批評之中克服偏見，獨自評價，他的作家作品批評很好地體現了這一理念。比如巴金的激流三部曲全部問世之後，一些批評家給予責難，有人稱其為「新紅樓夢」，有人覺得在反抗和鬥爭的表現上太「幼稚」「無用」，徐中玉卻反對「輕率的判斷」，給出了公道的評價，他指出：「這三冊書的背景，原就和《紅樓夢》的在某種程度上有一點點相近，因此在情調上有一點點類似原是不足怪的」，不能「把這一點點的類似抹殺了兩者間更多的本質上的不同，又把這一點點的類似用來概括全體」；「在什麼時候，有什麼人物，他們為什麼鬥爭、如何鬥爭，這完全是一種特定的東西」，就所反映的內容而言，激流三部曲的表現是得體的，「幼稚」是書中人物生活在特定時代的「幼稚」，而不是作者自己的「幼稚」。從這種同情的理解出發，徐中玉對激流三部曲給予了高度的評價：「巴金先生用了他那洶湧的熱情寫下的這個『正在崩壞中的資產階級的大家庭底全部悲歡離合的歷史』，的確

〔註9〕徐中玉：《批評的倫理》，載1946年9月1日《自由》第一卷第一期。
〔註10〕徐中玉：《論自得之見》，載1948年9月4日《世紀評論》第四卷第十期。

是真實的歷史。他給我們展示了一幅五四以後一般青年反抗封建勢力，反抗吃人禮教的鮮明動人的圖畫。這是一幅充滿著血與淚，愛與恨，歡樂與受苦，有形的鬥爭與無形的鬥爭底圖畫。」但徐中玉也沒有因此而諱言激流三部曲的缺點：有些人物形象塑造不成功；作者的傾訴、解說過多，阻礙了故事的進行；不善於「反映經濟關係與社會環境的錯綜複雜的影響和關係」等。〔註11〕在徐中玉看來，文學批評不是用來「聯絡感情」的，不敢攻擊也是批評的偏見之一。因此在錯誤的現象面前，徐中玉從不沉默。比如在抗戰初期，一些作家缺乏對生活本質的認識和把握，或者在悲劇面前「絕望的哭泣或狂叫」，或者淺薄地樂觀，「表現為大團圓的庸俗」，針對這種現象，徐中玉指出作家既要正視悲慘的事實，又要預見到悲劇之中孕育的勝利，「經常的表現出鬥爭與革命的新進步與新勝利」，「豐富而生動地說出這種進步和勝利的來由和歷史的必然性」。〔註12〕又如由於抗戰導致民族意識的高昂，一些文藝家狹隘地拒絕外來的影響，徐中玉特意對這種現象進行糾正，指出「老是害怕著，避忌著，排斥著外國影響的人們，對於他們的民族，其實倒是一些短視者甚至還是害蟲」，他用形象的語言進行說明：「要提高個人的能力，我們都以為必須依賴社交，同樣，要激勵一民族的精神，也必依賴它跟其他民族有一種精神上的交換。……民族的精神不致被那由外吸入的元素所阻礙，猶之一個人的血不致被衛生的食物所敗壞。」〔註13〕為了促進文學創作和文學批評的健康發展，徐中玉對批評界的弊端也進行了毫不留情的揭露：「謾罵，吹毛求疵，捧戲子似的鼓掌尖聲叫好，自命為『老頭子』，抹殺一切，以至罵街打架，侮辱別人的祖宗三代，或者索性媒婆似的各處討好，鄉愿似的膽怯不敢置一詞，以『人緣好』，『人頭熟』當作目標，諸如此類，就是今天我們批評界裏習見的情態。」〔註14〕

（二）民族文學

自1930年初「民族主義文藝運動」興起之後，民族與文學的關係就成為文藝理論界的一個重要話題〔註15〕，傅彥長、潘公展、葉秋原、范爭波、朱

〔註11〕徐中玉：《評巴金的家春秋》，載1942年8月《藝文集刊》第一輯。

〔註12〕徐中玉：《悲劇的勝利》，載1938年7月30日《抗戰文藝》第二卷第三期。

〔註13〕徐中玉：《文藝學習論》，（香港）文化供應社1948年版，第105～109頁。

〔註14〕徐中玉：《批評的倫理》，載1946年9月1日《自由》第一卷第一期。

〔註15〕此前傅彥長於1924年5月和1927年2月分別撰寫的《民族主義的藝術》《民族與文學》兩篇文章，已經涉及這一問題，但影響不大。

應鵬等「中國民族主義文藝運動者」及其同道紛紛撰文，試圖建構「民族文學」的理論。他們的個別具體見解也不能說全無道理，但強烈的黨派色彩卻導致其立論多主觀臆想和有意歪曲，因此從整體來看殊無可取，誠如錢振綱所言：「民族主義文藝理論由三個作為理論基礎的命題和一個基本文藝主張組成。三個命題是：第一，文藝起源於民族意識；第二，當時是民族主義文藝時代；第三，中國需要而又缺乏民族主義文藝。一個基本文藝主張是：要創造以民族意識為『中心意識』的民族主義文藝。三個命題是臆想的、片面的、歪曲的判斷，在此基礎上提出的基本文藝主張也不能全面體現當時中國歷史前進的要求。這一理論背後隱藏的是國民黨實權派通過有意忽略民權主義、民生主義以維護其政治霸權和所代表的少數人經濟利益的政治意圖。」〔註16〕

在外辱頻仍的次殖民地中國，「民族」本來應該是一個很有號召力的字眼，但「民族主義文藝運動」及隨後的「民族文藝運動」（1933～1937年）卻具有反侵略抗強權和推行文化統制的兩重性，其目的更在於以民族意識消解廣泛傳播的階級意識，為國民黨政權尋求合法性基礎，露骨的反共色彩使它受到左翼文人的猛烈批判和自由文人的有意疏遠，因此主要侷限於右翼文人和少量青年學生之中，影響範圍有限。進入抗戰時期後，階級矛盾退居次要地位，民族主義成為各個階級、階層都能夠普遍接受的一種統攝性的意識形態，因此當創建「民族文藝」的呼聲再度響起時，能夠因為時代背景的變遷而得到多方面力量的廣泛響應，相當數量的右翼文人、自由文人甚至左翼文人投身到民族文學的建構之中。

文藝界在積極研究民族文學的歷史、創作民族文學作品的同時，也高度重視民族文學的理論建設，因此此時的民族文學理論較前一時期有了長足的發展。在探索民族文學理論的諸多理論家中，用力最勤、影響最大的當屬陳銓、胡秋原和徐中玉三人。

陳銓是戰國策派文學方面的唯一代表，曾經倡導「民族文學運動」，創辦《民族文學》雜誌。他於1940年代初期，先後在《大公報》《文化先鋒》《軍事與政治》《民族文學》《國風》等報刊上發表《文學運動與民族文學》《民族文學運動》《民族文學運動的意義》《民族文學運動試論》《文學的時代性》等文章，從文學的性質和制約因素兩方面論述了發起民族文學運動的合理性與必要性。就文學的性質而言，他認為科學求同、文學求異，文學的價值在於

〔註16〕錢振綱：《論民族主義文藝派的文藝理論》，載《文學評論》2002年第4期。

特殊，因而只有民族文學才對世界文學有貢獻，沒有民族文學根本就沒有世界文學。就文學的制約因素而言，他認為文學受時間和空間兩個因素的制約，時間就是時代的精神，空間就是民族的特性，從時間因素來看，中國已由個人主義經由社會主義而進入民族主義時代，從空間因素來看，每個民族都有自己特殊的血統、環境、語言、心理、風俗、性格，因此民族文學應該應運而生。陳銓關於文學求異以及受時空因素制約的觀點是有道理的，但他由此而得出的有些具體結論卻難以讓人信服，比如他全盤否定五四運動以及五四以來的個性解放思潮和社會主義思潮，斷言新文學為純粹的「摹仿」，就顯得過於偏激。

　　「自由人」胡秋原 1930 年代初與左翼文學家激烈論戰時堅決主張「文學與藝術，至死也是自由的，民主的」〔註 17〕，他還曾從這種理念出發對民族主義文藝運動大加撻伐，然而時過境遷，抗戰爆發後胡秋原也轉而認為「民族主義將能把我們的文學，從貧困中解放出來」，提倡「從個人文學到民族文學」了。〔註 18〕他於 1944 年 8 月出版了《民族文學論》一書。此書從美與藝術講起，「近乎一本新的文藝概論」〔註 19〕，但其主體部分探討還是的民族文學的理論問題。對於文學與民族的聯繫，胡秋原作出了較好的解釋：文學用語言文字通過象徵與再現的方法來傳達感情與思想，民族可分解為人群、地域、民族性（包括共同的語言文字、共同的歷史傳統和共同的利害）三大要素，文學以語言文字為基本材料，而語言文字也是民族的基礎之一，文學傳達感情與思想，而感情與思想是由民族共同的歷史傳統和共同的利害產生的，因此文學與民族有著天然的聯繫。〔註 20〕

　　徐中玉此時專治文學批評，對於「民族與文學的關係及問題」這一批評理論中的「重要部分」，曾「頗加注意」〔註 21〕。他 1941 年於國立中山大學研究院文科研究所研究生畢業後留校任教，又受學校委派，專門開設了共同選課「民族文學」。徐中玉不滿於「許多大學以只講解幾篇稍有民族思想的詩

〔註 17〕胡秋原：《阿狗文藝論——民族文藝理論之謬誤》，載 1931 年 12 月 25 日《文化評論》創刊號。

〔註 18〕胡秋原：《從個人文學到民族文學》，載 1938 年 10 月 1 日《文藝月刊》第二卷第四期。

〔註 19〕胡秋原：《民族文學論》，文風書局 1944 年 8 月版，第 1 頁。

〔註 20〕胡秋原：《民族文學論》，文風書局 1944 年 8 月版，第 30～69 頁。

〔註 21〕徐中玉：《自序》，《民族文學論文初集》，國民圖書出版社 1944 年 2 月版，第 1 頁。

文詞曲，就算講授了這個課程的辦法」〔註22〕，先後在《大公報》《時代中國》《新建設》《民族文化》《文藝先鋒》等報刊發表相關論文十餘篇，對民族文學的一系列理論問題進行了富有成效的探索。這些論文發表後影響很大，「各處頗多稱引，並有抄襲易名再登情事發生」〔註23〕。鑒於此，徐中玉又將其結集為《民族文學論文初集》，於1944年2月出版。

在研究蘇軾的文學思想時，徐中玉提煉出「言必中當世之過」這樣一種思想，這種思想其實也可視為徐中玉的夫子自道。堅持獨立思考、切中時弊是徐中玉治學的一貫特色，這種特色在他抗戰時期的民族文學理論中即已露出了端倪。他的民族文學理論以民族主義（愛國主義）為基礎，同時又具備國際主義、民主主義、啟蒙主義等新的質素，在一定程度上消除了人們對民族文學的種種誤解。

近代以來，中華民族飽受帝國主義列強的軍事侵略、政治壓迫、經濟掠奪和文化奴役，中國的民族主義是作為對西方挑戰的一種回應而狂飆突起的，因此從產生之日起就難免帶有一定的非理性因素。在義和團運動中，這種非理性的仇外情緒得到了一次集中的大釋放，此後仍或隱或顯地存在於很多中國人的心中。民族主義文藝運動的代表作家黃震遐就曾在其詩劇《黃人之血》中，津津樂道於黃色人種的聯軍「西征」到俄羅斯去殺「白奴」。抗戰爆發後，日本帝國主義的滔天罪行激起了中國人民的切齒痛恨，但是有的作品卻在表現反侵略戰爭正義性的同時，過分地強調了民族之間的衝突與對立，流露出一種偏執的情感。張道藩著文倡導「民族文藝」，強調以所謂的「民族立場」寫作，也對國際主義進行了徹底的否定：「至如國際主義更是錯誤，試問，什麼是國際主義？國際主義的內容是什麼？國際主義是在全世界各民族都自由獨立後，那時各民族為感覺有一種共同需要時才能產生，現在什麼是各民族的共同需要？既無共同需要而驟言國際主義，非空洞而何？」〔註24〕

針對這種狀況，徐中玉在建構他的民族文學理論時，特別注意揭示民族主義、愛國主義的真正內涵，並由此出發闡釋了民族主義、愛國主義與國際

〔註22〕徐中玉：《自序》，《民族文學論文初集》，國民圖書出版社1944年2月版，第1頁。

〔註23〕徐中玉：《自序》，《民族文學論文初集》，國民圖書出版社1944年2月版，第2頁。

〔註24〕張道藩：《我們所需要的文藝政策》，載1942年9月1日《文化先鋒》創刊號。

主義之間的緊密聯繫。在《論民族制度》一文中，他剖析了人們對民族制度的一些誤解，指出民族制度並不必然造成戰爭和災禍，也不會阻礙世界文化的發展，而是與國際主義是相反相成、殊途同歸的。在《論文學上的愛國主義》一文中，他深刻地指出愛國主義應該同時具備三個方面的內涵：「一方面是國內人民的自由平等，民主進步，這是它成立的基本；一方面是國家民族的救亡圖存，獨立發展，這是它的具體表現；另一方面便是全世界國家民族的合作協進，共同福利，這就是它的最高階段，也就是它的最後目的。」〔註25〕在《論文學上的民族主義與國際主義》一文中，他又提出了民族文學是「民族性，國際性，與人性」相結合的命題。〔註26〕在他看來，民族文學與國際主義是不可分離的：從內容上講，「真正的民族文學一方面是反侵略，他方面是不侵略。它反抗一切加諸本族的橫暴，也反對加諸他族的一切橫暴。它主張民族的合作協進，共存共榮。它不誇張自己，抹殺他人。它激起人們愛護本族之心，同時也養成他們尊重外族，熱愛人類的心理」〔註27〕；從形式上講，「民族文學深深植根在本族歷史土壤之內，但也應該歡迎外族的影響，接受他們優良的遺產，豐富的成果，作為改造和創立本族新生活的助力。不應拘束於保存國粹，以為本族所有無不具備，而他族的則一無是處」〔註28〕。

民族主義本身蘊含著民主主義的內在訴求，歷史上民族主義的興起就是與人民主權概念的產生直接聯繫在一起的。孫中山的三民主義本是一個不可分割的整體，國民黨當局卻置民權、民生於不顧，而企圖以民族的名義實現思想文化專制。即便是在國共兩黨合作共事的抗戰時期，當局也心懷叵測，念念不忘防範左翼文化的蓬勃發展。因此以張道藩個人名義發表、實為當局意志體現的《我們所需要的文藝政策》，一方面提出「要創造我們的民族文藝」，一方面又為它規定了「不專寫社會的黑暗」「不挑撥階級的仇恨」等條條框框。

面對著當局的文化專制，徐中玉清楚地認識到了民族主義與民主主義之間的天然聯繫，他在其民族文學理論中明確表達了民主主義的正義要求。其

〔註25〕徐中玉：《論文學上的愛國主義》，《民族文學論文初集》，國民圖書出版社1944年2月版，第41頁。

〔註26〕徐中玉：《論文學上的民族主義與國際主義》，《民族文學論文初集》，國民圖書出版社1944年2月版，第48～86頁。

〔註27〕徐中玉：《民族文學的基本信念》，《民族文學論文初集》，國民圖書出版社1944年2月版，第3頁。

〔註28〕徐中玉：《民族文學的基本信念》，《民族文學論文初集》，國民圖書出版社1944年2月版，第6頁。

一，他剖析了民主主義和愛國主義之間的關係，認為民主主義是愛國主義的源泉。「新的愛國主義在對內的時候是建立在個別國民之自由平等之普遍的幸福上的。愛國主義下的自由平等，主張凡是國民都須有自由發展的機會，不受不合理的限制，在同一國內沒有貴族平民之分，特權的享有者與普通平民之分。國民在政治上應有同等機會過問國家民族的事務，在法律上沒有差別的待遇，在經濟上都需有最低限度的維持生活的條件。」〔註29〕「在國家民族範圍之內，人民生活上的自由平等，民主與進步，就是愛國主義熾熱的保證。因為只有在這種情形之下，國民才能發展其良知良能，盡其最大的努力以貢獻於國家民族。也只有在這種情形之下，人們才能『感覺』到愛國的必要，愛國才不是一個懸空的理想，才是一個有血有肉的道德，真能鼓舞群倫，使人生死以之的道德。」〔註30〕正是在這種民主觀念的支配下，他強烈反對「那些在民族文學的名義下，所進行的違反國民利益的罪行」，認為「真正的民族文學要求民族間的一切平等，也要求民族內的一切平等。它反對任何特權，任何不公允的待遇，任何少數人利己的陰謀野心。它為要維護自己，為要能發揮巨大力量，發展本族，促進人類的幸福，就不能不站在大多數人的一邊，為他們說話，控訴」〔註31〕，希望民族文學能夠為自由、民主而呼號，而不是「只片面的鼓勵國民奮勇殺敵卻不重視甚至忽略他們在國內生活上應有的自由平等權利」〔註32〕。其二，從這種民主主義的正當要求出發，他肯定了民族文學暴露黑暗的合理性。在當局以「不專寫社會的黑暗」的名義要求文學美化現實之時，他強調指出：「自我鞭策應成為民族文學必備的德性。毫不諱飾地指出本族生活中的一切污點和罪行，站在期望改革的見地，提出積極可行的方策號召人們去反省，去力行。不能做到這點的文學，是誇大的，空虛的，欺騙的，軟弱無骨的，不配稱民族文學。」〔註33〕他還專門

〔註29〕徐中玉：《論文學上的愛國主義》，《民族文學論文初集》，國民圖書出版社1944年2月版，第40頁。

〔註30〕徐中玉：《論文學上的愛國主義》，《民族文學論文初集》，國民圖書出版社1944年2月版，第41頁。

〔註31〕徐中玉：《民族文學的基本信念》，《民族文學論文初集》，國民圖書出版社1944年2月版，第4頁。

〔註32〕徐中玉：《論文學上的愛國主義》，《民族文學論文初集》，國民圖書出版社1944年2月版，第41頁。

〔註33〕徐中玉：《民族文學的基本信念》，《民族文學論文初集》，國民圖書出版社1944年2月版，第1頁。

撰文，以俄羅斯偉大作家果戈里為例，具體討論了「民族文學的暴露黑暗」問題。〔註34〕

自清末民初興起新民思潮以來，中國文學就與啟蒙結下了不解之緣，改造民族性由此成為重要的文學主題之一。但在30年代初期的民族主義文藝運動和30年代中期的民族文藝運動中，改造民族性的問題沒有受到什麼關注，啟蒙在很大程度上被忽略了。抗戰爆發以後，出於鼓舞民族自信、振奮民族精神以爭取抗戰勝利的目的，文藝家們側重於大力挖掘、熱情頌揚民族性中的正面因素，以致「忠孝仁愛信義和平」等陳腐的教條也受到一些人的大肆吹捧，直至抗戰後期作家們才加強了對民族性中負面因素的冷靜解剖。

徐中玉卻很早就認識到中華民族不僅要在抗戰中求得民族的解放與自由，更要在抗戰中求得民族精神的浴火重生，因此他既從民族的當前需要出發主張表現民族性中的正面因素，也從民族的長遠發展出發呼籲對民族性的現代改造，啟蒙傳統在他這裡得到了繼承。在《論民族性的改造》一文中，他全面論述了「民族性與民族文學」這一理論問題。首先，他辨析了西方學者對民族性的各種解釋，指出民族性是生物遺傳、自然環境、歷史文化等多種因素共同作用的結果，尤其受到後天的及物質的因素如經濟制度、社會組織等的制約，因此是可以改變並必須因環境的變化而加以改變的。其次，他論述了文學與民族性之間的關係，指出文學既可表現民族性，亦可改造民族性。「當一種民族性能夠適應一民族的生存發展要求時，文學往往是這種民族性的積極同情者，鞏固者和發揚者。但當一種民族性已不能適應一民族的生存發展要求，而在改變或使之改變時，文學往往是這種民族性的反對者，它能夠幫助或加速這種民族性的改變，同時亦就變為別一種適應的新民族性之積極同情者，鞏固者和發揚者。」最後，他辯證地分析了中國人容忍、保守、中和、現實的特性，指出這種民族性必須加以改變，並就民族文學如何改造民族性提出了一些具體建議。「中華民族過去的特性優點很多，但也有不能不予以改造的地方，不改造就將不能生存，更說不上發展。近百年來，由於環境劇變，社會組織日變嚴密，經濟制度逐漸工業化，我們的民族性事實上已有了若干改造，不過速度緩慢，遠遠難（以）適應生存發展上的需要。如何加速這種改造，便是我們當前的急務。」「當前民族文學應該如何來參加改進中國

〔註34〕徐中玉：《以果戈里為例——論民族文學的暴露黑暗》，《民族文學論文初集》，國民圖書出版社1944年2月版，第87～106頁。

民族性的工作，具體地說，有三個方面：一方面是開示新環境的一般狀勢，助成新社會組織新經濟制度的創立；二方面是表現過去那些特性在新環境中不適應的情景；三方面是描寫典型的新性格之勝利的榜樣，使其普遍影響於一般國民。」〔註35〕

務實尚用也是徐中玉治學的一大特色，因此他的論著能夠避免一般所謂「理論」的空疏玄妙、大而無當。這一點在他抗戰時期的民族文學理論中也有所體現，與陳銓、胡秋原等同時代的理論家相比，徐中玉的民族文學理論顯得更為切實而深入。

如上文所述，陳銓、胡秋原等人在建設民族文學的基本原理方面做出了一些有益的貢獻，但他們卻未能就怎樣建設民族文學的問題提出多少切實可行的建議。在論證了民族文學運動的合理性與必要性之後，陳銓曾提出運動的幾個原則：第一，民族文學運動不是復古的文學運動；第二，民族文學運動不是排外的文學運動；第三，民族文學運動不是口號的文學運動；第四，民族文學運動應當發揚中華民族固有的精神；第五，民族文學運動應當培養民族意識；第六，民族文學運動應當有特殊的貢獻。〔註36〕這些主張略顯空洞，缺乏實際的指導意義。在探討文學與民族的關係之餘，胡秋原也涉及到如何創造新的民族文學的問題。儘管他建立了民族形式（民族語文、民族體裁）與民族內容（民族題材、民族題旨）的理論框架，並提出了自己的一些看法，但其篇幅過於簡短，闡釋得十分簡略和表面。比如「民族題材」一節，就只是指出因為生活是人造的，所以人物應是題材的中心，人物的塑造必須做到典型化、形象化。〔註37〕

徐中玉卻在闡釋民族文學基本原理的同時，也對怎樣建設民族文學的問題進行了務實的探索，僅以民族文學的題材而論，他就撰寫了多篇文章，從民族歷史、民族英雄、民族鄉土、民族傳習等方面展開了具體詳盡、深入細緻的論述。

在《論歷史的教訓──民族歷史與民族文學》中，徐中玉主要表達了以下觀點：其一，民族歷史是激發民族意識的重要因素，在民族的生存發展中

〔註35〕徐中玉：《論民族性的改造──民族性與民族文學》，《民族文學論文初集》，國民圖書出版社1944年2月版，第107～133頁。
〔註36〕陳銓：《民族文學運動》，載1937年7月7日《民族文學》第一卷第一期。
〔註37〕胡秋原：《民族文學論》，文風書局1944年8月版，第87～90頁。

起著重要作用。「歷史紀錄了這個民族的共同努力，這中間包括著共同的勝利與失敗，歡欣與苦痛，這就使它的分子形成了一種精神的聯合，精神上的振奮與再振奮。這有時比體質上的，語言上的相同還要有力。」「在歷史的感覺中，一民族的分子才深感到了他個人的偉大，責任的嚴重，以及同志的眾多。憑了這些，他不必自暴自棄，不能敷衍塞責，不要以為孤立無援；然後他就能奮發有為，勇往邁進，或雖一度灰頹也能重新振作起來。『過去』的火把燃著了『將來』的明燈，引導著他們深信不疑地去趕那無窮無盡的前程。」其二，目前各民族在歷史的傳授上存在著許多缺點，具體表現為：為顯示歷史的悠遠，不必要地攀附與神的親誼，帶上了神話的意味；不能正確處理與他族的關係，有造成民族間世仇的危險；誇大民族的勝利與光榮，諱言失敗與痛苦；對史實的記載過於枯燥、刻板，使傳授的效力大受損害。其三，民族歷史是民族文學的重要題材，民族文學在表現民族歷史時，要避免上述歷史傳授的缺點，特別要尊重他族的正當權益，要表現民族歷史上的失敗與痛苦，從失敗與痛苦中吸取教訓。「正當的歷史的傳授應該教人尊重自己，自族，可是同時也能尊重他人，他族。否則循環報復，耗盡人力物力在不必要的殘害破壞之中，反而失了發展繁殖本族的願意。」「歷史上的豐功偉績足以鼓勵一民族分子的創造，增加他們的自信，激發他們的民族意識，但失敗的歷史也一樣可能，甚至是更可能具有這些功效。因為失敗與痛苦給了他們普遍的損害，深刻的刺激，可以使他們團結得更緊密，特別是，可以使他們對本族當前的處境，和未來的偉大使命，有高度的自覺。」〔註38〕

《論英雄的塑造——民族英雄與民族文學》一文則重點討論了民族文學為什麼要塑造民族英雄以及如何塑造兩個問題。就前者而言，原因主要有兩個：其一，抗戰使民眾受到了鍛鍊，無論是在前方的正規部隊和游擊部隊中，還是在後方的生產建設部門中，都湧現了無數的民族英雄，但是文學作品卻「並沒有給他們適當和大量的表現」。其二，民族文學以這些民族英雄為題材，不但可以具體地反映時代的面貌，展示革命的實踐者成長的歷程，而且可以團結、激勵、鼓舞、領導民族的成員去奮鬥。就後者而言，徐中玉針對當時英雄塑造存在的「誇張」「傳奇」「個人英雄」等傾向，以郭如鶴（《鐵流》）、萊奮生（《毀滅》）、夏伯陽（《夏伯陽》）等英雄的塑造為例，闡明了民族文學塑

〔註38〕徐中玉：《論歷史的教訓——民族歷史與民族文學》，《民族文學論文初集》，國民圖書出版社 1944 年 2 月版，第 149～163 頁。

造民族英雄的幾個原則：第一，民族英雄應該是「群眾的英雄」，而不是「個人的英雄」。他「乃是從群眾中生長，依靠群眾也造福群眾，和群眾一道奮鬥到底」。出於個人的目的，哪怕是創造了「轟轟烈烈」的事蹟，也算不上真正的英雄。第二，民族英雄應該是有血有肉的活生生的平凡的常人，而不是「騎在馬上把群眾率領著」的超凡脫俗的神。神的英雄「是天生成的」，「沒有複雜的思想在交戰，沒有矛盾和猶豫使他們苦惱，一切都是進行得非常單純，確定，順利」；人的英雄卻「和一般人一樣地具有著優點和缺點，矛盾和猶豫，特別的脾氣和頭腦」，「他穿著同樣的制服，跟大家坐在一條凳子上，講些誰都能明白的話。誰都可以拍拍他的肩頭，和他親親熱熱地談上幾點鐘」。神的英雄即便能夠得到讀者的崇敬，也不能引起讀者的追隨；人的英雄與常人血脈相通，所以具有活躍的生命。第三，英雄也有內心的矛盾和缺點，民族文學應該表現這些矛盾和缺點，只有表現了這些矛盾和缺點，英雄的塑造才可能成功。「作家們描寫英雄，如要使他們在讀者的心眼裏活躍起來而不是一些空虛的影子，就應當把他們如實地描寫出來，帶著一切內心的矛盾和缺點。」「因為這些矛盾與缺點，我們才感到他們的確是實際地存在；因為他們能漸漸而終於艱苦地克服這些矛盾與缺點，我們才感到他們的確是光榮的存在；也因為看到他們這種改造的過程，我們才得到豐富的啟示與教育。」第四，英雄「雖敗猶『雄』」，因此作家不必「趨炎附勢，奔走承歡於一時煊赫的大人將軍之門」，把他們當作英雄寫在作品裏，而應該從戰鬥的生活中去尋找、發現、創造典型的英雄。〔註39〕

在《論鄉土的描寫——民族鄉土與民族文學》中，徐中玉從心理學上分析了人們愛戀鄉土的原因，指出愛鄉戀鄉心理具有促進道德進步、民族團結等功用。他認為儘管隨著工業化、都市化程度的加深和範圍的擴大，現代居民的移動率大大增高，對鄉土的愛戀心理會有所弱化，但這種心理畢竟還在許多人的意識中佔有重要地位，因此民族文學應該描寫鄉土，利用人們愛鄉戀鄉的心理來加強他們對國家民族的忠誠。徐中玉特別指出鄉土有兩種情形，「一是指個人出生的鄉土」，「一是指民族生存發展的鄉土」，因此民族文學在描寫鄉土時，也有個人的鄉土與民族的鄉土兩個「構圖」，民族文學作家要正確認識這兩個「構圖」之間的關係：「要愛護民族的鄉土，並不就是要人不愛

〔註39〕徐中玉：《論英雄的塑造——民族英雄與民族文學》，《民族文學論文初集》，國民圖書出版社 1944 年 2 月版，第 164～183 頁。

他個人的故鄉，同樣，愛護自己的故鄉，也不必就丟掉了民族的鄉土，因為自己的故鄉就是民族鄉土的一部分。民族的鄉土因為有了各個好處不同的區域而增加了豐富與光彩，各個不同的區域也因為同屬於一個廣大系統而提高了它們的價值。我們愛自己的故鄉，一方面是因為它對我們特別熟悉，一方面也因為它是我們民族的廣大鄉土中一個最好的組成部分。民族的與個人的這兩個構圖，似乎相反，其實卻是相成。」〔註40〕

《論傳習的勢力——民族傳習與民族文學》則闡述了民族傳習（傳說與習俗）在民族生活中的重要性以及民族傳習與民族文學的關係等問題。關於民族傳習在民族生活中的重要性，徐中玉認為，民族傳習作為長久以來相習成風的觀念和風俗，是「遺傳和環境構成的生活和思想的不斷的進程的結晶」，為整個民族所尊崇、所服膺，因此在民族生活中發揮著重要作用：它是民族生活中「一個不斷活動的因素」，「浸淫著人們的身心，操縱著人們的思想，領導著人們的行動」，人們之所以常常會在不知不覺之中「脫口而出，無心而做」，就是受到傳習的影響；它還是「民族的防腐劑」，可以「使人們即使遠離鄉井，置身別的民族之間，也仍不會被外族輕易同化，而仍與自己的民族保持密切的聯絡」。關於民族傳習與民族文學的關係，徐中玉持如下看法：其一，民族文學可以有助於民族傳習的產生。一方面，本來只為一部分所熟悉的故事一旦經過文學的表現，就有可能擴大其傳播範圍，確定為眾所周知的傳習；另一方面，文學還可以根據民族當前的需要，適當地創造一些故事，使之迅速成為傳習，以教育人民。其二，民族文學也有助於民族傳習的持續。傳習如果只是自然地存在於人民的口頭和行事，就有可能因生活的演進而變化甚至消失，文學把這種流動性很大的傳習寫定，則可以使它們流傳久遠；傳習經文學加以表現，就可以擴大其流傳範圍，增強其影響程度，這也有助於傳習的持續。其三，民族文學同時又可以改造民族傳習。傳習在民族生活中佔有重要地位，但並非一切傳習都能適應當代的要求，對傳習中一些違背時代精神的渣滓，也不能不加以揚棄，民族文學是改造民族傳習的一種有效手段。徐中玉痛心地指出，現代組織嚴密的國家不僅已經深刻認識到傳習在民族生活中的重要地位，而且已經有意識地想方設法利用傳習的勢力來加強民族的團結，但在我們中國，這個問題卻一直沒有引起注意與重視，因此民族文學

〔註40〕徐中玉：《論鄉土的描寫——民族鄉土與民族文學》，《民族文學論文初集》，國民圖書出版社1944年2月版，第184～199頁。

一定要充分運用民族傳習這種題材，使文學與傳習相結合，為民族的團結與
發展服務。〔註41〕

（三）文學語言

徐中玉論文學，是內容與形式、思想與藝術並重的。在形式、藝術方面，
他對文學語言給予了高度的關注。徐中玉沿用高爾基的說法，稱語言為「文
學的技術武裝」。早在 1938 年，徐中玉就有感於語言問題「被漠視和被不正
當地理解著」的現狀，主張「為爭取『文學的技術武裝』而奮鬥」。〔註42〕此
後徐中玉反覆討論語言問題，新中國建立後，徐中玉還曾出版《寫作與語言》
一書，其對文學語言的重視可見一斑。關於文學語言，徐中玉當時主要論述
了文學語言的重要性、文學語言的要求、文學語言的創造、文學語言與民眾
語言（口頭語言）的關係等一系列問題。

徐中玉指出，語言問題是文學的根本問題之一，如果語言問題「不得解
決，那麼有關文學形式的許多問題也將連帶不得解決」。〔註43〕並且他沒有將
語言問題視為一個單純的形式問題、技術問題：「文學裏的語言問題，實不僅
僅是技術的問題，更是關乎文學之本質的問題。我們的作家們平常談到文學
之質的問題時，往往只緊握著內容而全然疏忽了語言的形式，這是非常地不
正確的。正確的理解，應該是：文學之質的問題，不特不能和內容分離，而且
也不能和形式分離。」「正確、明晰、有力的語言形式的作用，是和藝術作品
的內容之深邃相照應的。它不僅能形象化地完全作家的思想，賦予鮮明的情
景，把作家所描寫的人物，活生生地刻畫在讀者大眾面前，使他們接受，感
動和理解。它還作為喚起人類對於無比的創造偉力之敬異，誇耀，歡喜的力
之感情和理性而生出作用。」〔註44〕

既然文學語言如此重要，那麼文學語言應該達到怎樣的要求呢？從大體
上講，就是明確、精密、簡潔、質樸，適合於大眾的理解。徐中玉以普希金、
果戈里、托爾斯泰等俄國著名作家的語言觀形象化地說明了這一問題。普希

〔註41〕徐中玉：《論傳習的勢力——民族傳習與民族文學》，《民族文學論文初集》，
　　　　國民圖書出版社 1944 年 2 月版，第 200～210 頁。
〔註42〕徐中玉：《為爭取「文學的技術武裝」而奮鬥》，載 1938 年 6 月 1 日《七月》
　　　　第三集第三期。
〔註43〕徐中玉：《論語言的創造》，載 1946 年 7 月 1 日《文藝生活》光復版第六號。
〔註44〕徐中玉：《為爭取「文學的技術武裝」而奮鬥》，載 1938 年 6 月 1 日《七月》
　　　　第三集第三期。

金「反對把語言劃分為幾個等類」；「反對著語言的裝腔作勢和做作的纖細」，「提出了『赤裸的簡樸』主義」；「反對著不准民眾語進入文學的園地」，「承認了民眾語的靈活的和沸騰的源泉，才是文學語的基本的貯藏所」〔註45〕果戈里「以為討厭民眾語的，就造不出精美的文體」，他「非常稱讚民眾語，以為民眾的語言才真是『活的』語言」。托爾斯泰則主張語言必須正確、明瞭、質樸自然，「反對不必要的標新立異和不合實際的故意造作」。〔註46〕

關於文學語言的創造，徐中玉認為有三個不可缺少的條件：精確的觀察、勇敢的表現和工作的熱情。只有通過精確的觀察，才能把握事物的變化和發展、形象和生命，描繪才能親切生動。語言的含混大多來自體察的含混，但有的卻是因為作者的裝聾作啞，「勇敢的作者用不著花言巧語，用不著油腔滑調，也不必吞吞吐吐，他只消勇敢地說出他的老實話，就能造成他語言的無比的精確性」。熱情本身也許不是創造，但熱情卻可以激發創造，「文學史上所有成功的語言的創造，就都是熱情燃燒下的產物」。〔註47〕

文學語與民眾語之間的關係，是徐中玉思考十分深入的一個問題。他充分認識到了民眾語形象、精確、簡潔、質樸、單純等諸多優點，也認真分析了民眾語的一系列缺點，因此他既反對將民眾語排斥在文學語之外，也不主張直接以民眾語為文學語，而是主張作家向口頭語學習、向民間文藝學習，通過對民眾語的「取長去短」「改造」，實現從民眾語到文學語的轉化。〔註48〕同時，徐中玉也認識到了文學語與民眾語之間的關係是互動的，民眾語豐富文學語，文學語反過來也可以提高民眾語。〔註49〕

方言也屬於民眾語。隨著民族形式的討論，文學的用語問題再次引起注意，曹伯韓、聶紺弩、老舍等人倡導方言文學。徐中玉也撰文參與了討論，他指出方言文學和使用方言是兩個不同的問題，明確反對方言文學：首先，中國有多種方言，用方言寫作會使文學的教育作用相形減少；其次，民族統一語「普通話」雖還不能說已經完全成熟，但其存在卻是無可否認的事實，普通話並不缺乏表情達意的能力，不能因為某些不成熟的普通話文學作品顯露

〔註45〕徐中玉：《俄羅斯文學語言的創始者普式庚》，載1946年12月1日《民主世界》第三卷第九期。
〔註46〕徐中玉：《文藝學習論》，（香港）文化供應社1948年版，第83～98頁。
〔註47〕徐中玉：《論語言的創造》，載1946年7月1日《文藝生活》光復版第六號。
〔註48〕徐中玉：《民眾語論析四題》，載1946年2月1日《大地》第一卷第一期。
〔註49〕徐中玉：《文藝學習論》，（香港）文化供應社1948年版，第71～74頁。

出來的弱點而抹殺一切普通話作品，斷定普通話沒有發展完成的前途；再次，方言並非盡善盡美，要表現新的生活、新的情意，或者吸收和溝通外來的知識文化，只有用普通話才較方便，用方言土話總不免感到窒礙難行。徐中玉總結指出：「文學和大眾脫節的原因決不止『用語未能口語化』一個，例如文學內容脫離大眾，和大眾生活困難根本沒有受教育的機會，或少數人存心不給他們接近有價值的文學，這些亦都是極重要的原因；不但如此，而且用方言寫作，也未見就能完滿地達到『用語口語化』的最終的目標」，「今天文學上的方言問題的中心，不應是在方言文學的倡導，而應是在怎樣使用方言。不是全盤式籠統地倡導的問題，而是選擇使用的問題。同時，這種選擇使用是應該站在雛形已具，能夠表情達意，作為民族的統一語的姿態而出現的普通話的立場，或者說是應以普通話為重心，為主要成分，而進行的」。〔註50〕

　　徐中玉抗戰前後關於文學批評、民族文學、文學語言等問題的看法，對當時的文學創作和文學批評都具有很好的指導意義，就是在今天看來，其見解也仍然是頗有分量的。

三、徐中玉抗戰前後文論價值取向上的先進性和學術方法上的科學性

　　徐中玉抗戰前後的文論，體現出價值取向上的先進性和學術方法上的科學性，這也是其文論至今仍然葆有鮮活的生命活力和豐富的啟示意義的一個重要原因。

　　徐中玉抗戰前後文論價值取向的先進性主要表現為他堅持文學的生活本源論和民眾本位論。

　　徐中玉認為文學源於生活，作家必須深入生活。其《文藝學習論》的總論部分就是講文學與生活以及戰鬥的關係，強調作家「和現實生活的密切擁合」，強調作家對生活的熱情、信仰、愛。〔註51〕他多次論及生活對文學的決定意義：「作家們要寫出生活全部的真實，及生活進行的根本方向來，用不著說明，他們首先就應該突進生活的內層去，在鬥爭與革命的現實裏深深地實踐。和生活實踐相切離，這是使作家們遭受失敗的最基本的原因。」〔註52〕

〔註50〕徐中玉：《論方言文學的倡導》，載1946年《文壇》復刊第一期。
〔註51〕徐中玉：《文藝學習論》，（香港）文化供應社1948年版，第11～30頁。
〔註52〕徐中玉：《悲劇的勝利》，載1938年7月30日《抗戰文藝》第二卷第三期。

「文學是現實生活的表現，革新，和改造，也即是生活戰鬥的記錄。偉大作品只有當它是建基在生活的真實的表現上時才有可能產生。一個真正的文學工作者，不但應對生活有正確的認識，並且還應該親自參加革新和改造生活的戰鬥，嚴格地說，對生活的正確認識必須要從戰鬥的體驗裏才能獲得。沒有對生活的正確的認識，在生活裏沒有為著正義與合理的戰鬥，也就不會有真正的文學，有的，只是一些惡化或腐化的垃圾而已。」〔註53〕

文學源於生活，同時又要參與生活，也就是上文所說的作家要去「戰鬥」。徐中玉反覆強調文學應該表現「生活進行的根本方向」。當一些作家在現實面前表現出短視和被動時，徐中玉強調文學應該負起對現實生活的引導作用，他援引高爾基的看法，指出除了支配者的現實、被壓迫者的現實以外，還有一種正在成長著的新現實，「對於支配者和被壓迫者的現實，作家們應該反映，並在反映中表示出他自己的憎恨或同情的態度，但因為這兩種現實同樣是不適合於人類社會的未來發展的，所以作家應該竭盡他的知能，來宣揚、反映，並肯定的，則是那正在成長著的新現實」。〔註54〕

因為堅持文學的生活本源論，所以徐中玉在討論那些看似偏重於技術的問題時，也強調其與生活的關係。比如論創作的才能時，他指出「才能是從對於工作的熱情中成長起來的」，與工作的「全神貫注」「不倦的追求完美」以及「深刻的反省」「人格的淨化」「愛與信仰」「思想的遠景」等因素息息相關，「江郎才盡」完全是由於貴顯生活的「陷人」和「心靈上的衰老」。〔註55〕又如修改似乎只是一種文字上的技術工作，徐中玉卻指出修改「有時是求情意的深化，有時是求情文的融洽，歸根到底這自然仍是思想上內容上的工作」〔註56〕。再如論創作技巧時，徐中玉也認為「認識的深淺決定技巧的高下」，因此主張通過「體驗生活，瞭解生活，思索生活」來提高技巧。〔註57〕

與文學的生活本源論緊密聯繫的是文學的民眾本位論，民眾是生活的主人，徐中玉始終堅持作家學習民眾、文學服務民眾。比如在論析普希金的巨大藝術成就時，他強調普希金與民眾的聯繫，強調普希金對民間傳說的

〔註53〕徐中玉：《文藝學習論》，（香港）文化供應社1948年版，第11頁。

〔註54〕徐中玉：《關於「反映現實」》，載1948年9月25日《展望》第二卷第十九期。

〔註55〕徐中玉：《論才能》，載1948年12月5日《幸福世界》第二十三期。

〔註56〕徐中玉：《論修改》，載1948年1月《國文月刊》第六十三期。

〔註57〕徐中玉：《論技巧》，載1949年5月《國文月刊》第七十九期。

重視。〔註58〕又如在討論文學語言問題時，他指出「語言的天才存在於民眾身上」並分析了其原因，列舉了普希金、果戈里、托爾斯泰等著名作家學習民眾語的事例，主張作家學習民眾語，學習民間文藝。〔註59〕他之所以重視民眾語，也是為了讓文學更好地接近民眾、服務民眾。再如在論及民族英雄的塑造時，他也主張英雄不應該是「個人的英雄」而應該是「群眾的英雄」：「真實的英雄之根本特性，就是他能以群眾的集團的共同生活為生活，而不以他自己的生活為生活；群眾的，集團的任務，要求，利益，理想，也都是他的。群眾的和集團的力量給他教育，改造，和滋養。沒有了群眾，他便沒有了力量，也便沒有了英雄。」〔註60〕

　　徐中玉抗戰前後文論學術方法的科學性表現為學理性與實用性並重、思想性與藝術性並重、中外文學遺產並重。

　　徐中玉抗戰前後的文論，是他執著探索文學藝術規律的結晶，具有高度的學理性。但徐中玉為文「力求有益於天下」，他的學問不是「書齋之學」而是「濟天下」之學。徐中玉反對「一切應用科學都是產生在純粹理論之後」的說法，指出「科學的發展，原是由於社會民生的需要」，「科學最後的歸趨，必為純粹研究與實際應用的完滿結合，完滿統一」，因此「學術研究應該注重『功利』，『利用厚生』」。〔註61〕受這種理念的指導，徐中玉的學術研究是學理性與實用性並重的。他抗戰前後的幾部專書，在揭示文學藝術奧秘的同時，均具有顯著的服務現實的功利性，這是無須贅述的。哪怕是談論遠古的事物，徐中玉也力求有益於當代。比如黃庭堅曾經這樣論詩：「詩者，人之情性也，非強諫爭於廷，怨忿訴於道，怒鄰罵坐之為也。」徐中玉不僅指出怨忿怒罵也是情性的一部分，從學理上揭示了黃庭堅主張的內在矛盾，並且將這種「只要你服從信守，卻不同你也不容你討論」的「奴才的作詩宗旨」與抗戰勝利之後言論不自由的現狀結合起來，寫下了這樣一段很有現實針對性的文字：「這種教訓不消說是不適宜於我們這個時代的。這個時代需要的是：敢說，敢笑，敢哭，敢怒，敢罵，敢打的詩作，因為這正是一個該說，該笑（，）該

〔註58〕徐中玉：《普式庚的生平和藝術》，載1937年2月1日《東方雜誌》第三十四卷第三號。
〔註59〕徐中玉：《文藝學習論》，（香港）文化供應社1948年版，第58～66頁。
〔註60〕徐中玉：《論英雄的塑造──民族英雄與民族文學》，《民族文學論文初集》，國民圖書出版社1944年2月版，第168～170頁。
〔註61〕徐中玉：《學術研究與國家建設》，國民圖書出版社1942年版，第55～63頁。

哭，該怒，該罵，該打的時代。奴隸們在這個時代將更誠惶誠恐地要求『溫柔敦厚』，而不是奴隸的人則將惟恐呼喊得不夠激切。重要的是：為了要做主人，作詩就不應該同暴君及其奴隸們雍容和穆地講妥協，而要是為的澈底消滅他們的惡勢力。」〔註62〕

　　內容和形式的關係問題，是文藝理論的一個基本問題。如上文所述，徐中玉主張文學來源於生活，強調文學對生活的革新、改造，他是承認內容的主導地位的，但他並不偏廢形式，他認為「藝術作品的內容和形式是統一的，相互關聯的」，「在關聯之中，內容是占著一種決定的地位」，形式也可以能動地作用於內容，「形式的修飾的加工的部分同時也就是對於內容的修飾和加工」。〔註63〕換言之，徐中玉論文是思想性與藝術性並重的。因此他專門寫有論述文學創作技巧的文章，認為「單單提高意識水準是不夠的」：「有技巧同沒有技巧或技巧不足的作品在外表上也許差異不大，但仔細研究一下，實質上距離太遠了。如果沒有技巧，不但體裁與風格無從把握，連文字的去取也不能有標準，這樣又如何可以控引思想與感情？……蘇聯作家所說的要『為提高自己的藝術水準而鬥爭』，實在是不錯的，藝術水準如果不提高，單單提高意識的水準，文學作品的成功仍是不能保證的。」〔註64〕因為堅持思想性與藝術性並重，徐中玉品評作品就比較客觀。上文所述對巴金激流三部曲的批評就是一例，徐中玉因為激流三部曲反映了那個時代的真實面貌而肯定它，同時也對其藝術上的得失進行了檢討。

　　徐中玉學術視野開闊，論文時中外文學遺產並重，力圖鎔鑄古今中外而自成一家。徐中玉是研究中國古代文論出身的，對中國古代文論有著精深的理解，因此特別珍視這份寶貴的文學遺產，在《偉大作家論寫作·輯譯小記》中，徐中玉表達了這一思想：「本書也選輯了十三位本國作家的言論；個人的意思，希望藉此引起大家注意研究本國文學理論的興趣。近年以來，外國文學的理論如潮湧入，這對我們原無害處，但一般人卻就有了這樣一種錯誤的觀念：以為外國才有文學理論，外國的文學理論才是豐富正確而值得研究。因此凡有稱引，總必外國。其實，理論的產生和進步，都基於作品，我國作家在文學上已鑽研數千年，佳作如林，安得無理論，又安得沒有豐富正確值得

〔註62〕徐中玉：《論古二題》，載1946年9月20日《文藝叢刊》第一輯。
〔註63〕徐中玉：《文藝學習論》，（香港）文化供應社1948年版，第142頁。
〔註64〕徐中玉：《論技巧》，載1949年5月《國文月刊》第七十九期。

研究闡揚的部分？深研過我國文學理論的人，將告訴你我國曾有多少精密正確的見解，不但和外國的若合符節，而且還有許多新的啟示，偉大的心靈在類似的經驗下他們之所得原不能為國家的不同而有大的差別，我們應該尊敬外國的創造，可是也應該尊敬本國的創造，研究自己，發揚自己，決不該妄自菲薄，失去對自己的信仰。」〔註65〕徐中玉也沒有因為自己是中國古代文論出身就對外國文學遺產加以拒斥，在他抗戰前後的文論著述裏，常常以普希金、果戈里、托爾斯泰等外國作家作為例證，對高爾基等作家和小泉八雲等學者的話頗多稱引。說來也巧，《偉大作家論寫作》輯錄了二十六位作家的言論，中外作家各占十三位，這或者也可視為徐中玉論文中外文學遺產並重的一個例證吧。

　　價值取向上的先進性和學術方法上的科學性，是徐中玉抗戰前後文論取得巨大成就的重要原因之一，對於我們今天的文論研究應該也富有啟示意義。

─────────────

〔註65〕徐中玉：《偉大作家論寫作》，天地出版社 1944 年版，第 3 頁。

第十二章　林同濟抗戰時期的
##　　　　　　文藝思想

　　林同濟是戰國策派的核心人物。作為一位政治學出身的學者，抗戰時期他在文藝方面著力不多：在 1944 年 3 月為陳銓的《從叔本華到尼采》〔註 1〕一書所作的序言《我看尼采》中，他曾經零星地闡述了對文藝的一些看法；1942 年初他託詞於薩拉圖斯達〔註 2〕、用尼采慣用的箴言體寫成《寄語中國藝術人》一文，提出文藝創作的「恐怖‧狂歡‧虔恪」三道母題。林同濟抗戰時期有關文藝的論述雖然僅有這兩篇文章（其中一篇還不是專門談論文藝問題的），卻表達了豐富而獨特的文藝思想，值得認真研究。

一、林同濟文藝思想的體系

　　尼采是一位哲學家，但同時也可以說是一位藝術家。林同濟是把尼采當作「絕等藝術天才」來看待的：「尼采自己曾經如此說：『把我輩哲學家混作藝術家看，最是我輩感恩無限的。』Aloi Richl 的評語卻也有道理：尼采本人毋寧是一位藝術家被混作哲學家看。」「事實是：尼采就同莊子柏拉圖一般，是頭等思想家，而期期也是絕等藝術天才。」〔註 3〕因為尼采是「絕等藝術天才」，所以林同濟鄭重指出：「我覺得讀尼采，第一秘訣是要先把它當作藝術看。」〔註 4〕「我們對尼采，應當以藝術還他的藝術，以思想還他的思想。據

〔註 1〕在創出版社 1944 年 5 月出版，本文依據的是 1946 年的版本。
〔註 2〕現在通譯為查拉圖斯特拉。
〔註 3〕林同濟：《我看尼采》，陳銓：《從叔本華到尼采》，在創出版社 1946 年 11 月版，第 2 頁。
〔註 4〕林同濟：《我看尼采》，陳銓：《從叔本華到尼采》，在創出版社 1946 年 11 月版，第 2 頁。

我個人的經驗，能夠盡先以藝術還他的藝術，我們不但可以瞭解他的藝術，並且對他的思想的瞭解，不啻也打開了一條大門徑！」〔註5〕

　　既然林同濟認為尼采是「絕等藝術天才」，「讀尼采」的「第一秘訣」是「要先把它當作藝術看」，其《我看尼采》涉及一些文藝問題就在情理之中了。在林同濟談論如何理解尼采哲學時，不時會流露他對文藝的一些看法，其中涉及到本質論、創作論、接受論、價值論等方面，構成了其文學思想的體系。

　　在本質論方面，林同濟提出了「象徵抒情」說。他指出：「一切藝術都是象徵，都是抒情。在某種意義上，我以為藝術實可叫象徵的抒情，或抒情的象徵。象徵是借形表意，抒情是化我入物，二者合而藝術成。」〔註6〕

　　林同濟認為藝術是「象徵」即「借形表意」，那麼何謂「形」「意」呢？他對「形」「意」作如下「界說」：「通常人為的物品，有體有用，而藝術則有形有意。形與體異，因為形超實質而是一種具有節奏與和諧的配合。意與用異，因為意超實利而是一種屬於妙造而靜觀的意境。」〔註7〕林同濟指出藝術是「形」與「意」的對立統一：「凡是藝術必須有意，但意必須附託於形。凡是藝術都必須有形，但形不過所以表意。」「形之成，根據於點、線、體、色、音、字等等因素的組織。所以形之成，勢必有其所限。一、必限於具體——官能可觸的呆板實體。二、必取於殊相——個別特存的存在。意乃是一種精神的活動，它的性質與指歸都不免與形相對峙。意的性質是空靈，當然超出官能界的實體。拿著勢屬有限的形，來表現勢歸無限的意，是一種永恆的矛盾。而藝術家的趣味與工夫即是要在這矛盾中求成就。」〔註8〕象徵就是「在這矛盾中求成就」的辦法，它把抽象的「意」化為具體的「形」，又讓具體的「形」暗示抽象的「意」：「本為抽象，必須被具體化起來，但具體化的結果又必須涵蓄著一種回射抽象的功能。形永遠不是意，透過了藝術家微妙的手法卻宛然取得了『暗示』及意的作用。這就叫做象徵——藝術家

〔註5〕林同濟：《我看尼采》，陳銓：《從叔本華到尼采》，在創出版社1946年11月版，第2頁。

〔註6〕林同濟：《我看尼采》，陳銓：《從叔本華到尼采》，在創出版社1946年11月版，第9頁。

〔註7〕林同濟：《我看尼采》，陳銓：《從叔本華到尼采》，在創出版社1946年11月版，第9頁。

〔註8〕林同濟：《我看尼采》，陳銓：《從叔本華到尼采》，在創出版社1946年11月版，第9～10頁。

變意為形，借形示意的辦法。」〔註9〕

　　林同濟認為藝術同時也是抒情：「藝術之所以為藝術，不僅在其為象徵，而還在那象徵要澈透著一種抒情性。」〔註10〕他說的「抒情」是廣義的：「抒情在這裡，不只作抒發感情用。昔人慣認為藝術為情感的產品，這見解在今已成戲論。那一個有意識的人為行動，事實上是純出自情感？何況藝術！所謂抒情者，抒從廣義看，而指抒發整個人格，整個個性面目。說真正的藝術要於象徵再加抒情性，只是說藝術的象徵還要飽涵著藝術家的人格風味。」〔註11〕林同濟認為人格即個性，是「一個人整個體魄內先天條件與後天環境互勵互應而成的一種特有的精神統相（Gastalt）」，是意志、理智、情感的「混然無間，揉成一團」。「抒發整個人格」就是把由意志、理智、情感構成的「精神統相的渾然本體依樣托出，不讓意志、理智、或情感任何部門臨時作偏畸的活動，而歪曲了這渾然的本來面目」。所以抒情就是「藝術家忠實地把整個的人格不加分解與拗曲而依樣倒印到這形意互成的象徵中」，就是「化我入物」。〔註12〕

　　林同濟的「象徵抒情」說固然未能窮盡文學藝術的本質，卻從一個側面揭示了文學藝術的一些特性，不失為中肯之見。

　　在創作論方面，林同濟論及到創作動機、創作的心理機制等問題。

　　關於創作的動機，林同濟提出了「生理必需」說。他指出：「創造是人生最偉大的作用。一般創造之中，只有藝術創造，是無所為而創造，純為著創造而創造。它最可以表現生命力的本性，因為它最能夠代表人們生命力自由、活躍、至誠成物的最高峰。」〔註13〕在論述尼采的創作時，林同濟這樣寫道：「尼采是生命力飽漲的象徵。渾身生命力，熱燃著五臟四肢，要求發洩。又加上那副極敏銳的神經，就等於最精細的氣壓錶，空氣最輕微的壓力變遷，都要立刻在他的體魂上發生強烈的反應。積弱的身體只激進了生命力躍躍欲

〔註9〕林同濟：《我看尼采》，陳銓：《從叔本華到尼采》，在創出版社1946年11月版，第9～10頁。

〔註10〕林同濟：《我看尼采》，陳銓：《從叔本華到尼采》，在創出版社1946年11月版，第12頁。

〔註11〕林同濟：《我看尼采》，陳銓：《從叔本華到尼采》，在創出版社1946年11月版，第12～13頁。

〔註12〕林同濟：《我看尼采》，陳銓：《從叔本華到尼采》，在創出版社1946年11月版，第13頁。

〔註13〕林同濟：《我看尼采》，陳銓：《從叔本華到尼采》，在創出版社1946年11月版，第3頁。

出的傾向。於是愈病而生命力愈加精悍，愈老而生命力愈加熱騰。尼采是人間極罕見的天才，顯然脫離了年華的支配；他那管如椽大筆，真是愈揮霍愈生花，鬼使神呵，直到最後一剎那也不少挫。」〔註14〕「尼采的寫作，是生命的淋漓。熱腔積中，光華突外。他創造，因為他欲罷不能。他的寫作，竟就像米薛安琪所描繪的上帝創世，純是一種生命力磅礡所至的生理必需，為創造而創造，為生命力的舞蹈而創造。在這點上看，他的文字，真是藝術之藝術了。雖然他有時也像庖丁子一樣，解牛之後，不免躊躇得意，自命其思想空前，其文筆為德國開生路，但當他正在創造時，他顯然只是一股熱騰騰的生命力在那裡縱橫注瀉，霍霍把橫塞胸中的浩然之氣妙化為萬丈光芒，文字與思想本不是他的目的。目的？他本無目的！他只是『必須如此』，只是生命力的一時必要的舞蹈與揮霍。文字與思想在那時只是創造的工具與資料。」〔註15〕創作動機的觸發當然與外在機緣有密切關係，但究其實質，創作動機還是驅使作家藝術家投入創作活動的一種內在動力，林同濟的「生理必需」說注重從生理學、心理學的角度來解釋創作動機的產生，現代心理學的研究與此不謀而合。恩格斯也是以「需要」來解釋人的一切行為的：「人們已經習慣於以他們的思維而不是以他們的需要來解釋他們的行為——當然，這些需要是反映在頭腦中，是被意識到的——這樣，隨著時間的推移，便產生了唯心主義的世界觀。」〔註16〕

　　關於創作的心理機制，林同濟非常推崇直覺、靈感：「歷史上超絕古今的思想，大半都由直覺得來。」〔註17〕在林同濟看來，尼采之為藝術家，正在於他富於直覺、靈感能力，也正是直覺、靈感，促成了他深刻的思想：「尼采之所以為上乘的思想家，實在因為他的思想乃脫胎於一個極端尖銳的直覺。……尼采不愧藝術家的本色，最富直覺能力。『不要相信任何思想不是由你散步中迎面撲來的！』試想像這位孤寂的真理追求者，獨步於斯洛士巴利，西西利，尼斯，都靈的山徑水溪，為人求出路。忽然靈感觸來，一條金光湧到

〔註14〕林同濟：《我看尼采》，陳銓：《從叔本華到尼采》，在創出版社 1946 年 11 月版，第 3～4 頁。

〔註15〕林同濟：《我看尼采》，陳銓：《從叔本華到尼采》，在創出版社 1946 年 11 月版，第 4 頁。

〔註16〕恩格斯：《自然辯證法》，《馬克思恩格斯選集》第 3 卷，人民文學出版社 1973 年版，第 515 頁。

〔註17〕林同濟：《我看尼采》，陳銓：《從叔本華到尼采》，在創出版社 1946 年 11 月版，第 8 頁。

心頭，剎那間他對真理有所見，回家後，提起筆，寫一篇純邏輯的冷枯文章嗎？不可能，在尼采，這是生理的不可能！直覺得來的思想，要將直覺送出來。直覺得來的，所以尼采的思想，往往單刀直入刺到人所未刺的肯綮。直覺送出去，所以尼采就像畫家作畫，忠實看到的，便忠實寫到。」〔註18〕值得注意的是，林同濟在推崇直覺、靈感的同時，並不否認理智、意志等理性因素的作用，如上文所述，他認為抒情就是把由「意志、理智、情感各部門」構成的「精神本相的渾然本體依樣托出，不讓意志、理智、情感任何部門臨時作偏畸的活動，而歪曲了這渾然的本來面目」〔註19〕。

在接受論方面，林同濟非常重視接受主體在文學藝術活動中的作用。他已經意識到了文本的未定性：「讀書難，讀奇書尤難。是哪一位哲學家說：真理如井水，許多人對它探看，只發現著自己的魔形。同樣的，奇書如井水，魔見其魔，神見其神。」〔註20〕在他看來，接受者不是被動地接受，而是主動地創造：「審美說不是一種悠閒懶散的消遣，它是真正的心血工夫。克洛齊說的好：審一個藝術作品之美即是對這個作品再度創造。這就是說，設身處地，盡你的才技所及，來體驗原作者從頭至尾的創造歷程，把那整個作品在你心目中重新創造一遍。關鍵尚不在能否與原作者的經驗完全相符（這是不可能的），關鍵乃在那體驗的尋求。體驗在那裡，便審美在那裡。體驗創造，這叫做真正審美。捨乎此，不足以談審美的三昧。」〔註21〕作者創造的文本只是接受者藉以創造的媒介：「審他的詞章的巧妙，音調的鏗鏘，乃技之小者。在創造靈魂前，應當以創造靈魂來印證。我們要探到形跡之外，探到藝術的源泉——即是創造者生命力當事時的蓬蓬活動。我們要體驗到他的創造歷程，以至於籍他的創造而激起，鼓舞，完成我們自己的創造。」〔註22〕林同濟這樣描述接受者的「創造」活動：「審美者要先做到『無

〔註18〕林同濟：《我看尼采》，陳銓：《從叔本華到尼采》，在創出版社 1946 年 11 月版，第 8～9 頁。

〔註19〕林同濟：《我看尼采》，陳銓：《從叔本華到尼采》，在創出版社 1946 年 11 月版，第 13 頁。

〔註20〕林同濟：《我看尼采》，陳銓：《從叔本華到尼采》，在創出版社 1946 年 11 月版，第 1 頁。

〔註21〕林同濟：《我看尼采》，陳銓：《從叔本華到尼采》，在創出版社 1946 年 11 月版，第 3 頁。

〔註22〕林同濟：《我看尼采》，陳銓：《從叔本華到尼采》，在創出版社 1946 年 11 月版，第 5 頁。

我』的工夫。在創造的剎那，只有創造的神境，沒有人間的利害是非。人間一切的一切只可供創造者無中生有的取資，而不容變成為創造者的心與手的滯礙。因此，要體驗創造，也必須先證見到這種超絕無礙獨來獨往的純火之光，我執法執，一概劃除，持著一朵浮空的心頭來照取那對眼的希世奇物如何烘托出當日那位希世奇人的胸中塊壘，而後再化為那位奇人的本身，照取到他當日何以得心應手，左右逢源，在不可分別的苦痛與狂歡裏，宛然搏出一朵千秋燦爛之花。」〔註23〕林同濟的審美即對作品的再度創造的觀點與二十年後興起的接受美學有異曲同工之妙，在當時的中國實屬難得。林同濟還談到在欣賞文學藝術作品時要從整體上把握其「空氣」，而不必「分析其一五一十」，〔註24〕「拘泥咬字句」「鹵莽吞文字」都行不通。〔註25〕這也是有道理的。

在價值論方面，林同濟把文學藝術與人生結合起來，把文學作為肯定生命、鼓舞生命力量的工具。在林同濟看來，無論是文學藝術作品的創作，還是對文學藝術作品的接受，都應該如尼采一樣作「最高度生命力的追求」〔註26〕。對創作者而言，外界刺激「激進了生命力躍躍欲出的傾向」〔註27〕，創作是他「生命的淋漓」，「熱腔積中，光華突外」〔註28〕；對接受者而言，則可以藉作品「激起，鼓舞，完成自己的創造」〔註29〕。這與林同濟等戰國策派學人對力的推崇是高度一致的。〔註30〕

〔註23〕林同濟：《我看尼采》，陳銓：《從叔本華到尼采》，在創出版社 1946 年 11 月版，第 5～6 頁。

〔註24〕林同濟：《我看尼采》，陳銓：《從叔本華到尼采》，在創出版社 1946 年 11 月版，第 23 頁。

〔註25〕林同濟：《我看尼采》，陳銓：《從叔本華到尼采》，在創出版社 1946 年 11 月版，第 8 頁。

〔註26〕林同濟：《我看尼采》，陳銓：《從叔本華到尼采》，在創出版社 1946 年 11 月版，第 1 頁。

〔註27〕林同濟：《我看尼采》，陳銓：《從叔本華到尼采》，在創出版社 1946 年 11 月版，第 4 頁。

〔註28〕林同濟：《我看尼采》，陳銓：《從叔本華到尼采》，在創出版社 1946 年 11 月版，第 4 頁。

〔註29〕林同濟：《我看尼采》，陳銓：《從叔本華到尼采》，在創出版社 1946 年 11 月版，第 5 頁。

〔註30〕戰國策派學人對力的推崇，參見林同濟《力！》、陶雲逵《力人——一個人格型的討論》等文章。

二、林同濟《寄語中國藝術人》重釋

　　林同濟的《寄語中國藝術人》是戰國策派的美學綱領。由於該文託詞於薩拉圖斯達，用尼采慣用的箴言體寫成，通篇都是詩意象徵與形象描述，給理解帶來了一定的困難，因而長期遭受誤解、非議〔註 31〕，但究其實質，《寄語中國藝術人》只是對戰國策派學人一貫主張的「悲劇精神」「民族意識」的張揚，「恐怖」「狂歡」「虔恪」三道母題主要是提倡其所謂「悲劇精神」。

　　在《我看尼采》的結尾，林同濟著重指出讀尼采要從整體氛圍上把握其精神實質而不要拘泥於片段和字句：「凱撒林寫他的『創性之悟』云：讀者要把我這本書當作一齣樂曲，並且要從頭到尾，不可片段取娛，因為我的書就像一齣樂曲，目的在給讀者以某種『空氣』。我個人以為瞭解尼采，最好也不要分析其一五一十，最後當它為整個的樂曲聽，沒法於靈感上領略它所賦予的『空氣』……」〔註 32〕林同濟的《寄語中國藝術人》，是模仿尼采的《查拉圖斯特拉如是說》而寫作的，其行文的風格，與尼采著作很為接近，因而林同濟讀尼采的方法對我們讀林同濟的《寄語中國藝術人》很有借鑒意義，我們應該結合戰國策派學人和林同濟本人的一貫主張來理解《寄語中國藝術人》的詩意象徵。

　　戰國策派學人的思想豐富、複雜，但其基本觀點和基本思路可作如下概括：德、意、日等法西斯國家挑起世界性的戰爭，戰國策派學人認為「這乃是又一度『戰國時代』的來臨」〔註 33〕。為適應這「爭於力」的「戰國時代」，他們反思中國文化，發現「目前中國所基本缺乏的乃是活力——個人缺乏活力，民族缺乏活力」〔註 34〕。有鑑於此，他們提出了文化重建的構想，其要

〔註31〕如馮憲光先生《「戰國」派美學思想的淵源》一文就認為林同濟提出的「恐怖」「狂歡」「虔恪」三道母題是「由叔本華、尼采的美學殘渣雜湊而成的」，「從恐怖、狂歡到虔恪，就是從叔本華悲觀主義的痛苦，走向尼采超人哲學的瘋狂，再到達柏拉圖與叔本華合流的對理式的審美靜觀」（重慶地區中國抗戰文藝研究會編：《國統區抗戰文藝研究論文集》，重慶出版社 1984 年版，第 323～332 頁）。

〔註32〕林同濟：《我看尼采》，陳銓：《從叔本華到尼采》，在創出版社 1946 年 11 月版，第 23 頁。

〔註33〕林同濟：《戰國時代的重演》，載 1942 年 3 月 25 日重慶版《大公報》副刊《戰國》第十七期。

〔註34〕林同濟：《卷頭語》，林同濟編：《時代之波》，在創出版社 1944 年版，第 1 頁。

點是用尚力思想提高個人活力，用民族意識增強民族活力。〔註35〕

　　具體到文學藝術之中，尚力思想體現為戰國策派學人對「悲劇精神」的倡導。陳銓對「悲劇精神」有明確的表述：「什麼是悲劇的精神呢？簡單一句話，就是『知其不可為而為之』。人生是悲慘的，命運是殘酷的，悲劇的英雄並不盲目，但是他並不因此畏縮自全，人生命運愈悲慘愈殘酷，悲劇英雄的人格勇氣愈光明愈偉大。」〔註36〕英國美學家斯馬特指出：「如果苦難落在一個生性懦弱的人頭上他逆來順受的接受了苦難，那就不是真正的悲劇。只有當他表現出堅毅和鬥爭的時候，才有真正的悲劇。哪怕表現出的僅僅是片刻的活力、激情和靈感，使他能超越平時的自己。悲劇全在於對災難的反抗，陷入命運羅網中的悲劇人物奮力掙扎，拼命想衝破越來越緊的羅網的包圍而逃奔，即使他的努力不能成功，但心中卻總有一種反抗。」〔註37〕阿·尼柯爾也說：「死亡本身已經無足輕重。……悲劇認定死亡是不可避免的，死亡什麼時候來臨並不重要，重要的是人在死亡面前做些什麼。」〔註38〕朱光潛認為：「對悲劇說來緊要的不僅是巨大的痛苦，而且是對待痛苦的方式。沒有對災難的反抗，也就是沒有悲劇。引起我們快感的不是災難，而是反抗。」〔註39〕現今也有學者持有這樣的觀點：「悲劇是人生災難與厄運的演示，悲劇主人公的遭遇是悲慘的，使人憐憫與恐懼的；但是悲劇的精魂卻是主人公面臨災難與厄運時表現出的那種不向命運屈服，敢於同惡勢力抗鬥的人性精神與生命活力。」〔註40〕從上述諸家的論述來看，他們都是把對災難、厄運、死亡等不可抗拒的命運的抗爭作為悲劇精神的實質的。陳銓對「悲劇精神」的表述與他們的看法不謀而合。「知其不可為」即認識到命運的不可抗拒，「而為」則是對這明知不可抗拒的命運的抗爭。由此看來，陳銓對「悲劇精神」的表述，把握了悲劇精神的實質。

〔註35〕　參見拙文《戰國策派思想述評》，載《重慶師範大學學報》2005 年第 1 期，人大複印資料《中國政治》2005 年第 7 期、《中國現代、當代文學研究》2005 年第 9 期全文轉載。

〔註36〕　陳銓：《戲劇與人生》，大東書局 1947 年版，第 71 頁。

〔註37〕　斯馬特：《悲劇》，轉引自邱紫華《悲劇精神與民族意識》，華中師範大學出版社 2000 年版，第 6 頁。

〔註38〕　尼柯爾：《悲劇論》，轉引自邱紫華《悲劇精神與民族意識》，華中師範大學出版社 2000 年版，第 6 頁。

〔註39〕　朱光潛：《悲劇心理學》，人民文學出版社 1983 版，第 206～207 頁。

〔註40〕　焦尚志：《試論悲劇性》，載《天津社會科學》2003 年第 1 期。

　　基於對悲劇精神的這種認識，戰國策派學人認為中國文藝是缺乏悲劇精神的，在他們看來，正是悲劇精神的缺失，導致中國文藝的柔弱平和。在陳銓看來，即便是中國文藝中「悲劇意味最濃厚」的作品《紅樓夢》也缺乏悲劇精神：「紅樓夢最大的弱點也就是佛家最大的弱點，就是作者的人生觀是出世的，不是入世的。紅樓夢是悲劇，而沒有悲劇的精神。賈寶玉看破紅塵，隨著一僧一道，脫離家庭逍遙法外，這不是真正解決人生的辦法。紅樓夢在藝術手腕上，登峰造極，是天下一部奇書，然而在精神上，它卻不能給我們生活的勇氣。」〔註41〕

　　林同濟《寄語中國藝術人》揭示、針對的也正是中國文藝由於缺乏悲劇精神而導致的柔弱平和：「我看盡你們的畫了——花鳥畫，人物畫，山水畫……不是說山水畫乃是你們獨步人間的創作嗎？誠然，誠然，你們的山水畫有一道不可磨滅的功用———種不可思議的安眠力！」「你們的畫，不是說畫中有詩嗎？唉！詩到如今，難言之矣！你們所謂詩，無病的呻吟，逸興的磈磊。」〔註42〕文章推崇充滿悲劇精神的強力文學：「我勸你們不要一味畫春山，春山熙熙惹睡意。我勸你們描寫暴風雪，暴風雪洌洌攪夜眠。你們所謂詩，無病的呻吟，逸興的磈磊。我的所謂詩，可以興，可以發，可以舞，可以歌！」文中提出的「恐怖」「狂歡」「虔恪」三道母題從不同層面對「悲劇精神」進行了闡發。

　　「恐怖」是對生命悲劇本質的清醒認識。林同濟這樣形象地描繪「恐怖」：「……最後，疲極了，昏迷迷地半合眼，整個身和魂懸蕩在发发的半空……忽然霹靂一劈，雷電從九空罩下，就繞著臥室打滾，燃燒。滂沱，大雨如河倒瀉下，院裏東牆，戛戛幾聲，砰然山崩嶽潰，狗狂叫不已，魔鬼四面跳出。在那連掣紙窗的紫電光中，你抓著薄被子，坐起來，一副錯愕喪色的面孔——恐怖！」林同濟敏銳地感受到了生命的悲劇本質：「恐怖是人們最深入，最基層的感覺。撥開了一切，剩下的就是恐怖。時間無窮，空間也是無窮的。對這無窮的時空，生命看出了自家最後的脆弱，看出了那終究不可倖逃的氣運——死、亡、毀滅。」

　　有人指責林同濟在宣揚生命的灰色，其實林同濟在此談論的並不是某個

〔註41〕陳銓：《戲劇與人生》，大東書局1947年版，第73～74頁。

〔註42〕林同濟：《寄語中國藝術人》，載1942年1月21日重慶版《大公報》副刊《戰國》第八期。本篇引用該文，不另作注。

具相，而是生命所共有而難以變更的狀態，個體生命與無限宇宙的永恆矛盾：現象界裏萬物變遷，生老病死，一切被創造出來的又不可抗拒地被毀滅掉，作為個體的人終究不免一死，任何人都不能超越時間之維，與宇宙同在。如果無視這一點，只是膚淺的樂觀。在此，林同濟清醒地認識到了生命的悲劇本質，這種悲劇，不是由個人和時代造成的，而是宇宙的本質如此，個人和時代的原因，尚可補救，宇宙的本質如此，無法變更。

　　林同濟大談「恐怖」，叩問生命的悲劇本質，是為了結束傳統文學「一味的安眠」，警醒國人，「突破歷史遺留的羅網而涵育出一朵新階段的文化之花」〔註43〕。在他看來，「恐怖是生命看到了自家最險暗的深淵：它可以撼動六根，可以迫著靈魂發抖。弟兄們呵！你們的靈魂到如今，需要發抖了！能發抖而後能渴慕，能追求。發抖後的追求，才有能力創造。我看第一步必需的工夫，是要從你們六根底下，震醒了那一點創造的星火。」

　　「狂歡」是對生命悲劇的不屈抗爭。林同濟運用叔本華悲觀主義哲學觀念大談「恐怖」，但他並沒有像叔本華一樣在生命悲劇前退縮，而是從叔本華的悲觀主義走向了尼采的樂觀主義，他要在生命悲劇前奮起抗爭，用悲劇精神追求最高度的生命力，在生命的舞蹈與揮霍中「狂歡」。「恐怖是無窮壓倒了自我，狂歡是自我鎮伏了無窮。」最高度生命力的不斷追求，「自我」與「無窮」的反覆斗法，終於讓「狂歡」超越了「恐怖」：『『我思故我在』，我在故我能！『我能，我能』！拍案大叫，踢開門，大步走出來，上青天，下大地，一片無窮舞蹈之場。挺著胸呼吸，不發抖，不怕什麼，你把握著自家，你否認了恐怖。你腳輕，你手鬆，你摸著宇宙的節拍，你擺腰前蹈，你聳身入空，你變成一隻鳥，一個駕翼的安琪兒，翩躚，旋轉。擺脫了體重的牽連。上下四方，充溢了陽光——豐草，花香，噴湧甘泉，俄聽得均天樂繞耳響。你眼花，你魂躁，你忍不住放聲叫，唱，唱出來你獨有之歌腔，追隨著整個宇宙奔馳，激起，急轉，滑翔！你和宇宙打成一片，不！你征服了宇宙，要變成宇宙本身。」「狂歡！狂歡！它是時空的恐怖中奮勇奪得來的自由亂創造！沒嘗過恐怖的苦味的，永遠嘗不到狂歡的甜蜜。」「狂歡是流線交射，是漩渦匯集，是萬馬騰驤，是千百萬飛機閃電。狂歡是動，是舞———一氣貫下的百段旋風舞。」「狂歡是鏗鏘雜沓，是鑼鼓笙簧，是狼嗥虎嘯，揉入了燕語鶯歌，是萬籟奮

〔註43〕林同濟：《卷頭語》，林同濟、雷海宗：《文化形態史觀》，大東書局1946年版，第5頁。

發齊鳴，無所謂節奏而自成節奏。狂歡是音樂，是交想曲的高浪頭。」

　　林同濟用亢奮的語言盛讚「狂歡」，實際上讚美著對生命悲劇不屈抗爭的人生態度。他慨歎大多數中國人生命力羸弱，經過「數千年的『修養』與消磨」後，「已失去了狂歡的本領了」。生命要在不斷向悲劇命運、向死亡抗爭中顯示自身價值，面對空前的災難，中華民族決不能失去勇剛的血性！

　　林同濟說畫狂歡時「不要忘了醉酒之香，異性之美」，這一點也容易為人詬病，其實這也是一種象徵，我們不能「拘泥咬字句」。正如莊子說「聖人不死，大盜不止」並非真要殺聖人一樣，「醉酒之香，異性之美」也不是真叫我們去縱慾，只是表明要讓生命的力量盡情釋放。

　　「虔恪」是對生命意義的終極關懷。「狂歡是自我毀滅時空，自我外不認有存在。虔恪呢？虔恪是自我外發現了存在，可以控制時空，也可以包羅自我。」在「自我」與「時空」之外，發現了一個「絕對體」，「它偉大，它崇高，它聖潔，它至善，它萬能，它是光明，它是整個」，「虔恪」就是對這「神聖的絕對體」的「嚴肅肅屏息崇拜」。

　　以往有人認為「虔恪」就是要人民服從於蔣介石，服從於國民黨政府，這是經不起推敲的。林同濟的自由知識分子立場使他對國民黨當局的弊政頗有微詞〔註44〕，他又怎會把蔣介石和國民黨政府當作神聖的絕對體來崇拜？再說蔣介石和國民黨政府也談不上「控制時空」「包羅自我」。

　　林同濟的《請自悔始》《民族宗教生活的革創》為我們理解「虔恪」提供了很好的注腳。《請自悔始》認為：愛與恨之外，還要有「悔」，悔就是自省，悔分小悔、大悔，大悔是「由『行為』的檢查而進到自己整個的『生命本體』的估量，拿愛與恨的熱火向自己整個的存在價值，來一度徹底的探照」，「探照」的結果是產生了「一方面自感身世的有限性，一方面又肯定生命是個大可能，是個大機會」的「謙憫」感。大悔又是「自我的超越」，「超越」的結果是可被稱為「絕對」「上帝」「自然」「道」「無窮」的「那無限性的體相，剎那間要掠過你的靈魂」，「你乃覺得有了『無所不能』的一物在，所以自我仍為其物的一部，而不失為宇宙的必需。蓋所謂無能而不敢不有能，不圓而不禁要求圓者」。〔註45〕《民族宗教生活的革創》則認為「自我」與「無窮」鬥法時，「自我」會產生「恐怖」感，「但，如果還有勇氣支撐下去，征服了恐怖，則恐怖下可

〔註44〕參見其《中飽》等文。
〔註45〕林同濟：《請自悔始》，《時代之波》，在創出版社1944年版，第92～94頁。

以漸漸透出笑容，襯托出小體對大體所必生的一種愛慕與嚮往，於是而謳歌之，膜拜之，奔赴皈依之，到了最後，一種融融渾渾的至妙意境可以呈現，在耶教叫做互契 Comnunion，在佛教叫做證會，就是合一」。〔註46〕由此看來，林同濟頂禮膜拜的「絕對體」就是宇宙，「虔恪」就是對生命意義的終極關懷、形而上思考，正是在這種終極關懷、形而上思考中，實現了對個體生命的超越，感受到了生命與宇宙的和諧統一，達到了天人合一的審美境界。不錯，個體生命可以毀滅，但主宰著芸芸眾生的生命力卻長存不朽，它不受時間和空間的制約，使人類在整體上波瀾壯闊地向前發展，綿綿無絕期。正是在這個意義上，對不可改變的生命悲劇的抗爭才有其價值，若無類的延續，個體又何以保持其「悲劇精神」作不屈的抗爭，又何必作徒勞的掙扎？

按照戰國策派學人的設想，在中國文藝中灌注「悲劇精神」，可以提高中國人個體生命的活力。但是他們也看到了「西洋過去那種『活力亂奔』的流弊」〔註47〕，因此他們在倡導「悲劇精神」的同時，又以「民族意識」匡扶之，他們希望為個體生命的活力找到一個彙集點、一個歸宿，把個體生命的活力納入國家民族的軌道中，讓「力」得到「馴服」的「運用」，提高整個民族的活力。

林同濟是一貫重視對民族意識的培植的。在他看來，中國長期處於「無外無別」、以「大同」為理想的「大一統帝國階段」，是非常缺乏民族意識的，可是世界政治的演變把中國推到了「大戰國時代」，「大戰國時代的特徵乃在這種力的較量，比任何時代都要絕對地以國為單位」〔註48〕，在這種情況下，民族意識至關重要。正因為如此，林同濟很認同當時「國家至上，民族至上」的口號，其倫理觀上的「忠為第一」〔註49〕思想倡導忠於國家、民族，培植的也是一種民族意識，他企圖掀起的「第三期的中國學術思潮」內容之一也是以民族意識取代五四時期的個人意識、二三十年代的階級意識〔註50〕。

〔註46〕林同濟：《民族宗教生活的革創》，《時代之波》，在創出版社 1944 年版，第102 頁。

〔註47〕林同濟：《卷頭語》，林同濟、雷海宗：《文化形態史觀》，大東書局 1946 年版，第4 頁。

〔註48〕林同濟：《柯伯尼宇宙觀》，載 1942 年 1 月 14 日重慶版《大公報》副刊《戰國》第七期。

〔註49〕林同濟：《大政治時代的倫理》，載 1938 年 6 月 15 日《今論衡》第一卷第五期。

〔註50〕林同濟：《第三期中國學術思潮》，載 1940 年 11 月 1 日《戰國策》第十四期。

　　林同濟《寄語中國藝術人》在提倡「悲劇精神」的同時，對「民族意識」也有所張揚。文章清醒地認識到中國人缺乏真正的崇拜：「弟兄們！四千年的聖訓賢謨，也為你們發現了一個絕對體沒有？你們所謂神聖的是什麼？你們所屏息崇拜的在那裡？」「唉！我訪遍了你們的赫赫神州，還沒有發現過一件東西，你們真正叫做神聖，叫做絕對之精！殿，廟，經，藏，天神，國家，女性，榮譽，英雄之墓，主義之花，……在那一個前面，你們真曉得嚴肅肅合掌？在那一個背後，你們不伸出你們那穢膩的指頭，哼出你們那虛無的鼻中笑？」〔註51〕林同濟明白，對於這樣一個只有現實之懼而無心靈之畏的民族，如果聽任個體生命活力無限膨脹，勢必會走到另一個極端，像西洋文化一樣出現「活力亂奔」的毛病。因而他在談論「狂歡」時沒有忘記強調：「如果你們畫中有詩，願這詩不是三五字的推敲，而是整部民族史的狂奏曲！」可見其「悲劇精神」是以「民族意識」為指歸的。

〔註51〕林同濟：《寄語中國藝術人》，載 1942 年 1 月 21 日重慶版《大公報》副刊《戰國》第八期。

第十三章　陳銓抗戰時期的文學追求

　　陳銓堪稱中國現代文學史上的一位風雲人物，其文學成就是多方面的：
他創作了《天問》《狂飆》等多部小說，司馬長風將其與巴金、老舍、茅盾、
沈從文、李劼人、蕭軍並列為「中長篇小說七大家」〔註1〕；他編寫了《野玫
瑰》《黃鶴樓》《金指環》《無情女》《藍蝴蝶》等大量劇本，在抗戰時期的大後
方造成了不小的轟動；他創辦《民族文學》，倡導「民族文學運動」，在文學史
上留下了一個爭論不休的話題；他用德文完成的博士論文《中德文學研究》，
全面評述了中國小說、戲劇、抒情詩在德國的傳播和影響，「譯成中文後一版
再版，被公認為中國比較文學特別是中德比較文學研究的一部奠基之作」〔註
2〕；他出版專著《戲劇與人生》《文學批評的新動向》，探討了戲劇創作與文
學批評等重要理論問題，提出了自己獨到的看法。

　　作為戰國策派的主將之一，陳銓在抗戰時期是有著明確的文學追求的，
其文學追求特別集中地表現在對「民族文學運動」的倡導、對文學批評新動
向的把握和對文化式批評的嘗試，本章擬選對此進行述評。在陳銓抗戰時期
的文學活動中，「民族文學運動」影響最大，爭議也最多，文化式批評最富個
性，最具特色，我們或許可以由此加深對陳銓的認識和理解。

一、「民族文學運動」的倡導

　　陳銓抗戰時期的文學追求之一是掀起「民族文學運動」，以「民族文學」
取代個人主義的文學和社會主義的文學。

〔註1〕參見司馬長風《中國新文學史》中冊目錄，（香港）昭明出版社 1978 年版。
〔註2〕楊武能：《「圖書管理員」陳銓》，載 2006 年 1 月 6 日《文匯讀書週報》。

　　1940 年代初，陳銓在重慶連續發表《文學運動與民族文學》《民族文學運動》《民族文學運動的意義》《民族文學運動試論》等一系列文章，創辦《民族文學》雜誌，倡導「民族文學運動」，並且身體力行，創作了一批「民族文學」作品。

　　陳銓提倡的「民族文學」，以「民族意識」作為根基。在陳銓看來，所謂「民族意識」，就是一個民族感覺到本民族和他民族的不同，「而且這一種不同的地方正是他們自己可以驕傲的地方」；所謂「民族文學」，就是充滿了強烈的民族意識的文學，「只有強烈的民族意識才能產生真正的民族文學」。他認為民族意識和民族文學是相輔相成的關係，「民族意識是民族文學的根基」，「民族文學又可以幫助加強民族意識，兩者互相為用，缺一不可」。〔註 3〕

　　陳銓提出「民族文學運動」的口號，努力尋找「民族文學運動」合理性、必要性的學理依據。

　　首先，他從文學藝術的性質入手進行闡發。他認為哲學科學求同、文學藝術求異，文學藝術的本質在於求異，價值在於特殊：「哲學科學的目的，是要尋求人類世界普遍的真理，文學藝術的目的，是要描寫人類世界特殊的狀態。哲學科學家研究的結果，必須要能夠『放諸四海而皆準，俟諸百世而不惑』，要不然他的結果本身就站不住，旁的哲學科學家，就得要修正它，推翻它。……至於文學藝術，性質根本兩樣。它並不要尋求普遍的真理，它只找出當時此地的某一種特殊現象，把它用藝術的形式描寫出來。只要現象特殊，文學藝術家能夠把特殊的狀態鮮明表現，他的結果就是成功的，完整的，用不著任何人修正，更用不著任何人推翻。」「哲學科學求同，文學藝術立異，求同而不得同，別人可以攻擊，立異而真正得異，別人無法推翻。」「哲學科學家要建設抽象的觀念，文學藝術家要表現具體的事物，抽象的觀念是超時空的，具體的事物，一定要有時空的限制，才能呈現它們本身的特點。譬如一個人，是張三還是李四，他聲音笑貌，一切特殊的狀態，在哲學科學家眼光中間，並不重要；他們要研究的，是這一個人和其他的人共同的關係，再應用這一些共同的關係到全人類，道德修養，思考形式，身體構造，心理種類，都不是這一位特別人物的事情，文學藝術家對於這一些問題，有時也發生興趣，甚至於利用這一些問題，在作品裏表現出來，但是他們表現的形式決不是抽象的觀念。這一個人，一定是往古至今，上天下地，惟一無二的人；

〔註 3〕陳銓：《民族文學運動》，載 1943 年 7 月 7 日《民族文學》第一卷第一期。

他必須要有血有肉有靈魂，他要呼吸，他要生存！我們能夠想像他，感覺他；他特殊的性格，特殊的心境，特殊的形狀，特殊的時代環境，特殊的問題，都活靈活現。」「哲學科學求同，文學藝術求異；哲學科學是抽象的，文學藝術是具體的；哲學科學要超時空，文學藝術要表時空；哲學科學家的目的，在尋求人類世界普遍的真理，文學藝術家的目的，在描寫人類世界特殊的狀態。所以哲學科學愈普遍愈近真理，文學藝術愈特殊愈有價值。」〔註4〕正是基於這種文學藝術「求異」的認識，陳銓認為只有民族文學才對世界文學有貢獻：「一個人要認識自我，才能夠創造有價值的文學，一個民族也要認識自我，對於世界文學然後才有真正的貢獻。」「一個民族有特殊的血統，特殊的精神，特殊的環境，特殊的傳統風格。假如一個民族不能夠把它的種種特殊之點，在文學裏盡情表現出來，成天鎮日，專心一意去摹仿旁的民族的文學，那麼它的文學，一定只有軀殼，沒有靈魂，只有形式，沒有內容，枯燥無味，似是而非，不但文學是沒有價值的文學，民族也是沒有出息的民族。」「世界文學史上並不需要完全相同的摹仿，它需要嶄新的創造，一個民族的文學要能夠永垂不朽，必須要把自己表現出來。搖旗吶喊，跟著別人走，不但心勞日拙，窮極無聊，而且東施效顰、醜態百出。」「所謂世界文學，並不是全世界清一色的文學，或者某一個民族領導，其餘的民族仿傚的文學，乃是每一個民族發揚自己，集合攏來成功一種文學。我們可以說，沒有民族文學，根本就沒有世界文學。」〔註5〕

　　其次，他從對文學的制約因素入手進行論述。在陳銓看來，時間和空間是制約文學的兩大因素，時間就是時代的精神，空間就是民族的性格。陳銓認為「自從五四運動以來，中國的思想界經過三個明顯的階段：第一個階段是個人主義，第二個階段是社會主義，第三個階段是民族主義」，在目前的第三個階段，「中國思想界不以個人為中心，不以階級為中心，而以民族為中心，中華民族第一次養成極強烈的民族意識」。因此，從時間（時代的精神）這一角度來看，民族文學運動應該應運而生，「現在政治上民族主義高漲，正是民族文學運動最好的機會」。〔註6〕陳銓認為每個民族都有自己特殊的血統、特

〔註4〕陳銓：《文學運動與民族文學》，載1941年11月10日《軍事與政治》第二卷第二期。
〔註5〕陳銓：《民族文學運動》，載1943年7月7日《民族文學》第一卷第一期。
〔註6〕陳銓：《民族文學運動》，載1943年7月7日《民族文學》第一卷第一期。

殊的環境、特殊的語言、特殊的心理、特殊的風俗、特殊的性格,「一個文學家應該認識自己是那一個國度的人,站在自己的立場,把民族性儘量表露出來」〔註7〕,因此,從空間(民族的特性)這一角度來看,民族文學運動的提倡也有其合理性。

再次,他還從世界各國文學史中尋找「民族文學運動」得以成立的佐證。他考察了歐洲各主要國家的文學史,得出結論:「各國的文學都經過了民族文學運動的階段,而民族文學的發達,首先由於民族意識的覺醒。」〔註8〕陳銓又把眼光從世界收回到中國。在他看來,「因為沒有旁的國家文化,可以同它抗衡」,古代的中國人「沒有民族意識的需要」,〔註9〕自鴉片戰爭至辛亥革命,中國人的民族意識有了一定的基礎,但五四運動以後,個人主義、社會主義相繼風行,民族意識反而被削弱,直至抗戰開始,中華民族才「第一次養成極強烈的民族意識」。陳銓認為五四運動以來的中國新文學與時代主潮有著密切的聯繫。個人主義盛行時,「一般的文學作品,所要表現的,都是個人問題;就是政治社會問題,也站在個人的立場來衡量一切,這一種思想文學,對於打破舊傳統貢獻是很偉大的,但是對於建設新傳統,它卻是不切實的」,這一階段的文學,大部分摹仿西洋,「詩歌學美國的自由詩,戲劇尊崇易卜生的問題劇,一部分浪漫主義中間包含的感傷主義,彌漫於各種文體之間」。社會主義盛行時,大家追求的是政治平等、經濟平等。「經濟是一切問題的中心,社會主義是解決的方法」。這一階段的文學,仍然是摹仿外國,「俄國的作家成了最時髦的作家,描寫的對象,說來說去永遠離不了階段鬥爭」。日寇入侵以後,民族主義取代了個人主義、社會主義,「我們可以不要個人自由,但我們一定要民族自由;我們當然希望全世界的人類平等,但是我們先要求中國人和外國人平等」。在這樣一個民族意識高漲的年代,中國一定會產生有著「偉大的將來」的民族文學。〔註10〕

在對「民族文學運動」的合理性、必要性進行論述後,陳銓進一步提出

〔註7〕陳銓:《民族文學運動試論》,載 1942 年 10 月 17 日《文化先鋒》第一卷第九期。

〔註8〕陳銓:《文學運動與民族文學》,載 1941 年 11 月 10 日《軍事與政治》第二卷第二期。

〔註9〕陳銓:《文學運動與民族文學》,載 1941 年 11 月 10 日《軍事與政治》第二卷第二期。

〔註10〕陳銓:《民族文學運動》,載 1943 年 7 月 7 日《民族文學》第一卷第一期。

了「民族文學運動」的原則和意義：第一，民族文學運動不是復古的文學運動。新時代有新時代的思想，民族文學可以盡情表現；新時代有新時代的語言，民族文學不能「回復到文言」；新時代有新時代的環境，民族文學「應當就地取材，不能再在故紙堆中，去描寫與現代無關的陳腐對象」；新時代有新時代的形式技術，民族文學「詩歌不必遵守舊的格律，戲劇不必墨守成規，小說盡可廢棄章回，散文更不必恢復桐城，揣摩史漢」。第二，民族文學運動不是排外的文學運動。「一個民族的文學，性格要特殊，內容要豐富」，「需要旁的民族的文學來充實它，培養它」，「對於外來的文學，不能奴隸式仿傚，也不能頑固地拒絕」。第三，民族文學運動不是口號的文學運動。「民族文學運動需要埋頭創造，用有形的方式，表現高尚的思想，最好是不用口號，惹人嫌厭」。第四，民族文學運動應當發揚中華民族固有的精神。這種固有的精神就是戰鬥的精神、道德的精神。第五，民族文學運動應當培養民族意識。民族文學運動最大的使命就是「要使中國四萬萬五千萬人，感覺他們是一個特殊的政治集團。他們的利害相同，精神相通，他們需要共同努力奮鬥，才可以永遠光榮生存在世界。他們有共同悠久的歷史，他們驕傲他們的歷史，他們對於將來的偉大創造，有不可動搖的信心。對於祖國，他們有深厚的感情，對於祖國的獨立自由，他們有無窮的渴想。他們要為祖國生，要為祖國死，他們要為祖國展開一幅浪漫，豐富，多彩，精彩，壯烈的人生圖畫」。第六，民族文學運動應當有特殊的貢獻。「要採中國的題材，用中國語言，給中國人看。這三個原則，是民族文學運動的規矩準繩，中國作家不容忽視」。〔註11〕

　　陳銓以「民族意識」作為唯一標準來評價五四以來的新文學，結論有失公允，但也確實擊中了其過於歐化的弱點。他對「民族文學運動」合理性、必要性的論述，是具有一定學理性的。從中國現代文學自身的發展實際來看，在努力與世界文學接軌的同時又繼承、發揚自身的民族特點，在世界性與民族性之間求得一種平衡，不失為一種比較理想的選擇。在日本帝國主義大規模入侵、中華民族奮起抗戰的年代裏，陳銓提倡以「民族意識」為根基的「民族文學」，其現實意義也是很明顯的。他清醒認識到「政治和文學，是互相關聯的。有政治沒有文學，政治運動的力量不能加強」〔註12〕，「要達成一種政

〔註11〕陳銓：《民族文學運動》，載 1943 年 7 月 7 日《民族文學》第一卷第一期。
〔註12〕陳銓：《民族文學運動》，載 1943 年 7 月 7 日《民族文學》第一卷第一期。

治任務，需要文學的幫忙」〔註13〕，他倡導「民族文學運動」，就是為了服務於抗戰救國這一當時最大的「政治」。當然，對於如何開展「民族文學運動」，陳銓也並沒有能夠提出非常切實、具體的主張。

儘管陳銓提出的「民族文學」未能形成轟轟烈烈的「運動」，但陳銓本人卻在「民族文學」的旗號下創作了大量文學作品，部分地實現了自己的文學追求。抗戰時期陳銓創作的文學作品有獨幕劇《婚後》《自衛》《衣櫥》、多幕劇《野玫瑰》《金指環》《藍蝴蝶》《無情女》《黃鶴樓》及長篇小說《狂飆》等，這些作品無一例外地都以抗戰救國為主題，強調的是「民族意識」「國家意識」，在國家民族利益面前，主人公都甘願犧牲個人情感甚至生命，以盡忠國家民族。四幕劇《野玫瑰》中，女主人公夏豔華為了刺殺偽北平政委會主席王立民，忍痛離開自己深愛的戀人，以身事敵，嫁給王立民這個大漢奸，後來發現利用王立民可以刺探情報，又改變計劃，忍辱負重地與王立民一起生活了兩年，以「主席太太」的身份從事著秘密工作。她不顧惜「任何的犧牲」，不追悔逝去的愛情與青春，「要同中華民族千萬英勇的戰士，手拉著手，向著民族解放的大目標前進」！王立民這個有著鐵的意志、鐵的手腕的漢奸，終究抵擋不住如怒潮般排山倒海地衝來的「中國四萬萬五千萬人的民族意識」，從精神到肉體都徹底崩潰了。三幕劇《金指環》中，尚玉琴為了消除國軍旅長馬德章和偽軍軍長劉志明之間的誤會而服毒自盡，馬、劉冰釋前嫌，劉志明率軍反正，二人共赴國難。作者借美國記者之口，發出讚歎：「中華民族，真是一個了不起的民族！」四幕劇《藍蝴蝶》中，主人公們有「個人的理想」，更有「國家的理想」，在「每一個國民都負得有拼命的責任」的「中華民族的生死關頭」，他們「為了國家，把個人的一切，完全拋棄」，音專教授秦有章、租界法官錢孟群這一對情敵，把個人的一切置之度外，利用自己的特殊身份，在租界合力進行著剷除漢奸的工作，秦有章被害身亡，錢孟群身受重傷，傷癒後繼續鬥爭。三幕劇《無情女》中，樊秀雲自從以身許國後，「就立誓作一個『無情女』了」，她以歌女的身份從事著「地下工作」，利用日本高級顧問川田、北平偽警察廳長陳玉書、北平偽市政府委員王則宣對她的「情」，玩弄敵人於股掌之間，成功地處死了王則宣、川田，將游擊隊需要的槍彈偷運出城，從前的男友、現在的游擊隊員沙玉清盛讚秀雲：「但是你的無情，就

〔註13〕陳銓：《民族文學運動試論》，載 1942 年 10 月 17 日《文化先鋒》第一卷第九期。

是有情。誰又能夠像你對中華民族那樣有情呢？」陳銓較重要的「民族文學」創作，還有表現日寇入侵時鄉民奮起自衛的獨幕劇《自衛》、描寫中國空軍「鐵鷹隊」與日軍血戰的五幕劇《黃鶴樓》、展示「從個人的『狂飆』達到民族的『狂飆』」的長篇小說《狂飆》等。

不容否認，抗戰時期的陳銓對馬克思主義、唯物史觀存在一定的偏見，他甚至公開反對階級意識，認為站在階級立場的人「是沒有多少民族觀念的，祖國不祖國，他們並不十分關心」〔註14〕，其思想的侷限性十分明顯。但在弱小民族反抗暴敵入侵的時候，他提倡民族意識，應該說是無可指責的。民族意識過了頭，變成了大民族主義、民族沙文主義、種族主義，當然也會帶來災難，但陳銓所提倡的基本上是平等型民族主義，對損害他民族利益的侵略行徑，他是持否定態度的：「兩種立場（指階級和國家民族兩種立場——引者注），都有流弊：後一種立場充分發展，很容易使民族驕傲，遇著野心家執政，也許會變成侵略的國家。德國日本意大利，是最明顯的例。」〔註15〕「希特拉（即希特勒——引者注）的納粹主義，就是德國人也有反對的。」〔註16〕陳銓的「民族文學」創作，也是以平等型民族主義為特質的，從未宣揚過對其他民族的歧視、侵略。

過去曾有人指斥陳銓的「民族文學」創作為「色情文學」「特務文學兼地主文學」，這不是一種實事求是的態度。我們遍觀陳銓的「民族文學」創作，並不能發現絲毫色情成分，如果僅僅因為這些作品常常設置一條愛情副線，就指斥其為「色情」，今天的讀者是無論如何也不會認同的。愛國軍民的正面抗戰當然需要文學作品大力表現，但是敵後的「地下工作」又為什麼不能表現呢？每個作家都有其擅長的題材，僅僅因為陳銓刻畫了夏豔華、樊秀雲等「地下工作者」，就指斥其作品為「特務文學」也是無稽之談。抗戰爆發後，正如工農之中也會有個別賣身事敵者一樣，士紳之中當然也不乏奮起抗戰者，僅僅因為《自衛》表現了愛國鄉紳的奮起自衛就稱陳銓的作品為「地主文學」，同樣不值一駁。

陳銓特別重視作品的「結構」，講究作品的「趣味」，他倡導「民族文學運動」時期的大多數作品都採用雙重線索，情節跌宕起伏，人物性格鮮明，

〔註14〕陳銓：《兩種分法》，載 1943 年 7 月 7 日《民族文學》第一卷第一期。
〔註15〕陳銓：《兩種分法》，載 1943 年 7 月 7 日《民族文學》第一卷第一期。
〔註16〕陳銓：《狂飆時代的德國文學》，載 1940 年 10 月 11 日《戰國策》第十三期。

語言哲理性和抒情性兼備，在概念化、公式化傾向較嚴重的當時算得上是藝術成就較高的了，因而這些作品很受歡迎，《野玫瑰》還曾被改編為電影《天字第一號》而轟動一時。當然，這些作品也並非十全十美，如略顯雷同就是其弊病之一，不過我們似乎不能苛求在戰火中寫作的作家。

比較一下陳銓倡導的「民族文學運動」與1930年代初期的「民族主義文藝運動」，或者可以加深對其的認識。

1930年代初期，國民黨御用文人曾發起「以民族意識為中心的文藝運動」──「民族主義文藝運動」。第一次大革命失敗後，階級鬥爭空前激烈，國民黨當局在文化上推行以封建、買辦、法西斯思想為主要內容的文化專制主義，實施「黨治教育」，希望以三民主義統一思想。「民族主義文藝運動」的提倡，就是他們企圖「統一思想」的重要舉措之一。1930年6月1日，潘公展、朱應鵬、王平陵、黃震遐、范爭波、傅彥長等「中國民族主義文藝運動者」發表《民族主義文藝運動宣言》，危言聳聽地說「中國文藝界近來深深地陷入畸形的病態的發展進程中」，將要「傾圮」了，而造成這一危機的原因在於「多型的對於文藝底見解」「缺乏中心的意識」，突破危機的唯一辦法「是在努力於新文藝演進進程中底中心意識底形成」，這個中心意識即是「民族意識」。該宣言拉拉雜雜，力圖用古今中外的文學現象來證明「文藝的起源──也就是文藝底最高的使命，是發揮它所屬的民族精神和意識」，「文藝的最高意義，就是民族主義」。〔註17〕隨後，他們在上海出版《前鋒週報》《前鋒月刊》《現代文學評論》，在南京、杭州等地出版《開展》《橄欖》《流露》《長風》等到刊物，炮製了一系列所謂理論文章和大量文學作品，形成了一股「民族主義文藝」思潮。

「民族主義文藝運動」與「民族文學運動」形同而實異。表面上，它們都主張以民族意識取代階級意識，是相同的；實質上，它們在性質、目的等方面有著根本的差別。

如上文所述，陳銓的「民族文學運動」提倡的民族意識，是被侵略民族反侵略的民族意識，他所宣揚的民族主義，是平等型的民族主義，這些都有其歷史進步性。但是「民族主義文藝運動」卻有著二重性的特點，一方面其固然具有反侵略的一面，另一方面其提倡的「民族意識」更多地是一個人種

〔註17〕《民族主義文藝運動宣言》，載1930年10月10日《前鋒月刊》第一卷第一期。

毀滅另一人種的所謂「民族意識」,其宣揚的「民族主義」是更多地留有法西斯主義印跡的所謂「民族主義」。他們精心製作的《民族主義文藝運動宣言》對民族作如下界定:「民族是一種人種的集團。」〔註18〕在他們看來,民族是以「人種」作為劃分標準的,正是基於這樣的認識,被他們譽為「東方的拜倫」的黃震遐才津津樂道於漢、韃靼、女貞、契丹四族武士組成黃色人種的聯軍,在同屬黃色人種的蒙古武士、成吉思汗的孫子拔都的統帥下,「西征」到俄羅斯去殺「白奴」:「恐怖呀,煎著屍體的沸油;/可怕呀,遍地的腐骸如何凶醜;/死神捉著白姑娘拼命地摟;/美人蟆首變成獰猛的髑髏;/野獸般的生番在故宮裏蠻爭惡鬥;/千年的棺材泄出它凶穢的惡臭;/十字軍戰士的臉上充滿了哀愁;/鐵蹄踐著斷骨,駱駝的鳴叫變成怪吼;/上帝已逃,魔鬼揚起了火鞭復仇;/黃禍來了!黃禍來了!/亞細亞勇士張大吃人的血口。」可惜的是,這些黃色人種的武士自相殘殺,亞細亞勇士「吃人的血口」未能一口吞盡「白奴」就為歐羅巴的武士所乘,詩人黃震遐對此扼腕歎息,再三詠歎「團結的力量」。(《黃人之血》)更令人叫絕的是,以黃色人種自詡的「青年軍人」黃震遐竟然可以將自己冥想為白皮膚高鼻樑的法國「客軍」心安理得地參加軍閥混戰:「每天晚上站在那閃爍的群星之下,手裏執著馬槍,耳中聽著蟲鳴,四周飛動著無數的蚊子,那樣都使人想到法國『客軍』在菲洲沙漠裏與阿拉伯人爭鬥流血的生活。」(《隴海線上》)因為把自己冥想為法國「客軍」,所以「看得周圍的老百姓都是敵人,要一個一個的打死」〔註19〕,反正死的是阿拉伯人,並不足惜。雖然潘公展、葉秋原等極力掩飾,聲稱他們的民族主義不同於大日耳曼主義、大斯拉夫主義〔註20〕,是「主張一切民族有自決的權利的主義」〔註21〕,「民族主義文藝」的法西斯主義印跡卻十分明顯。萬國安的《國門之戰》描寫了對俘虜的虐殺:「旅副叫我先收拾一個,我那時吃了點高粱酒,並且看見了仇人是很喜歡殺掉他們,我用了一把大斧,掄起來照著綁在屋裏左邊上的長黑鬚髮的人的太陽上就是一下,差不多砍到

〔註18〕《民族主義文藝運動宣言》,載1930年10月10日《前鋒月刊》第一卷第一期。

〔註19〕晏敖(魯迅):《「民族主義文學」的任務和運命》,載1931年10月23日《文學導報》第一卷第六、七期合刊。

〔註20〕潘公展:《從三民主義的立場觀察民族主義的文藝運動》,載1930年7月18日《中央日報》第一版。

〔註21〕葉秋原:《民族主義文藝之理論的基礎》,連載於《前鋒週報》1930年8月10日第八期、8月17日第九期。

鼻樑上了，那個人的頭上著了這一斧，太陽立時陷落下去，斧刃的四周都成了白色，我把斧子拿下來，紫黑的血跟著就飛射出來，那人臨死的哀鳴也就很小而短促的一叫就完了。」這樣嗜血成性地屠殺異族，不是滅絕人性的法西斯主義又是什麼？

陳銓在國難當頭之時提倡「民族意識」，目的在於把個體生命的活力彙集到國家民族上，提高整個民族的活力，為民族救亡和文化重建服務。雖然他對政治的複雜性缺乏必要的認識，但他止內爭禦外侮的願望是良好的。也沒有任何資料表明他提倡「民族文學運動」是出自國民黨當局的授意，他是以一個自由知識分子的身份活躍在文壇的。「民族主義文藝運動」則不同，它是在國民黨當局的直接指使和支持下進行的，其主要成員都同國民黨有很深的關係。他們分別從國民黨中央組織部和南京市黨部取得津貼〔註22〕。受國民黨豢養，自然要為國民黨效力，正如潘公展所說，「新中國的創造，除了靠那真有三民主義訓練的國民革命軍以外，中國的文藝作家實在是第二重要的」〔註23〕，「民族主義文藝運動」是配合國民黨的軍事圍剿而在文化戰線對蓬勃興起的左翼文藝進行的文化圍剿，在土地革命風起雲湧、階級鬥爭的形勢異常尖銳之時，他們混淆視聽，鼓吹以「民族意識」取代日益深入人心的階級意識，其目的在於反共反蘇，為維持鞏固國民黨的統治服務。關於這一點，茅盾、魯迅當時就有深刻的揭示，在此不贅。

二、文學批評新動向的把握和文化式批評的嘗試

抗戰時期陳銓涉足文學批評，陸續發表了《中國文學的世界性》《尼采與紅樓夢》《盛世文學與末世文學》等一批論文，1943年5月又由正中書局出版了專著《文學批評的新動向》，他此時的另一個文學追求是把握文學批評的新動向。

《文學批評的新動向》共分「理論的建設——新的基礎」「過去的評價——中國文學對於世界的貢獻」「異邦的借鏡——德國狂飆運動」「偉大的將來——意志哲學」四章，看來陳銓是將他所崇奉的意志哲學作為「文學批評的新動向」的，這一點並未被後來的批評史實踐所證實。但陳銓在對文學批評

〔註22〕思揚：《南京通訊——三民主義的與民族主義的文學團體及刊物》，辛予：《一九三一年南京文壇總結算》，均載 1932 年 5 月 25 日《矛盾月刊》第二期。
〔註23〕潘公展：《從三民主義的立場觀察民族主義的文藝運動》，載 1930 年 7 月 18 日《中央日報》第一版。

進行理論和實踐探討時，卻把文化式批評引入到抗戰時期的文學批評之中，
拓展了文學批評的領域，豐富了中國現代文學批評的理論與實踐體系，這是
陳銓文學批評的獨特意義所在。

　　所謂文化式批評，指的是用文化式標準來進行文學批評，闡發文學作品
獨特的文化意義。進行文學批評，首先就有一個批評標準的問題。陳銓曾經
從古今中外的文學批評理論與實踐中，歸納出他所認為的文學批評的四種標
準：其一，修辭式。修辭式注重在「文章」，「一種文學作品到手，批評家立刻
就努力去分析研究這一種作品，在修辭方面有多大的成功」。修辭式在細緻分
析作品的表現手法方面，是成功的，但卻有一個「最大的弊病」──忽略作
品的內容，「有許多作品，形式方面，處處都合了修辭的規律，但是沒有內容，
也不能成為文學的上品」。其二，內容式。內容式注重在「主張」，是對修辭式
的反撥，卻又矯枉過正，「偏重內容，不顧形式」。在運用內容式標準的批評
家看來，「只要載得有道，文章就是好的，沒有道就是壞的」，「無論寫得怎麼
樣，只要主義是對的，都有價值。」其三，天才式。天才式注重在「作者」，
「不用修辭的規律，也不用主張的是否來評判一個作家的作品，只認他的作
品，是他天才的表現，只是就他這種表現去解釋說明它」。〔註24〕陳銓是推崇
天才的，但在他眼裏天才式標準並非完美無缺，他認為在運用天才式標準時，
也應該結合修辭式、內容式標準。其四，文化式。在陳銓看來，「一個文學家
有一個文學家對人生的啟示，一個文化有一個文化對人生的啟示」，文化是在
歷史長河中結晶而成的「一個民族共同對人生的態度」，文學家進行文學創作
時不知不覺會接受本民族文化的影響，因而其作品「一方面發表他個人的思
想感情，一方面也是一個文化的代表」，「拿文化式的標準衡量文學，就是去
研究某一種文學裏面表現出來（的）某種文化對人生的啟示」。在運用文化式
標準的批評家看來，「愈能代表某種文化的作品，我們愈認為它偉大」，因此
無論是藝術成就很高的天才的作品，還是藝術成就不太大的民間文學，只要
代表了「文化的性質」，就「對於世界有貢獻」。〔註25〕陳銓曾因主張「英雄
崇拜」而惹起軒然大波（他所說的「英雄」，即「天才」的同義語，指的是在
各個領域做出突出貢獻的人物），但從他文學批評的實踐來看，他最為推崇的
標準並非天才式而是文化式，他多次將其運用到文學批評的實踐當中，我們

〔註24〕陳銓：《文學批評的新動向》，正中書局 1943 年 5 月版，第 51～56 頁。
〔註25〕陳銓：《文學批評的新動向》，正中書局 1943 年 5 月版，第 56～57 頁。

無以名之，姑且稱其為文化式批評。

陳銓之所以最為推崇文化式批評，是與其文藝觀分不開的。如上文所述，陳銓曾從文學藝術與哲學科學的區別來探究文學藝術的本質，認為哲學、科學「求同」，文學、藝術「求異」。〔註26〕既然文學的本質在「求異」，價值在「特殊」，每個民族就都應該有其獨特的文化和文學，並與其他民族的文化和文學多元共存，因此「所謂世界文學，並不是全世界清一色的文學，或者某一個民族領導，其餘的民族仿傚的文學，乃是每一個民族發揚自己，集合攏來成功一種文學。我們可以說，沒有民族文學，根本就沒有世界文學」〔註27〕。文化式批評可以闡釋多元共存的世界文學中各種民族文學的獨特價值和意義，因而得到倡導「民族文學」的陳銓的大力肯定。

發表於《民族文學》創刊號上、署名唐密的《中國文學的世界性》（後作為《文學批評的新動向》的第二章），是陳銓文化式批評的代表性作品之一。在這篇長文中，陳銓以文化式批評揭示了中國文學獨特的文化意義。他認為固定中國民族對人生的態度即中國文化的三大思想家分別是孔子、老子和釋迦牟尼，因而中國文化表現為以孔子為代表的合理主義、以老子為代表的返本主義和以釋迦牟尼為代表的消極主義，中國文學自然受到這三種思想的影響，中國文學的文化意義即其世界性在於啟示了三種不同的人生範式。合理主義文學長於散文，其代表作品包括經書、史書、《詩經》、杜甫的詩和《琵琶記》等，它啟示人們：「人生既然是可以瞭解的，人類又有瞭解一切的本能，所以天下一切事物……都是清清楚楚，沒有絲毫的神秘性」，人們只需循規蹈矩就是了；返本主義文學多半是詩，其代表作品包括《道德經》《莊子》、李白和陶淵明的詩、《封神演義》《蝴蝶夢》《雷峰塔》等，它啟示人們：「要根本認識一切的基本原理，聽其自然」；消極主義文學的成績表現在經典的翻譯、神話的創造、思想的解放和小說戲劇抒情詩的貢獻等方面，其代表作品包括《紅樓夢》、關於《西遊記》的戲劇（特別是燈影）和袁才子詩話等，它啟示人們：「不僅在內心看破一切」，還要「在生活上拋棄一切，去求最高的智慧」。〔註28〕陳銓以文化式批評來闡釋中國文學獨特的文化意義，的確算得上別開生

〔註26〕陳銓：《文學運動與民族運動》，載 1941 年 11 月 10 日《軍事與政治》第二卷第二期。

〔註27〕陳銓：《民族文學運動》，載 1943 年 7 月 7 日《民族文學》第一卷第一期。

〔註28〕唐密（陳銓）：《中國文學的世界性》，載 1943 年 7 月 7 日《民族文學》第一卷第一期。

面。儘管我們不能完全贊同他的有些結論，但其看法確有一些道理。比如他推崇今人不甚看好的南戲《琵琶記》，讓人感到意外，但仔細想來，「有貞有烈」的趙貞女、「全忠全孝」的蔡伯喈不正是儒家倫理思想（合理主義）的最好體現嗎？又如他認為陶（淵明）詩高於李（白）詩，也讓人感到吃驚，但換個角度來看，就可以發現李詩畢竟有些鋒芒，陶詩對返本主義「基本原理」的認識確實更為透徹，更為「理得心安」，就表現道家文化（返本主義）的意義而言，陶詩的確更有代表性。

　　正如陳銓所言，「文學的性質特殊，批評的標準，也就特殊，拿希臘悲劇的標準來批評莎士比亞，拿西洋戲劇的標準來批評中國的戲劇，拿擺侖（拜倫——引者注）雪萊的詩來批評李白杜甫的詩」，都是不允許的，〔註29〕我們不能無限制地擴大陳銓嘗試的文化式批評的適用範圍，更不能用它取代其他批評範式。但是，陳銓的文化式批評的意義也不容低估。中國現代文學批評史上，可謂名家迭出，各有千秋。周作人的人道主義批評，茅盾的社會－歷史批評，馮雪峰、周揚的馬克思主義批評，胡風的體驗現實主義批評，成仿吾的實用批評，梁實秋帶有古典主義傾向的新人文主義批評，李健吾的印象主義批評，李長之的傳記批評，梁宗岱的「純詩」理論……都在中國現代文學批評史上佔據了一席之地。這些批評家有的側重揭示歷史發展規律，有的側重階級分析，有的側重美學評價，有的側重心理探尋，有的側重結合作家的生平闡釋作品……在眾多的批評範式中，陳銓這樣的文化式批評，是十分少見而自成一家的，它特別適合揭示不同民族文學以及同一民族內部帶有不同文化傾向文學的文化意義，這是其他批評範式替代不了的，所以說陳銓的文化式批評拓展了文學批評的領域，豐富了中國現代文學批評的理論與實踐體系。

　　如上文所述，陳銓是主張不同文化、不同文學多元共存的，按照這種邏輯，文學作品愈能代表某種文化（而不論是何種文化，是積極的還是消極的）便愈偉大，但陳銓的有些批評文章卻違背了這種邏輯，他貶低《紅樓夢》的消極主義而稱道《浮士德》的浪漫精神，反對「否定人生」的「末世文學」而鼓吹「肯定人生」的「盛世文學」，他對文化式批評標準的貫徹並不徹底。

　　陳銓曾寫過《叔本華與紅樓夢》《尼采與紅樓夢》兩篇文章（後均收入《文學批評的新動向》）評論《紅樓夢》。他用叔本華的思想來解釋《紅樓夢》，認為《紅樓夢》與叔本華哲學一樣，是要求人生的解脫。他用尼采的思想來批

〔註29〕陳銓：《文學批評的新動向》，正中書局1943年5月版，第10頁。

判《紅樓夢》，認為《紅樓夢》摧毀了生命的力量：「中華民族幾千年來，受佛家的影響，摧毀民族生命的力量，遠過尼采攻擊的七毒。紅樓夢是佛家道家思想的結晶，他完整的藝術形式，使悲觀厭世的思想，極端的個人主義，深入人心。處著現在的中國，假如我們的心還沒有全死，假如我們感覺人生的戲劇，不能不唱，假如我們清楚認識，生命不可消亡，那麼紅樓夢作者的人生觀宇宙觀，我們就不能再表示同意。」〔註30〕

在貶低《紅樓夢》的消極主義的同時，陳銓又十分稱道《浮士德》的浪漫精神。陳銓認為：「歌德的詩劇浮士德，是西洋文學中最偉大著作之一，只有荷默（荷馬——引者注）的史詩，莎士比亞的戲劇，但丁的神曲，可以同它相提並論。」《浮士德》之所以偉大，就是因為劇中人物浮士德的身上集中體現了19世紀日爾曼民族的浪漫精神。在陳銓看來，所謂浪漫精神，實際上就是理想主義精神，「對人生的意義，有無限的追求」，歌德筆下的浮士德，正是這樣一位浪漫主義者，他「是一個對於世界人生永不滿意的人」，「他有無窮的渴想，內心的悲哀，永遠的追求，熱烈的情感，不顧一切的勇氣」，他明知「人生的意義無窮，永遠追求，永遠不能達到」，卻仍要盡力追尋，「魔鬼雖然用盡辦法，醇酒，女人，金錢，努力，走遍天下，嘗盡人生，浮士德始終沒有被他欺騙，安靜懶臥床上，而魔鬼始終也沒有成功」。陳銓進而將浮士德代表的日爾曼文化和中國文化作對比，希望重塑民族精神：「浮士德的精神是動的，中國人的精神是靜的，浮士德的精神是前進的，中國人的精神是保守的。假如中國人不採取這一個新的人生觀，不改變從前滿足，懶惰，懦弱，虛偽，安靜的習慣，就把全盤的西洋物資建設，政治組織，軍事訓練搬過來，前途怕也屬有限。」〔註31〕

陳銓還曾撰寫《盛世文學與末世文學》（後收入《文學批評的新動向》）一文提倡「提高鼓舞生命力量」的「盛世文學」。他指出「盛世文學」與「末世文學」的區別在於：前者「對人生是肯定的」，後者「對人生是否定的」；前者「表現人類偉大的精神」，後者「從事纖巧的技術」；前者「多半是『壯美的』」，後者「多半是『幽美的』」。在這篇文章中，陳銓得出一個大膽的結論：「世界上第一流的文學，就是能夠提高鼓舞生命力量的文學。」〔註32〕毫無

〔註30〕陳銓：《文學批評的新動向》，正中書局1943年5月版，第166～180頁。

〔註31〕陳銓：《浮士德的精神》，載1940年4月1日《戰國策》第一期。

〔註32〕陳銓：《文學批評的新動向》，正中書局1943年5月版，第37～43頁。

疑問，盛世文學可以「替人類打氣，使他們有勇氣，來作精彩壯烈的生活」〔註33〕，正是「能夠提高鼓舞生命力量的文學」。用陳銓盛世文學與末世文學的觀點來看，《紅樓夢》顯然屬於末世文學，而《浮士德》就屬於盛世文學了。

　　顯然，陳銓對表現了「消極主義」的《紅樓夢》和「否定人生」的末世文學大加撻伐，對表現了浪漫精神的《浮士德》和「肯定人生」的盛世文學推崇備至，是違背了他不同文化、不同文學多元共存的理念的。那麼，其中原因何在呢？應該說是民族的苦難和留德的背景促使陳銓做出了這種選擇。日本帝國主義的入侵使每一個有良知的中國知識分子都不可能置身事外，他們紛紛以筆為陣，為抗戰吶喊呼號。陳銓明確地意識到在這場民族解放的偉大戰爭中，文學應該服務於政治，他說：「要達成一種政治任務，需要文學的幫忙。」〔註34〕《紅樓夢》的確有其非凡的文化意義，可是身處抗戰洪流之中，又怎能去欣賞賈寶玉的佛道思想？所以陳銓強烈地反對賈寶玉出家，呼喚更多的薩亞涂師賈（今譯查拉圖斯特拉）下山：「在太平盛世，一個國家，多有幾位悲觀循世的賈寶玉，本來也無足輕重，在民族危急存亡的時候，大多數的賢人哲士，一個個拋棄人生，逃卸責任，奴隸牛馬的生活，轉瞬就要降臨，假如全民族不即刻消亡，生命沉重的擔子，行將如何擔負？」〔註35〕也正是基於服務抗戰的目的，陳銓批判六朝的文章、晚明的小品，更不齒於周作人之類置國家民族危難於不顧而「『吃苦茶』『憶故鄉』引線裝書的小品文作家」和「談音節究字眼的詩人」。陳銓早年在美國獲得文學學士、哲學碩士學位後，又赴德國留學，於德國克爾大學獲得哲學博士學位。留德期間，陳銓廣泛鑽研德國大哲康德、黑格爾、叔本華、尼采等人的作品，其中尼采的思想對他影響非常大，回國後他先後發表《尼采的思想》《尼采心目中的女性》《尼采的政治思想》《尼采的道德思想》等論文，出版專著《從叔本華到尼采》，宣揚尼采的思想。尼采思想的根本點就是對「最高度生命力的追求」〔註36〕，儘管陳銓對尼采有著一定程度的誤讀，但對這一根本點的把握應該是不錯的。身處異族蹂躪而「活力頹萎」的中國，陳銓和他的同道林同濟等人一樣，希

〔註33〕陳銓：《戲劇與人生》，在創出版社 1944 年 6 月版，第 48 頁。

〔註34〕陳銓：《民族文學運動試論》，載 1942 年 10 月 17 日《文化先鋒》第一卷第九期。

〔註35〕陳銓：《文學批評的新動向》，正中書局 1943 年 5 月版，第 180 頁。

〔註36〕林同濟：《我看尼采——〈從叔本華到尼采〉序言》，陳銓：《從叔本華到尼采》，在創出版社 1946 年 11 月版，第 1 頁。

望把尼采哲學作為一支強心劑注入老態龍鍾的中華文化之內，煥發民族活力，健全民族性格，表現在文學批評上，就是大力鼓吹「能夠提高鼓舞生命力量」的「盛世文學」。與林同濟等人不同的是，陳銓多了一段留德的獨特經歷（林同濟於美國加尼福尼亞大學獲文學碩士、政治學博士學位，雷海宗於美國芝加哥大學獲哲學博士學位，何永佶於美國哈佛大學獲政治學博士學位），這使得他的思想有了另一個源頭——德國的狂飆運動。在陳銓看來，以「力量」和「天才」為基本概念的狂飆運動，「名義上雖然是一種文學運動，實際上對於政治社會法律經濟宗教，無處不發生革命的影響」〔註37〕，正是經過了狂飆運動，德國才會「全國上下，生氣蓬勃，努力創造，奠定一個新文化的基礎」。〔註38〕急於挽救民族危難的陳銓，是把以歌德、席勒為代表的狂飆時代的德國文學作為「盛世文學」的典範和文學批評的參照系的。

陳銓的文化式批評並非完美無缺，它甚至稍有模式化之嫌，但它畢竟又有開創之功，並且從一個側面反映了一代知識分子對人生和文學之路的探索歷程，值得我們認真對待。

對「民族文學運動」的倡導、對文學批評新動向的把握以及對文化式批評的不徹底實踐，看起來風牛馬不相及，其實卻有著內在的關聯性，它們統一於陳銓對文學藝術「求異」的認識，統一於陳銓對尼采意志哲學和德國狂飆運動的推崇，統一於戰國策派對「力」的重視。

〔註37〕陳銓：《狂飆時代的德國文學》，載1940年10月11日《戰國策》第十三期。
〔註38〕陳銓：《五四運動與狂飆運動》，載1943年9月7日《民族文學》第一卷第三期。

後　記

　　2001 年下半年或者 2002 年上半年的一個下午，我在重慶師範大學文學與新聞學院（當時的準確名稱也許是重慶師範學院中文系）老舊的資料室裏瀏覽圖書，偶然發現學院退休教師 1979 年編印的一套《國統區文藝資料叢編·「戰國派」》（兩本，署名「重慶師範學院中文系《國統區文藝資料叢編》編輯組」）。該書泛黃的紙張、富有歷史感的內容立刻深深地吸引了當時還算年輕的我，從此我與抗戰文學研究結下緣分。

　　現在回想起來，我走上抗戰文學研究之路是如此的偶然，同時也可以說是必然的。重慶師範大學地處抗戰陪都，有著研究抗戰文學的良好傳統，蔣洛平、劉安章、戴少瑤等前輩學者都曾在這一領域傾注大量心血，上述《國統區文藝資料叢編·「戰國派」》就是他們心血的結晶之一。當我進入該校中國現當代文學專業攻讀碩士學位時，學科帶頭人周曉風教授明確告訴我們抗戰文學研究是學科重點打造的特色研究方向，靳明全、郝明工、朱丕智等諸位恩師給我們授課時也有意把我們往抗戰文學研究的方向引領。我碩士畢業留校擔任《重慶師範大學學報》編輯時，恩師靳明全教授領銜申報了重慶市人文社會科學重點研究基地——重慶抗戰文史研究基地，朱丕智編審主編的《重慶師範大學學報》也開設了「抗戰文史」特色欄目，我均參與其中，獲益匪淺。

　　在我將近二十年的抗戰文學研究中，得到了師友們的大力支持。除了母校重慶師範大學的各位恩師、同學外，我要特別提及張中良教授、李怡教授兩位先生。張中良教授促成了小文《大後方抗戰文學的兵役題材》在《中國現代文學研究叢刊》的刊發，給我許多教益和鼓勵。不僅如此，他的研究方

法給了我許多啟示，就連本書書名中的「歷史還原」四字似乎也是出自他的筆下（恕我借用時未加考證）。李怡教授是我的老師，當年我在四川大學攻讀博士學位時選過他的課。從四川大學畢業後，我雖然與他聯繫並不密切，卻得到他很多的教益和幫助。正是由於他的約稿，我的兩篇小文章《李廣田與抗戰文學的內遷題材》《抗戰時期的空軍文學》才得以在《首都師範大學學報》《勵耘學刊》發表；也正是由於他的寬容，我的另一篇小文章《徐盈短篇小說創作述論》才能夠在他主編的《現代中國文化與文學》面世。2020 年元旦，李怡教授來海口講學，提出讓我編一本抗戰文學研究的小冊子，交由花木蘭文化出版社出版。我非常高興，卻也非常惶恐，因為我從事抗戰文學研究的時間雖然不短，研究成果卻比較分散，毫無體系可言，不足以成書，近年研究的抗戰文學稀見題材，相對而言集中一些，但因是國家社會科學基金項目成果，結題之前似乎也不便出版，此事就耽擱下來。沒想到李怡教授始終牽掛著此事，前不久又通過微信給我留言，囑我編書。一方面是銘感李怡教授的盛情，一方面是因為我很樂意讓海外的讀者瞭解我的研究，我終於不揣淺陋，利用寒假難得的三五日空閒，硬著頭皮修訂了一些舊文，編就此書稿。

此書稿的部分內容曾以現題或舊題發表於《中國現代文學研究叢刊》《民族文學研究》《文藝理論研究》《新文學史料》《現代中文學刊》《勵耘學刊》《現代中國文化與文學》《首都師範大學學報》《南京師範大學文學院學報》《重慶師範大學學報》《涪陵師範學院學報》《新東方》《中國社會科學報》等各種報刊，有幾篇還被人大複印資料《中國現代、當代文學研究》《舞臺藝術》全文轉載過，謹向幫助拙文面世的張中良、劉慧英、易暉、劉大先、周翔、王嘉軍、郭娟、陳子善、張春田、李怡、陳思廣、楊洪承、朱丕智、冉易光、李一鳴、王兆勝、程光煒、張潔宇、高豔等曾經當面請教或未曾謀面的各位老師致敬！

王學振
辛丑年新春於海口